The Complete Sherlock Holmes

The Return of Sherlock Holmes

by Arthur Conan Doyle

福爾摩斯探案全集 4

歸來記【收錄原著插畫】

柯南・道爾／著
徐玲／譯

好讀出版

目次
CONTENTS

第一篇　空屋

一八九四年的春天，可敬的羅納德·阿戴爾離奇的被人以匪夷所思的方式殺害，引起全倫敦的關注，也使上流社會大感驚慌。人們已經從警方的調查報告裡得知案件的詳細情況，但當時有許多細節未被透露——因爲起訴的證據非常充足，沒有必要公開全部的資料。直到現在，近十年後，我才得到許可來補充那次精彩破案過程中，一些鮮爲人知的環節。案子本身很有意思，但在我看來，這點趣味比起案件那出乎意料的結局來說，根本就不算什麼——在我一生的冒險經歷中，這個案子的結局最使我感到震驚和詫異。現在，即便經過了這麼長的時間，一想起這樁案子我依然覺得驚心動魄，並重新體驗到那種興奮、驚奇又難以置信的心情，這心情如突然湧來的潮水一般，完全蓋過了我的理性。對於我提到的那個大人物，其想法和言行，使一些讀者相當感興趣，我想對你們說：請不要責怪我沒有和你們分享我所知道的一切——我本來應該把這當成我的首要責任，但那位大人物曾親口下令不許我這樣做，直到上個月的三號，這項禁令才被取消。

可以想像，我和夏洛克．福爾摩斯的密切交往使我對刑事案件產生了濃厚的興趣。在他失蹤以後，我總是仔細閱讀關於各種疑案的報導，從不遺漏。爲了滿足我的個人興趣，我甚至不止一次地嘗試用他的方法來破解這些疑案，只是成效甚微。然而，沒有任何一樁案子能像羅納德．阿戴爾的案件那樣吸引我。當我看到審訊報告中的那些足以讓某人或某些人被判爲蓄意謀殺的證據時，我比過去更清楚地意識到，我從未能彌補社會因失去福爾摩斯而遭受的損失。我敢肯定這件奇案中有幾點會特別吸引他，以他訓練有素的觀察力和敏捷的頭腦，這位歐洲首屈一指的刑事偵探一定能爲警方的偵查工作提供有力援助，甚至可能趕在他們之前行動。我整天來回出診，腦子裡總想著這件案子，卻怎麼也找不到一個看起來合理的解釋。現在，請允許我舊話重提，把審訊報告中公布的案情扼要地重複一遍。

羅納德．阿戴爾是澳大利亞某殖民地總督梅努斯伯爵的次子。阿德爾的母親從澳大利亞回國做白內障手術，和阿德爾以及女兒希爾達一起住在公園路四二七號。這位年輕人出入於上流社會，就大家所知，他並沒有仇人，也沒有什麼惡習。他跟卡斯特爾斯家族的愛德絲．伍德利小姐訂過婚，但幾個月前雙方同意解除婚約，這件事似乎並沒有在兩人間留下什麼難以化解的宿怨。他的閒暇時間都消磨在一個狹小、保守的圈子裡，這是因爲他習慣於安靜的生活，個性也比較冷漠。可是，這麼一個懶散的年輕貴族，卻以最離奇的方式突然死去，時間是一八九四年三月三十日，晚上十點至十一點二十分之間。

羅納德．阿戴爾喜歡打紙牌，而且經常打，但下的賭注從不會大到造成什麼損失。他是鮑得溫、卡文狄什和巴格泰勒三個紙牌俱樂部的會員，在遇害那天，晚飯後，他曾經在巴格泰勒俱樂部玩了一盤惠斯特（橋牌遊戲）。當天下午他也在那裡打過牌，跟他一起打牌的莫里先生、約翰．哈代爵士和莫蘭上校，證明他們打的是惠斯特，每人的牌好壞差不多，阿德爾大概輸了五英鎊，他有一筆可觀的財產，像這樣的輸贏絕不至於對他有什麼影響。他每天不是在這個俱樂部，就是在那個俱樂部裡打牌，但是他打得很謹慎，常常是最後的贏家。此外，幾星期前，他跟莫蘭上校搭檔，一口氣贏了哥德菲．米爾納和巴爾莫洛勳爵四百二十鎊。調查報告中提到有關他近況的就只有這些。

出事的那天晚上，他十點整從俱樂部回到家。母親和妹妹上親戚家串門子去了。女僕證明聽見他走進二樓的前廳——就是他通常當起居室的那間屋子。女僕已經在屋裡生好了火，因爲火堆冒煙，她就打開了窗戶。一直到十一點二十分梅努斯夫人和女兒回來前，屋裡都沒有動靜。梅努斯夫人回家後想進房和兒子說聲晚安，卻發現房門從裡邊鎖上了。於是母女二人叫喊、敲門，但都聽不見阿德爾的回應。於是她們找人來把門撞開，只見這個不幸的年輕人躺在桌邊，腦袋被一顆左輪子彈射穿，模樣很可怕，可是屋裡卻找不到任何武器。桌上擺著兩張十鎊的鈔票和十七鎊十先令的金幣和銀幣，這些錢被放成十小堆，每堆的數目都不相同。另外還有一張紙條，上面記了若干數目，每筆數目都對應著某個俱樂部朋友的名字，由此推測遇害前他正在計算打牌的輸贏。

現場的詳細檢查更使案情變得很複雜。第一，沒有任何理由可以解釋為什麼這個年輕人要從屋裡把門鎖上。有可能是兇手把門鎖上，然後從窗戶逃跑了，但是由窗邊到地面的距離至少有三十英尺（約九公尺），而且窗下的花壇正開滿了番紅花，花叢和地面都不像曾被人踩過，在房子和街道之間的一塊狹長草地上也沒有留下任何痕跡。因此，門很明顯是年輕人自己鎖上的。但他是怎樣遇害的呢？沒有人能夠爬上窗臺而不留下任何痕跡。如果是有人從外面透過窗戶開槍殺害他，那麼此人一定是個只用左輪手槍就能置人於死地的神槍手。另外，公園路是一條行人川流不息的大道，離這房子不到一百碼的地方就有馬車站，當時卻沒有人聽見槍聲。然而，這裡卻發生了一樁命案，還留下了一顆左輪手槍的子彈，這種子彈和所有鉛頭子彈一樣，只要射出就會開花，受害者被擊中後肯定是當場斃命。這就是公園路奇案的基本情況，案情由於找不出作案人的動機而變得更加複雜，因為，正如我前面所講的，沒人聽說過年輕的阿德爾有任何仇人，而且他屋裡的金錢和貴重物品也沒人動過。

我整天都反覆思考著這些事實，想努力找出一個能解釋得通的說法，並發現案情中最薄弱的環節——我已故的朋友把這叫做一切調查的出發點——可是我不得不承認，我的思考沒有什麼結論。某天傍晚，我漫步穿過公園，大約在六點鐘左右走到了公園路連接牛津街的那一端。一群遊手好閒的人聚在人行道上，全都仰頭望著其中一扇窗戶，這讓我馬上找到了我特地來看的那棟房子。一個戴著墨鏡的高瘦子——我懷疑他是一個便衣偵探——正在敘述他自己的某種推測，其他人都圍著聽。我儘量往前湊，但他的那些結論聽起來實在荒謬。於是我有點厭惡地又從人群中擠了出來，正好撞在後面一個殘疾老人身上，把他抱著的幾本書碰掉在地上。當我撿起那些書的時候，我看見其中一本的書名是《樹木崇拜起源》，於是我斷定這個老人必定是個窮藏書家，以收集一些晦澀難懂的書籍作爲工作或者愛好。我努力爲這個意外向他道歉，可是很顯然我不小心碰掉的這幾本書在主人眼裡非常珍貴，他發出一聲厭惡的低吼，轉身就走，我看到他那佝僂的背影和灰白的落腮鬍消失在人群之中。

我對公園路四二七號的多次觀察絲毫沒有讓我弄明白我所關注的問題。這房子和大街只隔著一道上半截是柵欄的矮牆，高不過五英尺，因此任何人想進入花園都很容易。但是要想夠到那扇窗戶卻完全不可能，因爲牆外沒有水管或者別的什麼東西可以作爲立足點，哪怕身體再敏捷的人也爬不上去。我愈來愈迷惑不解，只得返回肯辛頓。在書房裡還待不到五分鐘，女僕就進來說有人要見我。令我吃驚的是來者並非別人，就是那個古怪的舊書收藏家——灰白的鬢髮中露出他那張輪廓分明而又乾瘦的臉，右臂下夾著他心愛的書，至少有十來本。

「見到我，你很吃驚吧，先生。」他的聲音奇怪又嘶啞。

「我承認我是很驚訝。」

「我感到過意不去，先生。剛才我一瘸一拐地走在你後面，瞧見你走進這幢房子。我對自己說：『我要進來看看那位好心的紳士，對他說我剛才的態度有點粗暴，可是我並沒有惡意，我還要謝謝他幫我把書撿起來』。」

「你言重了，」我說道，「可不可以問一下你怎麼知道我是誰的？」

「先生，恕我冒昧，我算是你的鄰居，我的小書店就在教堂街拐角的地方，我想我很高興能見到你。大概你也收藏書吧，先生。這兒有《英國鳥類》、《克圖拉斯》、《聖戰》——非常便宜，每本都很便宜。再來五本書，你就正好可以把書架第二層的空格填滿——它現在看上去不大整齊，不是嗎，先生？」

我轉過頭去，看了看後面的書櫥。等我回過頭來，福爾摩斯竟然隔著書桌站在那裡對著我微笑。

我站了起來，盯著他看了幾秒鐘，驚訝到了極點，然後我好像是暈過去了——這是我平生第一次，也是最後一次——當時的確有一片白霧在我眼前瀰漫，等它消失後，我才發現我的領口已被解開，嘴唇上還留有白蘭地辛辣的味道，福爾摩斯站在椅子邊俯視我，手裡拿著細頸酒瓶。

「親愛的華生，」一個熟悉的聲音說道，「很抱歉，我沒想到你會受到這麼大的刺激。」

我緊緊抓住他的雙臂。

「福爾摩斯！」我大聲叫道，「眞的是你？你還活著？你如何從那可怕的深淵爬出來的？」

「等等，」他說道，「你現在有精神可以談這件事嗎？瞧我這多此一舉的戲劇性登場給了你多大的刺激！」

「我現在好了。可是說眞的，福爾摩斯，我簡直不敢相信自己的眼睛。天哪！怎麼站在我書房中的人竟會是你？」我又抓起他的一隻袖子，摸著裡面那隻精瘦而有力的胳臂。「可是不管怎樣，你反正不是鬼。」我說道，「親愛的朋友，看到你我太高興了！坐下來，告訴我你是怎麼活著從那可怕的峽谷中逃出來的。」

他在我對面坐了下來，照老樣子若無其事地點燃了一根香菸。他全身裹在一件賣書商人穿的雙排扣舊外套裡，其他用來喬裝的道具就是那一堆放在桌上的白髮和幾本舊書。福爾摩斯並未見老，反倒顯得比以前更加清瘦、機警，但他那張鷹一般的臉上帶著一絲蒼白，看來他最近一陣子的生活不大規律。

「我很高興現在能夠伸直腰了，華生，」他說道，「一個高個子爲了看上去矮一英尺而一連彎著腰幾小時可不是什麼好玩的事。至於爲何這樣做，我親愛的老朋友，如果你願意和我合作，今晚我們還有個艱險的任務，我最好還是等這任務完成後，再把全部的情況告訴你吧。」

「我太好奇了，現在就想知道。」

「今晚你願意跟我一起去嗎？」

「你說什麼時候去就什麼時候去，你說去哪裡就去哪裡。」

「你還是老樣子。我們出發前還有時間吃點晚飯。好吧，就說說那個峽谷。我從峽谷中逃出來並沒有多大困難，理由很簡單：我根本沒有掉下去。」

「你根本沒有掉下去？」

「是的，華生，我根本沒有掉進去，我給你的便條卻是眞的。當我發覺『已故的』莫里亞蒂教授邪惡的身影站在那條通向安全地帶的窄道上時，我確信我的職業生涯就要結束了。在他灰色的眼睛中，我能覺察到他那難以撼動的意志。於是我跟他交談了幾句，得到他客氣的許可後，就寫了那封後來你收到的短信。我把信、菸盒和手杖都留在那裡，然後沿著那條窄道往前走，莫里亞蒂仍然緊跟著我。我走到盡頭發現無路可去，他並沒有掏出武器，卻突然向我衝了過來，想用他那長長的雙臂把我抱住。他知道他一切都完了，眼下只是急著想報復我。我們兩個扭成一團，在瀑布邊搖搖欲墜。但是我懂一點日本柔道，這一招我過去用了好幾次，很有用。我從他的兩臂下鑽了出來。他發出一聲可怕的尖叫，瘋狂地踢了幾下，兩手在空中亂抓。但是不管他費多大的氣力，還是無法保持平衡，掉了下去。我探頭看了看，只見他墜下去好遠，然後撞在一塊岩石上，彈了出去，最後掉進水裡。」

福爾摩斯邊抽菸邊做著這番解釋，我仔細地聽著，感到十分驚奇。

「可是還有腳印啊！」我大聲說道，「我親眼看見那條路上有兩個往前走的腳印，往回走的卻一個也沒有。」

「事情是這樣的：就在教授掉進深淵的一剎那，我忽然想到這是命運爲我安排的一個再好不過的機會——我知道不止莫里亞蒂一個人曾經發誓要置我於死地，至少還有三個人，他們向我報復的欲望會因爲他們首領之死變得更加強烈。他們都是最危險的人物，這三個人，總有一個會找到我。但是，如果全世界都相信我死了，他們就會膽大妄爲起來，且暴露自己的行跡，這樣我遲早能夠消滅他們。到那個時候，我就可以宣布我仍在人間。我的大腦轉起來很迅速，相信在莫里亞蒂還沒有沉到萊辛巴赫瀑布下的深潭底前，我已經想清楚這一切。

「我站起來看了看身後的懸崖。在你那篇我幾個月後讀得津津有味的生動描述中，你斷言那是一片絕壁，可你說的並不完全對——懸崖上仍有幾個露在外面的窄小立足點，並且有一個地方很像岩架。懸崖那麼高，想要一直爬上去顯然是不可能的，想再順著那條潮濕的窄道走回去而不留下腳印也是不可能的。當然，我也可以像過去在類似的場合做過的那樣把靴子倒穿，但是在同一方向出現三對腳印，無疑會讓人察覺這是一個騙人的把戲。所以，由此看來，最好還是冒險爬上去。這可不是一件開心的事，華生。瀑布就在我腳下隆隆作響——我不是一個富於幻想的人，但是我可以保證，那時我彷彿聽見莫里亞蒂的聲音從深淵中傳出，衝著我喊叫，稍有閃失我就沒命了。有好幾次，當我的手沒有抓住身邊的草叢或是腳在潮濕的岩石缺口中打滑的時候，我想我完蛋了。但是我仍舊拼命的往上爬，終於爬上一塊有幾英尺寬的岩架，上面長著柔軟的綠苔，在那裡我可以很舒服地躺下而沒被人發現。親愛的華生，當你和你的隨從正在同情而又徒勞無功地調查我的死亡現場時，我就躺在岩架上。

「你做出了完全錯誤的結論後就離開那裡回旅館去了，剩下我一個人。我以為我的險遇到此結束了，可是突然發生了一件事情，我有預感到讓我更吃驚的事情就要來到——一塊巨大的岩石由上面落下來，轟隆一聲從我身邊擦過去，砸中下面那條小道，又蹦起來掉進深淵。在那一瞬間，我還以為這塊岩石是偶然掉下來的，但過了一會兒，我抬頭卻發現昏暗的天空中露出一個人頭，這時又落下來一塊石頭，正好砸在我躺著的岩架上，離我的頭不到一英尺。當然，這意味著什麼就很清楚了：莫里亞蒂並非單獨行動，在他對我下手的時候，還有一個黨羽在把風，而我一看便知這黨羽是個危險的傢伙。他躲在我看不見的地方，親眼目睹了他的朋友淹死和我逃脫的情形。他一直等著，然後繞道上了崖頂，企圖實現朋友未能得逞的陰謀。

「我弄清楚這件事並沒有花多少時間，華生。我又看見那張冷酷的臉從崖頂向下張望，這意味著有另一塊石頭要落下來了，於是我跌跌撞撞地爬到下面的小道。我不認爲自己當時鎮定自若，因爲這比往上爬要難上百倍，但是我沒時間考慮往下走的危險，因爲就在我雙手攀住岩架邊緣、身體懸空吊起的時候，又有一塊石頭呼地一聲從我身邊落下。我爬到一半時，腳卻踩空了，幸好上帝保佑，我掉在那條窄道上，摔得頭破血流。我爬起來後拔腿就跑，在山裡摸黑跑了差不多有十英里。一星期後，我到了佛羅倫斯，這樣一來世界上就沒人知道我的下落了。

「那時候我只有一個可以信賴的人——我的哥哥麥克洛夫特。我不得不再次向你道歉，親愛的華生，但是當時最重要的是讓大家認爲我死了。你要是不相信我死了，一定寫不出一篇關於我不幸結局而令人信服的故事來。在這三年中，我曾多次想提筆寫信給你，但總是擔心你對我的深切關心會使你不愼洩露秘密。也是出於這個緣故，今天傍晚你碰掉我的書時，我只能避開你，因爲我的處境很危險，當時只要你稍稍露出一點點驚訝或激動的表情，就可能讓別人注意到我的身分，從而導致可怕而無法彌補的後果。至於把我的秘密告訴麥克洛夫特，那是爲了得到我需要的錢。在倫敦，事態的發展並非像我所想的那樣順利，因爲在莫里亞蒂匪幫案的審理中，兩個最危險的成員被遺漏了，這兩個與我不共戴天的仇人還逍遙法外。我在西藏旅行了兩年，常常去拉薩，和那裡的大喇嘛們待在一起消磨時光。你也許讀過一個叫西格爾森的挪威人所寫非常精彩的考察報告，可是你絕沒想到你看見的正是你朋友的消息。然後，我穿過波斯，遊覽了麥加聖地，又到喀土穆對領袖哈里發做了一次簡短而有趣的訪問，並且把訪問的結果報告給了外交部。回到法國後，我花了幾個月的時間來研究煤焦油的衍生物，這項研究是在法國南部蒙彼利埃的一個實驗室中進行的。順利完成這項研究後，我聽說我的仇人現在只剩下一個在倫敦了，於是準備回來，這時發生了公園路奇案，促使我提前返回倫敦——不僅因爲這件案子本身的離奇吸引了我，而且它似乎能爲我帶來一些難得的機會。我回到倫敦貝克街的家中時，竟嚇得哈德森太太歇斯底里起來。進屋後我發現麥克洛夫特把我的房間和我的資料照原樣保留著。就這樣，我親愛的華生，今天下午兩點，我已經坐在自己原來房裡那把舊椅子上，就盼著能見到我的老朋友華生也坐在對面他一向愛坐的那把椅子上了。」

這就是四月裡的那晚我聽到的精彩故事，要不是親眼見到福爾摩斯，那個我以爲再也見不到的瘦高身軀和熱誠面容，我根本不會相信這個故事。我不曉得他如何知道我失去了妻子，只是他以行動代替言語表達了他對我的同情。「工作是治療悲傷最有效的藥物，」他說道，「今天晚上，我已經爲我們安排了一項工作，如果我們能夠成功，就不枉這一生了。」我請他講得詳細一些，但是未能如願。「天亮前，有很多事情會讓你看到和聽到的，」他回答道，「我們有三年的往事要談，但只能談到九點半，因爲我們就要開始一場特別的空屋歷險了。」

到了九點半，我已經和他並肩坐在一輛雙座馬車上。我口袋裡裝著手槍，心裡充滿了冒險的激動，福爾摩斯看起來很冷靜、嚴肅而又沉默。忽明忽暗的街燈照在他嚴峻的臉上，只見他眉頭因沉思而低垂，雙唇也因此緊閉。我不知道我們將在倫敦這個充斥罪惡的黑暗叢林中搜尋什麼樣的野獸，但從這個狩獵高手的神態來看，我相信這是一次十分危險的行動。他那苦行僧般陰沉的臉不時露出譏諷的微笑，預示著我們的獵物在劫難逃。

我本來以爲我們要去貝克街，但是在卡文狄什廣場轉角的地方，福爾摩斯就叫馬車停了下來。我注意到他下車的時候向左右看了一下，接著每拐一個彎，他都要小心地看看後面，確保沒人跟蹤。我們走的這條路線非常特別。福爾摩斯對倫敦偏僻小路的熟悉令人驚訝，這一次他迅速而有把握地穿過一連串我從不知道的小巷和馬廄，最後，我們來到一條小路，兩旁都是一些陰暗的老房子。這條小路把我們引向曼徹斯特街，然後是布蘭福特街。在這裡，他突然拐進了一條窄道，又穿過一道木柵欄門，進入一個無人的院子。他用鑰匙打開了一幢房子的後門，我們一起走進去之後，他把門關上。

這裡一片漆黑，但顯然是一幢空屋子。地板上沒有地毯，走在上面發出吱吱的聲響。我伸出手臂，觸摸到一面牆壁，壁紙已經破裂，一條一條地垂著。福爾摩斯冰涼的手指抓住我的手腕，領著我走過一條長長的通道，直到我隱約看見門上面昏暗的扇形窗戶時才停住腳步。在這裡福爾摩斯突然往右轉，帶著我走進一間正方形的大房間。房間的四角很暗，只有當中一塊地方被遠處的街燈照得微微發亮。附近沒有街燈，窗戶又積了很厚一層灰塵，所以我們在這個房間裡面只能隱約看清彼此的輪廓。我的同伴一隻手搭在我的肩上，嘴湊到我耳邊。

「你知道我們在哪裡嗎？」他悄悄地問道。

「那邊就是貝克街。」我答道，眼睛透過模糊的窗戶玻璃盯著外面。

「不錯。這裡就是我們公寓對面的卡穆登家。」

「我們來這裡做什麼？」

「因爲從這裡可以清楚地看到對面像畫一樣精緻的高樓。親愛的華生，麻煩你走近窗戶一點，小心不要讓別人發現你，再瞧瞧我們的老房間——那可是你許許多多神奇故事開始的地方！讓我們瞧瞧在我離開的這三年間，是不是讓我喪失了令你驚奇的能力。」

我輕輕地向前移動，朝對面我熟悉的窗戶望去。當我的視線落在那扇窗子的時候，不禁吃驚得叫了起來。那扇窗的窗簾已經放下，屋裡燈火通明。一個坐在椅子裡的人的身影映在明亮的窗玻璃上，留下一副清晰的剪影：那頭的姿勢，寬寬的肩膀，輪廓分明的側臉，看了絕不會弄錯。影子的頭部向一邊轉過去，就像一幅老一輩人喜歡裝在畫框裡的剪影，酷似福爾摩斯本人。

我異常吃驚，不由得伸出手去看看他是否眞的在我身邊。他不出聲地笑著，全身都在顫動。

「看見啦？」他問道。

「天哪！」我大叫，「眞是妙極了！」

「我相信我多變的手法並未因歲月的流逝而改變，也沒有因爲經常使用而過時。」他說道。從他的話中，我聽出了這位藝術家對自己的傑作很滿意。「的確有幾分像我，是不是？」

「我可以發誓說那就是你。」

「這要歸功於格勒諾貝爾的奧斯卡·莫尼埃先生，他花了好幾天的時間做模子。那是一座蠟像。剩下的是我今天下午去貝克街寓所的時候自己布置的。」

「你覺得寓所被人監視了？」

「我知道有人在監視寓所。」

「是誰？」

「我的老冤家，華生。那可愛的一夥人，他們的頭子此刻正躺在萊辛巴赫瀑布的下面，可你別忘了他們知道——也只有他們知道——我還活著。他們相信我早晚會回來的，所以始終沒有停止對寓所的監視，今天早上他們發現我回到了倫敦。」

「你怎麼知道的呢？」

「因爲我從窗內往外瞧的時候，一眼就認出他們派來把風的人。這個傢伙對我不算威脅，他姓派克爾，以殺人搶劫爲生，是個出色的猶太口琴演奏家。我不怕他，但是我非常擔心他背後那個更加難以對付的傢伙。那人是莫里亞蒂的死黨，倫敦最狡猾、最危險的罪犯，也就是那天晚上從懸崖上向下投石塊的人。華生，他正是今天晚上追蹤我的人，但他一點也不知道，我們也在追蹤他。」

我漸漸明白了我朋友的計畫：通過這個方便的藏身處，監視者正受人監視，追蹤者正被人追蹤。那邊窗戶上稜角分明的影子是誘餌，我們倆是獵人，一同默默地站在黑暗之中，注視著在我們面前來去匆匆的人影。福爾摩斯一動也不動地站在那裡，不再說一句話，可是我能看出他正處於緊張的戒備狀態，他的眼睛緊緊地盯著過往的行人。這是個寒冷而又喧囂的夜晚，寒風從狹長的街道刮過，發出一陣陣尖厲的呼嘯聲。大街上的人來來往往，大多緊緊地裹在外套和圍巾裡，步履匆匆。有一兩次，我似乎看見剛剛見過的人影又出現了一次，並且特別注意到兩個像是在附近一家門道裡避風的人。我叫我的同伴看看這兩個人，但他卻不耐煩地咕噥了一聲，又繼續目不轉睛地望著街上。有時他侷促不安地挪動腳步，手指下意識地敲著牆壁。顯然開始焦慮起來，看起來他的計畫並不完全像他希望的那樣奏效。終於，當午夜漸漸來臨的時候，街上的行人也漸漸稀少了，他再也無法控制自己的不安，在房間裡踱來踱去。我瞭望對面亮著的窗子，正要對他說什麼，卻突然又像剛才那樣大吃一驚。我抓住他的胳膊，指著對面。

「影子動了！」我叫了出來。

窗簾上的影子已經不是側面而是背朝著我們。

三年的時間既沒改變他那粗暴的脾氣，也沒減少他對智力低於他的人所表現出來的不耐煩。

「它當然動了，」他說，「華生，難道我會蠢到這般可笑，僅僅架起一個一眼就能識破的假人，指望靠它來欺騙幾個全歐洲最狡猾的人嗎？在我們待在房間的這兩個鐘頭時間裡，哈德森太太已經把蠟像的位置變動八次了，也就是說每一刻鐘就移一次。她從前面來轉動它，因此她自己的影子根本不會被人看見。啊！」他倒吸了一口氣。在微弱的光線中，我見他的頭往前伸，全身因注意力高度集中而緊蹦起來。外面大街已經空無一人，那兩個人也許還蜷縮在門道裡，可是我已經看不到他們了。黑暗中一切都顯得出奇地安靜，只有對面正中現出人影的黃色窗簾依舊明亮。在極度的寂靜中，我能聽見自己細微吸氣的聲音——只有在強忍住極度興奮時才會發出那種聲音。不一會兒，他伸手捂住我的嘴，把我拉到房間最黑暗的角落裡。我感到他的手指在顫抖，我從沒見我的朋友如此激動過。那漆黑的大街依舊在我們面前延伸，空寂而荒涼。

忽然，我也感覺到他那超人的感官已經察覺到的東西。一陣躡手躡腳的腳步聲傳進我的耳朵，這聲音並非來自貝克街的方向，而是來自我們藏身的這所房子後面。一扇門打開又關上了。過了一會兒，從走廊裡傳來一步一挪、緩慢移動的腳步聲。這刻意壓低的腳步聲，卻在空蕩的房間中引起了刺耳的迴響。福爾摩斯倚靠著牆角蹲伏下來，我也學著他的樣子，手裡緊握著我那把左輪手槍。朦朧之中我看見一個模糊的人影來到敞開著的房門外，顏色比門口的黑暗還要略深一些。他在那裡站了一會兒，然後彎下身子悄悄地走進房間，行動充滿威脅。這個邪惡的身影離我們不到三碼，我做好應付他隨時向我猛撲過來的準備，可他一點也沒有察覺到我們的存在。他從我們的身邊走過，悄悄地靠近窗子，輕輕地把窗戶推上去半英尺。他的動作小心翼翼，沒發出一點聲響。當他跪下來湊近窗戶上那個窄窄的開口時，街上的燈光不再受積滿灰塵的玻璃阻擋，把他的臉照得清清楚楚。這人似乎異常興奮，簡直忘記自己身在何處，只見他兩眼閃光，面部肌肉不停地抽搐抖動。這傢伙的年紀已經很大了，高高的前額光禿禿的沒有頭髮，鼻子瘦小而突出，還留著一大撮灰白的鬍子。一頂可以折疊的大禮帽推在後腦勺上，半敞的外套裡面露出晚禮服雪白的前襟。他的臉又黑又瘦，布滿皺紋，顯得十分兇悍。他的手裡拿著一根看起來像是手杖的東西，但是當他把它放在地板上的時候，這玩意兒卻發出了金屬的鏗鏘聲。

然後他由外套口袋中掏出一大塊東西，擺弄了一陣，最後「喀噠」響了一下，好像把一根彈

簧或者栓子掛上。他仍舊跪在地板上，彎著身體，彷彿將全身力量都壓在一支槓桿上，接著發出一陣旋轉和摩擦聲，最後又是「啈噠」一響。然後他直起腰來，我這才看清楚他手裡拿的是一把槍，槍托的形狀十分古怪。他拉開槍膛，把什麼東西放了進去，又啪的一下推上槍栓。他俯下身去，把槍筒架在窗臺上。我看見他的長鬍子在槍托上面，閃亮的眼睛對著瞄準器。當他把槍托緊貼右肩的時候，我聽見他發出一聲滿意的感嘆，並且看見那個令人驚奇的目標——黃色窗簾上的人影——完全暴露他的槍口下。他停頓了片刻，然後扣動板機。「嘎」地一聲怪響，跟著是一串清脆的玻璃破碎聲。就在這一剎那，福爾摩斯像老虎似地往那個射手的後背猛撲過去，將他臉朝下地摔倒在地。那人立刻爬起來，用盡全力掐住福爾摩斯的喉嚨。我衝上去用手槍柄往他的頭上敲了一下，他便倒在地板上。

當我撲過去把他按倒在地的時候，我的朋友吹了一聲刺耳的警笛。人行道上馬上響起一陣跑步聲：兩個穿制服的員警和一個便衣警探從大門衝進屋來。

「是你嗎，雷思垂德？」

「是我，福爾摩斯先生，我主動申請了這個任務。很高興在倫敦又見到你，先生。」

「我認爲你需要一些非官方的幫助。一年當中有三件謀殺案破不了實在是有些說不過去，雷思垂德。不過你處理莫爾齊的案子倒不像你平時的表現——我的意思是你處理得還不錯。」

大家都已經站起來了。我們的囚犯大口大口地喘著氣，他兩旁各站著一名身材高大的員警。這時已經有些閒人開始聚集到街上，福爾摩斯走到窗前把窗戶關上，又放下簾子。雷思垂德點著兩支蠟燭，員警也打開了他們的提燈，我終於能夠好好地看看這個囚犯。

展現在我們面前的是一張精力充沛而又老奸巨猾的面孔。這人有著哲學家的前額和酒色之徒的下頷，看起來似乎很有天賦——不管這種天賦是用在好的方面還是壞的方面——但他下垂、譏誚的眼瞼，冷酷的藍眼睛，兇猛、充滿挑釁的鼻子和咄咄逼人的濃眉分明都是造物主所發出、最明顯的危險信號。他對旁人置之不理，只盯著福爾摩斯的臉，眼中充滿了仇恨和詫異。「你這個魔鬼！」他不停地嘟噥著，「你這個狡猾的魔鬼！」

「啊，上校！」福爾摩斯邊說邊整理弄亂了的領子，「就像老戲裡常說的：『冤家路窄，狹路相逢。』自從在萊辛巴赫瀑布的懸崖上承蒙你關照以後，我就不曾有幸再見到你。」

上校仍舊目不轉睛地看著我的朋友，好像一個神志不清的人。他能說出的只有這麼一句話：「你這狡猾的魔鬼！」

「上校，我還沒有介紹你呢。」福爾摩斯說道，「先生們，這位是塞巴斯蒂恩・莫蘭上校，以前在女王陛下的印度陸軍中效力，是我們東方帝國造就的最優秀專打猛獸的射手。在獵虎方面的成績仍然無人能敵，這樣說沒錯吧，上校？」

這個兇惡的老人一聲不響，依然瞪著我的夥伴。他那充滿野性的眼睛和倒豎的鬍子使他看起來活像隻老虎。

「奇怪，我這個簡單的把戲能讓這麼一個老練的獵手受騙。」福爾摩斯說道，「這應該是你很熟悉的辦法。你自己不也是在一棵樹下拴隻小山羊，然後帶著來福槍藏在樹上，等著這隻作爲誘餌的小山羊把老虎引來嗎？這所空房子成了我的樹，你就是我想打的老虎。你大概還帶著幾支備用的槍，以防出現好幾隻老虎，或是你萬一沒有瞄準——當然，這種假設是不大可能的。而他們都是我的備用槍。」他指了指周圍的人，「這個比喻是多麼適切啊。」

莫蘭上校怒吼一聲向前衝過來，但被兩個員警拉了回去。他的臉上露出的憤怒表情，看起來非常可怕。

「我承認你有一招我沒有料到。」福爾摩斯說道，「我沒有想到你也會利用這間空屋和這扇方便的前窗。我猜想你會在街上行動，那裡有我的朋友雷思垂德和他的隨從們在等著你。除了這一點以外，一切都在我的意料之中。」

莫蘭上校轉過臉對著員警們。

「你可能有、也可能沒有逮捕我的充足理由。」他說道，「但至少沒有理由叫我受這個人的嘲弄。如果我得受法律制裁，那就快照法律辦理吧！」

「你說得倒合情合理。」雷思垂德說道，「福爾摩斯先生，我們走以前，你還有別的要講嗎？」

福爾摩斯早把那把威力很大的槍從地板上撿了起來，正仔細檢查它的結構。

「眞是罕見。」他說道，「無聲而且威力無窮。我知道那個雙目失明的德國技工馮・赫德爾，這把汽槍是他爲莫里亞蒂教授所特製的。我好幾年前就知道有這麼一把汽槍了，可是一直沒有機會見識它。雷思垂德，我將這把槍，還有這些配套的子彈，都交給你們保管。」

「你可以放心把它們交給我們保管，福爾摩斯先生。」雷思垂德說道，這時大家都向房門口走去，「你還有什麼要說的嗎？」

「我想問一下你準備以什麼罪名起訴？」

「什麼罪名？自然是企圖謀殺福爾摩斯先生了。」

「這不成，雷思垂德，我一點都不想攪進這件事情。這場出色的逮捕行動是你的功勞，而且是你一個人的功勞。雷思垂德，我祝賀你！你以一貫的智勇雙全抓住了他。」

「抓住了他？抓住了誰，福爾摩斯先生？」

「就是所有員警一直沒有抓到的這個莫蘭上校，他在上個月三十日把一顆左輪子彈裝在槍裡，對準公園路四二七號二樓正面的窗戶開了一槍，打死了羅納德．阿戴爾。就是這個罪名，雷思垂德。現在，華生，要是你能忍受從破窗灌入的冷風，不妨到我的書房待上半個小時，抽根雪茄，這樣你也好休息一下。」

多虧麥克洛夫特的督促和哈德森太太的照料，我們的老房間還是維持原來的樣子。我一進去，就注意到屋裡比以前整潔很多，但是一切依然如故：這一角是作化學試驗的地方，擺著那張被酸液弄髒桌面的松木桌；那邊架上擺著一排大本的剪貼簿和參考書，都是一些很多倫敦人想付之一炬而後快的東西。我看看四周，掛圖、提琴盒、菸斗架，連用來裝菸草的波斯拖鞋都還在那裡。屋裡已經有了兩個人：一個是笑臉迎人的哈德森太太，另一個是在今晚的險遇中發揮巨大作用而面無表情的假人。這個按照我朋友的樣子做的、上過顏色的蠟像十分逼眞，我朋友把他擱在一個小架子上，爲它披了一件他的舊睡衣，從大街上望過去完全能以假亂眞。

「所有防護措施你都有遵守嗎，哈德森太太？」

「照你的吩咐，我是跪著做的，先生。」

「好極了，你做得非常出色。你看見子彈打在什麼地方了嗎？」

「看見了，先生。恐怕子彈已經打壞了你那座漂亮的半身像——它正好從頭部穿過，然後在牆上砸扁。這是我在地毯上撿到的，給你吧！」

福爾摩斯伸手把子彈遞給我。「一顆鉛頭左輪子彈。眞巧妙，誰會發現這樣的東西是從汽槍中打出來的？好吧，哈德森太太，非常感謝你的幫助。現在，華生，請你坐在老位子，有幾點情況我想和你談一下。」

他已經脫掉了破舊的雙排扣大衣，換上他從蠟像上取下來的灰褐色睡衣，又恢復成往日的模樣。

「這個老獵手居然手不抖，眼不花。」他一邊檢查蠟像破碎的前額，一邊笑著說道，「正對準後腦勺中間位置，恰好擊穿大腦。他以前在印度是最好的射手，我想現在倫敦也無人能及。你聽過他的名字嗎？」

「沒有。」

「瞧，這就叫出名！不過，我要是沒記錯，你過去也沒有聽過詹姆斯·莫里亞蒂的名字。他可是本世紀的大學者之一。你把我架子上的那本傳記索引拿給我。」

他坐在椅子上，往後靠了靠，大口大口地吐著雪茄，懶洋洋地翻著他的記錄。

「我在M開頭的欄目下收集的這些材料很有用。莫里亞蒂這個人無論擺在哪裡都極出類拔萃。這是罪犯莫根，這是臭名昭彰的梅里德，還有馬修斯——就是他在查林十字街車站的候車室裡把我左邊的臼齒打掉了。最後這個人嘛，就是我們今天晚上見到的朋友。」

他把本子遞給我，上面寫著：

塞巴斯蒂恩・莫蘭上校，無業，原隸屬班加羅爾工兵一團。一八四〇年倫敦出生，原英國駐波斯公使奧古斯塔斯・莫蘭爵士之子。曾就學於伊頓公學、牛津大學。參加過喬瓦基戰役、阿富汗戰役，在查拉西阿布（派遣）、舍普爾、喀布爾等地服役。著作：《喜馬拉雅山西部的大獵物》（一八八一），《叢林三月》（一八八四）。住址：管道街。俱樂部：英印俱樂部，坦克維爾俱樂部，巴格泰勒紙牌俱樂部。

在這頁的空白邊上，有福爾摩斯筆跡清晰的加注：倫敦第二號危險人物。

「真叫人難以置信，」我把本子遞回給他的時候說道，「這人的職業還是個光榮的軍人呢。」

「確實是這樣，」福爾摩斯回答道，「在某種程度上他做得不錯。他一向膽量過人，現在在印度還流傳著他爬進水溝去追一隻受傷的吃人猛虎的事情。華生，有些樹木長到一定高度的時候會突然長成古怪難看的形狀，這一點你也常常會在人們身上發現。我的觀點是：個人的發展過程體現了他歷代祖先發展的全程，而像這樣突然變好或者變壞，說明受到了某種強烈的影響，這種影響在他的家族歷史中由來已久——他似乎成了他家族史的縮影。」

「你這想法很怪異。」

「好吧，我不堅持自己的看法。不管是什麼原因，莫蘭上校開始走入歧途——他在印度雖然沒有鬧出什麼醜聞，卻也沒有在那裡繼續待下去。他退伍了，來到倫敦，而且弄得名聲狼藉。就在這時，他被莫里亞蒂教授挑中了，一度還是莫里亞蒂的參謀長。莫里亞蒂很大方地給他錢花，可是只派他做一兩件一般人無能爲力、需要高水準的案子。你可能還記得一八八七年在洛德的那個斯圖爾特夫人被害的案子吧。記不起來了？我可以肯定莫蘭是主謀，但是沒有證據。上校隱藏得非常巧妙，即使在莫里亞蒂匪幫案宣告破案的時候，我們也無法控告他。你還記得那天我到你寓所去看你的時候，爲了防止汽槍襲擊，我把百葉窗都關上了嗎？當時很可能你認爲我的想法有點奇怪，可是我清楚自己在做什麼，因爲我已經知道存在著這麼一把不平凡的槍，而且使用它的人是個全世界數一數二的神槍手。我們在瑞士的時候，他曾與莫里亞蒂一起跟蹤過我們。毫無疑問，就是他讓我在萊辛巴赫懸崖上度過了痛苦的五分鐘。

「你可以想到，我住在法國的時候非常留意報紙，就是爲了找到機會逮住他。只要他還在倫敦逍遙法外，我的生活就毫無意義。他的影子會日夜糾纏我，遲早會對我下手。我拿他怎麼辦呢？當然不能一看見他就拿槍打他，那樣我自己就得進法院，到時候，即便我向市長求救也無濟於事。他們也不能憑沒有根據的嫌疑就進行干預，所以我不知所措。可是我很留心報上的犯罪新聞，一心想著早晚要找到機會逮住他。後來我看見了羅納德·阿戴爾慘死的消息，便知道我的機會終於來到。據我判斷，這肯定是莫蘭上校所爲。他先與這個年輕人一起打牌，然後從俱樂部一直跟到他家，對準敞著的窗子開槍打死了阿德爾。這一點毫無疑問，那種子彈就是充分的證據，足以把他送上絞架。於是我馬上回到倫敦，卻被那個站哨的人發現了，他當然會告訴上校我已經出現，並要他留意。上校自然也會把我的突然歸來和他犯的案子聯繫在一起，因此感到驚恐萬分。我猜他肯定會立刻想方法把我作掉，並且爲了達到目的會再拿出這件兇器。所以我在窗戶爲他留了一個明顯的靶子，還預先通知蘇格蘭警場我可能需要他們的幫助——順便說一下，華生，你觀察得沒有錯，他們就待在那個門道裡——然後我找到那個在我看來是非常明智的監視點，但我萬萬沒有想到他也會挑上這個地方來襲擊我。親愛的華生，還有其他需要我解釋的嗎？」

「有，」我說道，「你還沒有說明莫蘭上校謀殺羅納德·阿戴爾的動機是什麼。」

「啊，親愛的華生，這一點我們只能推測了，不過在這方面，就是邏輯性最強的頭腦也可能會出錯，所以每個人都可根據現有的證據做出他自己的假設，而你我的假設都有可能正確。」

「那麼，你已經有了你自己的假設啦？」

「我想，說明案件的事實並不難。從證詞中我們知道莫蘭上校和年輕的阿德爾搭檔打牌贏了一大筆錢。不用說，莫蘭作了弊——我早就知道他打牌作弊。我相信就在阿德爾遇害的那天，阿德爾發覺莫蘭在作弊。他很可能私下跟莫蘭談過，還恐嚇要揭發莫蘭，除非他自動退出俱樂部並答應從此不再打牌。按理說像阿德爾這樣的年輕人不大可能馬上就去揭發一個既有點名聲，又比他大得多的莫蘭，因爲這樣會鬧出一樁轟動的醜聞來。可能他像我所猜測的那樣做了，但是對於靠打牌騙錢爲生的莫蘭來說，離開俱樂部就等於走向毀滅。所以莫蘭把阿德爾殺了，那時候阿德爾正在計算自己該退還多少錢，因爲他不願意靠搭檔作弊取勝。他鎖門是爲了防止母親和妹妹突然闖進來，因爲她們會追根究底地問他弄來那些人名和硬幣究竟要做什麼。我這樣說得通嗎？」

「我相信你說出了眞相。」

「這會在審訊的時候得到證明，或者遭到反駁。可是，不論發生什麼，莫蘭上校再也不會找我們麻煩了。馮・赫德爾這把了不起的汽槍將爲蘇格蘭警場博物館增色不少，而夏洛克・福爾摩斯先生又可以致力於調查倫敦錯綜複雜生活中許多有趣的小難題了。」

第二篇　諾伍德的建築商

「從刑事專家的角度來看，」福爾摩斯說道，「自從莫里亞蒂教授死亡後，倫敦就變成一座令人感到異常乏味的城市了。」

「我想很多正直的市民是不會同意你的看法的。」我回答道。

「好吧，好吧，我不應該這麼自私。」他微笑著說道，並把他的椅子從早餐桌旁推開，「這樣一來，社會肯定是受益的一方，而且沒有人會遭受損失，只是可憐的專家無所事事，因爲人們不再需要他的職業。當那個傢伙還在四處活動的時候，你可以在每天的晨報上看出無數可能發生的情況。通常，那只是一些最不起眼的線索，華生，最細微的跡象，便足以告訴我惡毒的匪首正在某個地方摩拳擦掌、蠢蠢欲動——如同蛛網的邊緣稍有顫動，就會使你想到潛伏在網中那隻可惡的蜘蛛——那些偷偷摸摸、肆意施暴以及意圖不明的逞兇，對於掌握線索的人來說都可以連成一個相互關聯的整體。對於一個研究上層黑社會的學者來說，歐洲任何一個首都都不曾具備過像當時的倫敦所具有的那些有利條件。可是現在——」他聳了聳肩，幽默地表示對他自己花了不少氣力造成的這種現狀很不滿。

到我現在所談到的這個時間，福爾摩斯回國已經有幾個月了。而且我依照他的請求，出讓了我的診所，搬回貝克街的舊公寓與他合住。有一位叫做維爾納的年輕醫生買下了我在肯辛頓開的小診所，而且令人吃驚的是，他幾乎毫不猶豫就按照我冒昧提出的最高價格付了錢——幾年以後，我發現那個維爾納原來是福爾摩斯的一個遠親，而且這些錢實際上是由我的朋友自己籌措的，我這才完全明白過來。

其實我們一起搭檔的日子並不像他所說的那樣平淡無奇，因爲藉由查看我的筆記，我發現在這個時期內發生的案件包括前總統穆利羅的檔案，以及荷蘭汽船「福萊斯蘭德」號的驚人事件，特別是後者，險些要了我們兩人的性命，但是他那種冷峻、自重的性格一向反對任何形式的公眾讚揚，而且他以最爲嚴格的規定來約束我不再提起他本人、他的方法或者他的成功——這項禁令，正如我已經解釋過的那樣，直到現在才剛剛被解除。

發完那一通古怪的牢騷之後，福爾摩斯向後倚靠在椅背上，悠閒自得地打開了他的晨報。就在這個時候，一陣刺耳的門鈴聲引起了我們的注意，緊接著傳來了咚咚的敲門聲，好像是有人在用拳頭捶打大門。門開了，一陣雜亂的腳步聲衝進大廳，並且迅速地登上樓梯。片刻之後，一位怒目而視、發瘋般的年輕人闖進房間，他的臉色蒼白、頭髮凌亂、全身都在顫抖。

他來回打量著我們兩個人。在我們質詢目光的注視下，他終於感到有必要爲自己這樣無禮闖入表示一下歉意。

「對不起，福爾摩斯先生。」他大聲說道，「請你不要責怪我，我幾乎要瘋了。福爾摩斯先生，我就是那個倒楣的約翰・海克特爾・邁克法蘭。」

他這樣介紹自己，彷彿只要一提他的姓名就可以解釋來訪的原因以及這種拜訪的方式。但從我的同伴那毫無反應的臉上，我能夠看出這個名字對他和對我一樣，並不意味著什麼。

「請抽根菸吧，邁克法蘭先生。」他說道，並把他的菸盒推了過去，「我相信我的朋友華生醫生會根據你的症狀開一份鎮定劑處方給你的。最近這幾天的天氣眞是太熱了，如果你感覺平靜下來了，請你坐在那把椅子上，慢慢地、平靜地告訴我們你是誰以及你找我的目的是什麼。你只說了名字，且表現得好像我應該認識你，但是我可以向你保證，除了你是一位單身漢、律師、共濟會

會員以及氣喘患者這些顯而易見的事實之外，我對你眞的是一無所知。」

由於我十分熟悉我朋友慣用的方法，所以領會他的推理沒有什麼困難，並且我還看出他做出這些推測根據的是：這位年輕人不修邊幅的衣著、隨身帶的那一本法律文件、錶鍊上的護身符以及喘氣的聲音。但是我們的這位委託人卻被驚得目瞪口呆。

「是的，你說的那些情況都很屬實，福爾摩斯先生；而且，除此以外我此時此刻還是全倫敦最不幸的人。看在上帝的份上，請你不要棄我不顧，福爾摩斯先生！如果他們在我把我的經歷全部講完之前就來逮捕我，那麼請你讓他們給我時間，好讓我把全部的事實都告訴你。只有我知道有你在外面爲我奔走，我才能安安心心地走進監獄。」

「逮捕你？」福爾摩斯說，「這簡直是太——太有意思了。你認爲他們會以什麼罪名逮捕你呢？」

「以謀殺諾伍德的約拿斯・歐達克先生這個罪名。」

我的同伴那表情豐富的臉上露出同情的神色，不過，我覺得其中多少還帶點滿意的成分。

「天哪。」他說道，「剛才吃早飯的時候，我還對華生說所有轟動的案子都已經從報紙上消失了呢。」

我們的客人伸出一隻顫抖的手，拿起了那份仍放在福爾摩斯膝上的《每日電訊報》。

「如果你看過這份報紙，先生，那麼你一眼就能夠看出我今天上午來訪的目的。我覺得我的名字和我的不幸遭遇已經成爲所有人談論的話題。」他把報紙翻到中間的版面。「就在這裡。如果你允許，我就把它念給你聽。聽聽這個，福爾摩斯先生。標題是：『諾伍德的神秘事件——著名建築商失蹤——懷疑爲謀殺罪以及縱火罪——有關犯人的一條線索。』那就是他們正在追查的線索，福爾摩斯先生，而且我知道它絕對會把我牽扯進去。我從倫敦橋車站就開始被人跟蹤，而且我確信他們現在只是在等逮捕令然後要把我抓起來。這會使我的母親傷心的——這一定會傷透她的心！」在痛苦的恐懼與不安之中，他絞扭著自己的雙手，身體在椅子上搖來擺去。

我留意了一下這位被指控爲凶案罪犯的男子。他有著一頭淡黃色的秀髮而且面容俊俏，但是那一雙充滿驚懼的藍眼睛、刮得淨光的面孔以及神經質而缺少血色的嘴唇、無不透出一種消極疲憊的神態。他大約二十七歲左右，衣著舉止都像是位紳士。在他那件淺色的夏季外衣口袋裡露出一卷簽注過的卷宗，這說明了他的職業。

「我們必須抓緊可以利用的所有時間，」福爾摩斯說道。「華生，請你把報紙拿過來，並把剛才談到的那一段念一下，好嗎？」

就在我們的委託人引述過的醒目大標題下，有這樣一段暗示性的描述，我照著念道：

在昨晚深夜或者是今日凌晨時分，諾伍德發生了一起意外事件，這恐怕是一起嚴重的犯罪行爲。約拿斯・歐達克先生在該郊區頗有名氣，他在這裡經營建築業已有多年。歐達克先生現年五

十二歲，單身，住在希登漢姆路盡頭的幽谷居。他習性怪僻，平素沉默寡言、離群索居、不善交際。實際上他已經退出建築業多年，據說他早年就是依靠經營建築業而積聚了相當的財富並致富的。但是，在這幢房子的後面還保留著一個不大的貯木場。昨天夜間，大概十二點鐘左右，貯木場中的一堆木材失火並引發火警。消防車隨即趕到現場，但由於木材十分乾燥，火勢異常猛烈，直到整堆木料燒盡了，火勢才得到控制。至此，這起事件看起來似乎是一件意外事故，但是最新發現的跡象卻顯示這可能是一起嚴重的犯罪行爲。令人詫異的是火災現場沒有找到這幢房子的主人，而且隨後進行的調查證實屋主已經失蹤。他的臥室已被檢查過，發現床上並沒有睡過的痕跡，房間裡保險櫃的門已被打開，一些重要的文件散落房間，而且還發現有激烈扭打的跡象，在房間裡發現少量的血跡以及一根橡木材質的手杖，這根手杖的柄上也沾有一些血跡。現已查明，約拿斯·歐達克先生在案發當晚曾經在臥室接待一位訪客，發現的那根手杖也被證明爲該訪客的物品，這位深夜訪客是位年輕的倫敦律師，名字叫做約翰·海克特爾·邁克法蘭先生，是位於中東區格雷沙姆大樓四二六號的格拉漢姆|邁克法蘭事務所的合夥人。儘管這個案件還可能有聳人聽聞的發展，但是警方確信他們已經掌握的證據足以說明其犯罪的動機。

晚些時候——在本報將印製前，有傳言稱約翰·海克特爾·邁克法蘭先生已經因涉嫌謀殺約拿斯·歐達克先生被警方逮捕，但至少可以肯定的是逮捕令已經發出。正在諾伍德進行的調查又有進一步的而且是不祥的發現——除了在這位不幸建築商的房間裡發現的扭打痕跡之外，現在又發現他的臥室（在一樓）的法式落地窗是敞開的，並且還有似乎是沉重物體從室內拖往木料堆的痕跡。據稱，在火災現場的灰燼中還找到燒焦的殘骸。警方認爲這是一起極其驚人的兇殺案：受害者在自己的臥室中被棒擊致死，他的文件被劫掠一空，屍體被拖至木料堆，然後焚燒滅跡。此案的刑事調查已經交給蘇格蘭警場經驗豐富的雷思垂德警官負責，此刻他正以一貫的精力與機智全力追查線索。

福爾摩斯閉上眼睛聽著這起驚人的案件，並將雙手的指尖合在一起。

「這案子的確有幾點值得注意。」他以特有的那種漫不經心的神情說道，「首先，我可否請問一下，邁克法蘭先生，既然似乎已經有足夠的證據可以逮捕你，你怎能依然逍遙法外呢？」

「我和我的父母住在布萊克希斯的托靈頓寓所，福爾摩斯先生，但是昨天晚上由於爲約拿斯·歐達克先生辦事到很晚，所以我就住在諾伍德的一家旅館裡，然後從那裡直接去了辦公室。當我在火車上從報紙讀到你剛才聽到的那則新聞時，我才知道在諾伍德發生的事情。於是我立即意識到了自己處境的危險，就急忙趕來把這件案子委託給你。毫無疑問，如果我在城裡的辦公室或是在家裡，肯定早就被抓走。有一個人從倫敦橋車站開始就一直在跟蹤我，而且我一點都不懷疑——天哪！什麼人來了？」

那是叮噹作響的門鈴聲，緊接著從樓梯上傳來沉重的腳步聲。片刻之後，我們的老朋友雷思垂德出現在門廊處。我透過他的肩膀看到門外還站著一兩名穿制服的員警。

「你就是約翰・海克特爾・邁克法蘭先生嗎？」雷思垂德問道。

我們這位可憐的委託人臉色慘白地站起身來。

「由於你涉嫌蓄意謀殺諾伍德的約拿斯・歐達克先生，我現在要逮捕你。」

邁克法蘭轉向我們並做出一個絕望的手勢，接著他再一次跌坐在椅子上，好像完全被擊垮一樣。

「等等，雷思垂德。」福爾摩斯說道，「對你來說，多半小時或者少半小時不會有何差別，但這位先生正要爲我們講述一件非常有趣的事情，這可能會有助於我們把事情弄清楚。」

「我覺得弄清楚這件事情並沒什麼困難。」雷思垂德冷冷地說道。

「不過，如果你允許的話，我倒是很有興趣聽一聽他的講述。」

「好吧，福爾摩斯先生，我很難拒絕你的任何要求，因爲你曾經幫助我們一、兩次，而且我

們蘇格蘭警場還欠你一份情呢。」雷思垂德說道，「但是我必須跟犯人在一起，而且我還要警告他：他所說的每一句話都有可能成爲不利於他的證據。」

「這再好不過了。」我們的委託人說道。「我只請求你聽一聽我的陳述，並相信我講的都是眞實的情況。」

雷思垂德看了一下他的手錶。「我給你半個小時。」他說道。

「首先，我必須說明。」邁克法蘭說道，「我根本不認識約拿斯・歐達克先生。他的名字我很熟悉，那是因爲多年以前我的父母和他認識，但是後來他們疏遠了。因此，昨天下午大約三點他走進我在城裡的辦公室時，我非常驚訝，當他說出來意後就更加訝異了。他的手裡拿著幾張從筆記本撕下來的單頁，上面寫滿了潦草的字跡——就是這些——然後他把它們放在我的桌上。

『這是我的遺囑。』他說道，『我希望你，邁克法蘭先生，把它按照恰當的法律格式寫出來。你現在就寫，我就坐在這裡等。』

「我開始抄寫那份遺囑。當我發現他除了有若干保留外，將所有的財產都留給我的時候，你可以想像得出我有多麼驚訝。他是一個奇怪、矮小、像雪貂似的人，長著白色的睫毛。當我抬頭看他的時候，發現他那雙銳利的灰眼睛也正盯著我，臉上還露出開心的神情。當我讀到遺囑中的那些條款時，我簡直不敢相信自己的眼睛，可是他解釋說，他是一個單身漢，已經沒什麼親人在世。他還解釋說他年輕的時候就認識我的父母，而且一直聽說我是個值得信任的年輕人，所以他相信可以放心地把錢交給我。當然啦，我驚訝得只能結結巴巴地說出一些感謝的話。遺囑按照格式寫好後，他簽了字，並且由我的助理做了見證人。這張藍紙上寫的就是正式的遺囑，而這些紙，就像我解釋過的那樣，只是草稿。接著約拿斯・歐達克先生又告訴我說，還有一些公文——租約、所有權證書、抵押憑據、以及臨時憑證等等——他認爲我有必要看一看，去瞭解一下。他說只有把所有的事都辦完以後他才能放心，並且請求我晚上帶著這份遺囑去他在諾伍德的家裡把所有的事情安排一下。『記住，我的孩子，在所有的事情還沒有辦妥之前，不要對你的父母說起這件事情，我們要給他們一個小小的驚喜』。他一再強調這一點，還要我答應一定做到。

「你可以想像出來，福爾摩斯先生，我當時無法拒絕他提出的任何要求。他是我的捐助人，而且他只希望實現他的一些願望。因此，我發了一封電報給家裡，說我的手頭有重要的事情要處理，不確定要到多晚才能夠回家。歐達克先生告訴我說，他希望我能夠在九點鐘的時候和他共進晚餐，之所以要選這個時間是因爲在那之前他可能還沒有到家。可是，我找他家的時候費了一番周折，將近九點半的時候才到。我發現他——」

「等一下！」福爾摩斯說道，「是誰開的門？」

「一位中年女士，我猜是他的管家。」

「我想就是她說出了你的名字，是這樣嗎？」

「沒錯。」邁克法蘭說道。

「請繼續說下去。」

邁克法蘭擦了擦額頭上的汗，然後繼續他的敘述：

「這位女士把我領進一間起居室，裡面已經擺好了一餐簡單的晚飯。吃過飯後，約拿斯・歐達克先生帶我去他的臥室，那裡放著一個看起來很沉重的保險櫃。他打開這個保險櫃，取來一大堆資料，然後我們一起把這堆資料都仔細地查看了一遍。我們結束的時間是在十一點到十二點之間，他說我們還是不要打攪管家，於是就讓我從他那扇一直開著的法式窗戶出去。」

「窗簾是放下來的嗎？」福爾摩斯問道。

「我不大清楚，不過好像只是放下一半。是的，我記得他爲了打開窗戶，把窗簾拉了起來。當時我找不到我的手杖，他說：『沒關係，我的孩子，我想在這段時間我會經常見到你的。我會把你的手杖收好，等你下次來拿。』我離開的時候，他還在屋裡，保險櫃開著，那些分成幾小包的資料還擺在桌上。時間已經那麼晚，我當然無法回布萊克希斯，於是就在阿納利・阿姆斯旅館過了一夜，而且我是在早報上才讀到關於這件可怕事情的報導，其他的我什麼都不知道。」

「你還有其他的事情要問嗎，福爾摩斯先生？」雷思垂德說道。他在聽這位年輕人講述這段不平凡經歷的時候，曾有一兩次揚起了他的眉毛。

「在我去布萊克希斯之前，沒有什麼要問的了。」

「你說的是諾伍德吧。」雷思垂德說道。

「啊，對了，我要說的就是那裡。」福爾摩斯說道，臉上帶著他那種高深莫測的微笑。根據以往的經驗，雷思垂德已經知道福爾摩斯的腦子就像是一把鋒利的剃刀，能夠切開在他看來是堅不可破的東西，只是他不願意承認這一點罷了。我看到他好奇地看著我的同伴。

「我想和你談一談，夏洛克・福爾摩斯先生。」他說道，「現在，邁克法蘭先生，我的兩個員警就在門口，外面還有一輛四輪馬車在等著。」這個可憐的年輕人站起身來，哀求似的最後看了我們一眼，然後走出房間。員警帶他上了馬車，但是雷思垂德卻留了下來。

福爾摩斯已經把遺囑的那幾頁草稿拿在手中，仔細查看，一副興致勃勃的樣子。

「這份資料的確有些特別，雷思垂德，是不是？」他說著，並把草稿遞了過去。

這位長官一臉困惑地看著那幾張紙。

「我能夠認出開始的幾行以及第二頁中間的這幾行，還有最後的一兩行。這些就像是印刷出來的，十分清楚。」他說道，「其他地方的筆跡都太潦草了，而且有三個地方的內容我一點也認不出來。」

「你怎麼解釋這一點呢？」福爾摩斯說道。

「你怎樣解釋呢？」

「這份遺囑是在火車上寫的：清楚的部分表明火車正停靠在車站，潦草的部分表明火車是在行駛中，而那些特別潦草的部分則說明火車正在經過道岔。有經驗的行家能夠立刻斷定這是在一條郊區的鐵路線上寫出來的，因爲只有在大城市附近才有可能接二連三地碰到道岔。假如他整個旅程的時間都用來擬這份遺囑，那麼這肯定是快車，而且在諾伍德和倫敦橋之間只停過一次。」

雷思垂德笑了起來。

「在推理分析方面，你比我強多了，福爾摩斯先生。」他說道，「那麼這一點和這件案子有什麼關係呢？」

「嗯，這份遺囑是由約拿斯・歐達克在昨天的旅程中擬好的，在這一點上與那個年輕人的敘述一致。可是這很奇怪！不是嗎？一個人竟然會以如此隨便的方式來擬寫一份這麼重要的文件，這說明他實際上並不認爲這份遺囑會有多少實際價值，只有根本不打算讓自己擬定的遺囑生效的人才會這樣做。」

「嗯，這等於同時爲自己發出一張死刑判決書。」雷思垂德說道。

「噢，你這樣認爲嗎？」

「難道你不這樣認爲嗎？」

「很有可能是這樣，不過這對我來說還不是很清楚。」

「不清楚？如果這都不算清楚，還有什麼能算得上清楚的呢？這個年輕人突然想到只要這位老人一死，他就可以繼承一筆遺產，他會怎麼辦呢？他沒有對任何人說出這件事情，但是他製造了某種藉口以便在當天晚上去拜訪他的遺囑委託人。他一直等待著，直到整幢房子裡唯一的另一個人睡著之後，就在委託人獨居的房間裡把他殺了，並把他的屍體拖到木料堆裡焚燒，然後離開那裡去了附近的一家旅館。臥室裡和手杖上的血跡都很少，很有可能他當時以爲沒有留下任何血跡，並且希望只要屍體被燒毀，就可以掩蓋可能揭示委託人如何斃命的一切痕跡——因爲那些痕跡會暴露他的行跡。這難道還不夠明顯嗎？」

「我的好雷思垂德，我覺得你的推理有點過於簡單。」福爾摩斯說，「你沒能將自己的想像力融入你的眾多長處中去。想想，如果你是這個年輕人，你會挑選恰好是遺囑訂立的那個晚上去行兇嗎？你不覺得把擬立遺囑和行兇這兩件事情連接得這麼緊密非常危險嗎？還有，你會選擇有人知道你在那裡、而且恰好是這家僕人開門讓你進屋這樣的一個時機嗎？最後一點，你會那麼費盡心思地藏匿屍體，卻留下自己的手杖作爲證據表明自己是兇手嗎？老實承認吧，雷思垂德，這些都是不大可能的。」

「那根手杖，福爾摩斯先生，你我都知道罪犯通常總是驚慌失措，因而會做出那些只有頭腦冷靜的人才能夠避免的事情來，他很有可能是不敢再回到那個房間。如果你不同意我的推理，請你給我另外一種能夠符合事實的推測吧。」

「我能夠很輕易地爲你舉出半打的推測。」福爾摩斯說道，「譬如，有這樣一種可能的、甚至是極有可能的推測，就當我白送給你。老人正在給年輕人看那些顯然十分有價值的檔案，由於此時窗簾只放下一半，一個路過的流浪漢透過窗子看到了他們。年輕的律師走了之後，那個流浪漢進來。他看到那根手杖，抓起它打死歐達克，燒毀屍體然後就跑掉了。」

「流浪漢爲什麼要把屍體燒掉呢？」

「如果你就這一點來說，那麼邁克法蘭爲什麼要這樣做呢？」

「爲了掩蓋一些證據啊。」

「或許那個流浪漢不想叫人知道出了謀殺案。」

「那爲什麼流浪漢什麼也沒拿走呢？」

「因爲那些都是他無法轉讓的文件檔案。」

雷思垂德搖了搖頭，儘管在我看來，他已經沒有剛才那樣絕對地確信。

「好吧，福爾摩斯先生，你可以去找你的流浪漢。在你找他的時候，我們是不會放走這個年輕人的，將來會證明誰對誰錯的。不過請你注意這一點，福爾摩斯先生：就我們所知，那些文件沒有一份被移動過，而且我們的這個犯人就是這個世界上最不可能拿走文件的那個人，因爲他是法定的繼承人，在任何情況下他都會得到這些文件。」

我的朋友好像被這句話刺痛了。

「我不想否認證據在某些方面對你的推測非常有利。」他說道，「我只是想指出還有其他可能的推測，正如你所說的，將來會見分曉的。再見！我相信今天會順便去一趟諾伍德，看看你的進展如何。」

當這位偵探離開的時候，我的朋友從椅子上站起身來，帶著一副遇到感興趣的任務時的神情，準備開始這一天的工作。

「我的第一個行動，華生。」他說道，並匆匆地穿上了他的長外衣，「就像我剛才所說的，必須去布萊克希斯。」

「爲什麼不是諾伍德？」

「因爲我們在這案子裡看到一件怪事緊接著另一件怪事發生。警方正錯誤地將他們的注意力集中在第二件事情上，因爲那件事情恰是一件犯罪行爲。但在我看來，處理這案子的合理途徑，顯然是從解釋清楚第一件事情著手——就是那份古怪的遺囑。它寫下得那麼突然，而且又是給那麼一個出乎意料的繼承人。這一點弄清楚了，或許可以簡化接下來的工作。不，我親愛的朋友，我想你幫不上我的忙。我不會有什麼危險的，否則我也不會單獨行動。我相信當我晚上見到你的時候，就可以告訴你我已經爲這個將自己完全託

付給我的小夥子做了一些事了。」

我的朋友回來得很晚。一看他那憔悴、焦慮的面孔，我就明白他出發時所抱有的滿懷希望都落空了。他撥弄了一個鐘頭的小提琴，竭力使自己煩躁的心緒平靜下來。最後他猛地放下手中的提琴，開始詳細講述自己糟糕的經歷。

「一切都錯了，華生——簡直就是一錯到底。儘管我在雷思垂德面前裝出胸有成竹的樣子，可是在心底裡卻認爲這個傢伙這一回走對路，我們卻走錯了。我的直覺全部指向這個方向，可是一切的事實卻指向另一個方向。而且我非常擔心英國陪審團的智力遠遠沒有達到那種寧願接受我的假設而不要雷思垂德證據的高度。」

「你去了布萊克希斯嗎？」

「是的，華生。我去了那裡，而且我很快就發現那位不幸去世的歐達克是個不容輕視的無賴。邁克法蘭的父親出去找他的兒子，他的母親在家——她是一位個子小小的、有著藍色眼睛的女士，由於恐懼和憤怒不停地打顫。當然啦，她不承認她的兒子會犯罪。但是她對於歐達克的遭遇既沒有表示驚訝，也沒有表示出任何的惋惜，恰恰相反，她談起歐達克的時候流露出一種深惡痛絕的神情，這簡直就是她在不自覺地支持警方的證據——如果她的兒子曾經聽過她這樣談論歐達克，那麼自然會使他對歐達克產生憎惡並且做出暴行。『與其說他是人，倒不如說他是一個惡毒的、狡猾的怪物，』她說道，『而且他從年輕的時候，就一直如此。』

「『那個時候你就認識他了？』我說道。

「『是的，我十分瞭解他，事實上，他是我過去的追求者之一。謝天謝地我還算有眼力，離開了他，嫁給了一個也許比他窮、但是比他好的人。在我和歐達克訂婚後，福爾摩斯先生，我聽說了他如何殘酷地將一隻貓放進鳥舍裡。他這種野蠻殘酷的舉動使我害怕極了，再也不願和他有任何關係。』她從寫字臺的抽屜裡翻了翻，拿出一張女人的照片，照片上女人的臉部已經被刀劃得支離破碎。『這是我的相片，』她說道，『在我結婚的那天上午，他爲了詛咒我，把它弄成這個樣子寄給我。』

「『不過，』我說道，『至少他現在已經原諒你，因爲他將全部財產都留給了你的兒子。』

「『我的兒子和我都不要約拿斯·歐達克任何東西，不管他是死是活。』她鄭重其事地大聲說道，『上天有靈啊，福爾摩斯先生。上帝已經懲罰了這個惡毒的傢伙，到時候上帝也會證明我兒子的手上並沒有沾著他的血。』

「嗯，我還試著追查一兩條線索，卻找不到有助於我們假設的情況，而且還有幾點恰好與我

們的假設背道而馳，所以最後我放棄了，就去了諾伍德。

「那個地方，幽谷居，是幢頗為現代的大別墅，全部用燒磚砌成，矗立在一片廣闊的庭院中。別墅前面是一片月桂叢生的草坪。右側就是火災現場的貯木場，從那裡到大路還有一段距離。這是我在筆記本上畫的簡圖。左邊的這扇窗戶就是通向歐達克房間的窗子，你看，從大路上就可以望到房裡。這是我今天得到的僅有一點安慰。雷思垂德不在那裡，但是他的警長盡了地主之誼。他們剛剛發現了一個莫大的線索——他們整整一個上午都在燒過的木料堆灰燼裡搜尋，除了燒焦的有機體殘骸以外，他們還找到幾個已經變了顏色的金屬小圓片。我仔細檢查了這些圓片，可以肯定那些是褲子上的鈕扣，我甚至還辨認出其中一枚鈕扣上的標記：『海安姆斯』，他是歐達克的裁縫。然後我仔細檢查了草坪，看看是否有其他的痕跡和腳印，但是這場乾旱卻使所有的東西都變得像鐵塊一樣堅硬，什麼也看不出來，只能看出好像是一具屍體或是一捆什麼東西曾經被拖過一片矮矮水臘樹的籬笆，方向與木料堆平行。當然了，所有這些都符合官方的推測。我頂著八月毒辣的陽光，在草坪上爬來爬去，但是當我一個小時後站起來時，還是和之前一樣不明白。

「在院裡一無所獲，我就進去檢查那間臥室，房裡的血跡很少，僅僅是一些小污漬，但是顏色毫無疑問很新鮮。那根手杖已經被移動過了，但是上面的血跡也很少。可以肯定那根手杖的確是我們的委託人的，他自己也承認了。在地毯上，兩個人的腳印都可以辨認出來，但是沒有任何其他人的腳印，這又使警方贏了一著——他們的得分正節節增高，而我們卻停滯不前。

「我確實曾經看到一點點希望，不過這僅有的希望現在也已經落空了。我檢查保險櫃裡的東西，其中的大部分早已被取出來並被放在桌上。那些文件都被封在信封套裡，其中一兩件已經被警方拆開了。在我看來那些東西並沒有多大的價値，而且從銀行存摺上也看不出歐達克先生有多富裕，但是我覺得似乎並非所有的文件都在那裡。有幾處提到了一些契約——可能是一些更有價値的文件——但是我卻找不到。當然了，如果我們能夠確切地證明這一點，就會使雷思垂德的說法自相矛盾——誰會偷走明明知道自己不久就要繼承的東西呢？

「最後，我檢查所有其他的地方後，仍然沒有找到任何線索，不得不在管家的身上試試運氣。她姓萊克辛頓，是一個身材矮小、皮膚黝黑、沉默寡言的人，還有一雙多疑的、斜睨著人的眼睛。如果她願意，她是可以告訴我們一些情況的，這一點我十分肯定，可是她卻守口如瓶。是的，她在九點半鐘的時候讓邁克法蘭先生進來，她後悔不該讓他進去。然後她在十點半鐘上床睡覺；她的房間在這幢房子的另外一端，所以聽不到這邊發生的事情。邁克法蘭先生把他的帽子和一根她確信屬於他的手杖放在門廳裡。她是被火警驚醒的。她那不幸的好主人肯定是被人謀害了。他有仇人嗎？唉，每個人都會有仇人的，但是歐達克先生很少與人交往，他只見那些和他有業務往來的客戶。她已經看過了那些鈕扣，並且可以肯定那些就是邁克法蘭先生昨天晚上穿的衣服上的鈕扣。因爲已經一個月沒有下雨了，木料堆非常乾燥，大火燒得很快，當她到達貯木場時，除了一片熊熊大火外，什麼都看不見了。她和所有的消防員都聞到火堆裡有肉燒焦的味道。她根本不知道文件的事情，對歐達克先生的私事也一無所知。」

「喏，親愛的華生，這就是我的失敗經歷。可是——可是——」他握緊瘦瘦的雙手，好像又恢復自信，「雖然我知道一切都出錯，可是還有一些沒有被揭露的眞相，管家是知道的——她的眼神中有一種惱怒、反抗的神色，只有心裡有鬼的人才會這樣。不過再多說也沒有用了，華生；除非運氣自己找上門來，恐怕這件諾伍德的失蹤案不會在我們成功破案的記錄中出現了。我看耐心的公眾只好容忍這一次了。」

「想必，」我說道，「這個年輕人的外表可以感動任何一個陪審團吧！」

「你這種想法很危險，親愛的華生。你還記得那個可怕的殺人犯伯特・斯蒂芬斯嗎？他曾在一八八七年請我們為他開脫。你還見過比他的態度更溫和、更像主日學兒童的年輕人嗎？」

「這倒是眞的。」

「除非我們能夠做出另外一個合理的推測來，不然邁克法蘭就完蛋了。在這個現在就可以對他提出控訴的案子中，你簡直找不出一點漏洞，而且進一步調查的結果反而加強了立案的依據。對了，那些文件中還有一個地方很奇怪，這或許可以成為我們調查的起點——我在翻看銀行存摺的時候，發現餘額很少的原因主要是因為在過去的一年裡，有幾張大額的支票開給柯尼利亞斯先生。我很想瞭解這個和一位退休的建築商有如此大筆買賣的柯尼利亞斯先生是誰，是不是他與這件案子有關係？柯尼利亞斯先生可能是一位經紀人，但是我沒有找到能夠和這幾筆大額付款相符的交易憑據。既然現在沒有別的線索，我必須向銀行查詢一下那位把支票兌現的先生是誰。但是，我的朋友，我擔心這件案子將很不體面地以雷思垂德絞死我們的委託人而宣告結束，這對蘇格蘭警場無疑是一次勝利。」

我不知道那天夜裡福爾摩斯究竟多晚才睡覺，但是當我下樓吃早飯的時候，我看見他臉色蒼白、憂心忡忡，他那雙炯炯有神的眼睛由於周圍的黑眼圈而顯得更加明亮。在他椅子周圍的地毯上滿是菸頭和當天的早報。一份打開的電報攤在餐桌上。

「你怎麼看這個，華生？」他把電報扔過來問道。

電報是從諾伍德發來的，全文如下：

獲重要新證據。邁克法蘭罪行已定。奉勸你放棄此案。

雷思垂德

「聽起來很嚴重。」我說道。

「這是雷思垂德自鳴得意的小小勝利。」福爾摩斯回答道，臉上露出一絲苦澀的微笑。「不過，也許現在還不是放棄這個案子的時候。畢竟，任何重要的新證據就像是一把雙面刃，它有可能朝著雷思垂德想像的相反方向切過去。先吃早飯吧，華生，然後我們一起出去看看有什麼可以做——我覺得今天好像需要你的陪伴還有精神上的支持。」

我的朋友自己並沒有吃早飯，這是他的一個古怪之處——在比較緊張的時候就不讓自己吃東西，而且我還目睹過他濫用自己的體力，直到由於營養不足、身體虛弱而暈倒。「我現在找不出能量和精力來消化食物，」他總是以這句話來回答我的醫學忠告。因此，這天當他沒有吃早飯就和我出發去諾伍德的時候，我並沒有感到驚訝。一群好奇的人依然圍在幽谷居的外面，而這幢郊外的別墅正如我想像的那樣。雷思垂德在大門裡面迎接我們，勝利使他紅光滿面，洋洋得意。

「啊，福爾摩斯先生，你是否已經證明我們錯了呢？你找到那個流浪漢了嗎？」他高聲說道。

「我還沒有得出什麼結論。」我的同伴回答說。

「可是我們昨天就得出了結論，而且現在證明是正確的，所以你得承認這次我們走在你的前頭了，福爾摩斯先生。」

「看你的神情確實好像發生了什麼不平常的事情。」福爾摩斯說道。

雷思垂德大聲笑了起來。

「你也和我們一樣不喜歡被打敗。」他說道，「一個人不能總是期望事事如意，不是嗎，華生醫生？如果你們願意，請到這邊來。我想我能夠徹底地說服你們——約翰・邁克法蘭就是這樁凶案的罪犯。」

他帶領我們走過走廊，來到另一頭的一間昏暗門廳裡。

「這是年輕的邁克法蘭在作案後一定要來取他帽子的地方，」他說道，「現在，看看這個。」他突然戲劇性地劃亮了一根火柴，並且借著火柴的亮光照出白灰牆上的一點血跡。當他把火柴湊近一些的時候，我看見那不僅僅是一塊血跡，而且是個印得很清晰的拇指印。

「用你的放大鏡看一看吧，福爾摩斯先生。」

「是的，我正用放大鏡看著呢。」

「你知道，沒有哪兩個拇指的指紋是相同的，是這樣嗎？」

「我聽說過類似的說法。」

「好的，那麼，請你將牆上的指紋與今天早上我命令從邁克法蘭的右手拇指上取下來的蠟模指紋比對一下吧。」

當他將蠟模指紋舉到血跡的旁邊時候，即使不用放大鏡也能夠看出這兩個印跡毫無疑問是由同一個拇指上印出來

的。在我看來，很明顯我們這位不幸的委託人沒有希望了。

「這是決定性的證據。」雷思垂德說道。

「是的，具有決定性。」我不由自主地附和道。

「具有決定性！」福爾摩斯說道。

他的語氣引起了我的注意，我轉頭看著他——他的臉部表情已經起了不尋常的變化：面孔因竊喜而不停地抽動；眼睛像星星一樣閃爍著光芒。在我看來，他似乎在竭力忍住一陣大笑。

「天哪！天哪！」他終於說道，「啊呀，誰會想到這一點呢？外表是多麼具有欺騙性啊，這一點也不假！他看上去是那麼好的一個年輕人！這件事情教訓我們不要輕易相信我們自己的眼力，是不是，雷思垂德？」

「是的，我們當中的一些人就是太過於自信了，福爾摩斯先生。」雷思垂德說道。這個人的傲慢眞令人惱火，但是我們卻無法表現憤怒。

「當那位年輕人從掛衣鉤上取下帽子的時候，竟然會用右手的大拇指在牆上按一下，這絕對是天意！如果你仔細想一想，這是一個多麼自然的動作啊。」福爾摩斯表面看上去很鎭靜，可是當他說話的時候，難以抑制的興奮使他全身顫抖。

「順便問一下，雷思垂德，是誰報告這個驚人的發現？」

「是管家萊克辛頓太太，是她告訴夜班警官的。」

「夜班警官當時在什麼地方？」

「他守在案發現場的那間臥室裡，以防有人動房裡的物品。」

「但是警方爲什麼昨天沒有發現這個血跡呢？」

「嗯，我們當時沒什麼特別理由要仔細檢查這間門廳。再說，你可以看到，這個地方也不太顯眼。」

「是的，沒錯，當然是不太顯眼。我想毫無疑問這塊血跡昨天就在牆上了吧？」

雷思垂德看著福爾摩斯，彷彿在想福爾摩斯是不是已經瘋了。我承認，對於福爾摩斯那種興高采烈的樣子和不合常理的說法，連我也感到十分驚奇。

「我不明白，你難道認爲邁克法蘭在深夜裡從監獄裡跑出來過，而且只是爲了增加不利於己的罪證，」雷思垂德說道，「我可以請世界上任何一位專家來鑒定這到底是不是他的指紋。」

「毫無疑問，這就是他的指紋。」

「那麼，這就足夠了。」雷思垂德說，「我很重實際，福爾摩斯先生，而且我只有在找到證據的時候才下結論。要是你還有什麼要說的，可以到起居室找我——我要在那裡寫我的報告。」

福爾摩斯已經恢復平靜，但是我從他的表情中似乎仍能看得出他心裡覺得十分好笑。

「天哪，這可是一個非常糟糕的進展，華生，難道不是嗎？」他說道，「但是這其中有一些蹊蹺之處，這給我們的委託人留下了幾分希望。」

「聽到你這樣說，我很高興。」我由衷地說道，「剛才我都覺得他恐怕沒有希望了。」

「我是不會說出那樣的話來，我親愛的華生。事實上，在我們的朋友極爲重視的這個證據中，有一個十分嚴重的漏洞。」

「眞的嗎，福爾摩斯？什麼漏洞？」

「就是——昨天我檢查門廳的時候，牆上並沒有那塊血跡。現在，華生，讓我們到太陽下散散步吧。」

我陪著我的朋友在花園裡散步，腦子裡很混亂，但是心裡卻因爲有了希望而開始覺得有些暖呼呼的。福爾摩斯按著順序，頗有興致地檢查了這幢房子的每一面。然後他帶我走進去，把整幢房子都查看一遍，從地下室到閣樓，沒有遺漏任何一個房間。大多數的房間裡都沒有擺設傢俱，但是他仍然仔細檢查了這些房間。最後，在頂層連接三間無人居住的臥室走廊上，福爾摩斯突然又高興了起來。

「這件案子的確有一些與眾不同的特點，華生。」他說道，「我想現在是向我們的朋友雷思垂德講明實情的時候了。他已經嘲笑過我們，可是我對案子的判斷能夠證明是正確的，或許我們也可以照樣回敬他。是的，有了，我想我知道我們應該採取什麼樣的辦法了。」

當福爾摩斯打斷這位蘇格蘭警場警探的時候，他仍然在起居室裡振筆疾書。

「我知道你是在寫關於這件案子的報告。」福爾摩斯說道。

「是的，我確實是在寫報告。」

「你不認爲有一點爲時過早嗎？我總覺得你的證據不夠充足。」

雷思垂德很瞭解我的朋友，絕不會無視他說的話，所以他放下筆，好奇地注視著福爾摩斯。

「你是什麼意思呢，福爾摩斯先生？」

「我只是想說有一個重要的證人你還沒有見到。」

「你能夠把他找來嗎？」

「我想我能夠做到。」

「那就請把他找來吧。」

「我會盡力而爲。你有幾個部下？」

「能夠馬上召集來的有三個。」

「好極了！」福爾摩斯說道，「他們都是身材魁梧、嗓門很大的吧？」

「當然是了，但是我看不出他們的嗓門和這個案子有什麼關係。」

「也許我能夠幫助你弄明白這一點還有一兩個其他的問題。」福爾摩斯說道，「請把你的警員叫來，我要試一試。」

過了五分鐘，三名警員都已經集合在大廳裡。

「在外面的小屋裡有一大堆麥草。」福爾摩斯說道，「請你們搬兩捆進來。我想這對於把我所需要的證人找來會有極大的幫助。非常感謝你們。我想你的口袋裡有一些火柴吧，華生。現在，雷思垂德先生，我想請你們隨我到房子頂層的平臺上去。」

我已經說過了，那裡有一條很寬的走廊，連接著三間空臥室。福爾摩斯把我們都集合在走廊的一端，三名警員在咧嘴笑著，雷思垂德看著我的朋友，臉上流露出驚奇、期待以及譏笑的神情。福爾摩斯站在我們的面前，活像一個在變戲法的魔術師。

「請你派一名警員去提兩桶水來好嗎？把麥秸放在這裡，不要靠著兩側的牆壁。現在，我看一切都準備好了。」

雷思垂德的臉已經開始變得通紅，他生氣了。

「我不知道你是不是在跟我們開玩笑，福爾摩斯先生。」他說道，「如果你知道什麼情況，可以講出來，沒有必要做這些毫無意義的愚蠢舉動。」

「我向你保證，我的好雷思垂德，我做的每一件事情都是有充足理由的。你可能還記得幾小時之前，當你好像占了上風的時候，你跟我開了點玩笑，那麼現在你就不能也讓我炫耀一下、擺點排場嗎？華生，請你先打開窗戶，然後劃一根火柴把麥秸點著，好嗎？」

我按照他的話做了。由於有穿堂風，乾麥秸劈啪作響、燃燒起來。一股白煙在走廊裡繚繞。

「現在我們看一看能不能把這個證人找來，雷思垂德。請各位跟我一起喊『失火啦！』好嗎？來吧，一，二，三——」

「失火啦！」我們一起高喊道。

「謝謝。麻煩你們再來一次，好嗎？」

「失火啦！」

「還要再來一次，先生們，大家一起喊。」

「失火啦！」這一聲大概全諾伍德的人都聽到了。

喊聲剛落，一件驚人的事情就發生了——在走廊盡頭那面看上去是實心的牆上，突然打開一扇門，一個矮小、乾瘦的人從門裡飛快地衝出來，就像隻兔子從牠的地洞裡蹦出來似的。

「好極了！」福爾摩斯平靜地說道，「華生，請在麥桔上澆一桶水。這樣就可以啦！雷思垂德，請允許我向你介紹這件失蹤案的關鍵目擊證人——約拿斯・歐達克先生。」

我們的警探驚詫地望著這個陌生人——他被走廊的亮光照得不停眨眼睛。他盯著我

們看了看，又看了看還在冒煙的火堆。那是一張可憎的臉——狡詐，狠毒，兇惡，還長著兩隻詭異的、淺灰色的眼睛。

「那麼，這是怎麼回事？」雷思垂德終於說道，「你這期間都在做什麼呢，嗯？」

歐達克很不自然地笑了一下，在這位警探那張因爲憤怒而脹得通紅的面孔前有些畏縮了。

「我沒有害人。」

「沒有害人嗎？你想盡一切辦法要把一個無辜者送上絞架，要不是有這位先生的話，說不定你已經得逞了。」

這個壞傢伙開始嗚咽起來。

「說實話，先生，那只是我開的一個玩笑。」

「哦！一個玩笑，是這樣嗎？我敢說，你絕對笑不出來。把他帶下去，留在起居室裡等我。」他們離開之後，雷思垂德接著說道，「福爾摩斯先生，剛才當著那些警察的面前我不好意思說，但是在華生醫生面前，我不得不承認這是你辦得最出色的一件案子，儘管你是如何做到的對我來說還是個謎。但你拯救了一個無辜者的性命，並且避免了一樁足以毀掉我在警界聲譽的嚴重醜聞。」

福爾摩斯笑了笑，並拍了拍雷思垂德的肩膀。

「不會毀掉你的聲譽的，我的好警官，相反地，你還會看到自己名聲大振呢。只要把你正在寫的那份報告稍加改動，他們就會明白要想矇騙雷思垂德警探的眼睛有多麼困難。」

「那麼，你不希望在報告中出現你的名字？」

「是的。工作本身就是獎賞。等將來我允許我這位熱心的歷史學家再拿起筆的時候，或許我還會受到稱讚呢——嗯，是吧，華生？好吧，現在，讓我們來看一看這個鼠輩之徒藏身的地方。」

距離這條走廊的盡頭六英尺處，用抹過灰的板條隔出了一個小空間，並在隔牆上巧妙地安裝了一扇暗門。這裡完全依靠屋簷的縫隙中透過來的一點光來照明，有幾件傢俱，還存了食物和水，以及一些書和報紙。

「這正是作為一名建築商的優勢。」在我們走出來的時候，福爾摩斯說道，「他能為自己修建一處藏身之地，而不需要任何助手——當然啦，他那位忠誠的管家除外。我應該馬上把她也放進你的獵物中，雷思垂德。」

「我接受你的建議。可是你是怎麼知道這個地方的呢，福爾摩斯先生？」

「我早就斷定這個傢伙一定就藏在這幢房子裡。當我第一次走過這條走廊的時候，就發現它比樓下那條對應的走廊短了六英尺，這樣一來他的藏身之處就一清二楚了。我猜他沒有勇氣在火警面前處變不驚。當然啦，我們也可以進去把他抓出來，但我覺得還是逼他自己出來更有意思一些。再說，雷思垂德，上午你戲弄了我，也該我來故弄玄虛，以示回敬了。」

「嗯，先生，在這一點上，你的確回敬了我。但是你究竟是怎麼知道他藏在這幢房子裡呢？」

「就是那個拇指印，雷思垂德。你當時說它是決定性的，從某種意義上來說，它的確如此。我知道，前天那裡並沒有這個印跡──我對細節非常注意，這一點或許你已經知道了──那天我檢查過大廳並且可以確定牆上什麼也沒有。因此，那個指印是後來在夜裡按上去的。」

「但是，那是怎麼按上去的呢？」

「非常簡單。那天晚上，當他們把那些小包封起來的時候，約拿斯．歐達克讓邁克法蘭用大拇指在其中一個封套上的熱火漆上按一下，使它封牢。這個動作很快也很自然，我敢說連那個年輕人自己也忘記這件事情。很可能這只是碰巧發生的事情，歐達克本人當時也沒有想過要利用它。但當他在他的密室裡盤算這件案子的時候，忽然想到他可以利用這個指印製造一個絕對可以證明邁克法蘭有罪的證據。他只要從那個火漆印上取一個蠟模，用針刺出足夠的血液塗在蠟模上面，然後在夜裡親自或者叫女管家把蠟模在牆上按一下就可以了。這簡直是再簡單不過的事情。我敢打賭，如果把他帶進密室的那些文件檢查一遍，你肯定能夠找到那個有指紋的火漆印。」

「太妙了！」雷思垂德說道，「簡直是妙極了！經你這樣一講，一切都一清二楚了。但是，這個大騙局的目的又是什麼呢，福爾摩斯先生？」

我看到這位態度傲慢的警探忽然變得像小孩子在問老師問題一樣，覺得十分有趣。

「嗯，我認爲這個並不難解釋。正在樓下等著的這位先生是一個非常狡猾、惡毒、有仇必報的傢伙。你知道邁克法蘭的母親曾經拒絕過他的求婚嗎？你不知道？我早就告訴過你應該先去布萊克希斯，然後再去諾伍德。歐達克認爲自己受到傷害，他把這件事情記在他那邪惡、詭詐的大腦中，並一直在尋找時機進行報復，只是未能如願。在最近的一兩年裡，情況變得對他不是十分有利——我猜，他在暗中進行投機生意並發現自己的情況不妙。他決心要詐騙他的那些債主，爲了達到這個目的，他開給一位叫做柯尼利亞斯的先生一些大額支票。我猜想這位柯尼利亞斯先生就是他自己使用的另外一個名字——我還沒有追查這些支票，不過我相信這些支票肯定全部都用那個名字存進了外地一個小鎮的銀行，歐達克時常在那裡以另外一種身分出現。他打算將來改名換姓，把這筆錢取出來，然後到別的地方重新開始生活。」

「嗯，完全有可能。」

「他認爲，假如他能夠製造出一個被舊情人獨子謀殺的假象，他既可以銷聲匿跡，同時又能夠狠狠地對自己的舊情人進行報復。這個惡毒的計謀眞是一個傑作，而他則像大師一樣實施了這一切。爲了造成一個顯而易見的犯罪動機而擬寫的那份遺囑，邁克法蘭瞞著他父母的秘密拜訪，故意留藏下的手杖，臥室裡的血跡，木料堆中的動物屍骨和鈕扣，所有這一切都令人驚嘆。在幾個小時之前，他布下的這張羅網在我看來仍然是疏而不漏，但是他缺少藝術家所應該具有的那種及時收手的至高天賦。他貪心不足想把已經套在這位不幸年輕人脖子上的繩索拉得更緊一些，結果把自己的一切都毀了。我們下樓去吧，雷思垂德，我還有一兩個問題要問一問他。」

那個惡毒的傢伙坐在自己的起居室裡，兩旁各站了一名員警。

「那是一個玩笑，我的好先生——一個惡作劇，僅此而已。」他不停地哀告，「我向你保證，先生，我把自己藏起來只是爲了知道我的失蹤會帶來什麼樣的影響。而且我相信，你不會認爲我會讓年輕的邁克法蘭先生受到任何傷害吧。」

「那要由陪審團來做出決定。」雷思垂德說道，「不管怎樣，即使不是謀殺未遂，我們也要控告你陰謀陷害罪。」

「而且你很有可能會看到你的債主凍結柯尼利亞斯先生的銀行帳戶。」福爾摩斯說道。

那個身材矮小的歐達克大吃一驚，轉過頭來惡狠狠地瞪著我的朋友。

「我得多謝你啦。」他說道，「也許有一天我會報答你的大恩大德的。」

福爾摩斯寬容地微微一笑。

「我想，在今後幾年裡，你不會有時間做其他的事情了。」他說道，「順便問一下，除了你的舊褲子之外，你還把什麼東西丟進了木料堆？一條死狗？幾隻兔子？還是一些別的什麼東西？你不願意告訴我？天哪，你眞不友善啊！好吧，好吧，我想有幾隻兔子就足夠解釋那些血跡和燒焦了的骨灰。華生，你在記錄裡不妨就寫是兔子好了。」

第三篇　跳舞的小人

福爾摩斯彎著瘦長的身子一聲不響地坐了好幾個鐘頭。他埋頭盯著面前的化學試管，試管裡正煮著一種惡臭的化合物。他的腦袋垂在胸前，從我這裡望去，就像一隻瘦長的怪鳥，長著深灰的羽毛和黑色的冠毛。

「華生。」他忽然說道，「所以你不打算在南非投資了？」

我吃了一驚——雖然我已經習慣了福爾摩斯的各種奇特本領，但是他這樣突然地道破我的心事，還是令我覺得難以理解。

「你怎麼會知道呢？」我問他道。

他從圓凳上轉過身來，手裡拿著那支冒著氣的試管。他深陷的眼睛裡，露出微微笑意。

「現在，華生，你承認你吃了一驚吧。」他說道。

「是的。」

「我應該讓你把這句話寫下來，並簽上你的名字。」

「爲什麼？」

「因爲五分鐘之後，你又會說這太簡單了。」

「我絕對不會那樣說。」

「你要知道，我親愛的華生。」他把試管放回試管架，用一種教授對學生講課的態度說道，「做出一連串的推理來，並且使每個推理的本身既簡單明瞭又全取決於它前面的推理，這其實並不難。然後，只要把中間的推理全部去掉，只對你的聽眾宣布推理的起點和結論，那麼就可以得到驚人的、或者虛誇的效果。所以，這並不很難。根據你左手大拇指和食指之間的虎口，我可以肯定你不想把你那筆小小的資金投到金礦中去。」

「我看不出這有什麼關係。」

「好像沒有，但是我可以馬上告訴你這有密切的關係。這是條簡單的鏈鎖，其中缺少的環節是：第一，昨天晚上從俱樂部回來，你的左手虎口上有白堊粉；第二，你只有在打撞球的時候，爲了穩定球桿，才會在虎口上抹白堊粉；第三，你只和瑟斯頓打撞球；第四，你在四個星期之前曾經告訴過我，瑟斯頓有購買某項南非產業的特權，再一個月就要到期。他想和你共同投資來購買；第五，你的支票簿鎖在我的抽屜裡，而且你一直沒向我要過鑰匙；第六，你不打算把錢投資在這個項目上。」

「這簡直太簡單了！」我大叫了起來。

「不錯！」他有點生氣地說道，「每個問題，一旦向你解釋過，就變得很簡單。這裡有個沒有得到解釋的問題，看你如何解釋它。」他把一張紙扔在桌上，然後又開始做他的化學分析。

我驚訝地看著紙上一些類似象形文字的符號。

「嘿，福爾摩斯，這是一張小孩子的畫。」我大聲說道。

「噢，那只是你的想法！」

「難道會是別的什麼嗎？」

「這正是諾福克郡馬場村莊園的希爾頓·丘比特先生急於弄明白的問題。這難題是今天的早班郵車送來的，他本人準備搭第二班火車來這裡。門鈴響了，華生。我想來的人就是他。」

樓梯上響起了一陣沉重的腳步聲，不一會兒便走進來一位身材魁梧、體格健壯、臉刮得乾乾淨淨的紳士。他明亮的眼睛、紅潤的面頰，說明他生活的地方遠離貝克街的霧氣。他進門的時候，帶來少許東海岸那種濃厚、新鮮、清爽的空氣。他跟我們握過手，正要坐下時，目光落在那張我剛才仔細看過後擱在桌上的紙條上。

「福爾摩斯先生，你怎麼解釋它呢？」他大聲地說道，「他們告訴我你喜歡稀奇古怪的東西，我認為再也找不到比這更奇怪的東西了。我把這張紙條先寄來，是為了讓你在我來之前有時間先研究研究它。」

「的確很奇怪，」福爾摩斯說道，「乍看就像是孩子們在開玩笑，在紙上畫一些跳舞的可笑小人。你怎麼會重視這樣一張奇怪的畫呢？」

「不是我，福爾摩斯先生，是我的妻子很重視——這張畫把她嚇得要死。她什麼也不說，但是我能從她的眼睛裡看到她內心的恐懼，所以我想把這件事徹底弄清楚。」

福爾摩斯把紙條舉起來對著太陽。那是從記事本撕下來的一頁紙。那些記號是用鉛筆畫的，這樣排列著（如本頁上圖）。

福爾摩斯仔細地看了一會兒，然後小心翼翼地把紙條折起來，放進他的筆記本裡。

「這可能是一樁很有趣、很不平常的案子，」他說道，「你在信中告訴我一些細節，希爾頓．丘比特先生，但是我想請你爲我的朋友華生醫生再講一遍。」

「我這人不是很會講故事。」這位客人說道，下意識地一會兒緊握，一會

兒又鬆開他那雙大而有力的手，「如果有什麼地方講得不清楚，你儘管問。我想從去年我結婚的時候開始講起，但是事先聲明一下，雖然我不是個有錢人，但是我們家住在馬場村大約有五百年了，諾福克郡沒有誰的名聲能和我們家相提並論。去年，我到倫敦參加維多利亞女王執政六十週年的慶典，住在拉塞爾廣場的一家公寓裡，因爲我們教區的派克爾牧師也住在這家公寓。在那裡還住了一位年輕的美國小姐——她的姓是派翠克，艾爾西・派翠克。我們成了朋友。我在倫敦住了一個月，就已經和她難捨難分。我們悄悄結了婚，然後以夫婦的身分回到諾福克。你會覺得這很瘋狂，福爾摩斯先生——一個名門子弟，竟然以這種方式娶了一個身世不明的妻子——但是你要是見到她、瞭解她，就能理解我對她的感情了。

「當時艾爾西對結婚的事很坦率，如果我想改變主意的話，不能說她沒有給我退出的機會。『我曾經和一些討厭的人打交道，』她對我說道，『我想把他們統統都忘掉，不想再提起過去，因爲這會使我很痛苦。如果你要娶我，希爾頓，我敢保證你娶的是個問心無愧的女人。但是，你必須相信我，並且允許我對成爲你妻子以前的一切經歷保持沉默。要是這些條件太苛刻，那麼你就回諾福克郡去，讓我繼續孤寂地生活。』就在我們結婚的前一天，她對我說了這些話。我告訴她我願意依照她的條件娶她爲妻，而且我也一直遵守著我的諾言。

「我們結婚到現在已經有一年了，一直很幸福。可是大約一個月前，就是六月底的時候，我第一次看到煩惱的徵兆。那天我妻子接到一封從美國寄來的信——我看到上面貼了美國的郵票——她的臉色變得蒼白，把信讀完就扔進火裡燒了。之後她沒有再提起這件事，我也沒有提，因爲承諾就是承諾。從那時起，她就不再平靜了，臉上總是帶著恐懼，好像在等待著什麼。她應該相信我，我是她最好的朋友，但是，除非她開口，否則我什麼都不便說。她很老實，福爾摩斯先生，所以不論她過去做錯什麼，那也不是她的錯。雖然我只是諾福克的一個普通鄉紳，但是在英國再也沒有誰比我把家庭的聲譽看得更高了，她很明白這一點，而且在沒有和我結婚前就明白了。她絕不會爲我們家的聲譽帶來任何污點，這點我完全相信。

「好了，現在我來談一談蹊蹺之處。大概一個星期前，也就是上星期二，我發現在一個窗臺上畫了一些小人，跟這張紙上的一模一樣，是用粉筆畫的。我以爲是養馬的男孩畫的，可是他發誓說他什麼也不知道。不管怎樣，那些滑稽的小人肯定是在夜裡畫上的。我把它們刷掉，後來才跟我的妻子提起這件事情。令我驚訝的是，她很重視這件事，並且懇求我如果再有這樣的畫，一定讓她看一看。連著一星期，什麼也沒有出現，直到昨天早晨，我在花園日晷儀上找到這張紙條。我把它拿給艾爾西看，她立刻就昏死了過去。之後她就像在做夢一樣，神情恍惚，眼裡一直充滿了恐懼。於是我寫了一封信，連同那張紙條一起寄給你，福爾摩斯先生。我不能把它交給警察，因爲他們肯定要嘲笑我，但是我相信你肯定會告訴我該怎麼辦。儘管我並不是很有錢，但是如果有什麼危險威脅到我妻子，我寧願傾家蕩產也要保護她。」

他是一個英國土生土長的漂亮男子——樸實、正直、文質彬彬，長著一雙誠實莊重的藍眼睛和一張寬闊俊俏的臉龐。從他的臉上，誰都可以看到他對妻子的鍾愛和信任。福爾摩斯全神貫注地聽他講完這段經過後，坐著沉思了一會兒。

「難道你不覺得，丘比特先生。」他終於說道，「最好的辦法還是直接請你的妻子把秘密告訴你？」

希爾頓・丘比特搖了搖頭。

「我要遵守諾言，福爾摩斯先生。如果艾爾西願意告訴我，她會告訴我的；如果她不願意，我不會強迫她說出來。不過，我可以自己想辦法——我一定得想辦法。」

「我也願意全力幫助你。對了，你是否聽過你家附近來了陌生人呢？」

「沒有。」

「我猜你住的地方一定很平靜，任何陌生面孔出現都會引人注意吧？」

「在比較近的地方是這樣的。但是，距離我們那裡不太遠的地方，有好幾個地方是專供牲口飲水的地方，那裡的農民常常留宿外人。」

「這些難懂的符號很明顯是有含義的。假如是隨意畫的，我們多半無法解釋；但是如果是有規律的，我相信我們一定會把它徹底弄明白。但是，僅有這張太簡短了，你提供的情況又太模糊，無法作爲調查的依據。我建議你回諾福克，密切注視接下來的發展，把任何新出現的跳舞人都照原樣臨摹下來——可惜的是，早先那些用粉筆畫在窗臺上的跳舞人，我們沒有進行描摹——

另外你還要仔細打聽一下，附近是否來過什麼陌生人。一旦收集到新的證據，就來這裡。我現在能給你的就只能是這些建議了，如果有什麼緊急的新動向，我隨時可以趕到諾福克去。」

這一次的談話後，福爾摩斯變得非常沉默，一連數日，我好幾次看見他從筆記本中取出那張紙條，仔細而久久地研究上面畫的那些奇怪符號，可是，卻閉口不談這件事情。差不多兩個星期後的一天下午，我正要出去，他把我叫住。

「你最好留下來，華生。」

「爲什麼？」

「因爲早上我收到希爾頓·丘比特的一份電報。你還記得他和那些跳舞人嗎？他一點二十分到了利物浦街，隨時都可能到這裡來。從他的電報，我推測有十分重要的新狀況出現了。」

我們並沒有等多久，這位諾福克的紳士便坐馬車直接從車站趕來。他看起來顯得焦急又沮喪，目光倦怠，皺紋爬滿額頭。

「這件事眞叫我受不了，福爾摩斯先生。」他說道，然後就像筋疲力盡一般一屁股坐進椅子裡。「當你感覺到素昧平生的人包圍你、算計你，這已經夠糟糕的，可是如果再加上你眼睜睜地看著這件事情正在一點一點地折磨著你的妻子，這就不是血肉之軀所能夠承受的。現在她都被折磨得消瘦下去了。」

「她有沒有說什麼？」

「沒有，福爾摩斯先生，她還是沒有說。不過，有好幾回可憐的她想要說，卻又沒有勇氣來開這個頭。我也試著去幫助她，但是可能因爲我太笨了，反而嚇得她不敢說。她曾經講到我古老的家族、我們在全郡的名聲以及引以自豪的清白聲譽，我以爲她就會說到重點，但是話還沒有講到那裡就被岔開了。」

「你自己有何發現嗎？」

「我的收穫可不少，福爾摩斯先生。我帶來幾張新畫有跳舞小人的畫給你，讓你看看。更重要的是我看到那個傢伙了。」

「什麼？是畫這些符號的那個人嗎？」

「是的，是我看見他畫的。還是從頭跟你說吧。上次拜訪你後，我回到家裡，第二天早上頭一件看到的東西就是一行新的跳舞小人——它們是用粉筆畫在工具房的門上。這間工具房挨著草坪，正對前窗。我照樣臨摹了一張，就在這裡。」他把一張紙放在桌上。下面就是那些符號。（如本頁上圖）

「太好了！」福爾摩斯說道，「太好了！請你接著講下去吧。」

「臨摹完了，我就把門上這些記號擦了，但是兩天後，又出現了新的符號。我這裡也有一張臨摹的。」（如本頁下圖）

福爾摩斯搓著雙手，高興得發出很輕的笑聲。

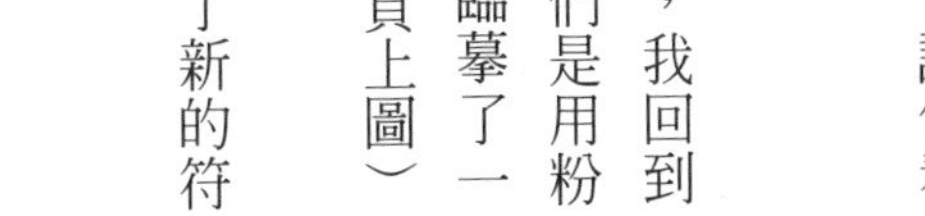

「我們的資料累積得很快呀！」他說道。

「過了三天，我在日晷儀上發現一張紙條，上面還壓著一塊鵝卵石——就是這個——紙條上畫的小人，跟上次的一模一樣。之後，我決定守夜。於是我取出手槍，坐在書房裡——從那裡可以望到草坪和花園。大約凌晨兩點鐘時，我聽到後面有腳步聲，原來是我的妻子穿著睡衣走來——我坐在窗邊，窗外有月光，因此不用開燈就能看見她。她懇求我去睡覺，我就對她明說我要看看到底是誰在捉弄我們。她說這是毫無意義的惡作劇，叫我別去搭理它。

『假如這真的令你很氣憤的話，希爾頓，我們倆可以出去旅行，避開這個討厭的傢伙。』

『什麼？讓一個惡作劇把我們從這兒攆走？』我說道，『全郡的人都會嘲笑我們的。』

『去睡吧。』她說道，『我們明天再商量吧。』

「她正說著，借著月光我忽然發現她的臉色變得更加蒼白，一隻手緊緊地抓住我的肩膀，而在工具房的陰影裡，有什麼東西在動。我看見一個黑影，繞過牆角蹲在工具房的前面。我抓起手槍就想要衝出去，可是妻子使勁把我抱住了。我

用力想要甩開她，她卻拼命地抱住我不放。最後，我掙脫了，但是等我開門跑到工具房前的時候，那傢伙已經不見了。但是他留下了痕跡——門上又畫了一行跳舞的小人，跟前兩次的完全一樣，我也把它們都臨摹在那張紙上。我把院子各處都找遍了，連那個傢伙的影兒也沒見到。可是奇怪的是當時他肯定就在附近——早上我再檢查那扇門的時候，發現在我看過的那行小人下面，又添了幾個新畫的小人。」

「那些新畫的小人，你有沒有臨摹下來？」

「臨摹了，很少，就在這裡。」

他又拿出一張紙來。他臨摹下的新跳舞小人是這樣的。（如本頁下圖）

「告訴我。」福爾摩斯說道，從他眼神中可以看出他非常興奮，「這是加在上一行下面的呢，還是分開的？」

「是畫在另外一塊門板上的。」

「好極了！這一點對於我們的研究來說至關重要。我覺得很有希望。希爾頓·丘比特先生，請你繼續講吧。」

「我沒有什麼要講的了，福爾摩斯先生，只是那天夜裡我對我妻子的行爲很生氣——因爲正在我可能抓住那個偷偷摸摸溜進來的流氓時，她卻把我拉住了。她說是怕我會遭到不幸，可那時我腦子裡突然閃過一個念頭：也許她真正擔心的是那個人會遭到不幸——我懷疑她已經知道那個

人是誰，而且她能夠讀懂那些古怪符號的意思。但是，福爾摩斯先生，她的話音、她的眼神都令我信服——我相信她心裡想的確實是我的安全。這就是所有的情況，現在我需要你的指點。我的想法是叫五、六個農場的小夥子埋伏在灌木叢裡，等那個傢伙再來的時候就狠狠地教訓他一頓，然後我們就會安寧了。」

「我覺得如此簡單的辦法無法應付這種複雜的情況。」福爾摩斯說道，「你能在倫敦待多長時間？」

「今天我必須回去。我不放心讓妻子一個人待在家裡一整夜。她很緊張，也要求我回去。」

「我想你這樣做是對的。但是如果你能夠留下來，過一兩天我就可跟你一起回去。現在你把這些紙留給我，不久我就會去拜訪你，幫你解決難題。」

一直到我們這位客人離開，福爾摩斯始終保持著他那種職業性的冷靜，但是我很瞭解他，而且很容易地就看出，他的心裡其實無比興奮。希爾頓．丘比特寬闊的背影剛從門口消失，我的夥伴就急忙跑到桌邊，把所有畫有跳舞小人的紙條都擺在自己的面前，開始進行精細複雜的分析——一連兩個多小時他在一張又一張紙上寫著符號和字母。他全神貫注，完全忘記我的存在。有時，有了進展，他又是吹哨又是低唱；有時被難住了，他就久久皺著眉頭、兩眼呆望。最後，他滿意地叫了一聲，從椅子上跳了起來，一邊在房間裡走來走去，一邊不停地搓著手。後來，他在電報紙上寫了一份很長的電報。「如果回電中的答覆如我所料，你就可以在你的記錄中添上一

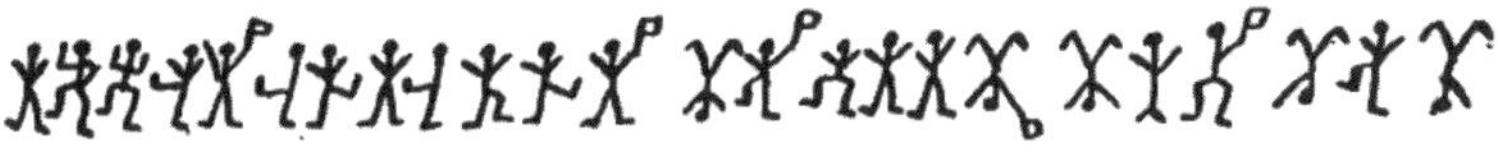

椿非常有趣的案件了。」他說道，「我希望我們明天就去諾福克，給我們的朋友帶去一些關於困擾他秘密的明確消息，好讓他知道煩惱的原因所在。」

說實話，我非常好奇，想問個究竟，但是我知道福爾摩斯喜歡在他選定的時間，以自己的方式公布他的發現。所以我等著，直到他覺得該向我說明的時候。

可是，遲遲不見回電。接下來的兩天焦急難耐，在這兩天裡，只要門鈴一響，福爾摩斯就豎著耳朵仔細聽著。第二天晚上，來了一封希爾頓·丘比特的信，說他家裡平靜無事，只是那天清早日晷儀上又有長長的一行跳舞小人。他臨摹了一張，隨信寄來。（如本頁上圖）

福爾摩斯伏在桌上，對著這張奇怪的圖案看了幾分鐘，突然，他猛地站了起來，發出一聲驚奇、沮喪的喊叫，臉色因焦急而顯得憔悴。

「我們讓事態發展得夠久了。」他說道，「今天晚上有去北沃爾沙姆的火車嗎？」

我找出了火車時刻表——末班車剛剛開走。

「那麼我們明天提前吃早飯，坐頭班車去。」福爾摩斯說道，「現在我們非出面不可了。啊！我們盼望的電報來了。等一等，哈德森太太，也許我要拍個回電。不必了，不出我的所料。這封電報讓我們一刻也不能耽擱，我們要趕快讓希爾頓·丘比特知道目前的情況，因為我們這位單純的諾福克紳士已經陷入奇怪且危險的陰謀裡。」

後來證明情況確實如此。現在我就要說完這個當時看來幼稚可笑、稀奇古怪的故事了，我的心裡又充滿當時感受到的驚詫和恐怖——雖然我很願意給我的讀者一個更加愉快的結尾，但作爲事實的記錄，我必須把這一連串的奇怪事件如實講下去，直到出現那個不幸的結局——這一結局，使得「馬場村莊園」一度在全英國成了婦孺皆知的名詞。

我們在北沃爾沙姆下車，一提起我們目的地，站長就急忙朝我們走來。「我想你們兩位是從倫敦來的偵探吧？」他說道。

福爾摩斯臉上露出困惑的表情。

「你爲什麼這麼說呢？」

「因爲諾威奇的馬丁警長剛剛從這裡過去。也許你們二位是外科醫生吧。她還沒有死——至少最後的消息是這樣的，可能你們趕得上救活她，但是還有絞架等著她呢。」

福爾摩斯臉色陰沉，焦急萬分。

「我們要去馬場村莊園。」他說道，「不過我們並沒有聽說那裡發生了什麼事情。」

「可怕極了。」站長說道，「希爾頓・丘比特和他的妻子兩個人都挨槍子了。她拿槍先開槍射她的丈夫，然後射自己——他們家的傭人是這麼說——男的已經死了，女的也沒有多大希望了。唉，他們原是諾福克郡最古老、最體面的一家啊！」

福爾摩斯什麼也沒有說，趕緊上了一輛馬車。在長達七英里的路途中，他始終沒有開口——

我很少見他這樣徹底失望過。我們從倫敦來的時候福爾摩斯一直心神不寧，他仔細地逐頁查看各種早報，顯得憂心忡忡。現在，他所擔心的最壞情況變成事實，所以就感到一種茫然的憂鬱。他靠在座位上，默默地思考著。這一帶有許多我們感興趣的東西，因爲我們正穿過一個在英國算得上是絕無僅有的鄉村——幾間分散的農舍說明了現在的人口狀況，但是四周都可以看到巨大的方塔形教堂，聳立在平坦蔥綠的景色之中，述說著往日東英吉利亞王國的繁榮強大。終於，一片藍紫色的日爾曼海出現在諾福克青蔥的海岸邊，馬車夫用馬鞭指著從小樹林中露出的兩座舊式磚木結構的山牆說道：「那裡就是馬場村莊園。」

當我們行駛到有著圓柱門廊的大門前，我看見前面網球場邊那間讓我們浮想連翩的黑色工具房和那座日晷儀。一個身材矮小、動作敏捷、留著鬍子的人剛從一輛馬車下來，他自我介紹說是諾福克警察局的馬丁警長。當他聽到我同伴的名字時，非常驚訝。

「啊，福爾摩斯先生，這件案子是今天凌晨三點鐘發生的，你在倫敦是怎麼聽說的，而且還跟我一起趕到現場？」

「是我料到的。我來這裡是希望能夠阻止它發生。」

「那你一定掌握了重要的證據，我們在這方面毫無所知，因爲他們據說是對很恩愛的夫妻。」

「我只有一些跳舞的小人作爲物證。」福爾摩斯說道，「一會兒我再向你解釋吧。現在，既然沒來得及避免這場悲劇，我非常希望利用現已掌握的材料來揚善懲惡。你是願意讓我參加你的調查工作呢？還是希望我自由行動？」

「如果我真能和你一起行動的話，福爾摩斯先生，我會感到非常榮幸。」警長眞誠地說道。

「這樣的話，我希望馬上聽取證詞，著手偵查，一刻也不能耽擱。」

馬丁警長讓我的朋友自行其事，這是非常明智的，他自己則滿足於把結果仔細地記錄下來。本地的外科醫生是一位白髮蒼蒼的老人，他剛剛從丘比特夫人的臥室走下樓來，說她的傷勢嚴重，但是未必會致命。子彈從她的前額穿過，所以要過一段時間才能恢復知覺。至於她是被打傷的還是自傷的，他不敢冒昧地發表意見，但可以肯定的是這一槍是從距她很近的地方發射的。在房間裡只發現了一把手槍，裡面的子彈只發射了兩發。子彈擊中希爾頓·丘比特先生的心臟。可以設想是希爾頓先開槍打他的妻子，然後自殺；也可能他的妻子是兇手，因爲那把左輪手槍就掉在他們兩人正中間的地板上。

「有沒有搬動過他？」

「除了抬走他的妻子，我們沒有移動任何東西——我們不能讓她在地板上躺著。」
「你到這裡有多久了，大夫？」
「從四點鐘一直到現在。」
「還有別人嗎？」
「有的，就是這位警官。」
「你什麼也沒碰吧？」
「是的。」
「你考慮得十分周到。是誰請你來的呢？」
「女僕桑德斯。」
「是她發現的嗎？」
「她和廚子金太太。」
「她們現在在哪裡呢？」
「我想她們是在廚房裡吧。」
「我看我們最好馬上聽聽她們怎麼說。」
於是這間有著橡木牆和高窗戶的古老大廳變成了調查庭。福爾摩斯坐在一把老式的大椅子裡，臉色憔悴，但是他那雙毫不寬容的眼睛卻炯炯有神——從這雙眼睛裡可以看出他那堅定不移的決心：他準備窮盡一生的力量來追查這樁案件，直到爲這位他沒能拯救的委託人報了仇爲止。衣著整齊的馬丁警長，滿頭白髮的鄉村醫生，我自己和一個愣頭愣腦的本村員警成了他奇怪的同件。

兩位女士講得十分明白——一聲爆炸把她們從睡夢中驚醒了，一分鐘之後又響了一聲。她們睡在兩間相鄰的房間裡，金太太先跑到桑德斯的房間裡，然後她們一起下了樓。書房門敞開，桌上燃著一支蠟燭。男主人臉朝下趴在書房的正中間，已經死了；他的妻子就在靠窗的地方蜷著，腦袋依在牆上——她傷得很嚴重，滿臉是血，大口大口地喘著氣，卻什麼也說不出來。走廊和書房裡充滿了煙味和火藥味。窗戶關著，而且是從裡面鎖上的——對於這一點，她們兩個都十分肯定。她們馬上就叫人去找醫生和員警，然後在馬夫和小馬童的幫助下，把受傷的女主人抬回她的房間。出事之前夫妻兩人已經睡了，因爲她穿著衣服，而先生的睡衣外面也套著便袍。書房裡的東西都沒有動過。據她們所知，夫妻間從沒吵

過架，她們一直把他們看作非常恩愛的一對。

這些就是兩個女僕的證詞要點。在回答馬丁警長的問題的時候，她們都肯定地說所有的門都是從裡面閂上的，誰也不能從屋裡逃走。在回答福爾摩斯的問題時，她們都記得從頂樓她們的房間裡一跑出來就能夠立刻聞到火藥味。「我請你注意這個事實。」福爾摩斯對他的同行馬丁警長說道，「現在，我想我們應該徹底檢查那個房間了。」

書房不大，三面都是書，一扇向著花園的窗戶前面，放著一張書桌。我們首先注意到的是這位不幸紳士的遺體——他那魁偉的身軀四肢攤開，橫躺在房間裡，凌亂的衣服顯示他是從睡夢中匆忙爬起來的；子彈是從正面射入的，穿過心臟後就留在身體裡，所以他當場死亡，沒有痛苦；他的便袍和手上都沒有火藥的痕跡。據鄉村醫生說，女主人的臉上有火藥痕跡，但手上沒有。

「沒有火藥的痕跡並不能說明什麼。但是如果有的話，情況就迥然不同了。」福爾摩斯說道，「除非是很不合適的子彈，裡面的火藥才會朝後面噴出來，否則發射多少次也不會留下痕跡的。我建議現在把丘比特先生的遺體搬走。大夫，你還沒有取出打傷女主人的那顆子彈吧？」

「需要動一次複雜的手術，才能取出子彈。但是那把左輪手槍裡面還有四發子彈，發射出兩發子彈，造成兩處傷口，所以六發子彈都有下落。」

「好像是這樣。」福爾摩斯說道，「或許你也能夠解釋打在窗戶框上的那顆子彈吧？」

他突然轉過身去，用他那細長的指頭，指著離窗戶框底邊一英寸左右的一個小窟窿。

「天哪！」警長大聲說道，「你怎麼看到的？」

「因爲我在找它。」

「眞是驚人的發現！」鄉村醫生說到，「你完全正確，先生。還有發射第三槍，因此一定有第三者在場。但是，那是誰呢？他是怎麼跑掉的呢？」

「這正是我們要解答的問題。」福爾摩斯說道，「馬丁警長，你記得當那兩位女僕講到她們一出房門就聞到火藥味時，我說過這一點至關重要，是不是？」

「是的，先生。但是，我承認我不太懂你的意思。」

「這說明在開槍的時候，門窗都是開著的，否則火藥的煙不會那麼快吹到樓上去——書房裡必須有風才會這樣——可是門窗敞開的時間很短。」

「這你怎麼證明呢？」

「因爲蠟燭並沒有淌下蠟油來。」

「對極了！」警長大叫道，「對極了！」

「我肯定這場悲劇發生的時間是窗戶敞開之後，就聯想到其中可能有一個第三者，他站在窗外朝房間裡開了一槍。這時候如果對準窗外的人開槍，就有可能打中窗框。我一找，果然那裡有一個彈孔。」

「但是窗戶是怎麼關上的呢？」

「女主人第一個本能的反應當然是關上窗戶。啊，這是什麼？」一個鱷魚皮鑲銀邊、小巧精緻的女式手提包放在桌上。福爾摩斯把它打開，將裡面的東西倒了出來。手提包裡只裝了一卷英國銀行的鈔票，五十鎊一張，一共二十張，用橡皮圈綁在一起，沒有別的什麼東西了。

「這個手提包必須小心保管，它還要出庭作證呢。」福爾摩斯一邊說著一邊把手提包和鈔票交給警長。「現在我們必須想辦法說明這第三顆子彈——從木頭的碎片來看，這顆子彈是從房間裡打出去的；我想再問一問廚師金太太——金太太，你說過你是被很響的一聲爆炸聲驚醒的，你的意思是不是你聽起來，它比第二聲更大聲？」

「先生，我是從睡夢中被驚醒的，所以很難分辨——不過當時聽起來是很大聲的。」

「你不覺得那可能是幾乎同時發射兩槍的聲音？」

「我說不準，先生。」

「我認為這是一定的。警長，我看這裡沒有什麼還需要研究的了，如果你願意同我一起去的話，我們到花園裡去看看有沒有什麼新的證據。」

外面有一個花圃一直延伸到書房的窗前，當我們走近花圃後，不約而同地驚叫了起來——花圃裡的花被踩倒了，潮濕的泥土上布滿腳印。那是有力的大腳印，腳趾細長。福爾摩斯就像獵犬想找回被擊中的鳥那樣在草叢和落葉裡搜查。忽然，他高興地叫了一聲，彎下腰撿起一個小圓銅

筒。

「果然不出我所料。」他說道，「那把左輪槍有推頂器，這就是第三槍的彈殼。我想，馬丁警長，我們的案子差不多辦完了。」

這位鄉村警長的臉上，流露的是他對福爾摩斯神速巧妙的偵察所感到的萬分驚訝。最初他還露出過一點想講講自己看法的意思，現在卻是萬分欽佩，毫無異議地聽從福爾摩斯。

「你猜是誰開槍的呢？」他問道。

「這個問題我以後再談，因爲有幾點我無法對你解釋。既然我已經走到這一步，最好照自己的想法進行下去，然後把這件事情一次說個明白。」

「隨你的便，福爾摩斯先生，只要能夠抓到兇手就行了。」

「我一點也不想故弄玄虛，可是正在行動的時候就插入冗長複雜的解釋是不可能的。一切線索我都有了——即使這位女主人再也不能恢復知覺，我們依然可以把昨天夜裡發生的事情一一重現，並使兇手繩之於法。首先我想知道這附近是否有一家叫做『愛爾里奇』的小酒店？」

所有的傭人都問過了，誰也沒有聽說過。在這個問題上，小馬童幫了一些忙，他記起有一個農場主叫愛爾里奇，住在東羅斯頓那邊，離這裡只有幾英里。

「是一個偏僻的農場嗎？」

「很偏僻，先生。」

「也許那裡的人還不知道昨晚這裡發生的事情吧？」

「也許不知道，先生。」

福爾摩斯想了一會兒，臉上露出奇怪的笑容。

「備好一匹馬，我的孩子。」福爾摩斯說道，「我想讓你送一封信到愛爾里奇農場去。」他從口袋裡取出許多張畫著跳舞小人的紙條，把它們擺在書桌上，然後忙了一陣子。最後，他交給小馬童一封信，叮囑他把信交到收信人手裡，還特別吩咐他不要回答收信人提出的任何問題。我看見信封上的地址和收信人姓名寫得很潦草，並不像福爾摩斯平時的那種工整字體。信上寫著：諾福克，東羅斯頓，愛爾里奇農場，亞伯・斯蘭尼先生。

「警長。」福爾摩斯說道，「我想你不妨打電報請求派警衛來，因爲如果我沒有估計錯誤的話，你可能有一個非常危險的犯人要押送到郡監獄去。送信的小孩可以把你的電報帶去發。要是下午有回倫敦的火車，華生，我看我們就趕那趟車吧——我有一項非常有趣的化學分析要做，而且這項偵查工作馬上就要結束了。」

小馬童去送信了，福爾摩斯吩咐所有的傭人：如果有人來看望丘比特夫人，絕不能說出丘比特夫人的身體狀況，要馬上把客人領進客廳。他認眞地叮囑傭人要記住這些話，然後領著我們去了客廳，並說現在的事態不在我們的控制之下，大家儘量休息一下，看看到底會發生什麼事。鄉村醫生已經離開去看他的病人了，只有警長和我留了下來。

「我想我能夠用一種既有趣又有益的方法，幫助你們消磨掉一個小時。」福爾摩斯說道，把他的椅子挪近桌子，又把那幾張畫著跳舞小人的紙條在面前擺開，「至於你，華生，我還欠你呢，這麼久沒有讓你的好奇心得到滿足。至於你呢，警長，這件案子也許能作爲一次不尋常的業務探討。首先，我必須告訴你希爾頓・丘比特先生來貝克街找我諮詢時說的一些情況。」他接著就把我已經說過的那些情況，簡單扼要地重述一遍。「在我面前擺著的，就是這些奇特的作品。要不是它們成了這樣一場悲劇的先兆，我相信不管是誰見了都會一笑置之。我熟悉各種形式的秘密文字，也寫過一篇關於這方面的粗淺論文，其中分析了一百六十種不同的密碼，但是這一種，我還是第一次見到。想出這一套方法的人，顯然是想隱藏其背後的意義，使別人以爲它只是小孩子的塗鴉。然而，只要認識到這些符號代表的字母，再應用秘密文字的規律來分析，答案就唾手可得了。交給我的第一條資訊很短，我只能稍有把握假定代表E——你們也知道，英文字母中E是最常見的，即使在一個短句中，也是如此。第一張紙條上的十五個符號中有四個完全一樣的，因此把它假定爲E是合乎情理的。在這些圖形中，有的還帶有一面小旗，有的則沒有小旗。從小旗的分布來看，它們是用來將句子分成一個一個的單詞。我把這看作一個假設，記下E是用作代表的。

「可是，現在最難的問題來了——除此之外，其他的英文字母出現次數的順序卻並不是很清楚。這種順序，在平常一頁印出的文字裡和一個短句子裡，可能恰恰相反。大致說來，字母按出現次數排列的順序是T、A、O、I、N、S、H、R、D和L；但是T、A、O和I出現的次數幾乎是差不多的。要是把每一種組合都試一遍，直到得出結果，那麼這項工作就會永無休止了，所以，我只好等著出現新的材料。我第二次與希爾頓·丘比特先生會面的時候，他給了我另外兩個短句子和一條短句——在這條短句中，沒有出現小旗，因此它是一個詞。在這個只有五個字母的單詞裡，第二個和第四個都是E，它可能是**sever**（切斷），也可能是**lever**（槓桿），或者是**never**（決不）。毫無疑問，最後這個詞來回答一項請求的可能性極大，而且種種情況都表明這是丘比特夫人寫的答覆。假如這個判斷正確，我們現在就可以說，三個符號分別代表N、V和R。

「即便在這個時候我還是面對著重重難關，但是，一個很妙的想法使我知道了另外幾個字母。我想起如果這些懇求是來自一個在丘比特夫人年輕時候就與她很親近的人，那麼一個兩頭是E，當中有三個其他字母的組合很可能就是**ELSIE**（艾爾西）這個名字。我一檢查，發現這個組合曾經三次構成一句話的結尾——這肯定是對『艾爾西』提出的懇求。這樣一來我就找到了L、

S和I。可是，懇求什麼呢？在『艾爾西』前面的一個詞，只有四個字母，末尾的字母是E。這個詞肯定是Come（來）。我試過其他的各種以E結尾的四個字母，可是都不符合情況。這樣我就找出了C、O和M三個字母，而且現在我可以再來分析第一句話，把它分成單詞，還不知道的字母就用圓點來代替。經過處理，這句話就成了這個樣子：

·M·ERE··ESL·NE·

「現在，第一個字母只能是A——這是最有幫助的發現，因爲它在這個短句中出現了三次。第二個詞的開頭是H也是顯而易見的。這一句話現在就變成了：

AM HERE A·E SLANE·

再把名字中所缺少的字母添上就是：

AM HERE ABE SLANEY·

（我已到達。亞伯·斯蘭尼。）

我現在有了這麼多的字母，就有把握解釋第二句話了。這一句讀出來是這樣的：

A·ELRI·ES

我看這一句中，我只能加上T和G作爲缺少的字母才有意義（意爲：住在愛爾里奇），假定這個名字是寫信人住的地方或者旅店。」

馬丁警長和我很有興趣的聽我的朋友講述他找到答案的經過，這解答了我們所有的疑問。

「後來你怎麼解釋呢，先生？」警長問道。

「我有充分的理由猜想亞伯．斯蘭尼是一個美國人，因爲亞伯是個美國式的寫法，而且這些麻煩的起因又是一封從美國寄來的信。我也有充分的理由認爲這件事情帶有某種犯罪的內情。女主人說過的那些暗示她過去的話和她拒絕把實情告訴丈夫等事情，都指明了方向。所以我才給在紐約警局的朋友威爾遜．哈爾格里夫發了一份電報——這位朋友不止一次利用我來瞭解有關倫敦的犯罪情況——我問他是否知道亞伯．斯蘭尼這個名字。這是他的回電：『芝加哥最危險的騙子。』就在我接到回電的那天晚上，希爾頓．丘比特爲我寄來了亞伯．斯蘭尼最後的信，用已經知道的這些字母譯出來就成了這樣的一句話：

ELSIE．RE．ARE TO MEET THY GO．

再添上P和D，這句話就完整了（意爲：艾爾西，準備見上帝吧。）而且勸誘已經變成恐嚇。根據我對於芝加哥那幫歹徒的瞭解，我想他很快就會將恐嚇付諸行動，於是我立刻和我的朋友華生醫生來到諾福克，但不幸的是，我們趕到這裡的時候，最壞的狀況已經發生了。」

「能跟你一起處理案子，我倍感榮幸。」警長很熱情說道，「不過，恕我直言，你只對你自己負責，我卻要對我的上級負責。假如這個住在愛爾里奇農場的亞伯．斯蘭尼眞是兇手的話，他要是就在我坐在這裡的時候跑掉，那我的麻煩就大了。」

「不必擔心，他不會逃跑的。」

「你怎麼知道他不會呢？」

「他逃跑就等於承認自己有罪。」

「那就讓我們去逮捕他吧。」

「我想他馬上就會來這裡的。」

「但他為什麼要來呢？」

「因為我已經寫信請他來了。」

「簡直難以置信，福爾摩斯先生！為什麼你請他來，他就得來呢？這不正會引起他的懷疑，讓他逃走嗎？」

「我想我知道應該怎麼寫信。」福爾摩斯說道，「事實上，要是我沒有看錯的話，這位先生正往這裡走來。」一位身材高大、皮膚黝黑、挺漂亮的傢伙正邁著大步走在門外的小路上。他穿了一身灰法蘭絨，戴著一頂巴拿馬草帽，鬍子蓬亂，大鷹鉤鼻，一邊走一邊揮動著手杖。

「我想，先生們。」福爾摩斯小聲地說道，「我們最好都站在門的後面——對付這樣一個傢伙，最好多加小心。警長，你準備好手銬，我來和他談談。」

我們靜靜地等候了片刻，這一刻對誰來說都是永生難忘。接著，門開了，這個人走了進來，福爾摩斯立刻用手槍柄朝他的腦袋打了一下，馬丁也把手銬戴上他的手腕。他們的動作非常快，特別熟練，這個傢伙還沒有明白是怎麼回事就動彈不得。他瞪著一雙黑眼睛，打量似的瞧我們，突然苦笑了起來。

「先生們，這次你們贏啦——我好像被什麼硬東西敲了一下——但我是接到希爾頓・丘比特夫人的信才來的，別告訴我她不在。難道是她幫你們爲我設下了這個圈套？」

「希爾頓・丘比特夫人受了重傷，現在已經奄奄一息。」

這個人發出了一聲嘶啞的叫喊，響遍整個房間。

「胡說！」他拼命嚷著，「受傷的是希爾頓，不是她。誰會忍心傷害小艾爾西？我可能威脅過她——上帝饒恕我吧！——但是我絕不會碰她一根頭髮的。收回你的話！告訴我她沒有受傷！」

「她被發現的時候，傷勢已經很重，就倒在她丈夫身旁。」

伴著一聲悲傷的呻吟他往長靠椅上一坐，把臉埋在銬著的雙手中。過了足足有五分鐘，他一直一聲不響。

然後，他再次抬起頭來，絕望地說道：「我沒有什麼要瞞你們的。我打死的是一個先向我開

槍的人，不能算是謀殺。可是如果你們認爲我會傷害艾爾西，那就是你們不瞭解我，也不瞭解她。告訴你們吧，世界上再也沒有其他男人能像我愛她那樣愛一個女人。我有權娶她——很多年以前，她就已向我保證過——憑什麼這個英國人要站在我們中間呢？我是第一個有權娶她的，我要求的只是自己的權利。」

「但是在她發現你是什麼樣的人以後，她就擺脫了你。」福爾摩斯嚴厲地說道，「她逃出美國就是爲了躲開你，並且在英國與一位體面的紳士結了婚。你緊追不捨，讓她的生活痛苦萬分；你引誘她拋棄她心愛可敬的丈夫，跟你這個她既恨又怕的人私奔。結果你使一個貴族死於非命，又逼得他的妻子自殺——這就是你幹的好事，亞伯・斯蘭尼先生。你將受到法律的制裁。」

「要是艾爾西死了，我就什麼都不在乎了。」這個美國人說道。他張開一隻手，看了捏在手心裡的那張信紙。「看這兒，先生們。」他大聲地說道，眼裡露出了一絲懷疑，「你不是在嚇唬我吧？如果她眞像你說的傷得那麼嚴重的話，寫這封信的人又是誰呢？」他把信扔到了桌面。

「是我寫的，爲了把你叫來。」

「是你寫的？除了我們幫裡的人以外，沒有人知道跳舞小人的秘密，你怎麼能寫得出來？」

「有人發明，就有人能破解。」福爾摩斯說道，「馬上就會有一輛馬車來把你帶到諾威奇去，亞伯・斯蘭尼先生。現在你還有時間對你所造成的傷害稍加彌補——你知道嗎？丘比特夫人有謀殺丈夫的重大嫌疑，如果不是因爲我在場，還有我偶然掌握的資料，她會受到控訴的。你欠她的就是向大眾說明：對於她丈夫的慘死，她沒有任何直接或間接的責任。」

「我也這麼想。」美國人說道，「我相信最能證明我自己的辦法，就是說出全部的事實。」

「我有責任警告你——這樣會對你不利。」警長本著英國刑法公平對待的嚴肅精神高聲說道。

斯蘭尼聳了聳肩。

「我願意冒這個險。」他說，「我首先要告訴你們幾位先生的是，我從艾爾西還是一個孩子的時候就認識她。當時我們一共七個人在芝加哥結成一幫，艾爾西的父親是我們的頭目。老派翠克是一個很聰明的人，就是他發明了這種秘密文字——除非你懂得這種文字的解法，不然就會當它是小孩的塗鴉。後來，艾爾西對於我們的事情略有所聞，不能容忍這種行爲。她自己有一些正當收入，於是趁我們不備，逃到倫敦來。那時她已經和我訂婚，我相信，要是我做的是另外一行，她早就和我結婚——她不願意與任何不正當的職業沾邊。在她跟這個英國人結婚以後，我才知道她在什麼地方，於是我寫信給她，但是一直沒有回音，之後，我來到了這裡。因爲寫信沒有用，我就把要說的話寫在她能夠看到的地方。

「我來這裡已經一個月了。我住在那個農莊裡，租到一間樓下的屋子。每天夜裡，我能夠自由進出，神不知鬼不覺。我想方設法要把艾爾西騙走，可是她一直沒有什麼反應。我知道她看了我寫的那些話，因爲她有一次在其中一句下面寫了答覆。於是我著急了，開始威脅她，她就寄給我一封信，懇求我走開，並且說如果她損害到丈夫的名譽，那會使她心碎的；她還說只要我答應離開這裡，不再糾纏她，她就會在清晨三點，等她丈夫睡著了的時候，下樓來在最後面的那扇窗前跟我說幾句話。果然，她來了，還帶著錢，想收買我。我氣極敗壞，一把抓住她的胳臂，想從窗戶裡把她拉出來。就在這時，她丈夫手裡拿著左輪手槍衝進房間。艾爾西癱倒在地板上，我們兩個就這樣面對面了。當時我的手裡也有槍，我舉起槍想把他嚇跑，可是他開了槍，沒有打中我，於是幾乎同時，我也開了槍，他便應聲而倒。我急忙穿過花園，這時還聽見背後有關窗的聲音。先生們，我說的每一句話都是眞的。後來的事情我什麼也沒有聽說，一直到那個小夥子騎馬送來一封信，使我像個傻瓜似地步行到這裡，把我自己交到你們的手上。」

在這個美國人說話的時候，馬車已經到了，裡面坐著兩名穿制服的員警。馬丁警長站了起來，用手碰了碰犯人的肩膀。

「我們該走了。」

「我可以先看看她嗎？」

「不行，她還沒恢復知覺。福爾摩斯先生，下次再碰到重大案子，我希望還有這個榮幸有你在旁邊。」

我們站在窗前，目送馬車離去。我轉過身來，看見犯人扔在桌上的紙團，那就是福爾摩斯曾用來誘捕他的信。

「華生，看看你能讀懂嗎？」福爾摩斯笑著說道。

信上沒有字，只有一行跳舞的小人。（如本頁下圖）

「如果你用我解釋過的那種密碼。」福爾摩斯說道，「你就會發現它的意思不過是『立刻到這裡來』。我相信這是一個他絕不會拒絕的邀請，因爲他想不到除了艾爾西以外，還有別人能夠寫這樣的信。所以，親愛的華生，最終我們把這些作惡多端的跳舞小人派上用場了。我覺得自己已經履行我的諾言，爲你的筆記本添上一些不尋常的素材吧。我們的火車三點四十分開，我不知道能不能趕回貝克街吃晚飯。」

再說一下案子的尾聲：在諾威奇的冬季大審判中，美國人亞伯·斯蘭尼被判死刑，但是考慮到案發當時的情況以及確實是希爾頓·丘比特先開槍的事實，他被改判勞役監禁。至於丘比特夫人，我只聽說她後來完全康復，如今仍舊孀居，並用她的全部精力幫助窮人、管理著丈夫的家業。

第四篇　孤單的騎車人

從一八九四年到一九〇一年期間，夏洛克・福爾摩斯十分繁忙——可以這麼說，在這八年內發生的疑難公案，警方都曾向他諮詢過；他還在千百件私人案件的調查中發揮了巨大的作用，其中一些案件的案情錯綜複雜，結果出人意料。許多驚人的成就和一些無可避免的失敗是他這一段時期的結果。由於我對這些案件保留的記錄十分完整，而且也親身參與過其中一些案件的調查，所以可以想像，我應該選擇哪些案件來公諸於眾，並不是一件容易的事情。但是我可以遵循我以前的做法，優先選擇那些不是因爲案件本身的殘忍，而是以破案方法的巧妙以及破案過程的戲劇性而吸引人的案件。出於這個原因，我現在就將與維奧麗特・史密斯小姐有關的事實公諸於世，即查林頓的孤單騎車人一案，以及令人驚訝的調查結局——這次調查以出人意料的悲劇而告終。誠然，這件案子沒怎麼突顯我的朋友那得以成名的才能，但是有幾點卻使此案在我保留的眾多犯罪記錄中顯得非常突出，這些記錄就是我寫作這些小故事的素材。

根據一八九五年的筆記，我們是在四月廿三日，星期六，第一次聽說維奧麗特・史密斯。我記得她的到訪令福爾摩斯極不高興，因爲那時他正在全神貫注於一件涉及著名菸草大王約翰・文森特・哈登的疑案——我的朋友最喜歡準確和全神貫注，這些在他看來勝過一切，他最討厭在忙著手頭的事情時候有別的事情來分散他的注意力。但是他天性仁慈，不可能拒絕聽那位苗條、優雅、莊重的美麗姑娘來講述她的遭遇，何況她又是在那麼晚的時候親自來到貝克街懇請他的幫和指點。看來告訴她沒有時間是無濟於事，因爲那位姑娘下定決心要講述她的故事；很明顯，如果她自己不走的話，那麼除非動武，否則沒有什麼能夠讓她離開。福爾摩斯無可奈何，只得勉強地笑了笑，請那位美麗的不速之客坐下，告訴我們她遇到的麻煩。

「至少不會是你的健康問題。」福爾摩斯用那敏銳的雙眼把她上上下下打量了一番後說道，「像你這樣喜愛騎車的人，精力一定很充沛。」

她驚詫地看看自己的雙腳，我也發現了她鞋底的一邊已經被腳踏車踏板的邊緣磨得起毛了。

「是的，我經常騎腳踏車，這和我今天的造訪有關。」

福爾摩斯抓起沒有戴手套的那隻手，像科學家觀察標本一樣仔細地、不動聲色地觀察著。

「我相信，你不會介意我這麼做的——這是我的職業。」福爾摩斯把姑娘的手放下，說道，「我差點兒把你誤認爲打字員——很顯然，你是從事音樂工作的。華生，你注意到從事這兩種職業的人所共有的竹節形指端了嗎？不過，她的臉上有一種氣質。」那位女子平靜地把臉轉向亮處，「那是打字員所不具備的。所以，這位女士是位音樂家。」

「是的，福爾摩斯先生，我是教音樂的。」

「從你的膚色來看，我想你是在鄉下教音樂的。」

「是的，先生，那裡靠近法納姆，在薩里的邊界。」

「那是個好地方，可以使人聯想到許多有趣的事情。華生，你一定記得我們就是在那附近抓到阿爾奇·斯坦福德那個製造偽幣的罪犯的。那麼，維奧麗特小姐，你在那裡遇到了什麼事情呢？」

那位姑娘不慌不忙、清清楚楚地說出了下面這段奇怪的事情來：

「福爾摩斯先生，我的父親已經去世——他叫詹姆士·史密斯，是歷史悠久的帝國劇院樂隊的指揮。我和母親在這個世上除了一個叔父外，什麼親戚也沒有了，叔父的名字叫做拉爾夫·史密斯——他在二十五年前到非洲去了，從那時起就杳無音信。父親死後，我們一文不名，可是有一天我們得知《泰晤士報》刊登一則廣告——尋找我們的下落。你可以想像我們是多麼激動啊！

因爲我們以爲有人留了一筆遺產給我們。於是我們便立即按照報紙上刊登的姓名去找那位律師，在那裡又遇到兩位先生——卡拉瑟斯和伍德立，他們是從南非回來探親的。他們說我叔父是他們的朋友，幾個月前在約翰尼斯堡貧困而死。他在臨終之前，請他們去尋找他的親屬，並確保他們衣食無憂——我們覺得很奇怪，我的叔父拉爾夫活著的時候並不在意我們，卻在他臨終時對我們那麼念念不忘。可是卡拉瑟斯先生解釋說，那因爲我叔父剛剛聽到他哥哥的死訊，並因此感到對我們負有責任。」

「對不起，」福爾摩斯說道，「你們是在什麼時候見面的？」

「去年十二月，四個月以前。」

「請接著說下去。」

「我覺得伍德立先生很討厭，總是向我擠眉弄眼——他是個粗俗的年輕人，長著一張浮腫的臉，紅色的小鬍子，還有一頭從額頭兩邊垂下來的頭髮——我覺得他十分討厭，我相信西瑞爾一定不喜歡我認識這個人。」

「噢，西瑞爾是他的名字！」福爾摩斯微笑著說道。

那姑娘臉上泛起紅雲，笑了笑。

「是的，福爾摩斯先生，西瑞爾．莫頓是位電氣工程師，我們希望在夏天結束時結婚。哎呀！我怎麼扯起他來了呢？我想說的是伍德立先生十分討厭，而那位年紀老一些的卡拉瑟斯先生要好得多——雖然他皮膚很黑，面有菜色，臉刮得乾乾淨淨，沉默寡言，但是舉止文雅，笑容可掬。他詢問我們的近況，當他知道我們很窮時，便要我到他那裡教他十歲的獨生女兒學音樂。我說我不願離開母親，他說我可以在每個週末回家看她，並答應給我每年一百英鎊——這可是十分優厚的報酬。所以最後我答應了，來到離法納姆六英里左右的奇爾特恩農莊。卡拉瑟斯先生的妻子已經過世，但是他雇用一位老成而又令人尊敬的管家——迪克遜太太——來看顧他的家。那個孩子也很可愛，其他一切也都很如意。卡拉瑟斯先生十分和善而且熱愛音樂，我們一起渡過許多愉快的夜晚，每逢週末我便回到城裡的家中探望母親。

「我快樂的生活中最不開心的事情就是一臉紅鬍子的伍德立先生的到來——他來了一個星期，哎呀！這對我來說簡直就像三個月。他是個討厭的傢伙——他對別人橫行霸道，對我比橫行霸道還要糟糕——他不知廉恥地向我求愛，吹噓他的財富，說如果我嫁給他，我就可以擁有倫敦最漂亮的鑽石。最後，他見我始終對他不加理睬，便在某天飯後一下子把我抱在懷裡——他的蠻勁可眞大——說如果我不吻他，他就不放手。這時恰好卡拉瑟斯先生走進房間，把他從我的身邊拉開，這下伍德立和主人翻了臉，把他打倒在地，還在他的臉上弄出了傷口——你們可以猜到，伍德立的來訪至此結束——第二天卡拉瑟斯先生向我道歉，並保證絕不讓我再受到那樣的侮辱。從那以後我就再也沒有見到伍德立先生。

「現在，福爾摩斯先生，我終於要談到今天來向你請教的具體事情了。我在每個星期六的上午要騎車到法納姆車站，趕十二點廿二分的火車進城。從奇爾特恩農莊出來的路十分荒涼，有一段尤其如此，那一英里多的路位於查林頓石楠灌木叢和查林頓莊園周圍的樹林之間——你再也找不到比這更加荒涼的一段路了，在你沒有到達靠近克魯克斯伯理山的公路之前，哪怕想見到一輛馬車、一個農民都很困難。兩星期之前我從這個地方經過時，不經意回頭一望，看到身後兩百碼左右有一個男人也在騎車——他看上去是個中年人，蓄著短短的黑鬍子。到法納姆之前，我又回頭一看，那個人已經消失，所以我也沒有再想這件事。但你說這有多奇怪，福爾摩斯先生，我星期一返回的時候又在那段路上看到那個人。更讓我驚奇的是，接下去的星期六和星期一，和前兩次一樣，這一幕又重演了。那個人始終保持一定距離，並沒有騷擾我，但這畢竟很古怪。我把這件事情告訴了卡拉瑟斯先生，他看起來對我的話十分重視，並告訴我說他已經訂購了一匹馬和一輛輕便馬車，所以以後我就不會在一個伴兒都沒有的情況下走過那段偏僻的路了。

「馬和輕便馬車本來應該在這個星期到貨，可是不知是什麼原因貨沒來，我只好再次騎車到火車

站——這是今天早晨的事——你可以猜到，當我騎到查林頓石楠灌木林的時候非常警覺，果然，那個人就在那個地方，和兩個星期前一模一樣。他總是離我很遠，所以我看不清他的臉，但他肯定是一個我不認識的人。他穿著一身黑衣服，戴著布帽子，我只能看清他臉上的黑鬍子。今天我沒有那麼緊張，只是十分好奇，決心查明他是什麼人以及究竟要做什麼。我放慢了我的車速，他也放慢了他的車速；我停車，他也停車。於是我心生一計——路上有一處急轉彎，我便加快速度拐過彎去，然後停車等著他。我指望他很快也拐過彎來，並且來不及停車就超到我的前面去，但是他根本就沒有出現。於是我往回走，在轉彎處向回望去——我可以望見一英里的路面，可是卻看不見他的蹤影，尤其令人驚訝的是，這個地方並沒有岔路可以讓他走開。」

福爾摩斯輕聲一笑，搓著雙手。「這件事的確有些蹊蹺。」他說道，「從你轉過彎到你發現路上沒有人，這中間有多久呢？」

「兩、三分鐘吧。」

「那他不可能從原路返回，你說那裡沒有岔路嗎？」

「沒有。」

「那他肯定是從路旁的人行小道上走開。」

「不可能從石楠灌木叢的那一邊，不然我可以看見他。」

「那麼，按照排除推理法，我們得到這麼一個事實：他向查林頓莊園那一側去了——據我所知，查林頓莊園就坐落在大路的一側。還有其他的情況嗎？」

「沒了，福爾摩斯先生，我只是感到十分不解，要是得不到你的指點，我會感到很困惑的。」

福爾摩斯默默地坐了一會兒。

「和你訂婚的那位先生在什麼地方？」福爾摩斯終於問道。

「他在考文垂的中部電氣公司。」

「他不會爲了讓你驚喜而來看你吧？」

「噢，福爾摩斯先生！難道我還認不出他？」

「還有其他愛慕你的男人嗎？」

「在我認識西瑞爾之前有幾個。」

「那以後呢？」

「以後就是那個討厭的伍德立，如果你把他也算作愛慕者的話。」

「沒有別的人了嗎？」

我們美麗的客戶看起來有點難爲情。

「他是誰呢？」福爾摩斯問道。

「噢，這可能只是我的胡思亂想；可是有的時候我似乎覺得我的雇主卡拉瑟斯先生對我十分有意——我們常常待在一起，晚上我和他做伴兒，可他從來沒說過什麼——他絕對是一位紳士。一個姑娘對這種事總是能夠察覺到的。」

「哈！」福爾摩斯看上去十分嚴肅，「他以什麼爲生呢？」

「不知道，但他很富有。」

「可是他並沒有四輪馬車或者馬匹呀？」

「啊，至少他家裡看起來相當富裕。他每個星期進城兩、三次，十分關心南非的黃金股票。」

「史密斯小姐，你一定要把事情的新進展告訴我。我現在很忙，不過我一定會抽時間來調查這件案子的。在這期間，不要不通知我就採取行動。再見，我相信一定會有好消息的。」

「這樣的姑娘會有一些追求者，這很自然。」福爾摩斯一邊思考，一邊抽著菸斗，並說道，「不過也不要在荒郊野外騎腳踏車追嘛——毫無疑問這是一個偷偷愛上她的人。可是這件案子有些細節倒是很奇怪且值得深思，華生。」

「你是說他只在那個地方出現嗎？」

「不錯。我們首先要做的就是查明查林頓莊園的房客都是誰，然後再查明卡拉瑟斯和伍德立究竟是什麼關係——因爲他倆是完全不同類型的人啊——他倆爲什麼都急於查訪拉爾夫・史密斯的親屬呢？還有一點，這是什麼持家之道啊——肯以超出市價一倍的工錢雇傭一位女家庭教師，卻捨不得養一匹馬，他家離火車站可足足有六英里啊！奇怪，華生，非常奇怪！」

「你要去調查嗎？」

「不，我親愛的朋友，你去調查好了——這可能只是個不足掛齒的陰謀，我不能因爲它而停止別的重要調查工作——星期一你一大早就趕到法納姆去，隱藏在查林頓石楠灌木叢中，親自觀察這些事實，並且根據自己的判斷隨機應變。然後，查明是誰住在查林頓莊園，回來向我報告。現在，華生，在找到幾件可靠的證據用來破案前，我對這件事情沒有什麼可說的了。」

那位姑娘告訴我們她星期一搭乘九點五十分從滑鐵盧車站出發的火車進城，所以我便一大早出發趕搭九點十三分的火車。到了法納姆車站後，我毫不費力地找到查林頓地帶，而且要錯過那位姑娘發生奇遇的地方是不可能的，因爲那段路一邊是開闊的石楠灌木叢，另一邊是老紫杉樹籬，樹籬環繞著一座莊園，莊園裡種有很多的大樹。莊園裡有一條長滿苔蘚的石子路，路的兩側石柱上滿是已經腐蝕的圖案。除了中間行車的道路之外，我還發現幾處樹籬有豁口，有小路穿入。從路上看不到宅院，但是四周顯得陰暗、衰頹。

石楠灌木叢開滿了一簇簇的黃色金雀花，在燦爛的春日陽光下閃閃發光。我在一叢花之後選好了隱身處，以便既能夠觀察到莊園的大門，又能夠看到兩邊長長的一大段路。我離開大路的時候，路上空無一人，現在我看到有一個人正騎車從和我來的時候相反的方向過來——他穿著黑色的服裝，蓄有黑色的鬍子。他來到查林頓宅地的盡頭，跳下車來，把車推進樹籬的一處豁口，然後消失在我的視線中。

過了一刻鐘，第二個騎腳踏車的人出現了——這次是那位從火車站過來的姑娘。我看見她在騎到查林頓的樹籬時四下張望一下，過了一會兒，那個男人從藏身處走了出來，跳上腳踏車，開始尾隨著她。在那遼闊的風景中，只有這兩個活動的人影。姑娘筆直地騎在車上，她身後的男人卻伏在車把上，一舉一動都顯得鬼鬼祟祟。她回頭看著他，並且放慢速度，他也放慢了速度；她停車，他也停車，始終保持和她有二百碼的距離。姑娘的下一步動作迅猛而又出人意料——她突然扭轉車頭徑直向他衝了過去。但是那個男人的動作也像那姑娘一樣地迅速，並且拼命地逃走。她又回到大路上，驕傲地昂著頭，再也不屑理會她那不聲不響的尾隨者。他也轉過身來，依然保持著那段距離，直到我看不見他們爲止。

我依然待在藏身處，這是明智之舉，因爲那個男人又馬上露面了，他慢慢地騎回來。他拐進莊園的大門，下了車。我看他在樹叢中站了幾分鐘，舉起雙手，好像是在整理他的領帶。然後又上車從我身旁經過，向遠處朝向莊園的車道騎去。我跑出石楠灌木叢，從樹林的縫隙望過去，隱約可見那座古老的灰樓和它那些矗立的都鐸式煙囪，可惜那條車道穿過一片濃密的灌木叢，我再也看不到那個人了。

不過，我覺得早上的工作相當順利，自己做得很漂亮，便興高采烈地徒步走回法納姆。關於查林頓莊園，當地的房產經紀人什麼情況也提供不出來，只好把我介紹到帕爾商業街馬爾的一家著名的公司。我在回家的途中到那裡停留了一會兒，並且受到經紀人的熱情接待。不行，我在夏天是不能租用查林頓莊園避暑了，因爲我來得太晚了，莊園在一個月以前已經租出去，房客的名字叫威廉姆森先生——他是個年長且體面的紳士老先生。那位頗有禮貌的經紀人客氣地說他不能再告訴我什麼，因爲他不能議論他顧主的事情。

那天晚上，福爾摩斯專心致志地傾聆聽了我對他做的冗長報告，但是卻沒有像我想像的那樣聽到一句我會十分珍視的讚美——我本來期望可以受到讚美的，而且把他的讚美看得很珍貴，可是連一句嘉許的話也沒有聽到。恰恰相反，當他評價我的工作時，他那嚴峻的面容甚至比平時更加嚴肅。

「我親愛的華生，你那藏身之地是非常錯誤的——你本來應該藏到樹籬後面，近距離的仔細觀察那位有趣的人。事實上，你藏身的地方離那裡有幾百碼，你告訴我的情況甚至比史密斯小姐還要少。她認爲她不認識那個人，可是我確信她應該認識，要不然，他爲什麼那樣害怕那位姑娘靠近他，看清他的長相呢？你說他伏在腳踏車把上，你看，這不又是爲了隱藏眞實的相貌嗎？你確實做得十分糟糕——他回到了那所宅院，你本該查明他是什麼人，卻跑到了一個倫敦房地產經紀人那裡！」

「那我應該怎麼辦呢？」我有點激動地喊道。

「到離那裡最近的酒館去——那裡是村中的閒話中心，他們會告訴你每個人的名字，甚至從主人到洗碗的幫廚。威廉姆森？這個名字能夠說明什麼呢？我一點印象也沒有。假如他是老年人，那麼他就不是那個逃脫姑娘快速追趕的敏捷騎車人。你這次的探險為我們帶來了什麼呢？知道那位姑娘所講的是事實？——這我從來都沒懷疑；知道騎車人和莊園有關係？——這我也同樣不曾懷疑過；知道了那莊園是由威廉姆森租用的？——誰又能為這作保證呢？好了，好了，我親愛的先生，別那麼灰心喪氣。星期六以前我們也做不了什麼，這段時間我還可以親自做一兩次調查。」

第二天早晨，我們接到史密斯小姐的一封短信，扼要而又準確地重述我親眼看到的那件事情，可是信的主旨卻留在附言中：

當我告訴你我在這裡的處境時，我相信你會尊重我對你的信任，福爾摩斯先生——我的處境有點為難，這是由於我的雇主已經向我求婚了。我相信他對我的感情是十分深厚而且高尚的。但是，我已經訂婚了，這時，我當然把這件事告訴他。他把我的拒絕看得非常嚴重，但是態度卻又十分和氣。然而，你可以理解，我的處境有一些尷尬了。

「看起來，我們的年輕朋友陷入了困境，」福爾摩斯看完信後，若有所思地說道，「這件案子顯然肯定比我原先設想的有趣得多，發展的可能性也多得多。我最好還是到鄉下去過一天安靜太平的日子——我打算今天下午就去，並且檢驗一下我的一、兩個想法。」

福爾摩斯所謂在鄉下渡過的安靜日子，其結局是很出人意料的——他很晚才回到貝克街，嘴唇劃破了，額頭上還青腫了一大塊，除此之外還有一副狼狽相，像是個蘇格蘭警場倫敦員警廳調查的對象。他對自己的歷險感到非常興奮，一邊敘述，一邊發自內心地哈哈大笑。

「積極的鍛鍊總是大有好處的，可惜我鍛鍊得不多。」福爾摩斯說道，「你知道，我精通一些不錯的英國舊式拳擊運動，並且偶爾用上它——比如說今天，要是沒有這一手，那我可慘了。」

我請他告訴我發生什麼事情。

「我找到那家我曾經建議你去的鄉村酒館，在那裡小心翼翼地進行調查。在酒吧間裡，多嘴的店主把我所要知道的一切都告訴了我——威廉姆森是一個白鬍子老頭，他和少數幾個僕人住在莊園裡。據說他現在、過去是個牧師，但他住在莊園的這一小段時間裡，有一兩件小事使我覺得他很不像牧師。我也在一個牧師機構作過調查，他們告訴我，曾有一個叫做這個名字的牧師，但是他過去的行徑極不光彩。那位店主接著告訴我，莊園裡每到週末總有一些訪客——『很熱鬧的，是一夥下流坯，先生——特別是一個蓄著紅色鬍子、叫做伍德立的，每次總少不了他』。我們正談到這裡的時候，那位伍德立先生竟然走了進來——他一直在酒館裡喝啤酒，我們的談話他都聽見了——他問我是誰？我要幹什麼？他口若懸河，滿口都是形容詞，用得很誇張。他以最兇惡地反手一擊結束了他的謾罵，我沒來得及完全躲開。後來的幾分鐘就很有趣了——我給那個惡棍一連串的左直拳，我就成了你看到的這個樣子；伍德立先生乘車回去了，我這場鄉村旅行也就這樣告終。可是我仍然必須承認，不管多麼有趣，我的這一天並不比你的收穫大。」

星期四那天我們又收到我們客戶的一封信。她寫道：

福爾摩斯先生，聽到我就要辭去卡拉瑟斯先生的教職，你該不會感到驚奇吧——即使報酬優厚，我也不能忍受這種尷尬的處境了，所以我將在星期六回城裡，並且不打算再回來。卡拉瑟斯先生已經備好了一輛馬車，因此，如果說在過去的路上有什麼危險的話，那麼這個危險現在已經不存在了。

至於我辭聘的具體原因，不僅僅是我和卡拉瑟斯先生的尷尬處境，還有那個討厭的伍德立先生，他又來了。他長得本來就很討厭，現在更是可怕——他好像出了什麼事，所以模樣很糟。我是從窗子裡看到他的，但是眞高興，我並沒有碰上他。他和卡拉瑟斯先生談了很長的一段時間，

之後卡拉瑟斯先生非常激動。伍德立一定就住在附近，因爲他並沒有住在卡拉瑟斯的家裡。但是今天早上我又看見他在灌木叢中鬼鬼祟祟地走動。想到不久這裡就會有一頭脫了韁的野獸，對它的憎恨和恐懼是我無法用語言表達的。卡拉瑟斯先生怎麼能容忍這樣的一個傢伙？我可是一刻也容忍不了啊！好在，我的一切麻煩到星期六就要結束了。

「我相信是這樣的，華生，我相信是的。」福爾摩斯嚴肅地說道，「這位小姑娘的周遭正在進行著一場極爲隱密的陰謀，保護她在最後一次回家的路上不受侵犯是我們的責任。華生，我想星期六早晨我們抽空去一趟，以確保我們這次奇怪而又全面的調查不致以失敗告終。」

我承認直到現在我還沒有十分嚴肅地看待這件案子，在我看來這其中並沒有什麼危險，只不過有一些荒謬而已——男人埋伏著等待漂亮的女人並尾隨她，這並不是什麼聞所未聞的事，如果他的膽量小到不敢和姑娘說話，甚至在她靠近時逃走，那麼他就不會是一個可怕的攻擊者。那個惡棍伍德立則又另當別論。可是，除了那一次之外，他再也沒有騷擾過我們的客戶；現在他到卡拉瑟斯先生家，也不是在那姑娘在場的時候出現。那個騎車人無疑是酒館老闆所說的查林頓莊園週末聚會的一員。但他是什麼人，要做什麼呢？卻依然模糊不清。但是福爾摩斯嚴肅的神情和在離開前裝上手槍的舉動，都使我感到在這一連串的怪事後面可能隱藏著悲劇。

下了一夜的雨，早上陽光燦爛，長滿石楠灌木叢的鄉間農村，點綴著一簇簇盛開的金雀花，金光閃閃，在厭倦了倫敦那陰鬱灰暗色調的眼睛看來，顯得更加美麗，不覺耳目一新。福爾摩斯和我沿著寬闊的沙路步行，呼吸清晨的新鮮空氣，沉醉在鳥兒的叫聲和春天的氣息裡——到處是一片欣欣向榮的春意。我們從克魯克斯伯雷理山巔的大路高處，可以看到那座陰鬱的莊園聳立在古老的橡樹叢中。橡樹的年紀很大了，可是比起它們環抱的建築物來，卻依然顯得年輕。福爾摩斯指著長長的一段路，那路在石楠灌木叢的棕褐色以及樹林的新綠中蜿蜒穿行，宛如一條紅黃色的帶子。遠處，出現了一個小黑點，我們可以看出那是一輛單馬馬車在向我們駛來。福爾摩斯焦急地驚呼一聲。

「我提前半個小時到這兒。」福爾摩斯說道，「假如這是她的馬車，那她一定是趕乘更早的火車。華生，恐怕我們還沒有遇見她，她就已經過了查林頓了。」

經過高地後，我們就已經看不到那輛馬車了，但我們依舊向前趕，速度之快讓習慣久坐的我老是落在後面。福爾摩斯卻因堅持鍛鍊而似乎有用不完的精力。突然，他那不曾放慢的輕快腳步在我前方一百碼的地方停了下來，我看見他作

了一個痛心而又絕望的手勢。與此同時，一輛空馬車——馬兒慢跑著，韁繩拖在地上——出現在拐角處，馬車吱吱嘎嘎地的向我們迎面駛來。

「太晚了，華生，太晚了！」福爾摩斯衝著氣喘吁吁跑到他身邊的我大聲喊道，「我眞愚蠢，沒有想到那班較早發車的火車！一定是綁架，華生，是綁架！是謀殺！天知道是什麼！把路擋住！把馬攔住！這就對了。喂，跳上車，看看我們能否亡羊補牢。」

我們跳上馬車，福爾摩斯轉過馬頭，狠狠抽了馬一鞭，我們便沿著大路往回疾馳。在我們一轉過彎的時候，莊園和石楠地段間的整條路都展現在我們眼前。我抓住福爾摩斯的胳膊。

「就是那個人！」我深吸了一口氣說道。

一個孤單的騎車人向我們衝過來。他低著頭，聳著肩膀，好像將全身每一盎司的力量都用在踩腳踏板上。他像賽車一般騎得飛快。突然他抬起滿是鬍子的臉，見我們近在眼前，便停下車，從腳踏車上跳了下來，他那烏黑的鬍子和蒼白的臉色形成鮮明的對比，雙眼因爲極度興奮而閃爍著光芒。他瞪眼瞅著我們和那輛馬車，然後臉上顯出了驚異的神色。

「喂！停下！」他大聲叫道，用他的腳踏車把我們的路擋住，「你們從哪兒弄到這輛車的？嘿，停下！」他從側面口袋中掏出手槍，衝著我們咆哮道，「警告你們，停下，要不然，我可眞的要給你的馬一槍了。」

福爾摩斯把韁繩扔到我的腿上，從馬車上跳了下來。

「你正是我們要找的人，維奧麗特·史密斯小姐在哪裡？」福爾摩斯問道，速度很快但是意思清楚。

「我正想問你們呢。你們坐的是她的馬車，所以應當知道她在哪裡。」

「我們在路上碰到了這輛馬車，上面沒有人，我們正往回趕救那位姑娘。」

「天哪！天哪！我該怎麼辦啊？」那個陌生人絕望地喊道，「他們把她抓走了，那該死的伍德立和那個惡棍牧師！快，來，先生，如果你們眞的是她的朋友，那就快來吧！幫我一起去救她吧，我就算橫屍查林頓森林也在所不惜！」

他抓著手槍向樹籬的一個豁口瘋狂跑去，福爾摩斯緊跟在他的後面，我把馬放到路邊旁吃草，也跟在福爾摩斯的身後跑了過去。

「他們是從這裡穿過去的。」陌生人指著泥濘小路上的一些足跡腳印說道，「喂！等一下！灌木叢裡是誰？」

那是個十七八歲的小夥子，看打扮像是馬夫，穿著皮燈芯絨褲，紮著綁腿。他仰面躺著，雙膝蜷曲，頭上有一道可怕的傷口，已經失去了知覺，不過還活著。我看了一眼他的傷口，知道沒有傷到骨頭。

「這是馬夫彼得。」陌生人叫喊道，「他就是爲那姑娘趕車的——那幫畜生把他拉下車來用棍棒打傷了。讓他先躺在這兒吧，我們幫不了他什麼，但我們也許能把那位姑娘從一個女人的最大不幸之中解救出來。」

我們像發了瘋般地向林中蜿蜒的小徑奔去，一到環繞著宅院四周的灌木叢，福爾摩斯就停住了。

「他們沒有進房子——左邊有他們的腳印，在這兒，在月桂樹叢旁邊。啊！我說得沒錯。」

他正說著，忽然傳來一陣女人的尖叫聲——一種極度驚恐的、帶著顫音的尖叫——從我們面前濃密的綠色灌木叢中傳了出來。突然，這聲尖叫在最高音的地方由於窒息而停止，接著是一陣咯咯聲。

「這邊！這邊！他們在滾球場。」那個陌生人一邊喊著一邊衝過灌木叢，說道，「啊，這些膽小鬼！跟我來，先生們！哎呀！太遲了！太遲了！」

我們猛然闖進一片古樹環繞的林間綠地。草地那一邊，在一棵大橡樹的樹蔭下站著三個人。一個是女人，就是我們的客戶——她垂著頭，已

經昏過去了，嘴上蒙著手帕。她對面站著一個兇神惡煞般的紅鬍子年輕人，他紮著綁腿，兩腿叉開站著，一隻手叉腰，另一隻手裡晃動著馬鞭，一副得意洋洋的架式。他們兩個人中間站著一個花白鬍子的老傢伙，穿著淺色的花呢衣服，外面罩著白色的短法衣，顯然剛爲這兩個人做完結婚儀式，因爲我們出現的時候，他正把一本祈禱書裝進衣袋，並且輕輕地拍著那陰險新郎的後背，興致勃勃地向他祝福。

「他們是在舉行婚禮嗎？」我氣喘吁吁地問道。

「快點！」我們的領路人喊道，「來！」他衝過林中空地，福爾摩斯和我緊緊地跟隨著。在我們衝到姑娘跟前的時候，她搖搖晃晃地靠在樹幹上以免摔倒。曾經是牧師的威廉姆森向我們嘲弄地鞠了一躬，而暴徒伍德立卻野獸般地大叫一聲，得意忘形地狂笑著，向我們衝來。

「你可以把鬍子摘掉了，鮑勃。」他說道，「我認識你，我們太熟悉了。嘿，你和你的同夥來得正是時候，我正好爲你們介紹一下伍德立夫人。」

我們的那位帶路人的回答十分特別——他一把扯掉用以僞裝的黑鬍子，把它扔到地上，露出刮得光光的淺黃色長臉，然後舉起手槍，對準那個正揮動著馬鞭向我們衝過來的暴徒，這時，那傢伙正揮舞著致命的馬鞭向他衝來。

「是的。」我們的夥伴說道，「我就是鮑勃．卡拉瑟斯，我想看到這位姑娘安然無恙，即使拼了命也無所謂，否則我只好和你拼命。我告訴過你，假如你騷擾了她，我會如何懲罰你。蒼天在上，我說到做到。」

「太晚了，她已經是我的妻子了。」

「不對，她是你的寡婦。」

槍聲響了，我看到血從伍德立的胸前噴了出來。他尖叫一聲，接著轉身仰面倒了下去，那張醜陋的紅臉霎時間變成一片蒼白色，十分嚇人。那依然披著白色法衣的老頭此時開始破口大罵，那罵不絕口的污言穢語，我眞是從來沒聽過。他也掏出了自己的手槍，但還沒來得及舉槍，福爾摩斯的槍口已經對準他了。

「夠了。」我的朋友冷冷地說道，「扔下槍！華生，你把槍撿起來，對準他的頭！謝謝你。還有你，卡拉瑟斯，把你的槍也給我——我們不用再動武了。來，把槍交給我！」

「那麼，你是誰？」

「我叫夏洛克．福爾摩斯。」

「啊！」

「我看得出，你們早就聽說過我了。在官方警探來到前，我只好代勞了。喂，你！」福爾摩

斯向林中空地那邊一個嚇壞了的馬夫喊道，「到這裡來。趕快騎馬把這張條子送到法納姆去。」福爾摩斯從筆記本上撕下一張頁紙，草草寫了幾句話，說道：「把它這送到警局交給警長。在他到來之前，只好由我來看管你們了。」

福爾摩斯那果敢的作風指揮著悲劇現場的一切，所有的人都同樣乖乖地聽從他的吩咐。威廉姆森和卡拉瑟斯把受傷的伍德立抬進屋裡，我也扶著那受驚的姑娘。傷者被放在床上，應福爾摩斯的要求，我便對他進行了檢查。檢查完後，我到掛著壁毯的餐廳向他報告情況，他坐在那裡，面前是他的兩個俘虜——威廉姆森和卡拉瑟斯。

「他能活下來，沒有生命危險。」我報告道。

「什麼？」卡拉瑟斯高聲喊叫道，並從椅子上跳了下來，大聲叫道：「我先上樓把他結束了再說——難道你們要讓那個小天使一般的姑娘一輩子受狂徒伍德立的折磨嗎？」

「這用不著你擔心。」福爾摩斯說道，「有兩條充分的理由說明她怎麼也不會成爲伍德立的妻子。第一，我們完全可以質疑威廉姆森主持婚禮的權利。」

「我受任過聖職。」那個老無賴喊道。

「早就被免去聖職了。」

「一旦成爲牧師，就終身都是牧師。」

「我看不是。而且結婚證書呢？」

「他們有結婚證書，就在我的衣袋裡。」

「那是你們靠陰謀詭計弄來的。不管是怎樣來的，逼婚絕對不是結婚，而且是十分嚴重的犯罪。在你們完蛋之前，你會明白這一點的。如果我沒有弄錯，今後的十年左右，你有時間想通這一點。至於你，卡拉瑟斯，要是你不掏槍的話就好了。」

「我現在是明白了，福爾摩斯先生，可是當我想到我為保護那位姑娘所採取的一切預防措施時——因為我愛她，福爾摩斯先生，而這是我有生以來第一次知道什麼叫愛——一想到她落入了那個從金伯利到約翰尼斯堡，人人聞風喪膽而且是南非最殘忍的暴徒手中，我都要發瘋了。啊，福爾摩斯先生，或許你不相信這些，但是自從那位姑娘接受聘請來到我這裡後，我就從不讓她經過這座房子，我知道這些無賴潛伏在這座宅子，所以每次我都騎車護送她，確保她不致受到傷害。我和她保持著一定的距離，並且戴上了鬍子，這樣她就認不出我來了——她是一位善良而且氣質高貴的姑娘，如果她知道是我在路上尾隨她，就不會長期受雇於我了。」

「你爲什麼不把危險告訴她呢？」

「因爲那樣一來，她還是會離開我的，可是我不願意發生這樣的事。即使她不愛我，只要我能在家裡能看到她那優雅的身影，聽到她的聲音，對我來說就足夠了。」

「喂！」我說道，「你把這當成愛，卡拉瑟斯先生，可是我卻把這叫作自私。」

「也許這兩者並不矛盾。不管怎樣，我不能讓她離開。再說，她周圍有這樣一夥人，最好還是有人在身邊照顧她比較好些。後來，我接到電報，我知道他們一定會有所行動。」

「什麼電報？」

卡拉瑟斯從口袋裡拿出一份電報來。

「就是這個。」他說道。

電文非常簡單明瞭：老頭兒已死。

「哼！」福爾摩斯說道，「我想我知道這是怎麼一回事了，而且我也明白，這封電報會使他們像你說的那樣走向極端。你們可以一邊等，一邊把你知道的都告訴我。」

那個穿白色法衣的老惡棍破口罵出了一連串的髒話。

「蒼天在上！」他說道，「假如你洩露我們的秘密，卡拉瑟斯，我就要用你對付傑克·伍德立的手段來對付你。你可以隨心所欲地把那姑娘的事說得天花亂墜，那是你們自己的事情，可是如果你要把你的朋友出賣給這個便衣警察，那你就犯下了天大的錯誤。」

「尊敬的牧師閣下，你不用激動。」福爾摩斯點燃香菸，說道，「這件案子很明顯對你們不利。我不過是出於個人的好奇，問幾個細節問題而已。不過，假如你們不便說，那麼就讓我來說一說，然後你們就會知道你們還能隱瞞多少事情。首先，你們三個人是從南非來玩這場把戲的——你威廉姆森，你卡拉瑟斯，還有伍德立。」

「一派胡言。」那個老傢伙說道，「兩個月之前，我連見都沒有見過他們，而且我從來也沒有到過非洲，所以你可以把你的胡言亂語放進菸斗裡一起燒掉，愛管閒事的福爾摩斯先生。」

「他說的是實話。」卡拉瑟斯說道。

「好了，好了，那麼你們兩個是從遠方來的，這位尊敬的牧師是我們國產的。你們在南非結識了拉爾夫·史密斯，你們相信他不會活得很久，並且發現他的侄女就要繼承他的遺產。我這話對不對？嗯？」

卡拉瑟斯點點頭，威廉姆森不停地咒罵。

「毫無疑問，她是血緣最近的親屬，而且你們知道那個老人是不會留下遺囑的。」

「他不識字更不會寫字。」卡拉瑟斯說道。

「所以你們兩人不遠萬里而來，到處查尋這位姑娘。你們打的主意是，一個人娶她，另外一個人分一部分贓款。由於某種原因，伍德立被選上做丈夫。可這是為什麼呢？」

「我們從海上過來時，用那個姑娘作為賭注，伍德立贏了。」

「我明白了——你把姑娘騙到你的家裡，好讓伍德立到你家向她求愛，可是她看得出伍德立是一個酗酒的惡棍，不願和他來往；同時，你們的計畫也由於你也愛上了這位姑娘而被打亂了——你想到那個惡棍要佔有這位姑娘時，便再也不能容忍了。」

「是的，的確，我不能再容忍了。」

「於是你們爭吵了起來，他一怒之下就走了，把你撂在一邊，自己打起主意來了。」

「威廉姆森，我看我們要說的這位先生都說了，所剩的已經寥寥無幾。」卡拉瑟斯苦笑著大聲喊道，「對，我們爭吵過，他把我打倒在地，儘管在打架方面，我和他是不相上下的。後來我就見不到他了——原來那時他和這位被免職的牧師混在一起。當我發現他們倆在這段她去車站的必經之路上租了房子後，我就留心的照顧她，因為我知道有人要起壞心眼了。我經常去看他們，因為很想知道他們要做些什麼。兩天前，伍德立帶著這封電報到我家來，電報說拉爾夫·史密斯已經去世。伍德立問我願不願意遵守講好的交易條件，我說我不願意。他問我是否想自己娶那姑娘，然後分給他一部分財產。我說我倒是願意這麼辦，但姑娘不答應。伍德立說，『我們先把她娶到手，一兩個星期後，她對事情的看法就會有所不同了。』我說我不願意動武，所以他就露出那副出言下流的流氓本色，嘴裡唸唸有詞地走了，並且發誓說一定要把她弄到手。她打算這個週末離我而去，於是我弄到一輛輕便馬車送她去車站，但是由於總是放不下心，所以又騎腳踏車趕來。然而，她已經動身了，還沒有等我追上她，災難就發生了。我一看到你們兩位把她乘坐的馬車趕了回來，就立即感到情況不妙。」

福爾摩斯站起身來，把菸蒂扔進壁爐。

「我的感覺在這裡很遲鈍，華生。」他說道，「當你報告說你看見騎車人好像在灌木叢中整理領帶的時候，僅僅這一點本來就可以讓我明白一切的。不過，我們還是應該祝賀自己破獲了一起奇怪但是從某種程度上來說又很獨特的案件。我看見車道上來了三名鄉村警察，眞高興看到那個小馬夫也能跟得上他們，所以看來，不管是牧師，還是那個有趣的新郎，由於他們今天早晨的所作所爲，將永遠沒有出頭之日了。華生，我想，憑藉你的醫術，可以去照顧一下史密斯小姐，並告訴她，假如她覺得完全清醒的話，我們很樂意送她回她母親的家裡；如果她還沒有完全恢復，你可以暗示說，我們準備給中部米得蘭公司的一位年輕電學家打電報，這多半可以把她治好。至於你，卡拉瑟斯先生，我想你對你參與的罪惡陰謀活動，已經盡你所能的進行補救了。這是我的名片，先生，如果在審判你時，我的證詞會對你有幫助的話，我願意隨時效勞。」

在我們那環環相扣的情節中，讀者可能已經察覺到，我往往很難對自己的記敘加以潤色，並且寫出讀者期望的那些稀奇古怪的詳細情節來。每一樁案件的結束都是另外一樁案件的序幕，而緊要關頭一過，那些登臺人物就從我們繁忙的生活中永遠退場了。然而，在記載這個案件的手稿結尾，我卻發現有個簡短的注釋，我在其記載中寫道，維奧麗特·史密斯小姐果然繼承了一大筆遺產，現在已經是莫頓和甘迺迪公司的大股東，著名的西敏寺區電學家西瑞爾·莫頓的妻子。威廉姆森和伍德立兩個傢伙都因誘拐綁架和傷害罪受審，威廉姆森被判七年徒刑，伍德立即被判十年徒刑。我不知道卡拉瑟斯最後怎麼樣了，不過我相信，因爲伍德立才是那個頭等危險的暴徒，法院不會重判卡拉瑟斯所犯下的傷害罪，法官判他幾個月監禁也就足以懲戒了。

第五篇　修道院公學

在貝克街這座小小的舞臺上，我們已經看過不少人物戲劇性的出場和退場，可是我回想不出誰能比曾經榮獲碩士、博士等學位的梭尼克羅夫特・哈克斯特伯的首次出場更加地突然、更加地驚人的了。他那張似乎容不下他全部學術頭銜的名片先送進來，接著他自己就進來了——高大，傲慢，威嚴，簡直就是沉著和穩重的化身。但是當他關上門後，他竟然靠著桌子搖晃起來，然後滑倒在地，不醒人事地倒在我們壁爐前的熊皮地毯上。

我們一躍而起，驚愕地盯著這個沉落海底的巨大

船隻——它正遭遇到來自生命海洋中的某個突然而又致命的風暴。接著福爾摩斯急忙拿起一個座墊放在他頭下，而我則趕緊把白蘭地送到他的嘴邊。他陰沉又蒼白的臉布滿了皺紋，緊閉著的雙眼下是發黑的眼袋，嘴角憂傷地下垂，凹凸不平的雙頰上鬍鬚還沒有修理。衣領和襯衣帶著長途旅行的灰塵，頭髮亂蓬蓬地豎在輪廓俊好的頭上。毫無疑問，躺在我們面前的人遭受了沉重的打擊。

「這是怎麼一回事，華生？」福爾摩斯問道。

「極度衰竭——可能是因爲饑餓和疲勞。」我一面說一面將手指放在他微弱的脈搏上——他的生命之泉細細地流淌著。

「這是麥克頓的來回票，它在英格蘭北部。」福爾摩斯從客人的表袋裡拿出一張火車票說道，「現在還不到十二點，他一定動身得很早。」

梭尼克羅夫特那起皺的眼瞼開始顫動，一雙灰色的眼睛茫然地仰視我們。很快，他爬了起來，羞愧得臉色通紅。

「請原諒我的衰弱，福爾摩斯先生——我有點兒過度勞累。你能給我一杯牛奶和一塊餅乾嗎？我想那樣的話我會好一些，謝謝你了。福爾摩斯先生，我親自到這兒來是爲了讓你跟我一塊兒回去——我擔心沒有任何電報能讓你相信這個案件的緊迫性。」

「等你完全恢復後——」

「我現在已經完全恢復了——我無法想像我怎會這樣虛弱。福爾摩斯先生，我希望你能和我一起乘下一班火車到麥克頓去。」

我的朋友搖搖頭。

「我的同事華生醫生會告訴你我們現在有多忙。費爾斯的案子讓我脫不開身，而且阿巴加文尼謀殺案也即將開庭審判。現在只有極爲重大的案件才能讓我離開倫敦。」

「這個案子很重大！」我們的客人攤開雙手大聲說道：「難道你們沒有聽到任何關於侯爾德尼斯公爵的獨生子被拐的消息嗎？」

「什麼？就是那位前任內閣首相嗎？」

「不錯。我們已經盡力不讓報社知道，但是昨晚的《環球》還是有傳聞。我想這事可能已經傳到你的耳朵裡了。」

福爾摩斯伸出他那又長又瘦的手，從他的參考百科全書中挑出「H」卷。

「侯爾德尼斯，第六世公爵、嘉德勳爵、樞密院顧問——佔了字母表的一半了！伯維利男爵、卡斯頓伯爵——我的天，多少頭銜！自一九〇〇年起任哈萊姆郡的治安長官。一八八八年與查理斯．阿波多爵士的女兒愛迪絲結婚。薩爾特爾勳爵的繼承人和獨生子。擁有約二十五萬英畝土地。在蘭開夏和威爾士有礦產。地址：卡爾頓住宅區；哈萊姆郡，侯爾德尼斯府邸；威爾士，班戈爾，卡斯頓城堡。一八七二年海軍大臣；首席國務秘書——啊，他簡直是國王最偉大的臣民之一啦！」

「不但是最偉大的，也許是最富有的。福爾摩斯先生，我知道你對業內的事情非常感興趣，而且是爲了工作而工作。但是我可以告訴你，公爵大人已經明確表示，他會給任何能告知他兒子去向的人五千英鎊的酬金，如果還能說出劫持他兒子人的姓名，另外再加一千鎊。」

「這個出價可眞是慷慨，」福爾摩斯說道，「華生，我看我們就同哈克斯特伯博士到英格蘭北部走一趟吧！哈克斯特伯博士，現在請你先喝完牛奶，然後告訴我發生了什麼事，是什麼時候發生的以及是怎樣發生的。最後，你這位修道院公學博士與這案件又有何關係，爲什麼在出事後的第三天——由你未修剪的鬍鬚說明是過了三天——你才來到這裡，要求我們獻出微薄之力。」

我們的客人在用過了牛奶和餅乾之後，眼睛重放光芒，臉頰也漸漸紅潤起來，這時他開始有力而清晰地解釋事情的經過。

「先生們，我必須先告訴你們，修道院公學是所預備學校，我是它的創建人和校長——《哈克斯特伯對賀拉斯之淺見》這本書或許會使你們想起我的名字——修道院公學是大家公認在英格蘭最優秀的預備學校。布萊克沃特的萊瓦斯托克伯爵以及卡斯卡特・索姆茲爵士等人，都把自己的兒子託付給我。但是我覺得學校最光榮的時候，是在三個星期前，當時，侯爾德尼斯公爵派他的秘書詹姆斯・王爾德先生來告訴我，要把他十歲的獨生子也就是繼承人薩爾特爾勳爵交給我管教。可是我萬萬沒有想到這竟然會是我一生中最有決定性厄運的前奏。

「五月一日這個男孩來到學校，那時正是夏季學期的開始。他是個很討喜的少年，很快就習慣了我們的生活。我可以告訴你——我覺得我說話一向是謹慎的，但是這件事已經發生，我也就沒有必要隱瞞一些情況了——他在家並不快樂。公爵婚後生活並不平靜，這是一個公開的秘密。後來雙方同意分居，公爵夫人定居在法國南部。這件事只是剛剛發生不久，而我們知道這孩子非常同情他的母親——他的母親離開侯爾德尼斯府邸以後，他就悶悶不樂，就是這個原因，公爵才把他送到學校來的。他到校兩個星期以後就和我們相處得很熟悉了，而且看起來十分快樂。

「最後一次見到他是在五月十三日——也就是這個星期一的晚上。他的房間在二樓，要穿過另外一間較大的房間才能上去，那房間裡睡著兩個男孩。當時這兩個孩子沒有聽到任何動靜，所以可以肯定小薩爾特爾沒有從這兒走出去。他的窗戶是開著的，窗上有一棵結實的常春藤通向地面。我們在地面上找不到任何腳印，但是可以肯定的是——這是唯一可能的出口。

「我們是在星期二上午七點發現他不見的——他的床是睡過的；在他離開前，應該是穿著自己常穿的黑色伊頓夾克和深灰色褲子校服；沒有跡象顯示有任何人進過屋，而且可以肯定的是如果有喊叫和廝打的聲音一定會被聽到，因爲住在屋裡的那個年齡稍大的孩子康特睡得很淺，很容易就被驚醒。

「發現薩爾特爾勳爵失蹤後，我立即召集全校點名——包括所有的男孩、教師以及僕人。這時我們才確定薩爾特爾不是一個人逃走的，因爲德語教師黑德格爾也不見了——他的房間在二樓最末端，和薩爾特爾勳爵的房間朝著同一個方向。他的床鋪也是睡過的，但是他顯然沒有穿好衣服就走了，因爲他的襯衣和襪子都在地板上。毫無疑問他是順著常春藤下去的，因爲在他著地的草坪上，我們能夠看出他的足跡。他的腳踏車通常放在草坪旁的小棚子，當時卻不見了。

「黑德格爾和我一起工作已有兩年了，他來的時候帶著最好的推薦信，可是他是個憂鬱沉默的人，不論是在老師還是在學生中都不太受歡迎。逃亡者的蹤影一點也查不到，在這個星期四的上午我們還是一無所知。當然出事後我們立刻到侯爾德尼斯府詢問過——府邸離學校只有幾英里，我們原以爲他也許突然想家心切回到他父親那兒了，但是沒有他的任何消息。公爵非常地激動，至於我自己，你二位已經親眼看到，焦慮和責任使得我神經緊張、筋疲力盡。福爾摩斯先生，如果你要付出你的全部力量，我懇求你現在這樣做，因爲在你一生中可能再也找不到一件案子更值得這樣做了。」

福爾摩斯全神貫注地聽這位不幸校長的敘述，他緊鎖的雙眉和其間深深的皺紋表明他不需要任何勸說讓他來注意這個問題——不但報酬豐厚，而且還如此直接地召喚著他對於複雜和不尋常事件的熱愛。他拿出筆記本做了一兩個記錄。

「你沒有早些來找我，眞是太不負責任了。」他嚴厲地說道。「你造成我的調查有很大的不利——例如，很難想像一個專業調查人員在常春藤和草坪上竟然會找不到任何線索。」

「這不應該怪我，福爾摩斯先生——公爵大人極力地想要避開所有的流言蜚語，他擔心把他的家庭不幸公諸於世——他非常害怕類似的事情發生。」

「但是官方不是已經做了一些調查了嗎？」

「是的，先生，結果令人大失所望——剛開始很快就得到一個明顯的線索，因爲有人報告說看到一個男孩和一個年輕人乘早班列車離開臨近的一家車站。昨天晚上我們才追查到這兩個人在利物浦，而他們和這個案件沒有任何關係。於是在沮喪和失望中，我一夜未眠，乘早班火車直接到你這裡來。」

「我想在追蹤這個虛假線索時，當地的調查便放鬆了吧？」

「完全停止了。」

「所以有三天的時間白白浪費掉了——這個案件處理得眞是糟透了。」

「我也感覺到了，而且也承認這一點。」

「可是這個問題應該能得到最終的解決——我很樂意調查這個案件。你是否已經找到失蹤的男孩和這位德語教師之間的關係了？」

「一點也沒有。」

「這個孩子是他班上的嗎？」

「不是，據我所知，這個孩子從來沒有和他說過一句話。」

「這確實是很異常。這孩子有腳踏車嗎？」

「沒有。」

「還有別的腳踏車丟失嗎？」

「沒有。」

「你能肯定嗎？」

「非常肯定。」

「那麼，你的意思不會是想向我暗示這位德國人在深夜騎著腳踏車，挾著孩子跑掉了？」

「當然不是。」

「那麼你心裡是怎樣想的呢？」

「這輛腳踏車可能是個幌子——它可能被藏在某個地方，然後這兩個人徒步離開。」

「很有可能，不過這似乎是個很可笑的幌子，不是嗎？棚子裡還有別的腳踏車嗎？」

「還有幾輛。」

「要是他想讓人認為他們是騎車走的，難道他不會藏起兩輛嗎？」

「我想他會的。」

「當然他會——幌子的說法行不通。但是這個問題是調查的極好開端——畢竟，一輛腳踏車是不容易隱藏或是毀掉的。還有一個問題——這個孩子失蹤的前一天有人來看過他嗎？」

「沒有。」

「他收到過什麼信沒有？」

「有一封。」

「誰寄來的？」

「他的父親。」

「你平常拆這男孩的信看嗎？」

「不。」

「你怎麼知道是他的父親寄來的呢？」

「信封上有他家族的徽章，而且筆跡是公爵特有的剛勁筆跡。此外，公爵也記得他寫過。」

「在這封信以前他什麼時候還收到過信？」

「收到這封信的前幾天。」

「他收到過從法國來的信嗎？」

「從來沒有。」

「你當然明白我提這個問題的意義所在——要不這個孩子是被強行劫走，要不就是自己想走的。如果是後一種情況，你知道這需要有外界的力量來促使這樣小的孩子做出這樣的事情。如果沒有人來看他，這個唆使一定來自信件；所以我想要弄清楚誰和他通信。」

「恐怕我幫不了你多大的忙。他唯一的通信人，據我所知，就是他的父親。」

「他們父子間的關係很親近嗎？」

「公爵無論對誰都不親近——他的心思全在重大的公眾問題上，對於一般的情感，他是無動於衷的——但是他總是以自己的方式親切地對待這個孩子。」

「但是這個孩子是同情他母親的吧？」

「是的。」

「他這樣說過嗎？」

「沒有。」

「那麼，公爵說過？」

「沒有！」

「那麼你怎麼會知道的呢？」

「我和公爵大人的秘書詹姆斯．王爾德先生有過幾次私下談話，是他告訴我關於這個孩子的感情事。」

「我明白了。順便問一下，公爵最後送來的那封信，在孩子走後，從他的屋中找到沒有？」

「沒有，他把信帶走了。我想，福爾摩斯先生，我們該去尤斯頓了。」

「我要叫一輛四輪馬車，一刻鐘以後我們就動身。哈克斯特伯先生，如果你要發電報回去，最好是讓你周圍的人們以爲調查仍然在利物浦繼續進行，或是那個假線索可能把你們帶到的任何其他地方。同時我要在你的門前悄悄地做點工作——也許痕跡尚未完全消失，像華生和我這樣的兩隻老獵狗可能還會嗅出一點氣味來。」

當天晚上我們就沐浴在皮克鎮寒冷而令人精神抖擻的空氣中，哈克斯特伯先生著名的學校就座落在這裡。我們到達的時候，天色已經黑了。大廳的桌子上放著一張名片，管家向主人低聲地說了些什麼。博士轉過身來，顯得十分激動。

「公爵在這裡。」他說道，「公爵和王爾德先生在書房。來吧，先生們，我來爲你們介紹。」

當然，這位著名政治家的照片我很熟悉，可是他本人和他的照片大不相同——他身材高大，神態莊嚴，衣著考究，臉緊繃而且瘦削，鼻子彎曲得古怪而且很長；他的面色像死人一樣蒼白，在又長又稀、飄到白色馬甲上的鬍鬚襯托下顯得更爲可怕；錶鏈從鬍鬚下面透出，閃閃發光——

這就是公爵莊嚴的形象，他站在哈克斯特伯壁爐前地毯的正中央，冷冷地看著我們。他旁邊站著一個年輕人，我想他就是王爾德──那位私人秘書。他個子很小，緊張而又警覺，有著一雙聰穎的淡藍色眼睛，神情多變。正是他用尖刻又肯定的語調打開了話題。

「我今天上午來過，哈克斯特伯博士，但是已經太晚了，未能阻止你去倫敦。當我們得知你是去請夏洛克・福爾摩斯先生來承辦這個案子時，公爵大人很驚訝，哈克斯特伯博士，你竟然沒有和他商量就採取這一步驟。」

「當我得知警局沒有能夠──」

「公爵大人根本不相信警方對此已經無能爲力。」

「可是確實是這樣，王爾德先生──」

「你十分清楚，哈克斯特伯博士，公爵大人特別希望能夠避免一切的公眾輿論──他希望知道他私事的人愈少愈好。」

「這件事很容易彌補。」受到恫嚇的博士說，「福爾摩斯先生可以乘早晨的火車回倫敦。」

「這絕對不行，博士，絕對不行。」福爾摩斯用最溫和的口吻說道。「北部地方的空氣使人精神振奮，並且感到愉悅，所以我建議在你們的草原上待幾天，好好用我的頭腦想想問題。至於我是住在你家還是住在村裡的旅店，這當然由你決定。」

我看出不幸的博士正十分猶豫，不知如何是好，這時他被紅鬍鬚公爵低沉而響亮、像晚餐敲鑼聲一樣的聲音解救了。

「我同意王爾德先生的意見，哈克斯特伯博士，你要是先和我商量一下就會很明智了。但是既然福爾摩斯先生已經知道這件事，如果我們不請他幫助調查，那就太荒謬了。福爾摩斯先生，你完全不必去旅店，如果你和我一起到侯爾德尼斯府邸去住，我會非常高興的。」

「謝謝公爵大人。爲了便於調查，我想我留在這個神秘事件的現場會更明智一些。」

「隨你便，福爾摩斯先生。如果你需要王爾德先生或者我提供任何資訊，儘管提出。」

「我可能有必要去府上拜訪你。」福爾摩斯說，「現在我只想問你一下，先生，對於你兒子的神秘失蹤，你是否有想出什麼解釋？」

「沒有，先生，我沒想出來。」

「如果我提及讓你痛苦的事，那麼請原諒，但是我別無選擇——你認爲公爵夫人和這件事有什麼關係嗎？」

這位偉大的首相表現出明顯的猶豫不決。「我不這樣認爲。」最後他終於說道。

「綁架孩子的另外一個很明顯的原因是爲了索取贖金，那麼有沒有人向你提出這種要求呢？」

「沒有，先生。」

「另外還有一個問題，公爵大人——我聽說在事件發生的當天你寫過信給你的孩子。」

「不，我是在前一天寫的。」

「但是他是在那一天收到的，是嗎？」

「是的。」

「在你的信中是否有什麼使他心情紊亂或者促使他這樣做的內容呢？」

「沒有，先生，當然沒有。」

「你親自寄的信嗎？」

公爵的回答被急忙插話的秘書打斷了。「公爵大人從來沒有自己寄信的習慣。」他說，「這一封信和其他的信一起放在書桌上，是我親自放到郵袋裡的。」

「你確信這一封信就在其中？」

「是的，我看到了。」

「那一天公爵大人寫了多少封信？」

「二十或三十封——我的書信往來很多——可是這肯定與本案不相干吧？」

「不完全是這樣。」福爾摩斯說。

「就我這方面而言。」公爵繼續說，「我已經建議警方把注意力轉到法國南部——我已經說過我不相信公爵夫人會鼓勵孩子做出這樣荒唐的舉動，但是這孩子相當執迷不悟，在這個德國人的幫助和唆使下，他有可能會逃到公爵夫人那裡去。我想，哈克斯特伯博士，我們該回侯爾德尼斯府去了。」

我看出福爾摩斯還想提一些別的問題，可是這位貴族唐突的舉止表明訪問到此結束。顯然，對於他這樣濃厚的貴族天性而言，和一個陌生人談論他的家庭私事實在是難以容忍，而且他擔心每一個新問題的提出都會使一道更強烈的光線照亮他那謹慎掩飾公爵歷史的角落。

這位貴族和他的秘書走了之後，我的朋友以他慣有的熱情立即投入調查。

孩子的房間經過仔細地檢查，可是除了完全確認只有通過窗戶他才能逃走這一點，沒有任何新發現。德語教師的房間和財物無法提供更進一步的線索；他窗前的常春藤尾部由於經不住他的體重而折斷了。借助燈籠的亮光，我們看到他下來時留在草坪上的腳印——這個留在油綠的小草上的凹痕是這次無法解釋夜間逃跑的唯一重要見證。

福爾摩斯獨自離開住處，十一點後才回來。他弄到一張鄰近地區的軍用地圖，拿到我的房裡，攤開放在床上，把燈放在地圖正後方，他開始抽起菸來，偶爾用冒著黃煙的菸斗指著重要的地方。

「這個案子逐漸引起我的興趣，華生。」他說，「地圖上必定有某些重要的地方與這個案子有關。在這個案件剛開始辦理時，我想讓你意識到那些可能與我們偵查緊密相關的地理特徵。

「我們來看看地圖（見下圖）。這個黑色方塊是修道院公學，我插上一根針在上面。這條線是主幹道——你看它是從東向西經過學校的，同樣你還可以看到在主幹道兩邊一英里內沒有側路——如果這兩個人是沿著公路走掉的話，那麼就只有這一條路。」

「完全正確。」

「我們很幸運，可以在一定程度查出當晚都有些什麼人經過這條路——在我放菸斗的這個地方，有個鄉村員警從十二點到六點站崗。正如你所看到，這是東邊的第一個十字路口。這個員警說他一刻也沒有離開過他的崗位，並且肯定不管是大人還是小孩都不可能經過那條路而不被發現。今天晚上我和這個員警談過話，依我看他是個完全可靠的人——那麼這一頭就沒有事情了，現在我們必須來看另一邊。這兒有個旅店，店名『紅

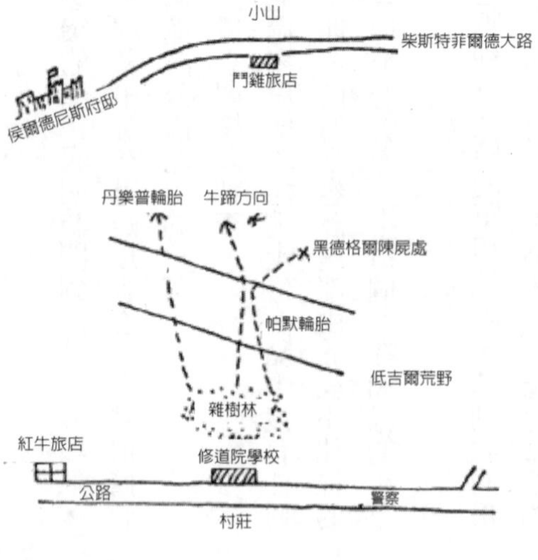

牛』，女店主病了，她派人去麥克爾頓請大夫，但是大夫出診去看另外一個病人，所以第二天上午才到。旅店的人整夜都在等待大夫的到來，一直有人望著大路。他們斷言沒有人走過。如果他們的證據可靠，那麼我們可以肯定西邊也沒有問題，而且還可以說逃跑的人根本就沒有走公路。」

「但是腳踏車呢？」我提出異議。

「是的，我們很快就要談到腳踏車了——繼續我們的推論：如果這兩個人沒有走公路，那麼一定是穿過鄉村向學校的北面或南面去了——這是無疑的——讓我們來衡量一下這兩種情況：在學校的南面，正如你所看到的，是一大片耕地，分成小片，中間有石頭牆隔開。這裡，我承認是無法騎腳踏車的——我們可以不考慮南面了；我們轉到北面——這兒有一片小樹林，標爲『雜樹林』，再遠一點有一大片起伏的荒野，叫做低吉爾荒野，綿延約十英里，逐漸向上傾斜。在這片荒野的一邊，就是侯爾德尼斯府邸，與公路相距十英里，而與荒野相距只有六英里。那兒是一塊荒廢的平地，有幾個農民佔據一些地方，在那裡養羊和牛。除此之外，雎鳩和麻鷸是這裡的唯一居住者，直到你走到徹斯特菲爾德高地才有一些人煙。你看，那裡有個教堂，幾間農舍和一家旅店。再往遠處去，山變陡了。所以我們的搜尋應該從這裡往北邊進行。」

「但是腳踏車呢？」我堅持問道。

「好了好了！」福爾摩斯不耐煩地說道，「一個腳踏車高手根本不需要在公路上騎車——荒野上有許多小路交錯，而且那時月亮上升到了最高點。咦，什麼聲音？」

一陣急促的敲門聲傳來，隨即哈克斯特伯博士就進來了。他手裡拿著一頂藍色板球帽，帽頂上有白色的V形臂章。

「我們終於找到一個線索！」他喊道，「謝天謝地！我們終於找到這個寶貝孩子的蹤跡——這是他的帽子。」

「在哪兒找到的？」

「在吉卜賽人的大篷車裡——這些吉卜賽人在這片荒野上露營，星期二走了——今天員警追到他們，並且檢查了他們的大篷車，找到這頂帽子。」

「他們對這一點如何解釋呢？」

「他們吞吞吐吐，而且還撒謊——說是星期二早晨在荒野上拾到的——他們知道他在哪裡，這幫無賴！謝謝上帝，他們都被牢牢地地關起來了——法律的震懾，或是公爵的金錢，一定會讓他們說出他們知道的眞相。」

「至今爲止，一切都還算順利。」博士離開之後，福爾摩斯說道，「至少證實了我們必須在低吉爾荒野這一邊尋找才會有結果的這一結論——員警在當地確實沒有做什麼，除了逮捕這些吉卜賽人之外。看這裡，華生！有一條水道橫穿荒野——地圖上這兒標出來了——有的地方水道變寬成了沼澤，在侯爾德尼斯府和學校之間的地帶尤其如此。在這樣乾燥的天氣，到別處去找痕跡是徒勞的，但是在那個地方，肯定會有一些痕跡留下。我明天一清早來叫你，你和我一起出去試試運氣，看能否給這個神祕的案件找出一線光明。」

第二天，天剛剛發亮，我一睜眼就看到福爾摩斯瘦長的身影站在我的床邊——他穿戴整齊，並且顯然已經出去過了。

「我已經查過草坪和腳踏車車棚了。」他說，「我還到雜樹林逛了一圈——華生，隔壁房間裡的可可已經準備好了，我必須請你快一點，因為我們今天有很多重要的事情要做。」

他的眼睛神采奕奕，兩頰因為興奮而發紅，就像巧匠看到擺在眼前的傑作即將完成。這是一個完全不同的福爾摩斯——這個積極、警覺的人，遠遠不同於貝克街那個沉思、面色蒼白的夢想家。看著那個靈活、充滿精力的身軀，我感到等待我們的確實是緊張而勞累的一天。

然而這一天的開頭卻令人大失所望。我們滿懷希望，越過滿是泥煤、有成千羊腸小徑的荒野，終於來到那片開闊的淺綠色地帶——這正是把我們和侯爾德尼斯府隔開的那片沼澤，如果這個孩子回家了，他必定經過這裡，而且他不可能不留痕跡。但是不管是這個孩子的還是那個德國人的足跡，我們全都沒有看到。我的朋友臉色陰沉，在沼澤地的邊緣踱來踱去，急切地觀察著長滿青苔地面上的每一塊泥汙。可是到處是羊群的蹄痕，在幾英里以外的地方有牛的蹄印——別的什麼都沒有了。

看著起伏而廣闊的荒野，福爾摩斯憂鬱地說道，「下面還有一片沼澤地，中間有一條很窄的小路。嘿，嘿！你看這是什麼？」

我們來到一條窄小的黑色小道上，在小道的中間，清楚地印在濕土上的，是腳踏車的軌跡。

「啊！」我喊道，「我們找到了。」

但是福爾摩斯搖搖頭，臉上充滿了疑惑和期待而並非興奮。

「一輛腳踏車，這是肯定的，但不是那輛腳踏車。」他說道，「我熟悉四十二種輪胎所留下的不同軌跡——正如你所看到的，這是丹樂普牌的，外胎修補過；黑德格爾的車胎是帕默牌，有條狀花紋——數學老師艾伏林對這點很確信，所以這不是黑德格爾的腳踏車留下的軌跡。」

「那麼，這是那個孩子的？」

「有可能，如果我們能夠證明這個孩子有車——可是這一點我們根本做不到。這個軌跡，如你所看到的，是從學校方向騎來的車子留下的。」

「或者是朝學校方向去的？」

「不，不，親愛的華生——更深的軌跡當然是後輪留下的，整個重量都壓在這裡，你看有幾處後輪經過的地方把前輪留下的較淺的軌跡覆蓋了，無疑是從學校來的——這和我們的調查可能有關，也可能無關，不過在我們再向前走之前，我們還是順著它往回看一看。」

我們順著軌跡往回走，在幾百碼的地方，我們從荒野中一塊潮濕的沼澤地走出來，腳踏車的軌跡不見了。我們沿著小道又往回走，發現另外一個地方有小泉滴流，這裡又能看到腳踏車的軌跡，儘管它們幾乎被牛蹄的痕跡抹掉。再往前就沒有痕跡了，但是那條小道直接通向「雜樹林」——也就是學校後面的那片小樹林——車子一定是從小樹林裡出來的。福爾摩斯坐在一塊大石頭上，雙手托住下巴。我抽了兩根菸，他一動也不動。

「唔，唔。」最後他說道，「一個狡猾的傢伙把自己的腳踏車輪胎換了以便留下不易辨認的軌跡，這當然有可能——一個能夠想出這種辦法的罪犯，我是非常自豪地要和他打交道的——這個問題我們先不管，還是回到沼澤地，因爲我們還有好多地方都沒有查看過。」

我們繼續對荒野上那片濕地的邊緣進行調查，很快，我們的執著得到極好的回報——跨過這片沼澤的低窪處，有條泥濘的小道，福爾摩斯走近小道時，高興得喊出了聲——在小道的中間往下，有一道痕跡好像是一捆電話線摩擦地面留下的，這正是帕默輪胎的痕跡。

「黑德格爾就在這裡，果然如此！」福爾摩斯狂喜地喊道，「我的推理看來很有理，華生。」

「恭喜你囉。」

「可我們還有很長一段路要走——請不要走在小道上——讓我們順著軌跡走，我想不遠了。」

但是當我們繼續向前走的時候，發現荒野的這部分散布著許多小塊濕地，儘管我們不時地會找不到腳踏車的軌跡，可是我們最後總能重新發現它。

「你發現了嗎？」福爾摩斯說道，「騎車人現在肯定是在吃力地前行——這一點是毫無疑問的——你看這裡的軌跡，前後輪胎一樣清楚，一樣深，這只能表明騎車人把全身重量都加在車把上，像一個正在全速衝刺的人。我的天！他摔倒了。」

在腳踏車留下的痕跡上，有很寬的、形狀不規則的斑點，延續了幾碼遠，然後有幾個腳印，隨後輪胎的軌跡又出現了。

「車子向一邊滑倒了。」我說道。

福爾摩斯拿起一枝被壓壞了的金雀花，我驚愕地發現黃色的花朵上濺滿了深紅色的污點；在小道上，石楠樹叢中也沾滿了黑色的血跡。

「糟糕！」福爾摩斯說道，「糟糕！站開，華生！不要有不必要的腳印！從這裡我們知道什麼呢？他摔倒了，受了傷——站起來——又重新上車——繼續騎，但是沒有別的軌跡。牛在這一條小道上——他肯定不會是被一頭公牛給頂傷吧？不可能！但是我看不到其他任何人的蹤跡。我們必須再往前，華生。肯定，有這血漬和車輪的軌跡為我們作嚮導，他不可能逃脫。」

我們的搜尋不是很長，輪胎的軌跡開始在潮濕而發亮的小道上急劇地打起彎來。突然，當我向前看時，從濃密的金雀花叢中透出的一線金屬光芒引起了我的注意。從花叢中我們拖出了一輛腳踏車，輪胎是帕默牌的，有一隻腳蹬子彎著，車的整個前部都被血弄髒了，非常可怕。在矮樹叢的另一邊，一隻鞋露在外面。我們跑過去，發現這位不幸的騎車人就躺在那裡。他身材高大，滿臉鬍鬚，戴著眼鏡，一個鏡片已經不見了。他的死是因爲頭部受到了沉重的一擊，部分顱骨粉碎——受到這樣的重傷以後他還能繼續騎車，充分說明了這個人的頑強生命力和勇氣。他穿著鞋，但是沒穿襪，敞開的上衣露出裡面的睡衣——毫無疑問這就是那位德語教師。

福爾摩斯恭敬地把屍體翻轉一下，仔細進行了檢查。然後他坐下沉思片刻，從他皺起的眉頭我可以看出，這個可怕的發現——在他看來——對於我們的調查並沒有多少幫助。

「要決定下一步該做什麼有點困難，華生。」他最後終於說道，「我傾向於繼續調查下去——我們已經用了這麼多時間，不能再白白浪費掉，哪怕是一個小時。另一方面，我們必須把這個發現報告給員警，確保這個可憐人的屍體受到看護。」

「我可以把你的便條帶給他們。」

「但我需要你的陪同和幫助。等一下！那兒有個人在挖泥煤。叫他來，他可以幫員警帶路。」

我將這個農民帶過來，福爾摩斯遞給這個人一張給哈克斯特伯博士的便條，就讓他走了。

「華生。」他說道，「今天上午我們得到兩條線索：一個是裝有帕默牌輪胎的腳踏車，而且我們已經看到它給我們帶來的發現；另一個是裝有修補過的丹樂普牌輪胎的腳踏車。在我們調查這一線索之前，我們好好想想，哪些情況是我們確實掌握了，以便於充分利用它，把主要的和次要的東西分開。

「首先，我希望你明白這個孩子一定是自願走掉的——他從窗戶下來然後離開，不是一個人就是和另外一個人一起，這是肯定的。」

我同意他的看法。

「那麼，現在讓我們回到這位不幸的德語教師身上——這個孩子逃跑時穿戴齊整，所以他預先知道自己要幹什麼；但是這位德國人沒有穿襪子就走了，說明他在這之前一定是毫無準備的。」

「毫無疑問。」

「他爲什麼出去呢？因爲，從臥室的窗戶他看見這個孩子跑掉了；因爲他想趕上這個孩子把他帶回來——他抄起他的腳踏車去追他，在追趕的路上遭到了不幸。」

「好像是這樣的。」

「現在我要談到我的觀點中最爲關鍵的部分——一個成人追一個小孩時一般是跑著去追，因爲他知道他會趕上孩子的，但是這位德國人沒有這樣做，而是借助他的腳踏車——我聽說他是騎車高手，如果他沒有看到這個孩子能夠迅速跑掉，他是不會這樣做的。」

「這牽扯到另外那輛腳踏車。」

「我們繼續設想當時的情況：離開學校五英里他遇到不幸——記住，不是中彈而亡，因爲開槍連小孩子都會；是因爲遭到一隻強有力的手臂野蠻一擊而死的，那麼這個孩子在逃跑過程中一定有人陪同。他們跑得很快——因爲一位騎車高手追了五英里才趕上他們，然而我們看過悲劇現場的周圍，找到了什麼呢？除了一些牛蹄的痕跡，什麼也沒有。在現場周圍我掃視了一大圈，五十碼之內沒有小道；其他騎車人不會與這件謀殺案有什麼關係，而且那裡也沒有人的足跡。」

「福爾摩斯。」我喊道，「這是不可能的。」

「對極了！」他說，「你的這個說法很有啓發性——事情不可能是我所敘述的那樣，所以一定有一些地方我說得不對。但是你自己想想，你能提出哪些地方不對嗎？」

「他會不會由於摔倒而碰碎了顱骨？」
「在沼澤地，華生？」
「我想不出來了。」
「去去去，我們以前解決過比這更糟的問題——至少我們有大量的材料，只要我們能夠利用它們——來吧，我們已經用完了那輛裝有帕默車胎的腳踏車所提供的線索，現在再來看看那輛有著修補過的丹樂普車胎的那輛腳踏車能夠給我們提供點兒什麼。」
我們找到這輛腳踏車的軌跡，並且沿著它向前走了一段路，但很快的，荒野的地勢升高成為一條長長的、長滿石楠草的斜坡。我們已經過了那條水道，不能再指望這條軌跡能帶給我們什麼幫助。在丹樂普車胎軌跡終止的地方，有一條路通向侯爾德尼斯府邸，也就是聳立在我們左邊幾英里外的莊嚴塔樓，也通到我們前方一座低矮的灰色小村莊，這裡就是柴斯特菲爾德公路。
當我們來到這家門上掛著鬥雞招牌且髒兮兮旅店時，福爾摩斯突然呻吟一聲，並且扶住我的肩膀防止摔倒。這種使人毫無辦法的踝骨扭傷以前他也有過。他艱難地一瘸一拐地走到門前，那兒蹲著一個皮膚黝黑的老人，嘴裡叼著一支黑色的泥製菸斗。
「你好，盧賓．黑斯先生。」福爾摩斯說道。
「你是誰，你怎會知道我的名字？」這個鄉下人回答道，狡猾的雙眼射出懷疑的目光。
「哦，你頭上的招牌上明明寫著嘛——看出誰是一家之主很容易。我想你的馬廄裡大概沒有馬車這類東西吧？」

「是的，我沒有。」

「我的腳簡直不能落地。」

「那就不要落地。」

「可是我不能走路啊。」

「哦，那麼你就用跳的啊。」

盧賓・黑斯先生的態度非常無禮，但是福爾摩斯卻和藹相對。

「你看，朋友，」他說道，「我現在的處境眞是糟糕。只要能前進，我甚至不介意怎麼走。」

「我也不介意。」壞脾氣的店主說道。

「我的事情很重要——我願意出一個金幣借用一下你的腳踏車。」

店主人豎起了他的耳朵。

「你要上哪兒去？」

「到侯爾德尼斯府。」

「我猜是公爵的朋友吧？」店主一邊說一邊用諷刺的眼光看著我們沾滿泥土的衣服。

福爾摩斯溫厚地笑著。

「反正他會很高興見到我們的。」

「爲什麼?」

「因爲我們爲他帶來有關他失蹤兒子的消息。」

店主人顯然吃了一驚。

「什麼?你們找到他兒子的蹤跡了嗎?」

「有人說他在利物浦。員警每時每刻都可能找到他。」

老人的那張鬍鬚未刮、陰沉的面孔上的表情再一次迅速地變化——他突然變得溫和。

「我不像大多數人那樣祝福他是有原因的。」他說道,「因爲我曾是他馬車夫的頭兒,他對我很壞——就是他把我解雇了,連一句像樣的話都沒說。可是我很高興在利物浦有小公爵的消息,而且我會幫助你們把消息送到公爵府上去的。」

「謝謝你。」福爾摩斯,「我們先吃些東西,然後你把腳踏車牽來。」

「我沒有腳踏車。」

福爾摩斯拿出一個金幣。

「我跟你說,我沒有腳踏車。我給你們兩匹馬騎到公爵府。」

「好,好。」福爾摩斯說道,「我們吃完東西再談這件事。」

當我們兩個被留在鋪著石板地面的廚房時，福爾摩斯那扭傷的踝骨卻以驚人的速度恢復了。已經接近黃昏，而我們自早晨後還滴水未進，所以吃飯花了一些時間。福爾摩斯一直處於沉思之中，有一兩次他走到窗前，仔細地朝外面觀望——窗戶對著一個骯髒的院子，在遠處角落裡是一個鐵匠鋪，一個邋遢的孩子正在幹活。另外一邊就是馬廄。福爾摩斯有一次走到窗前，然後又坐下，突然他一聲驚呼，從椅子上跳了起來。

「天啊！華生，我相信我找到答案了！」他喊道，「對，對，肯定是這樣的。華生，你記得今天見到的牛蹄痕跡嗎？」

「是的，有一些。」

「在哪兒？」

「唔，到處都是——沼澤地，然後又在小路上，然後還在可憐的黑德格爾遇到不幸的附近。」

「完全正確。那麼，華生，你在荒野上看見了多少頭牛呢？」

「我不記得看見過牛。」

「真怪，華生，我們竟然沿途都看見牛蹄的痕跡，可是在整個荒野上卻沒有遇到一頭牛——太奇怪了，華生，不是嗎？」

「是的，是很奇怪。」

「華生，現在你努力回想一下，在小道上你能看見這些痕跡嗎？」

「是的，能看見。」

「你能想起痕跡有時是這樣的嗎，華生？」——他把一些麵包屑排列成這種形狀——……………——「有時又是這樣的」——…………——「偶爾又是這樣」——……——

「你記得這些嗎？」

「不，不記得了。」

「但是我記得——這一點我可以發誓——但是我們只能等有時間再回去驗證一下。我當時真是笨，居然沒有做出結論。」

「你的結論是什麼？」

「只能說那是一頭不同尋常的牛，又走，又跑，又飛馳。我的天！華生，一個鄉村客店老闆的頭腦想不出這樣的幌子。看起來現在我們出去好像不會被人發現，除了鐵匠鋪裡的那個孩子——我們溜出去，看看能找到什麼。」

在那搖搖欲墜的馬棚裡有兩匹鬃毛蓬亂的馬。福爾摩斯抬起其中一匹馬的後蹄，大笑起來。

「舊馬掌，但卻是新掌釘——這的確很奇怪。讓我們到鐵匠鋪去看看。」

那個孩子繼續幹著活，沒有看我們。我看到福爾摩斯的眼睛來回掃視地上的一堆爛鐵和木塊，但這時我們突然聽到身後有腳步聲，是店主人來了。他濃眉緊皺，目光兇狠，黝黑的面孔由於激動而抽搐。他手裡拿著一根包著鐵頭的短棍，進來時氣勢洶洶，我不由自主地摸了口袋中的手槍。

「你們這兩個可惡的間諜！」他喊道，「你們在這兒幹什麼？」

「怎麼了，盧賓・黑斯先生。」福爾摩斯冷靜地說道，「你這樣說別人還以為你害怕我們發現什麼呢。」

店主人努力地控制自己，可怕的嘴角鬆弛下來，假笑了一下——這比他皺著眉頭更加嚇人。

「你儘管在我的鐵匠鋪搜查。」他說道，「不過，先生，我不喜歡別人不經我的允許就探頭探腦，所以你最好儘快付賬，愈早離開我這兒愈好。」

「好吧，黑斯先生，我們沒有惡意。」福爾摩斯說道，「我們只是看了一下你的馬——但是我想我終究還是要步行，好像也不是很遠。」

「到公爵府的大門不超過兩英里，是左邊那條路。」他用惱怒的眼睛看著我們，直到我們離開他的店鋪。

我們沒有走多遠——因為一轉彎，當店主人看不見我們的時候，福爾摩斯就立即停了下來。

「正像孩子們常說的那樣，我們在那個旅店裡時較溫暖。」他說道，「我似乎每離開這個旅店一步都感覺更冷一點——不，我不可以離開這個旅店。」

「我敢肯定。」我說道，「這個盧賓・黑斯知道整個事情的經過——我從來沒見過像他這樣不證自明的傢伙。」

「噢，他給你這樣的印象，是嗎？那兒有馬，還有鐵匠鋪。是的，這個『鬥雞』旅店的確是個有意思的地方，我想還是再悄悄地看看它吧。」

我們的背後是一個斜長的山坡，散落著大塊大塊的灰色石灰石。我們離開大路往山上走去。當我朝著侯爾德尼斯府方向看時，看到一個騎腳踏車的人疾馳而來。

「蹲下，華生！」福爾摩斯喊道，一隻手用力按下我的肩膀。我們剛剛躲起來，這個人就從我們旁邊的公路飛馳而過。透過飛揚的塵土，我瞥見一張激動而蒼白的面孔──它的每一道線條都布滿了恐怖，嘴張著，慌張地直視前方。這個人像是我們昨天晚上見到衣冠楚楚的詹姆斯・王爾德的一幅奇怪漫畫肖像。

「公爵的秘書！」福爾摩斯喊道，「快，華生，我們看看他要幹什麼。」

我們爬過一塊又一塊的石頭，一會兒工夫便來到一處可以看見旅店前門的地方。王爾德的腳踏車靠在門邊的牆上；房裡沒有人走動，窗戶旁邊也看不見任何面孔。這時太陽落到侯爾德尼斯

公爵府高高的塔樓後面，黃昏漸漸降臨。隨後，朦朧中我們看到旅店的馬廄裡掛起兩盞連通的汽燈。不久就聽到馬蹄嗒嗒的響聲，馬車到了公路上，然後以飛快的速度朝侯爾德尼斯方向駛去。

「你怎麼看這件事情，華生？」福爾摩斯低聲說道。

「像是逃跑。」

「據我所看到的，是一個人在雙輪馬車裡。那麼，這個人肯定不是詹姆斯·王爾德先生，因為他此刻就在門口。」

黑暗中突然出現一片紅色亮光，亮光中是秘書的身影，他頭朝前，向黑暗中窺視著——顯然他在等人。然後路上傳來腳步聲，借著一瞬間的亮光我們看到第二個身影，門關上了，又是一片漆黑。五分鐘以後，樓下的一個房間，一盞燈點亮了。

「看來這是『鬥雞』旅店一個很奇怪的習慣。」福爾摩斯說道。

「酒吧間設在另一面。」

「是的，這些人是人們所說的私人住客，那麼，在這樣的深夜，王爾德先生在那個黑窩裡到底在幹什麼？到那兒和他見面的人又是誰呢？華生，我們真的必須冒一下險，把這件事情調查得更清楚一些。」

我們兩個偷偷地下了山坡，來到大路上，躡手躡腳地走到旅店門前。腳踏車仍然靠在牆上，福爾摩斯劃了一根火柴去照後輪。隨著火光照到修補過的丹樂普輪胎，我聽到他輕輕地笑了一聲。在我們的頭上就是亮了燈的窗戶。

「我必須從這窗戶往裡面看看，華生，要是你彎下腰並且扶著牆，我想我可以看到。」

不一會兒他的兩隻腳已經蹬在我的肩膀上，但是他還沒有站直就立即下來了。

「走吧，我的朋友。」他說道，「我們這一天工作的時間夠長了，我想我們能夠弄到的情況都弄到了，到學校還要走很遠，我們還是趕快走吧。」

在我們疲憊地穿過荒野的途中，他幾乎沒有開口。到學校他也沒有進去，繼續向麥克爾頓車站走去，在那兒他發了幾封電報。晚上我聽到他在安慰因爲德語教師的死亡而極度悲哀的哈克斯特伯博士，再來他進到我屋子裡，仍然像一早出發時那樣精力充沛。「一切順利，我的朋友。」他說道，「我保證明天晚上以前我們就可以揭開這個神秘案件的謎底。」

第二天早上十一點鐘，我的朋友和我正走在侯爾德尼斯府的紫杉林蔭道上。僕人引導我們經過壯麗的伊莉莎白式門廳，進入公爵的書房，在那裡我們見到詹姆斯·王爾德先生，文雅又有禮貌，但是在他躲閃的眼神和顫動的面容中，仍然能看出昨天夜裡那種極度恐懼的一些痕跡。

「你們是來見公爵的吧？但是我很抱歉，公爵身體不適，不幸的消息使他一直不安。我們昨天下午收到哈克斯特伯博士發來的電報，告訴我們你們的發現。」

「我必須見公爵，王爾德先生。」

「但是他在他的房間裡。」

「那我到他的房間裡去見他。」

福爾摩斯冷靜而堅決的態度向這位秘書表明與他爭執是毫無用處的。

「好吧，福爾摩斯先生，我告訴他你在這裡。」

約一小時之後，這位偉大的貴族出現了——他面色比以前更加蒼白，聳著雙肩，我覺得他好像比前一天上午老了許多。他莊嚴而禮貌地跟我們打過招呼後，便坐在書桌旁，紅色的鬍鬚垂灑在桌上。

「什麼事，福爾摩斯先生？」他說道。

但是我的朋友卻盯著站在公爵椅子旁邊的秘書身上。

「公爵，我想要是王爾德先生不在場，我可以談得更加隨意一些。」

秘書的臉色變得更加蒼白，並且惡狠狠地瞪了福爾摩斯一眼。

「要是公爵你願意——」

「是的，是的，你最好走開。福爾摩斯先生，你要說什麼呢？」

我的朋友一直等到退出去的秘書把門完全關好。「事實是這樣的，公爵。」他說道，「我的同事華生醫生和我從哈克斯特伯博士那裡得到保證，他說解決這個案件是有報酬的，我希望你親口說定此事。」

「當然了，福爾摩斯先生。」

「如果他說得沒錯的話，誰要是能說出你的兒子在哪裡，將會得到五千英鎊？」

「完全正確。」

「要是說出扣押你兒子人的名字，可以再得一千英鎊？」

「沒錯。」

「這後一項不僅包括帶走你兒子的人，而且也包括那些共謀扣壓他的人是嗎？」

「是的，是的。」公爵不耐煩地說道，「夏洛克．福爾摩斯先生，要是你的偵查工作做好了，你不會抱怨報酬少的。」

我的朋友貪婪地搓著他的雙手，這使我感到很驚訝——因爲我知道他向來是很儉樸的。

「我看到你的支票本就在桌上，」他說道，「如果你開一張六千鎊的支票給我，我將感到非常高興——最好你能再背書一下，『城鄉銀行牛津街支行』是我的代理銀行。」

公爵嚴峻而又直挺挺地坐在椅子上，冷冷地看著我的朋友。

「你開玩笑嗎？福爾摩斯先生，這可不是開玩笑的事。」

「一點也沒有，公爵——我從來沒有像現在這樣認眞過。」

「那麼，你是什麼意思呢？」

「我的意思是我已經賺到這筆報酬了——我知道你的兒子在哪裡，並且知道至少有幾個人扣壓他。」

公爵的紅鬍鬚在蒼白得可怕的面孔上愈加紅得嚇人。

「他在哪裡？」他氣喘吁吁地說道。

「他現在，或者說昨天晚上在『鬥雞』旅店，離你的花園大門兩英里。」

公爵靠在了椅子上。

「那麼你要控告誰？」

福爾摩斯的回答使人大吃一驚——他迅速走向前去按著公爵的肩膀。

「我控告你。」他說，「現在，麻煩你開支票吧！」

我永遠不會忘記公爵從椅子上跳起來，緊握雙拳的樣子，像是個掉進深淵裡的人。然後，他以非凡貴族的自我控制力，坐了下來，臉埋在雙手中。過了幾分鐘才講話。

「你知道多少？」他最後終於問道，但是沒有抬頭。

「昨天晚上我看見你們在一起。」

「除去你的朋友，還有別人知道嗎？」

「我對誰也沒有講過。」

公爵顫抖著拿起鋼筆，並且打開了他的支票本。

「我會說到做到的，福爾摩斯先生，我這就給你開支票，不管你得到的這個資訊對我來說是多麼不受歡迎——最初規定報酬的時候，我沒有想到事情會有變化——但是福爾摩斯先生，你和你的朋友都是謹慎的人，是嗎？」

「我很難理解公爵的意思。」

「我必須說明白點，福爾摩斯先生——要是只有你們兩人知道這個事件，那麼便沒有理由讓此事傳出去——我想我欠你一萬二千鎊，對嗎？」

福爾摩斯笑著搖搖頭。

「公爵，我恐怕事情不能就這樣容易地解決了——學校教師的死亡有待解釋。」

「可是詹姆斯對此一無所知，你不能讓他負這個責任——這是那個他雇傭的兇殘惡棍幹的。」

「我必須這樣認爲，公爵——當一個人犯下一樁罪行的時候，對於由此而引起的任何其他罪行，在道德上都是有罪的。」

「從道德上講，福爾摩斯先生無疑你是對的，但是法律上絕對不會這樣認爲——一個人不能因爲一起他不在場的謀殺受到譴責，而且他和你一樣對此深爲痛恨。王爾德一聽到這件事，便向我完全坦白了——他害怕極了，悔恨萬分，並且不過一小時，他便和殺人犯斷絕往來。噢，福爾摩斯先生，你必須救他——我跟你說，你必須救他！」公爵再也控制不住自己，他面孔痙攣起來，在屋內踱來踱去，雙手在空中舞動。最後他又控制了自己，再次坐到書桌前。「我感謝你們在告訴任何其他人之前來到我這裡。」他說道，「至少我們可以商量怎樣儘量制止可憎的流言。」

「沒錯。」福爾摩斯說，「我想，公爵，這只能通過我們之間的絕對坦誠才能做到——我想要盡我的最大努力來幫助你，但是爲此，我必須瞭解事情的詳細經過。我知道你說的是詹姆斯·王爾德先生，並且知道他不是殺人犯。」

「是的，殺人犯已經逃跑了。」

福爾摩斯嚴肅地微笑了一下。

「公爵可能沒聽過我享有的任何小名聲，否則你不會認爲想逃過我這樣容易。據我所知，盧賓·黑斯先生已在昨晚十一點被逮捕了——今晨我離開學校之前，收到當地警長的電報。」

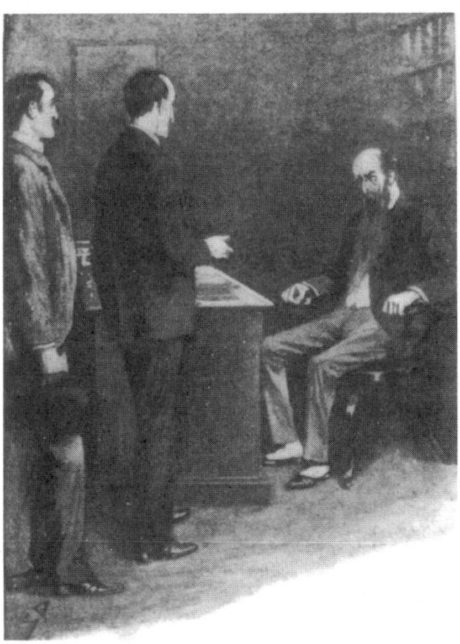

公爵仰身靠在椅背上，驚訝地看著我的朋友。

「你似乎有著非凡的力量。」他說道，「這麼說盧賓·黑斯已經被抓到了？我非常高興聽到這件事，如果它不會影響詹姆斯的命運的話。」

「你的秘書？」

「不，先生，我的兒子。」

現在是福爾摩斯露出吃驚的樣子了。

「我承認這件事我完全不知道，公爵，我必須請你說得更加清楚一些。」

「我不會對你隱藏任何事——我同意你的意見——在這樣一個由於詹姆斯的愚蠢和嫉妒所導致的絕境中，只有絕對的坦率才是最好的辦法。當我還很年輕的時候，福爾摩斯先生，我以一生只有一次的熱情戀愛著——我向這位女士求婚，她卻以結合會破壞我的事業為由拒絕我。假如她還活著的話，我肯定不會和其他任何人結婚的；但是她死了，並且留下這個孩子。為了她，我撫育和培養這個孩子。我不能向人們承認我們的父子關係，但是我使他受到最好的教育，並且在他成人以後，一直把他留在身邊。他意外地知道我的秘密，從此以後他一直濫用我的這個把柄，利用他能夠製造的可怕謠言來威脅我——他的存在在一定程度上影響了我婚後的生活，尤其是他一直憎恨我年幼的合法繼承人。你也許會問為什麼在這樣的情況下，仍然留詹姆斯在我家中，那只是因為在他的面孔上我能夠看到他母親的影子——為了他母親的緣故，我忍受了無止盡的痛苦——詹姆斯能使我聯想或回憶起她所有的可愛之處，所以，我不能讓他走，但是我非常擔心他會傷害亞瑟——就是薩爾特爾勳爵。為了安全，所以我把送他到哈克斯特伯博士的學校。

「詹姆斯和黑斯這傢伙有來往，因為黑斯是我的佃戶，而詹姆斯是代理人。黑斯從一開始就是個惡棍，可是說來也怪，詹姆斯和他成了密友——詹姆斯總是喜歡結交下流朋友。詹姆斯決定劫持薩爾特爾勳爵的時候，就是利用這個人的幫助。你肯定還記得在肇事的前一天，我給亞瑟寫過信。詹姆斯打開這封信，並且塞進一張便條，要亞瑟在學校附近的小林子『雜樹林』見他——他用了公爵夫人的名義，這樣孩子便來了。那天傍晚詹姆斯是騎腳踏車去的——我告訴你的這些情況都是他親自向我供認的——他對亞瑟說，他母親很想見他，並且正在荒野上等候他，如果他半夜再到小林子去，他會看到一個人和一匹馬，那個人會把他帶到他母親那兒。可憐的亞瑟落入了圈套——亞瑟按時赴約，看見黑斯這傢伙，還牽著一匹小馬。亞瑟上了馬，他們便一同出發。好像——儘管詹姆斯只是昨天才知道這件事——有人在追他們，黑斯用他的棍子打了追趕的人，這個人因傷得太重死去。黑斯把亞瑟帶到他的旅店，把他關在樓上的一間屋中，由黑斯太太照管——她是一個善良的女人，但是完全受她兇殘丈夫的控制。

「福爾摩斯先生，這就是我兩天前第一次見到你時的情況——我當時知道的並不比你多。也許你會問詹姆斯這樣做的動機是什麼，但我只能說，在詹姆斯對於我的繼承人的憎恨中，有許多是沒有理由而且很瘋狂的——在他看來，他自己應該是我全部財產的繼承人，並且他深深痛恨那些使這變爲不可能的社會法律。同時他也有一個明確的動機——他急切地要求我違背繼承權，而且認爲我有權力這樣做——如果我違背繼承權他會重新恢復亞瑟的地位，這樣就有可能讓他透過遺囑得到財產。他非常清楚，我不會找警察來和他作對——我是說他本來會提出這樣的交易，但是實際上他沒有這樣做，因爲對他來說事情發展得太快，他沒有時間實施他的計畫。

「是你發現了黑德格爾的屍體，使他的邪惡計畫毀滅的。詹姆斯聽到消息後，大爲驚恐。消息是在昨天我們倆坐在這間書房時傳來的——哈克斯特伯博士發來一封電報——詹姆斯極爲憂傷和激動，所以我一直以來的懷疑立即變成了肯定，責備他的所做所爲。他坦率地承認一切，然後哀求我把這個秘密再保留三天，以便給他罪惡的同謀保住性命的機會。我對他的哀求讓步了——我對他總是讓步——他立即趕到鬥雞旅店警告黑斯，並且資助他逃跑。我白天去那兒是肯定會引起議論的，所以天剛黑，我就匆忙地去看我親愛的亞瑟。我見他安然無恙，只是被他所看到的可怕情景嚇壞了。爲了遵守我的諾言——但更多的是違背我的意願——我答應把孩子再留在那裡三天，由黑斯太太照顧——因爲我們不可能向員警報告孩子在哪裡而不說出兇手是誰，而且我也不知道怎樣才能讓兇手受到懲罰而不危及我那不幸的詹姆斯。福爾摩斯先生，你要求坦率，我就照你所說的做了——我已經告訴你一切，沒有任何迂迴或隱瞞的企圖。你是不是也會像我一樣坦率呢？」

「我會的。」福爾摩斯說道，「首先，公爵，我不得不告訴你，從法律的角度看來你已經把自己置身於一個很嚴重的境地——你寬恕了重罪犯，並協助殺人犯逃脫——因爲我不能不懷疑，王爾德資助他的同謀所逃跑的錢是從你那兒得來的。」

公爵點頭表示承認。

「這確實是一件很嚴重的事情。在我看來，更應受到指責的是，你對於你小兒子的態度——你把他繼續留在虎穴裡三天。」

「在鄭重的許諾下……」

「諾言對於這樣的人算得了什麼！你無法保證他不會再被拐走。爲了遷就你犯罪的長子，你把你無辜的幼子置身於隨時可能發生的危險中，這很不公平。」

驕傲的侯爾德尼斯公爵不習慣於在自己的府內受到這樣的評論，他的臉從高高的前額到下巴完全紅了，可是良心使他沉默不語。

「我會幫助你的，可是要有一個條件——你把你的傭人叫來，我要按照我的意願發號施令。」

公爵一句話也沒有說，按了一下電鈴。一個僕人進來了。

「你會很高興地聽到。」福爾摩斯說道，「你的小主人找到了。公爵希望你立刻駕車到鬥雞旅店去把薩爾特爾勳爵接回家來。」

「現在。」當高興的僕人走出去後，福爾摩斯說道，「我們已經握住將來了，過去的事就可以寬容一點——我不處於官方的立場，而且只要正義得到伸張，沒有理由把我知道的事情說出去。至於黑斯我沒有什麼可說的，絞刑架正在等著他，而我不會去救他。我不知道他會說出什麼，但是我確信公爵你可以使他明白，對他來說沉默是金——從警察的角度來看，他們會認爲他劫持這個孩子是爲了得到贖金，如果警察他們自己找不到更多的問題，我也就沒有任何理由促使他們把問題看得更複雜。然而我想警告你，公爵，詹姆斯．王爾德先生繼續留在你的家中只會帶來更多的不幸。」

「我明白這一點，福爾摩斯先生，我們已經說好了，他必須永遠離開我，前往澳大利亞，自己謀生。」

「那樣的話，公爵，既然你自己說過你婚姻生活的任何不幸都是由他的存在引起的，那麼我建議你盡可能和公爵夫人和好，盡力去維繫那些曾被這樣的不幸而中止的關係。」

「這件事我也安排了，福爾摩斯先生——今天上午我給公爵夫人寫了信。」

「這樣的話。」福爾摩斯先生站起身來說道，「我想我的朋友和我可以祝賀我們的這次小小的拜訪所取得幾個令人高興的結果。還有一件小事，我希望弄明白——黑斯這傢伙給馬釘上冒充牛蹄跡的鐵掌，這樣不尋常的一招是不是從王爾德那裡學來的？」

公爵站著想了一會兒，臉上顯出極度的驚訝，然後打開一個屋門，把我們引進一間裝飾得像博物館的大屋子。他帶我們走到一個放著玻璃櫃的角落裡，並且指給我們看上面的銘文。

「這些鐵掌。」上面寫道，「是從侯爾德尼斯府邸的護城壕中挖出來的，供馬使用，但鐵掌底部打成連趾形狀，以使追趕者迷失方向。人們認爲這是中世紀專門進行劫掠的侯爾德尼斯男爵所特有的。」

福爾摩斯打開櫃子蓋，撫摸了一下鐵掌，他的手指潮濕了，皮膚上留下一層薄薄的新泥土。

「謝謝你。」他放回玻璃櫃說道，「這是我在英格蘭北部看到的第二件最有意思的東西。」

「那麼第一件呢？」

福爾摩斯疊好他的支票，小心地放到筆記本裡。「我是個窮光蛋。」他說著，親切地拍了拍它，然後把它塞進上衣內口袋的深處。

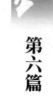

第六篇　黑彼得

我從來沒有看過福爾摩斯的狀態像在一八九五年那麼好，身體上和精神上都是如此。隨著他聲名大噪，大量案件接踵而至，哪怕我只是暗示一下跨入我們貝克街住宅破舊門檻的大人物們的身分，都將受到責備，視爲不慎之舉。但是，像所有偉大的藝術家一樣，福爾摩斯也爲他自己的藝術活著，除了侯爾德尼斯公爵一案外，我從來沒有看過他因爲那無法估量的功績而索取優厚的報酬。他是如此清高——或者說如此多變——以至於經常拒絕一些有錢有勢的人，因爲他們的問題無法引起他的興趣。可是只要案件離奇，能使他充分發揮想像力和智謀，即使當事人出身卑微，他也會用好幾個星期的時間來研究案情。

在一八九五年這難忘的一年中，一系列奇怪的、矛盾重重的案件吸引他的注意，其中有按照神聖教皇特別指示進行的對紅衣主教托斯卡突然死亡的偵查，也有對惡名昭著的金絲雀飼養者威爾遜的逮捕——這爲倫敦東區除掉一害。在以上兩樁有名案件之後發生的是伍德曼李莊園的悲劇——彼得．卡瑞船長的意外慘死——可以毫不誇張地說，在福爾摩斯先生的破案記錄中，若沒有提及這案子，就不能算是完整。

七月份的第一個星期，我的朋友福爾摩斯常常不在我們的住處，出去的時間也很長，於是我猜想他手上一定有案子要辦。在此期間有幾個粗人前來詢問有關巴茲爾船長的情況，我便知道他正在使用他那數不清假名中的一個——那些假名都是用來掩蓋他令人生畏的身分；他在倫敦不同的地方至少有五處棲身地，在那裡他可以隨便變換身分。他沒有對我說他正在調查的事情，我也沒有追根究底的習慣。他給我的第一個關於他調查方向的提示十分奇特——他在吃早飯前就出去了，我坐下來吃飯的時候，他邁著大步回到房間——他戴著帽子，腋下像夾著一把傘般地夾了一根帶有倒刺的短矛。

「天啊！福爾摩斯。」我大聲說道，「你不會帶著這個東西在倫敦到處走吧？」

「我剛從一家肉店回來。」

「肉店？」

「而且我回到這裡後，胃口好極了。早飯前鍛

鍊的好處嘛，親愛的華生，這是毫無疑問的。可是我敢打賭你猜不出我怎麼進行鍛鍊。」
「我才不想猜呢。」
他一面倒咖啡一面咯咯地笑著。
「要是你剛才在阿拉戴斯肉店的倉庫，你就會看到一頭死豬被懸掛在天花板下擺來擺去，還有位穿著襯衣的紳士用這件武器奮力戳它——這個精力充沛的人就是我，我對自己感到十分滿意，因爲我沒有用多大的力氣就一下子把豬刺穿。或許你也想試一試吧？」
「我絕對不想試——你爲什麼要這麼做呢？」
「因爲這可能和伍德曼李莊園的神秘案件有一些間接聯繫。啊，霍普金斯，我昨天晚上收到你的電報，一直在等你，請進來一起吃早飯吧。」
我們的客人看上去非常機警，大約三十歲，穿著素雅的花呢衣服，但還是帶有穿慣官方制服人的那種筆挺風度。我立刻認出他就是年輕的警長史丹利·霍普金斯——福爾摩斯對這個年輕人寄予厚望，而他對於福爾摩斯這位著名業餘偵探的科學破案方法也懷著學生般的仰慕和尊重。霍普金斯愁眉不展，一臉沮喪地坐了下來。
「不了，謝謝——我來之前已經吃過早飯，我是在城裡過夜，因爲我昨天來報告案情。」
「你報告了什麼呢？」
「失敗，先生，徹底的失敗。」

「一點進展都沒有嗎？」

「沒有。」

「天哪！看來一定要讓我來處理這個案件。」

「福爾摩斯先生，我巴不得你這樣做——這雖然是我的第一個大好良機，可是我卻無能爲力——看在上帝的份上，請幫幫我吧。」

「好吧，好吧，我剛好仔細地讀過所有的材料，包括那份調查報告——順便問一下，你如何看那個在犯罪現場發現的菸絲袋呢？那上面沒有線索嗎？」

霍普金斯似乎十分吃驚。

「先生，那是那個人自己的菸絲袋，袋子裡面有他姓名的首位字母縮寫，而且那個菸絲袋是用海豹皮做的——他是個捕獵海豹的老手。」

「可是他沒有菸斗啊！」

「是的，先生，我們沒找到菸斗——他確實很少抽菸，但他或許會爲他的朋友準備一些菸草。」

「毫無疑問，我之所以提起這個菸絲袋，因爲如果是由我來處理這個案件，我就會把這個袋子作爲調查的起點。但是，我的朋友華生醫生對此案還一無所知，至於我，再聽一遍事情的經過也無妨，所以請你扼要地敘述一下案情。」

史丹利・霍普金斯從口袋中拿出一張紙條。

「我這裡有份年譜，它可以幫助你們瞭解彼得・卡瑞船長一生的經歷——他生於一八四五年，現年五十歲，是一位勇敢而且成功捕獵海豹和鯨魚的好手。一八八三年他成爲丹迪港的海豹捕獵船『海上獨角獸』號的船長，連續出航數次，都很成功。在第二年，也就是一八八四年，他退休了。之後他旅行幾年，最終在蘇塞克斯郡靠近弗瑞斯特路的地方買了一小塊地方，叫做伍德曼李。他在那裡住了六年，一週前遇害身亡。

「這個人有些很特殊的地方。在日常生活中他是個嚴格的清教徒，沉默、陰鬱。家中有妻子，一個二十多歲的女兒，還有兩個女傭人。傭人常常更換，因爲他家的環境讓人感到不愉快，有時候甚至讓人無法忍受——這人時常喝醉，一喝醉就變成一個道地的惡魔：據稱他曾經半夜把妻子和女兒趕出屋門，打得她們滿園子跑，直到全村的人都被她們的尖叫聲給驚醒。

「他曾經因爲大罵教區的老牧師而被傳訊——那位老牧師去他家本來是要就他的行爲警告他的。簡而言之，福爾摩斯先生，你要是想找一個比彼得・卡瑞更加蠻橫的人是不大容易，我聽說他當船長的時候性格也是這樣。海員們都叫他黑彼得——之所以取這個名字，不僅因爲他的臉以及大鬍子是黑色的，而且還因爲他的壞脾氣對周圍的人來說太恐怖了——不用說，每個鄰居都討厭他，躲著他，他慘死後，我沒有聽到有誰說過一句表示惋惜的話。

「福爾摩斯先生，你一定在那份調查報告中讀到，這個人有間小木屋；或許你的朋友還沒有聽說過這一點——他在他家的外面造了一間小木屋，他總是叫它『小船艙』，這間小木屋距離他的房子有幾百碼遠，他每天晚上在這裡睡覺。這是一個單間小房，長十六英尺寬十英尺。他將鑰匙放在口袋，自己鋪床疊被，自己洗褥子，從來不允許任何人邁進他的門檻。屋子的每一面都有小窗，上面掛著窗簾，窗戶從來不打開。有個窗戶對著大路，每當夜晚小屋裡點上燈，人們常對著這間小屋指指點點，猜想黑彼得在裡面做些什麼。福爾摩斯先生，調查的結果，就是這間小屋提供的一些有用的信息。

「你還記得一個叫做斯萊特的石匠吧，他在案發兩天前的凌晨一點鐘從弗瑞斯特住宅區走來。路過那裡的時候，他停下來看了一下，窗內的燈光透過外面幾棵大樹，仍在閃爍。石匠發誓說他從窗簾上清楚地看見有個人的頭轉向一邊，並且這個影子一定不是彼得・卡瑞的——因爲他很熟悉彼得——那是個長著鬍鬚的人，但是那個人的鬍鬚是短的，並且向前翹著，和船長的鬍鬚不一樣。石匠是這樣說的，但之前他在小酒店裡待了兩個小時，而且當時他還在路上，和小木屋的窗戶有段距離。另外這是星期一的事情，案發當天是星期三。

「星期二，彼得的情緒壞透了，他喝得醉醺醺，兇暴得像頭吃人的野獸。他在家裡轉來轉去，他的妻子和女兒一聽到他來了便急忙跑開。很晚的時候，他回到小木屋。大約第二天凌晨兩點鐘，他的女兒——她總是開著窗子睡覺——聽到小木屋的方向傳來了嚇人的慘叫。他喝醉的時候常常大喊大叫，所以就沒有在意；一個女傭人在早上七點鐘起來的時候，看到小木屋的門是開著，但是黑彼得實在太讓人害怕，所以直到中午才有人敢去看看他到底出了什麼事。人們朝開著的門向裡面一看，就馬上嚇得臉色慘白地跑回村子。不到一小時我便趕到現場，偵辦這個案件。

「福爾摩斯先生，你知道我的神經相當堅韌的，但是我發誓，當我把頭探進這間小木屋的時候，我也嚇了一跳——成群的蒼蠅、綠豆蠅像小風琴般嗡嗡地叫個不停，地上和牆上看去簡直像是個屠宰場。他把這間房屋叫做船艙，那的確像是一間小船艙，因爲在這裡你會感到自己像是在船上。屋子的一端有個床鋪，一個航海箱，地圖和圖表，一張『海上獨角獸』號的油畫，架上還擺著一排航海日誌，完全是我們在一個船長的艙中看到那樣。正中間是船長的屍體，他的表情彷彿一個受折磨的靈魂，斑白的大鬍子由於痛苦往上翹著。一支捕魚鋼叉一直穿過他那寬闊的胸膛，深深地叉入他背後的木牆——他活像是被釘在硬紙板上的一隻甲蟲。顯然他發出了最後那聲痛苦的吼叫後便死去。

「先生，我知道你的方法，也用了這些方法——在我允許任何東西被移動之前我仔細檢查屋子內外的地面，可是沒有腳印。」

「你的意思是沒有看見腳印？」

「先生，我向你保證，沒有腳印。」

「我的好霍普金斯，我調查過許多案件，可是目前爲止沒見過什麼東西能夠飛著作案——只要罪犯長著兩條腿，就一定會留下踩過的，蹭過的，或者是其他細小的痕跡，而一個採用科學方法的搜尋者是能夠覺察到這些痕跡的。在一間濺滿血跡的屋裡竟然會找不到幫助我們破案的痕跡，這太令人難以置信了。從你的調查我可以看出，有些東西你沒有仔細檢查過。」

這位年輕的警長聽到我朋友的這番諷刺不禁退了兩步。

「福爾摩斯先生，我當時沒有請你去眞是太傻了，可是現在這麼說已經太晚。的確，屋子裡還有一些物品值得特別注意：一件是那把謀殺用的魚叉，是兇手從牆上的架上拿下來的——還有兩把仍然在那裡，另外一個的位置是空的——這把魚叉的柄上刻有『SS，海上獨角獸號・鄧迪』的字樣，這點似乎說明兇手是在一怒下作的案，並順手抓到這個武器。兇殺是在凌晨兩點鐘發生的，而且彼得・卡瑞穿著衣服，這說明他和殺人犯是有約的，桌子上的一瓶朗姆酒和兩個用過的杯子也可以證明這一點。」

「是的。」福爾摩斯說道，「我想這兩個推論都是合乎情理的。屋子裡除了朗姆酒外還有別的酒嗎？」

「有的，航海箱上有個小酒架，上面擺著白蘭地和威士忌。可是這對於我們來說並不重要，因爲酒瓶是滿的，說明沒有人動過它們。」

「儘管如此，這些酒擺在那裡還是能說明一些問題的。」福爾摩斯說道，「不過先請你講一講你認爲和案件有關的其他物品情況。」

「桌子上有那個菸絲袋。」

「放在桌子的什麼地方呢？」

「在桌子的中央，菸絲袋是用海豹皮做的——未加工的帶毛那種皮革，有條皮繩捆住。菸絲袋的蓋子裡邊有『P·C·』的字樣，袋子裡有半盎斯海員用的濃味菸絲。」

「很好！還有什麼嗎？」

史丹利·霍普金斯從他的口袋裡拿出一本黃褐色外皮的筆記本，外表很粗很舊，紙張也有一些褪色。第一頁寫著字母縮寫「J·H·N·」以及日期「一八八三年」。福爾摩斯把筆記本放在桌子上，仔細進行檢查，霍普金斯和我一邊一個站在他的身後看著。在第二頁上有印刷體字母「C·P·R·」，以後的幾頁全是數字。接著有「阿根廷」、「哥斯大黎加」、「聖保羅」等標題，每項之後均有幾頁符號和數位。

「你怎麼看這個本子？」福爾摩斯問道。

「這些像是交易所證券報表。我想『J·H·N·』是經紀人的名字『C·P·R·』可能是他的顧客。」

「你覺得『C·P·R·』是不是指加拿大太平洋鐵路？」福爾摩斯說道。

史丹利·霍普金斯一面用拳頭敲著大腿，一面低聲地責備自己。

「我太笨了！」他大聲說道，「你說的當然是正確的——那麼只有『J·H·N·』這幾個字是我們要解決的。我檢查過這些證券交易所的舊報表，在一八八三年我找不到交易所內或交易所外任何經紀人名字的字首和它一樣——可是我覺得這是全部線索中最重要的，福爾摩斯先生，你也許承認有這樣的可能性，即這幾個字是在現場的第二個人名字的縮寫，也就是殺人犯名字的字母縮寫。我還認爲，這本記載大宗證券交易的文件也爲我們尋找作案動機提供了一些線索。」

從福爾摩斯的表情來看，他確實對案情的新發展感到吃驚。

「我完全同意你的論點。我承認這本在最初調查中沒有提到的筆記改變了我本來的看法——我本來在案件的推測中並沒考慮到這本筆記本。你有設法調查筆記本中提到的證券嗎？」他問道。

「正在交易所調查，但恐怕這些南美財團股東們的完整登記冊是在南美，要是我們順著這些股票調查下去，好幾週的時間就過去了。」

福爾摩斯用放大鏡檢查筆記本的外皮。

「這裡有一點被弄髒了。」他說道。

「是的，先生，那是血跡——我告訴過你我是從地上撿起來的。」

「血點是在本子的上面呢？還是下面？」

「是在挨著地板的那一面。」

「顯然，這表明筆記本是在謀殺發生後才掉到地上。」

「正是這樣，福爾摩斯先生——我當時就明白這一點，我推測這是殺人犯在匆忙逃跑的時候掉下的——筆記本是在門邊發現的。」

「我想這些證券裡沒有一份是死者的財產，對嗎？」

「沒有，先生。」

「有沒有證據能夠證明這是一樁搶劫殺人案呢？」

「沒有，先生——沒有什麼東西看上去像是被動過。」

「天哪，這真是一樁有意思的案子，那裡有一把刀，是嗎？」

「有一把帶鞘的刀，刀還在刀鞘裡，就在死者的腳旁——卡瑞太太證明那是她丈夫的東西。」

福爾摩斯沉思了一會兒。

「那麼。」他終於說道，「我想我應該出面調查一下這件事情。」

史丹利・霍普金斯高興地喊出聲來。

「謝謝你，先生。這的確會減輕我心裡的壓力。」

福爾摩斯對著霍普金斯擺了擺手。

「一週以前這本來是一件容易的工作。」他說道，「但是即便我現在去也爲時未晚。華生，如果你能騰出時間，我很高興你能和我一同去。霍普金斯，請你叫輛馬車，我們過一刻鐘就出發到弗瑞斯特住宅區。」

在路旁的一個小驛站我們下馬車，一大片樹椿中間穿行了幾英里。這片樹椿是另一片大森林的一部分——那片森林阻擋薩克遜侵略者，那是一片無法穿過的「森林地帶」，六十年來一直是英國的堡壘。森林的大部分已被砍伐，因爲這裡是英國第一個鋼鐵廠的廠址，人們伐樹用以煉鐵。現在北部更加豐富的礦藏轉移煉鋼業的重心，只有這些掠奪後殘存的小樹林和土地上巨大的疤痕還能表明這裡有過鋼鐵廠。在一座小山綠色斜坡的空地上，有一間長而低的石頭房屋，從那裡延伸出一條小道，彎彎曲曲地穿過田野。靠近大路有間小屋，三面被灌木叢包圍著，屋門和一扇窗戶對著我們。這就是謀殺的現場。

史丹利·霍普金斯首先領著我們到了那幢房子，並把我們介紹給一位面容憔悴、頭髮灰白的婦女——被害人的遺孀。她面容削瘦，皺紋很深，眼圈發紅，眼睛的深處仍然潛藏著恐懼，可見她長年忍受著苦難和虐待。陪她的是她女兒，一個面色蒼白的金髮姑娘。她毫不畏懼地注視著我們，告訴我們她很高興她父親死了，而且還要祝福那個親手殺死他的人。黑彼得把他的家弄得很不像樣子，當我們從他家重新回到陽光下的時候，有一種如釋重負的感覺，於是我們沿著死者踏出的小徑穿過一片空地來到小木屋。

這間小木屋極其簡單，四周是木板牆，房頂也是木板鋪就的，靠近門的地方有個窗戶，另外一個窗戶在小屋的盡頭。史丹利．霍普金斯從口袋裡拿出鑰匙，蹲下來對準鎖孔，忽然，他停住了，臉上的表情既全神貫注又充滿驚訝。

「有人撬過門鎖。」他說道。

毫無疑問地，木頭上有刀痕，上面的油漆被刮得發白，好像門剛剛被撬過似的。福爾摩斯一直在檢查窗戶。

「有人想從這裡強行進入——不管他是誰，反正他沒有得逞。這個人一定是個很笨的搶匪。」

「這件事情很不尋常。」霍普金斯說道，「我可以發誓，昨天晚上這裡並沒有這些痕跡。」

「或許是一些村裡好奇的人。」我說道。

「不可能，沒人敢走到這裡，更不必說闖進小木屋了。福爾摩斯先生，你怎樣看這件事

呢？」

「我認爲我們很幸運。」

「你的意思是說這個人還會再來？」

「很有可能。他來的時候以爲門是開著的，但是，門卻是鎖著，所以他試著用小折刀弄開門進去——他沒有成功，那麼他會怎麼辦呢？」

「帶著更適用的工具第二天夜裡再來。」

「我也覺得會這樣的。我們要是不在這裡等著他，那就是我們的錯了——現在讓我看看小木屋裡面的情形。」

謀殺的痕跡已經被清理掉了，可是房間內的傢俱擺設仍然和案發那夜一樣。整整兩個小時，福爾摩斯的注意力高度集中，他檢查了所有的物品，但是從他的表情來看，調查似乎沒有太大收穫。在他那細微的檢查過程中，他只停下一次。

「霍普金斯，你從這個架子上拿走了什麼東西沒有？」

「我什麼也沒動。」

「一定有東西被拿走——架子這個角落裡的灰塵比別的地方少，可能是一本平放的書，也可能是個小箱子。好了，我沒什麼可做的了。華生，我們到美麗的小樹林裡走走吧，享受一下鳥語花香。霍普金斯，我們晚些時候在這裡碰頭，看看能否和這位昨夜來過的紳士走得近些。」

我們布好埋伏，已經過了十一點鐘。霍普金斯主張把小屋的門打開，福爾摩斯認爲這會引起這位陌生人的懷疑。鎖的結構很簡單，只要一把鋒利的小刀就能弄開。福爾摩斯還建議我們不要在屋內而是在屋外等候，就藏在另一扇窗戶周圍的灌木叢裡。這樣只要這個人點燈，我們就能看清楚他，知道他在夜間偷偷造訪的目的。

這個守夜，漫長又淒涼，但它帶來了一種快感——是種獵人在水池旁等候飲水的動物的感覺。在黑暗中偷偷摸摸地來到我們這裡的會是什麼樣的野獸呢？那是一隻唯有和它的鋒牙利爪搏鬥才能取勝的猛虎呢，還是一隻只能威脅弱不禁風和麻痹大意且偷偷摸摸的豺狼呢？

我們蹲伏在灌木叢裡，靜靜地等候一切可能發生的事。起初引起我們警覺的是村中晚歸者的腳步聲，或是村裡傳來的講話聲，但是這些不相干的聲音相繼消失，我們的四周一片寂靜，只是偶爾傳來的遠方教堂鐘聲告訴我們，時間一分一秒地過去，此外還有細雨落在我們頭頂樹葉發出淅淅瀝瀝的聲音。

鐘聲已經敲過兩點半，這是黎明前最黑暗的時刻，大門那裡突然傳來一聲低沉又尖銳的滴答聲，這使我們全都吃了一驚——有人從小道走來。接著又是一陣漫長的寂靜，正當我以爲這不過是一場虛驚的時候，一聲輕輕的腳步聲從小屋的另外一端傳來，一會兒又是一陣金屬摩擦和撞擊的聲音——這個人正在用力地開鎖。這一次不知是他的技術好了一些還是他的工具好了一些，鎖的鉸鏈「卡嚓」一聲斷了。然後一支火柴劃亮了，緊接蠟燭照亮了小屋的內部。透過薄紗窗簾，我們的眼睛緊盯著屋內的情景。

這位夜間來客是一個身體瘦弱的年輕人，大概二十多歲，下巴的黑鬍鬚使他像死人一般的面孔更加蒼白。我從來沒有見過有人像他這樣恐懼，因爲很明顯他的嘴唇在打顫，四肢也在發抖。他的衣著像是個紳士，穿著諾福克式的上衣和燈籠褲，頭上戴著便帽。我們看見他驚恐地打量四周，然後把蠟燭頭放在桌上。他走到一個角落，我們便看不到他了。他拿著一個大本子又走回來，這是在架上排成一排的航海日誌的一本。他倚著桌子，一頁一頁地迅速翻閱，直到他找到所需要的條目。只見他憤怒地握緊拳頭，然後合上本子，放回原處，並且吹熄蠟燭。他還沒有來得及轉身走出這間小屋，霍普金斯的手已經抓住他的領子。我聽到他意識自己被抓住時發出一聲驚恐的吸氣聲。蠟燭又點上了，可憐的俘虜在偵探的手裡一邊發抖一邊退縮。他癱坐在水手衣物箱上，用無助的眼光打量我們每個人。

「小夥子。」史丹利・霍普金斯說道，「你是誰？來這裡想要做什麼？」

這個人振作一下精神，盡力保持冷靜來面對我們。

「我想你們是警探吧？」他說道，「你們以爲我和卡瑞船長的死有關，可是我向你們保證，我是無辜的。」

「我們會弄清楚的。」霍普金斯說道，「先說說你叫什麼？」

「約翰・霍普利・納雷根。」

我看見福爾摩斯和霍普金斯迅速的交換了一下眼色。

「你在這裡做什麼呢？」

「我有機密的事情，能保密嗎？」

「不，不能。」

「那麼我爲什麼要告訴你們呢？」

「如果你不回答，審判的時候可能對你不利。」

這個年輕人有些發窘。

「好吧！我告訴你們。」他說道，「可是我很不願意讓這樁過去的醜聞流傳開來。你聽過道森和納雷根公司嗎？」

從霍普金斯的表情我看出他從來沒有聽過，但是福爾摩斯卻顯得很感興趣。

「你是說西部的銀行家們嗎？」他說道，「他們虧損了一百萬英鎊，導致康沃爾郡一半的家庭都破產，納雷根也失蹤。」

「的確是這樣，納雷根是我父親。」

我們終於得到一點對於我們來說有用的東西，可是一位逃債的銀行家和被自己的魚叉釘在牆上的卡瑞船長之間似乎仍然有一段距離。我們全都專心地聽著。

「事情主要涉及到我的父親——道森已經退休了。那個時候我剛剛十歲，不過我的年紀使我已經能夠感受到這件事情帶來的恥辱和恐懼。人們一直說我的父親偷去全部證券然後逃跑，但是事情並不是這樣的——我的父親深信要是給他一些時間，把證券變成現款，一切都可以好起來，所有的債權人都能夠收回錢款。就在對他的逮捕令發出前，他乘坐小遊艇動身去了挪威。我還記得在臨走前的那個晚上，他向我母親告別的情景。他給我們留下一張他帶走的證券清單，並且發誓說他會帶著清白的名聲回來，信任他的人是不會受累。可是從此以後就再也沒有得到他的消息——他本人和遊艇音信全無，我的母親和我以爲他與遊艇以及他所帶的證券全都沉到了海底。我們有一位可靠的朋友，也是一位商人，是他不久前發現倫敦市場上出現我的父親帶走的證券。我們的驚訝程度可想而知。我用了幾個月的時間去追查這些證券的來源，幾經周折，我發現最早賣出證券的人便是彼得·卡瑞船長，也就是這間小木屋的主人。

「當然嘍，我對這個人做了些調查——查明他曾經在一艘捕鯨船上當船長，這艘船在我父親渡海去挪威的時候，正好從北冰洋返航。那年秋季風暴很多，南方的大風不斷地吹來，我父親的小船很可能被吹到北方，遇到卡瑞船長的船。如果是這樣的話，我父親會出什麼事情呢？不管怎樣，要是我可以從彼得·卡瑞的身上弄清證券是怎樣出現在市場上的，便能證明我的父親沒有出售這些證券，他拿走它們的時候也不是爲了自己發財。

「我來蘇塞克斯郡，打算見一見這位船長，就在這個時候他被謀殺了。我從調查報告中得知這間小木屋的情況——報告說這艘船的航海日誌仍然保存在小屋裡。我一下子想到，要是我能夠知道一八八三年八月在『海上獨角獸』號上發生的事情，就可能解開我父親的失蹤之謎。我昨天晚上想要弄到這些航海日誌，但是沒能打開門；今天晚上我又來開門，並且找到了航海日誌，可是卻發現八月份的那幾頁全被撕掉了。就在這個時候，我被你們抓住了。」

「這是全部的事實嗎？」霍普金斯問道。

「是的，這是全部事實。」他回答的時候，眼光閃開。

「你沒有別的事情要說嗎？」

他猶豫了一下。

「沒有。」

「昨天晚上之前，你沒有來過嗎？」

「沒有。」

「那麼你怎樣解釋這個呢？」霍普金斯大聲地說道，手中舉著那個筆記本，本子的外皮上還有血跡，第一頁有這個人名字的字母縮寫。

這個可憐的人崩潰了——他低著頭用雙手捂住臉，全身顫抖。

「你怎麼弄到這本子的？」他痛苦地道，「我眞的不知道——我想我在旅館裡把它弄丟了。」

「夠了。」霍普金斯嚴厲地說道，「你還有什麼要說的，到法庭上去說吧——你現在和我回警察局。福爾摩斯先生，我非常感謝你和你的朋友到這裡來幫助我，可是事實說明，你來是沒有必要的，沒有你我也會圓滿地破案，但是儘管這樣我還是感謝你。我在勃蘭布萊特旅店爲你們訂了房間，現在我們可以一起到村裡去了。」

「華生，你覺得這件事情如何？」第二天早上我們返回的時候福爾摩斯問我道。

「我看你並不滿意。」

「不，親愛的華生，我很滿意，但我不贊同史丹利·霍普金斯的方法，我對他感到失望——我本來希望他會處理得更好一些，應該弄清是否還有第二種可能性，並且做好防備，這是調查刑事案件的首要原則。」

「什麼是此案的第二種可能性呢？」

「就是我自己調查的線索。也許我得不出結果，這很難說，但是至少我要把它進行到底。」

在貝克街有幾封信正在等著福爾摩斯。他抓起一封拆開，馬上興高采烈地笑了起來。

「華生，好極了！第二種可能性有進展了。你有電報紙嗎？請替我寫兩封信：色姆那，海運公司，瑞特克利夫大街。派三個人來，明早十點到。——巴茲爾。——這就是我扮演角色時用的名字。另外一封是：警長史丹利・霍普金斯，洛德街，布里克斯頓。明日九點半來吃早飯。緊要！如不能來，回電。——夏洛克・福爾摩斯。華生，這件討厭的案子使我十天以來一直不得安寧，我現在要把它從腦袋裡趕出去——我相信明天將會聽到最後的結果。」

霍普金斯準時來了，我們一起坐下吃哈德森太太準備的豐盛早餐。這位年輕的警長由於辦案成功而興高采烈。

「你眞的認爲你的解決辦法是正確嗎？」福爾摩斯問道。

「我想不到一個更加完滿的解決辦法了。」

「在我看來，案子沒有得到最後的解決。」

「你的意見出乎我的意料，福爾摩斯先生——還有什麼不清楚的呢？」

「你能夠說清楚案情中的每一個疑點嗎？」

「毫無疑問——我查明這個納雷根是在案發的當天來到勃蘭布萊特旅店，他裝作來玩高爾夫球。他的房間在第一層，所以什麼時候都可以出去。那天晚上他去了伍德曼李，和彼得・卡瑞在小木屋中見了面，爭執起來，就用魚叉戳死他。接著，由於對自己做的事情感到驚恐，他跑出小屋，跑的時候掉了他用來質問彼得．卡瑞關於證券一事的筆記本。你或許注意到了有些證券是打了勾，而剩餘的大部分是沒有記號的——打勾的是在倫敦市場上發現而追查出來的，其他的嘛，可想而知，還在卡瑞手中。根據年輕的納雷根本人的陳述，他急於要重新拿到這些證券，以便歸還他父親的債權人。他跑掉以後，一時半會兒不敢再到小屋附近，但最終他還是逼自己回來，好拿到他所需要的資訊——難道這還不簡單明瞭嗎？」

福爾摩斯笑著搖搖頭。

「在我看來有個漏洞，霍普金斯，那就是他根本不可能去殺人——你用魚叉叉過動物的身體嗎？沒有？嘖嘖，親愛的先生，你應該注意這些細小的事情。我的朋友華生可以告訴你，我用整整一個早上做這個練習——那不是一件容易的事情，需要一隻強壯且訓練有素的胳臂，而且這把鋼叉戳出去的力量要很猛，鋼叉頭才能陷進牆壁，你想一想，這個貧血的青年能夠擲出這樣兇猛的一擊嗎？是他和黑彼得在案發當夜共飲朗姆酒的嗎？案發兩天前在窗簾上看到的是他的側影嗎？不，不，霍普金斯，我們要追蹤的是另外一個更加強壯可怕的人。」

就在福爾摩斯滔滔不絕地講話時，霍普金斯的臉拉得愈來愈長——他的希望和雄心全部都粉碎了，但是他是不會毫不反擊地放棄自己的立場。

「你不能否認那天晚上納雷根在場，福爾摩斯先生——筆記本就是證據。我想我的證據足以讓陪審團滿意，即便你能從中挑出毛病。此外你說的那個可怕的人，他到底在哪裡呢？」

「我想他現在就在樓梯上。」福爾摩斯安靜地說道，「華生，我看你最好把那把槍放到搆得著的地方。」接著他站起來把一張有字的紙放到工作臺，說道，「現在我們準備好了。」

一聽到外面有粗暴的說話聲，哈德森太太便開了門，說是有三個人要見巴茲爾船長。

「讓他們一個一個地進來。」福爾摩斯說道。

第一個進來的人長得像個紅蘋果，面頰紅紅的，留著蓬鬆的白色大鬍子。福爾摩斯從口袋中拿出一封信。

「你叫什麼？」他問道。

「詹姆士·蘭卡斯特。」

「對不起，蘭卡斯特，鋪位已經滿了。給你半個英鎊，麻煩你到那個房間裡等幾分鐘。」

第二個人細長、乾瘦，頭髮平直，兩頰內陷。他的名字是休·帕廷斯，也被打發掉了，同樣得到半個英鎊，並到一邊去等候。

第三個來訪者長得很奇怪——一張惡狗似的臉嵌在他蓬亂的頭髮裡，一雙蠻橫的黑眼睛在濃密誇張的眉毛下閃著凶光。他敬了禮，像水手一樣站著，兩手轉動著他的帽子。

「你叫什麼名字？」福爾摩斯問道。

「派翠克·凱恩茲。」

「魚叉手？」

「是的，先生。出過二十六次海。」

「我想是在鄧迪港？」

「是的，先生。」

「打算和一艘探險船出海嗎？」

「工資呢？」

「每月八鎊。」

「你能馬上和探險隊出海嗎？」

「收拾好東西就來。」

「你有證明嗎？」

「有，先生。」他從口袋中拿出一卷破舊油膩的單子。福爾摩斯看了一下又還給他。

「你正是我要找的人。」他說道，「合同在工作臺上——你簽個字，事情就算定了。」

他蹣跚地走過房間來到桌邊，拿起筆準備簽字。「簽在這兒？」他彎下腰問道。

福爾摩斯靠住他的肩膀，並把兩隻手伸過他的脖子。

「這裡就可以。」他說道。

只聽見一聲金屬撞擊聲和一聲類似憤怒公牛發出的吼叫，接著這個海員就和福爾摩斯在地上

扭打起來。這個人力氣巨大，如果不是霍普金斯衝上去幫忙，儘管福爾摩斯已經敏捷地給他戴上了手銬，他也會很快地制服我的朋友。直到我把冰冷的槍口對準他的太陽穴，他才明白抵抗是沒有用的。我們用繩子綁住他的踝骨，然後氣喘吁吁地站起來。

「我很抱歉，霍普金斯。」福爾摩斯說道，「荷包蛋怕是已經涼了。不過當你想到案子已經勝利結束的時候，你繼續吃早餐就會吃得更香。」

史丹利·霍普金斯驚訝得說不出話來。

「福爾摩斯先生，我不知道該說什麼。」他紅著臉，不好意思地說道，「好像從一開頭我就是個笨蛋——現在我懂了我永遠不該忘記我是學生你是老師。雖然我剛才親眼看見你所做的一切，可是我還是不明白你是怎麼做的，爲什麼要這麼做。」

「好了好了。」福爾摩斯和藹地說道，「我們都是通過經驗來學習的，這次你的教訓是忽視了第二種可能性——你的注意力全部集中在年輕的納雷根身上，忽略了派翠克·凱恩茲這個眞正謀殺彼得·卡瑞的人。」

這個海員嘶啞的聲音打斷了我們的談話。

「聽著，先生。」他說道，「這樣對待我，我並不抱怨，但是我希望你們說話要確切——你們說我謀殺了彼得·卡瑞，我說是我殺了彼得·卡瑞，這兩者間是有很大的區別的——也許你們不相信我說的話，也許你們認爲我在給你們編故事。」

「不。」福爾摩斯說道，「讓我們聽聽你要說什麼。」

「很快就可以說完，而且，我敢向上帝發誓句句屬實。我很瞭解黑彼得，所以當他抽出刀子的時候，我就抄起魚叉對準他戳去——他就是這樣死的。你們把這叫做謀殺，我會因此被絞死，但反正要是被黑彼得的刀子插在我心臟裡，我一樣是要死的。」

「這是怎麼一回事？」福爾摩斯問道。

「我對你從頭說起——讓我坐起來，這樣講話方便一些。事情發生在一八八三年——那年的八月，彼得・卡瑞是『海上獨角獸』號的船長，我是後備魚叉手。我們正在流冰群中間返航，是逆風航行。當時已經刮了一星期的南風，我們在海上救起一隻被吹到北邊的小船。船上只有一個人，他從來沒有出過海。我們船上的水手們都以爲大船已經沉沒海底，這個人乘這艘小船去挪威海岸——我猜大船上的人全都淹死了——我們把這個人救到我們船上，他和我們的頭兒在艙裡談了很長時間。這個人的行李只有一個鐵箱子，就我所知，這個人的名字從來沒有人提過，而且第二天夜晚他就不見了，好像從來沒有來過船上一樣。傳說這個人要不就是自己跳海不然便是當時的壞天氣把他捲到海裡了——只有一個人知道他出了什麼事，那就是我，因爲午夜值勤時我親眼看見船長掀起他的腳把他扔到船杆的外邊。兩天後我們便看見了設德蘭燈塔。」

「這件事情我對誰也沒有說過，到了蘇格蘭的時候，事情已經壓下來，也沒有人再問——一個陌生人出了事故死了，誰也不會去問。過了不久卡瑞不再出海，好幾年以後我才知道他的下落。我猜到他加害那個人是爲了鐵箱子裡面的東西，而且現在應該出得起錢來報答我的守口如瓶。」

「我透過一個在倫敦見過他的水手打聽到他的住處，就馬上來找他要錢。第一個晚上他很通情達理，準備給我一筆錢，有了這筆錢我就再也用不著出海。我們說好，過兩個晚上就把事情辦完。我再去的時候，他已半醉，並且脾氣很壞。我們坐下來喝酒，聊著過去的事。他喝得愈多，我就愈覺得他的臉色不對。

「我一眼看見掛在牆上的魚叉，想著我也許用得著它，免得自己完蛋。後來，他對我發起火來，又啐又罵，眼睛露出殺人的凶光，而且手裡拿著一把大折刀。他還沒有來得及把大折刀從鞘裡拔出來，我的魚叉已經刺穿他。天啊！他尖叫一聲！到現在他那張臉還總是在我睡覺的時候出現。我站在那裡，渾身濺滿他的血。等了一會兒，四周很安靜，於是我又鼓起勇氣。我看看屋子的四周，見到那個鐵箱子就在架上。這個東西我和彼得．卡瑞都有份兒，於是我拿著它離開屋子。可是我很傻，把我的菸絲袋忘在桌上了。

「現在我告訴你們故事中最奇怪的一部分。我剛走出屋，就聽到有一個人走來，於是我立刻躲在矮樹叢裡。有一個人鬼鬼祟祟地走來，走進屋子，叫了一聲，好像見了鬼一樣，拼命地跑，直到消失。他是誰，要幹什麼，我不知道。我呢，就走了十英里，在頓布芝威爾斯上火車，到了倫敦，我覺得這樣做很聰明。」

「當我檢查這個箱子的時候，我發現裡面沒有錢，只有一些我不敢賣的證券。我已經無法再要脅黑彼得了，現在困在倫敦，一個先令也沒有，有的只是我的手藝。我看到這些高薪雇魚叉人的廣告，所以就去了海運公司，他們把我派到這裡來。這是全部的事實，我再說一遍，如果我殺了黑彼得，法律應當感謝我，因為我替他們省了一條麻繩錢。」

「說得很清楚。」福爾摩斯站起身，點上菸斗，「霍普金斯，我看你要趕快把這個犯人送到安全的地方——這房間不適合做牢房，而且派翠克・凱恩茲先生佔了我們地毯好大一部份。」

「福爾摩斯先生。」霍普金斯說道，「我不知道要怎樣感謝你才好——甚至到現在我都不明白你是怎麼破這個案的。」

「我不過是因為從一開始就幸運地抓住了正確的線索——要是我知道有那本筆記本，我的注意力便有可能和你一樣被引到別處——可是我所聽到的全指向一點：驚人的力氣、使用魚叉的技巧、朗姆酒、裝著粗製菸絲的海豹皮菸口袋，這些全使人想到船上的水手，而且是一個捕過鯨魚的人。我確信菸絲袋上的首字母縮『P·C·』不過是一個巧合，而不是彼得·卡瑞——因爲他很少吸菸，而且在小木屋裡也沒找到菸斗。你記得我曾經問過，屋內是否有威士忌和白蘭地，你說有。有多少不出海的人在能弄到這些酒的時候，卻要喝朗姆酒呢？所以我確定殺人者是一個船員。」

「你怎樣找到他的呢？」

「親愛的先生，這個問題就很簡單了：如果是個船員，那麼一定是在『海上獨角獸』號上和彼得一起待過的船員——就我所知，彼得·卡瑞沒有乘別的船出過海。我花了三天時間往鄧迪發電報，最後弄清一八八三年『海上獨角獸』號上全部水手的姓名。當我看到魚叉手中有派翠克·凱恩茲名字的時候，我的偵查便接近尾聲——我推想他可能在倫敦，並且一定想離開倫敦避一陣風頭，所以我到倫敦東區住了幾天，設計一個北冰洋探險隊，提出優厚的條件找願意在船長巴茲爾手下工作的魚叉手——你看，現在有了結果！」

「妙極了！妙極了！」霍普金斯大聲說道。

「你要儘快地釋放納雷根。」福爾摩斯說道，「我承認你應該向他道歉；鐵箱子一定要還給他，當然彼得·卡瑞賣掉的證券再回不來了。外面有出租馬車，霍普金斯，你可以把帶這人走了。如果需要我出庭作證，我和華生就在挪威的某個地方——我會把詳細地址寄給你的。」

第七篇　米爾沃頓

我要講的事情發生在許多年前，儘管如此，我說起來還是有些擔心——因爲長久以來，哪怕我再小心謹愼，再有分寸，也沒有辦法將事情講出來——現在世上的法律已經不能對當事人怎麼樣了，所以除了有些事實，其他的就算是說了，也不會傷害別人。無論是夏洛克·福爾摩斯還是我，生平都沒有經歷過這麼離奇的事情。在敘述中如果我爲了不讓別人追溯到事情的眞相，而不得不略去日期等細節，敬請各位讀者見諒。

那是個嚴冬的傍晚，我們兩人出去散步，回來大約已經六點鐘了。福爾摩斯打開燈，發現桌上有張名片。他瞄了一眼，不禁哼了一聲，然後就把名片扔到地板。我把它撿起來，上面寫著：

查爾斯·奧古斯塔斯·米爾沃頓

愛波多爾大廈

韓姆斯德區
代理人

「這個人是誰？」我問道。

「倫敦城的第一大惡人。」福爾摩斯一邊回答，一邊坐下來，並且腿伸到壁爐的前方。「名片背後還有什麼字嗎？」

我把名片翻了過來。

「將於六點半鐘來訪——落款是C·A·M·」我讀道。

「哼！那麼他就要到了。華生，當你在動物園看蛇的時候，看到這種蜿蜒爬行的毒物，看著它那死魚一般的眼睛和扁扁的醜臉，你一定會有種厭惡的感覺，並且急著想要避開吧？米爾沃頓給我的就是這種感覺——我和五十多個殺人犯打過交道，就連其中最可惡的罪犯也沒有像他那樣使我厭惡。可是我又總得和他打交道，豈不是嗎，他今天要來這裡，還是我約的呢。」

「可是他到底是一個什麼樣的人呢？」

「我這就告訴你。他勒索人的本事，首屈一指。而且老天總是幫助他，至於那些名譽和秘密都在他掌握之中的女人們，幫他的忙就更多了。他總是一副笑臉，卻有鐵石般的心腸，敲詐勒索，直到把她們榨乾——這個傢伙深諳此道，如果他做一些體面的事情，完全可以青史留名的。

他是這樣行事的：他讓人們知道，他願意出高價買下記載達官貴人醜聞的信件——這些東西從出賣主人的男女僕人手裡得到，而且更常從上流社會的無賴手裡弄到，因爲貴婦常常會相信這些人，告訴他們自己的秘密，他們也能討得貴婦的歡心。他做起交易來可絕不小氣，我就聽過他曾經付給一個男傭七百英鎊，換來一張只有兩行字的便條，但是這卻使得一個大戶人家就此毀於一旦——所以市場上這樣的東西都被米爾沃頓買下，而且在這個大城市裡，有成千上萬的人一聽到他的名字就被嚇得臉色發白。誰也不知道下一個倒楣鬼將會是誰，因爲他富得流油，而且又狡猾過頭，根本不用爲生計發愁，能夠好幾年按兵不動，等到賺頭最多時候才出手。我剛才說過，他是倫敦極惡之人，那種發脾氣時打老婆的暴徒怎能和他相提並論呢？他能夠慢條斯理、從容不迫地去折磨他人，以便把更多的錢塞進他那已經漲得滿滿的錢袋。」

我很少聽到我的朋友如此激動地講話。

「那麼。」我說道，「法律總可以管他吧？」

「毫無疑問，從法律角度講確實應該如此，但是實際上卻並非如此。打比方來說吧，如果一位女士控告他，他可能會受幾個月的牢獄之苦，可是那位女士自己也會隨之身敗名裂，這樣做有什麼用呢？他的那些受害者根本不敢回擊。他要是敲詐無辜的人，我們一定不會放過他，可是他狡猾得像撒旦，所以，我們還得想別的招數來對付他。」

「他今天來，要做什麼呢？」

「有位當事人讓我幫她了結一件案子——這位當事人很有來頭，她就是依娃．布萊克維爾小姐，上一年度初入社交界最美麗的新人。再過兩週她就要和德沃考伯爵成婚了，這個傢伙的手頭有幾封布萊克維爾小姐寫下的信——信是寫給一個窮年輕鄉紳——只是有一些輕率，僅此而已，但是這就足以毀掉這樁婚事。除非給他一大筆錢，否則，米爾沃頓就會把信拿給伯爵看。布萊克維爾小姐托我約見他，並盡我的所能把價碼壓低。」

說到這裡，街上傳來馬車的聲音。我向窗外望去，看見一輛富麗堂皇的雙駕馬車，車上耀眼的燈光照著栗色駿馬光潤的腰身。僕人打開車門，一個矮小卻結實、身著阿斯特拉罕羔皮大衣的人走下車來。一分鐘後，他來到了房間。

查理斯．奧古斯塔斯．米爾沃頓五十歲左右，腦袋很大，看上去十分聰明，臉龐又圓又胖，皮膚嫩滑，臉上總是帶著笑意，兩隻精明的灰眼睛透過金邊眼鏡炯炯有神——他的外貌中似乎有一些狄更斯筆下匹克威克先生的那種仁慈，只是他臉上的假笑以及眼睛裡射出的寒光，破壞這種仁慈的感覺。他的聲音也像他本人一樣，溫和而穩重。他一面走向前，一面伸出又短又胖的手，嘴裡嘟噥著說他第一次來的時候沒有見到我們，所以感到很遺

憾。福爾摩斯沒有理會他伸過來的手，而是冷冰冰地看著他。米爾沃頓咧開了嘴微微笑了一下，聳了聳肩，脫下大衣，小心地疊放在一張椅子的椅背，然後坐了下來。

「這位先生是誰？」他指了指我，問道，「我們講話方便嗎？」

「華生醫生是我的朋友，也是我的同事。」

「那很好，福爾摩斯先生——我這樣問是爲了你的當事人好。這件事情十分微妙——」

「華生醫生已經聽說過這件事情了。」

「那麼，我們進入正題吧——你說你可以代表依娃小姐，她是否有委託你接受我的條件呢？」

「你的條件是什麼？」

「七千英鎊。」

「有變動的餘地嗎？」

「我親愛的先生，討價還價對於我來說是很不舒服的事，但是如果不在十四號付錢，十八號的婚禮就肯定泡湯。」他的臉上擠出令人難受的微笑，比剛剛進來的時候有過之而無不及。

福爾摩斯想了一會兒。

「在我看來。」最後他終於說道，「你好像是過於將事情變得理所當然——我知道這些信上都寫了些什麼，我的當事人也一定會聽從我的建議——我會建議將全部的事情告訴她的未婚夫，並且相信他的寬宏大量。」

米爾沃頓咯咯地笑了起來。

「你顯然不瞭解這位伯爵先生。」他說道。

從福爾摩斯那滿臉困惑的表情上，我可以清楚地看出福爾摩斯其實是認識伯爵的。

「這些信有什麼害處呢？」他問道。

「害處很大——非常大，」米爾沃頓回答道，「這位小姐滿紙甜言蜜語，但是我可以向你保證，德沃考伯爵是不會欣賞這些的——可是既然你不這樣看，我們也就不用再多談。這對我不過是一樁買賣而已，如果你認爲把信交到伯爵的手中符合你的當事人利益，那麼支付這樣一大筆錢來買回這些信當然就不划算了。」他站起身來，去拿他的阿斯特拉罕羔皮外衣。

聽到這裡，福爾摩斯又氣又惱，臉色發青。

「請等一下。」他說道，「你太操之過急了——在這樣一件十分微妙的事情上，我們當然應該盡力避免任何的流言蜚語。」

米爾沃頓又坐回到他的椅子上。

「我知道你一定會這樣看待這件事情的。」他在喉嚨裡咕噥著說道。

「可是。」福爾摩斯繼續說道，「依娃小姐並不是富家小姐——我可以告訴你，兩千英鎊就會耗盡她全部的積蓄。你開的價格遠遠超出她能夠承擔的限度，因此，我請求你適當地降低要求，並按照我定的價格歸還那些信件——我可以向你保證，我定的價格肯定是對你最有利的。」

米爾沃頓咧開嘴笑了一下，並詼諧地眨了眨眼睛。

「你說她沒有那麼多錢，這一點我很清楚。」他說道，「可是你必須承認，一個女人結婚的時候，她的朋友、親屬總得貼補她一些吧。如果說買一件像樣的結婚禮品，他們或許拿不定主意，可是我敢保證，這一疊信件能夠帶給他們的快樂，要比去參加倫敦的全部宴會還要多。」

「這是辦不到的。」福爾摩斯說道。

「唉呀，唉呀，眞不幸啊！」米爾沃頓拿出一本厚厚的筆記本，大聲地說道，「看看這個！他們要是不嘗試著努力一下的話，那就太不明智了。」他拿起一封便箋，信封上印著族徽。「這是其中的一封——不過，在明天早晨之前說出他的名字是不大妥當的，到那時，這封信就會落到她丈夫的手裡，而這都只是因爲她不肯把首飾換成紙幣，拿出一點錢來進行交換的結果。哎，可惜啊！哦，你記得令人尊敬的麥爾茲小姐和多爾金中尉訂婚的事嗎？還有兩天他倆就要舉行結婚了，《晨報》卻說，婚禮要取消！這是怎麼回事呢？說起來人們都不大相信，只要一千二百英鎊，這件事情就不會有問題了——這難道不是太可惜了嗎？你本來是一個通情達理的人，怎麼現在竟然不顧你當事人的前途和名譽，在這裡討價還價？福爾摩斯先生，我眞想不到你會這樣。」

「我說的都是實話。」福爾摩斯回答道，「她沒有辦法弄到這筆錢。毀了她的一生對你並沒有什麼好處，而如果你同意我出的價錢，你也不會有什麼損失啊。」

「這你可就錯了，如果事情傳了出去，我也能間接地受益不少——我手頭有八、九樁類似的事情，要是她們得知依娃小姐這個榜樣，就應該會更加理智些。你明白我的意思嗎？」

福爾摩斯猛然從椅子上站起身來。

「華生，到他的後面去，別讓他出去！好的，現在讓我們看看你的本子裡到底有什麼東西？」

米爾沃頓像田鼠一樣一下子溜到房間的一側，靠牆站著。

「福爾摩斯呀，福爾摩斯。」他說道，並翻開他上衣的前襟，從裡兜露出槍柄。「我就知道你會做出一些不平凡的舉動來——這種威脅倒也常有，可是這有什麼好處呢？老實告訴你吧，我是全副武裝的，法律允許自衛，我可是玩眞的。再者，你要是以爲我會把信件擱在記事本中帶來，那就大錯特錯了——我可不會幹這種傻事。先生們，今天晚上我還要見一兩個人，而到漢普斯塔德的路又很遠，恕我先走一步。」他走向前，拿起大衣，手按著槍，轉身向大門走去。我抄起一把椅子，可

是看到福爾摩斯搖了搖頭，又放下了。米爾沃頓欠了欠身，微笑了一下。他眨了眨眼，然後閃出房間。不一會兒，我們就聽到砰地關上車門的聲音以及嘎拉嘎拉的車輪聲，馬車漸漸走遠。

福爾摩斯坐在火爐旁一動也不動，他的手深深地插在褲子的口袋，下巴抵著前胸，雙眼緊盯著發光的餘燼出神。足足有半個小時，他默然不動，一句話也不說。突然，他顯出一副胸有成竹的樣子，站起身來，並走進了臥室。過了一會兒，他以一副俏皮的年輕工人打扮出來，臉上蓄著山羊鬍鬚，一副洋洋得意的樣子。他借著燈點燃了泥製菸斗，並對我說道，「華生，我一會兒就回來。」說著，就消失在夜幕之中。我知道他已經和查理斯·奧古斯塔斯·米爾沃頓宣戰了，可是我怎麼也無法設想，這將會是怎樣的一場戰鬥。

那些日子，福爾摩斯整天以這身打扮進進出出——他整天都待在漢普斯塔德，而且頗有收穫，除此之外，我對他的日程一無所知。一個風雨交加的夜晚，風呼呼地號叫，雨噠噠地打在窗上，福爾摩斯終於出征歸來。他卸掉妝，坐在火前，並且默笑了起來，不張揚，卻很開心。

「華生，你不會認爲我像是個要結婚的人吧？」

「不，根本不可能。」

「可是我確實已經訂婚了，你聽到這些一定很驚奇吧。」

「我親愛的搭檔，我祝你——」

「是和米爾沃頓的女僕。」

「什麼？福爾摩斯！」

「我要打探消息，華生。」

「可是這也太過分了吧？」

「沒辦法。我裝扮成一個水管工，名字叫做埃斯柯特，而且生意興隆。我倆每晚都出去，一起聊天。哎，我們都談了些什麼呀！可是我弄到了我所需要的情況。對於米爾沃頓的家，我已經像對我自己的掌心一樣熟悉。」

「可是這個女孩子呢，福爾摩斯？」

福爾摩斯聳了聳肩。

「我也是不得已而爲之，我親愛的華生——賭注如此，別無他法，只好盡力地出牌。然而，值得慶幸的是我還有一個情敵，我一轉身他就肯定會把我擠掉。今晚的天氣多好啊！」

「你喜歡這種天氣？」

「這正適合我的計畫——華生，我今天晚上要打劫米爾沃頓的家。」

這句話，字字清楚，語氣堅定，我不禁倒吸了一口涼氣，全身發冷——像是黑夜中的一道閃電，瞬間照亮了荒野上的一切，我立刻意識到這次行動可能產生的後果——被發現、逮捕、聲名受損、落入可惡的米爾沃頓手中任其擺布。

「看在上帝的份上，你還是三思而後行吧！」我大聲說道。

「我已經仔細想過，華生——我從來不魯莽行事，如果有其他的辦法，我也不會這樣冒險的——仔細想一想，你會贊同我的，這樣做雖然在法律上是犯法的，但是其實卻是無可厚非的。闖入他的家無非是要取走那個本子——這件事情你是一定會贊同的。」

我在心裡掂量了一下這件事情。

「是的。」我說道，「如果我們只是要拿那些可以用於非法目的的東西，從道義上說，這也沒有什麼不妥。」

「既然從道義的角度是正當的，那麼我需要考慮的就只有個人風險的問題，可是當一名女士迫切地需要幫助，一位紳士就不應該過多地考慮個人的安危，是這樣吧？」

「可是這件事情對你的影響將會很不利。」

「所以這才是一種冒險。而且要拿回這些信，沒有其他的辦法可想了——這位不幸的小姐沒有那麼多錢，又沒有可以信任的親人，明天就是最後的期限了，要是我們今天晚上不能把信件弄到手，這傢伙準會說到做到，讓這位小姐身敗名裂。所以，要不丟下她不管，要不就只有這一招了。華生，老實說吧，這是我和米爾沃頓的生死決鬥——你也看到，第一個回合他已經贏了，但是我要爲自尊和名譽奉陪到底。」

「我不願意這樣，不過也只能如此了。」我說道，「我們什麼時候動身？」

「你不用去。」

「不，你去我就去。」我說道，「我既然說了要去，就不會改變；你要是不讓我一同去，我就去警察局告發你，我說到做到。」

「你去了也沒有辦法幫助我的。」

「我沒有去，你怎麼知道呢？——未來的事情是沒有辦法說清楚的。不管怎麼樣，我的主意已定——不光你，我也有自尊和名譽。」

福爾摩斯有些不耐煩了，但是最後終於舒展眉頭，並拍拍我的肩膀。

「好吧，我親愛的朋友，那就一起去吧。我們合住已經好幾年了，要是還能夠一起坐牢，倒也很有趣。華生，我直說了，我一直覺得自己作案還是很擅長的，從這點來說，這次機會是很難得的。你瞧！」他從一個抽屜拿出一個皮套，套子裡面是一些新的工具。「這是一些最好的、最新的盜竊工具——鍍鎳的撬棒，鑲著金剛石的玻璃刀，萬能鑰匙等等，完全能夠應付各種情況。對了，還有夜光燈。樣樣東西都齊備。你有走路的時候不發出聲音的鞋子嗎？」

「橡膠底的網球鞋，行嗎？」

「好極了！面具呢？」

「有黑綢子，我可以做兩個。」

「你做這種事情倒是很有天分，那好，你來做面具。出發之前我們吃點現成的東西。現在是九點半，十一點鐘我們要趕到教區，從那裡到阿波爾大樓步行要一刻鐘，這樣，半夜之前我們就可以開始幹活了。米爾沃頓睡覺很死，十點半肯定上床。運氣好的話，我們二點鐘之前就可以帶著依娃小姐的那些信件回來了。」

福爾摩斯和我套上夜禮服，就像是剛剛看完戲正在往家趕的兩個人。在牛津街我們叫了一輛馬車去漢普斯塔德，到了之後，我們付了馬車錢，並扣上外衣的領子，沿著荒地的邊緣走。天氣很冷，風好像要吹透我們似的。

「做這種事情必須謹慎一些才行。」福爾摩斯說道，「那些信件被鎖在這個傢伙書房的保險櫃裡，而且他的書房就是他臥室的前廳。不過，他睡得很死，我的未婚妻——愛葛莎告訴我，僕人們都打趣說叫醒他是不可能的。他有個秘書，倒是挺忠誠的，白天從不離開書房半步，所以我們非得晚上去才行。他養了一條十分兇猛的狗，總是在花園裡走來走去。這兩天晚上我和愛葛莎約會到很晚，她就把狗鎖住了，好讓我俐落地離開。這就是那幢房子，周圍是院子。進了大門，向右穿過月桂樹就是。我們戴上面具吧！你看，沒有一個窗戶還亮著燈光，一切都還算順利。」

蒙著黑色絲綢的面具，我們兩個人看上去好像是倫敦城裡的歹徒——我們悄悄地走近這幢寂靜、陰暗的大宅子，這宅子一邊是帶瓦頂的陽臺，上面有些窗戶，還有兩扇門。

「那是他的臥室。」福爾摩斯輕聲說道，「這扇門正對書房。從這裡過去是最好的，可是門既上了栓又上了鎖，進去肯定會有很大的騷動。不走這裡，可以走花房，花房的門正對著客廳。」

花房也上了鎖，福爾摩斯移開一圈玻璃，從裡面撥開鎖。我們進去，他立刻帶上門——從法律的角度看，我們已經是罪人了。花房裡的空氣既溫暖又濃郁，異國花草的芳香迎面襲來，我們呼吸都有一些困難。在黑暗之中，他拉住我的手，領著我貼著一些灌木迅速前行——福爾摩斯能在黑暗之中辨識物體，得益於他的自我精心訓練。他拉著我的手，打開一扇門。我隱約感覺到我們進了一個大房間，不久之前還有人在這裡抽過雪茄。他摸著傢俱向前走，又開了一扇門，我們走過之後又關上。我伸出手，摸到幾件上衣掛在牆上，於是知道我們是在走廊裡。穿過走廊後，福爾摩斯又輕輕地打開右手邊的一扇門。這時有個東西向著我們衝了過來，我的心幾乎要跳出來了，不過那只是一隻貓，我險些笑出聲。房間很新，爐火還在燒著，空氣中有濃濃的菸草味道。福爾摩斯踮著腳先走了進去，等我進去之後，他輕輕地關上門——我們已經到了米爾沃頓的書房，書房的盡頭有一個門簾，再進去裡面就是他的臥室。

爐火很旺，照亮整個房間。靠近門的地方有個電燈開關，可是沒有必要開燈，而且那樣也不安全。壁爐旁掛著一個很厚的窗簾，後面就是我們剛剛從外面看到的那個凸窗，壁爐的另外一邊有個門通向陽臺。屋子的中間擺著一張書桌，後面有把轉椅，轉椅上面的紅色皮革很有光澤。正對書桌的是一個大書櫃，書櫃的上面有座雅典娜的半身大理石像。夾在書櫃和牆中間的是一個高高的綠色保險櫃，櫃門上的光亮銅把映著壁爐的火光。福爾摩斯悄悄地走了過去，看了看。然後又溜到臥室的門前，歪著頭靜靜地聽了一會兒——什麼聲音也沒有。這時，我猛然想到外邊的門用作退身之路很合適，所以就查看了這扇門，並且驚喜地發現門既沒有上栓也沒有上鎖。我碰了碰福爾摩斯的胳膊向他示意，他轉過臉來，看了看——我看得出他嚇了一跳，我也是如此。

他把嘴貼在我耳邊說，「我還沒完全弄懂你的意思——不過不管怎樣，我們得抓緊時間了。」

「有什麼事情需要我做嗎？」

「站在門口，要是聽見有人來了，就栓上門；要是得手了，我們就可以從來的路走出去。要是沒有得手，我們就藏在窗簾後面。你明白了嗎？」

我點了點頭，守在門的旁邊——我最初的恐懼已經消失，心裡蕩漾著一陣激動，這種感覺是在維護法律的時候從來沒有過的感覺，而今天卻在違抗法律時體會到。我們的任務是崇高的；我們不是出於私心，而是富於騎士精神；我們的敵人不講人情——這些使得這次冒險更加有趣，我不僅沒有一絲犯罪的感覺，反而對面臨的險境感到興奮。我看著福爾摩斯，心中充滿了敬佩。他打開工具箱，好像一名外科醫生正要施行手術那樣，冷靜、科學、準確地挑選要使用的工具。我

知道他對打開保險櫃有特殊的嗜好，也知道他面前的那個綠色怪物能夠給他帶來的喜悅——正是這個東西吞噬了許多漂亮女士的美名。他把大衣擱在身旁的一把椅子上，捲起禮服的袖口，拿出兩把手鑽，一根撬棒和幾把萬能鑰匙。我站在中間門的旁邊，兩眼看著其他的兩扇門，以防備突發的情況——但是坦白地說，如果遇到緊急的情況應該做些什麼，我一點都不清楚。福爾摩斯集中精力，忙了半個小時，他放下一件工具，又拿起另外一件，就好像熟練的機械師。最後，嗒的一聲，保險櫃的門被撥開了，我看見那裡面有許多的紙包分開捆著，有火漆封著，上面還有字。福爾摩斯拿出一包，但是在閃爍的火光下看不清字跡，他拿出了夜光燈——米爾沃頓就在裡屋，開電燈太危險了。突然，他停了下來，靜靜地聽著，接著他立刻關上了保險櫃的門，拿起大衣，裹起工具，奔向窗簾，並且擺手要我也過去。

我走過去之後，才明白他爲什麼會突然地警覺起來——房子裡有聲音。遠處傳來砰的關門聲。先是低微的沙沙聲，然後就是迅速走近的腳步聲，愈來愈沉重。腳步聲已到了房間外面的走廊，並且在門前停了下來。門開了，然後是嗒的一聲，燈被打開了。接著門又被關上了，我們聞到刺鼻的雪茄味道。腳步聲在離我們幾碼遠的地方來回地走動，接著椅子嘎吱一聲，腳步聲停了下來。再接著就是鑰匙開鎖的啪嗒聲音，以及紙沙沙響的聲音。

之前我一直不敢看，現在卻輕輕地分開面前的窗簾，往外看去。福爾摩斯的肩膀壓著我，他肯定也在看。米爾沃頓又寬又圓的後背正對著我們，幾乎伸手就能搆得著。顯然我們錯誤估計了他的行動——他根本沒有在臥室裡，而是在吸菸室或者撞球室裡吸菸，他在的那個房間的窗戶我們剛才沒有看到。他的頭髮斑白，有一點禿，就在我們視線的前方。他仰靠在紅色皮革的靠椅上，兩腿伸出，嘴裡斜叼著一根長黑的雪茄。他穿著一件紫紅色的衣服，黑絨領子，有一點像軍裝。手裡拿著一疊厚厚的法律文書，懶散地讀著，嘴裡不住地吐著煙圈，一副悠然自得的樣子，看架勢一時半會兒不會走開。

福爾摩斯悄悄地抓住我的手，用力地握了一下，讓我別擔心，好像是說這種情況他有把握對付，而且並不難。可是從我這裡能看得很清楚，我不知道他能不能也看到：保險櫃的門沒有完全關好，米爾沃頓隨時都可能發現這一點。我已經打定主意，要是米爾沃頓有半點注意，我就立即跳出去，用大衣蒙住他的頭，把他按住，讓福爾摩斯來打理剩下的一切。但是米爾沃頓一直都沒有抬頭看，只是懶散地拿著文件，一頁一頁地翻閱，讀律師的辯詞。我想，或是他看完文件，或是抽完菸，就會回到臥室去，但是就在這個時候，出現意外的事情，完全打亂我們的思路。

我看到米爾沃頓不斷地看錶，甚至還站起身又坐下，一副不耐煩的樣子。直到外面陽臺上傳來微弱的響聲，我才意識到，在這個鬼時間，他竟然會有約會。米爾沃頓放下他的文件，筆直地坐起來。外面的聲音又響起來了，然後是輕輕的敲門聲。米爾沃頓站起來，開了門。

「嗯，你晚來了將近半小時。」他不客氣地說道。

怪不得米爾沃頓沒有鎖門，而且到了深夜還仍然不睡！我聽到裙子的沙沙聲，米爾沃頓把臉轉向我們這邊的時候，我把窗簾中間的縫合上了，現在我又小心翼翼地把它再次打開。他又回到椅子上，嘴角仍然叼著雪茄。燈光下，他的對面站著一位女士，即高又瘦，膚色黝黑，帶著面紗，而且頂著斗篷。她的呼吸急促，瘦弱的身軀因爲激動而顫抖著。

「好吧。」米爾沃頓說道，「我親愛的夫人，因爲你，我一夜都沒有好好休息——希望你不會讓我失望。你不能在其他時候來嗎？」

那位女子搖了搖頭。

「好吧，不行就算了。伯爵夫人很難對付，可是現在你有機會和她打個平手——你的運氣眞好。你爲什麼在打顫呢？振作一點，現在談正事吧。」他從書桌的抽屜裡取出一個本子。「你說你有五封信要賣，其中包括伯爵夫人達爾伯的。你要賣，我要買，這很好，問題只是價格。我先要看一下信，只要是好貨——呵，怎麼會是你？」

那位女子一句話也沒有說，揭開了面紗，解下了斗篷，露出一張美麗、清秀、黑黝的面孔，她曲鼻樑，黑眉毛，一雙眼睛堅定、有神，薄薄的雙唇上帶

著危險笑意。

「不錯，是我，」她說道，「正是被你毀掉一生的那個女人。」

米爾沃頓笑了，但是他的聲音發抖，充滿恐懼。「你太冥頑不靈了。」他說道，「你爲什麼逼我走極端呢？——我以人格擔保，我絕不會爲了自己而傷害人，哪怕一隻蒼蠅，但是每個人都得生存，我又能怎麼辦呢？我開的價碼你完全有能力支付，是你自己不願意出錢。」

「所以你就把信交給我的丈夫——他是世界上最高尙的人，我連幫他繫鞋帶都不配——這些信傷透了他正直的心，不久後他就去世了。我記得那次的前一天晚上，我就從這扇門進來，懇求你可憐可憐我，可是你卻笑我，就像你現在還想笑我那樣，不過你太懦弱了，你的嘴唇都免不了發抖——是的，你不想在這裡見到我，但是就是那個晚上，你教會了我怎樣面對你，如何一個人面對你。查理斯·米爾沃頓，你還想說些什麼呢？」

「不要以爲你可以威脅我。」他站起身來說道，「我只要提高一下嗓音，叫來我的僕人，就可以馬上把你抓起來——但是我原諒你克制不住自己的怒氣，你如何來的就立刻怎麼走，我不再多說些什麼了。」

這位女士站著沒有動，手抱在胸前，薄薄的嘴唇上仍然帶著逼人的微笑。

「你已經毀了我的一生，我不會再讓你去破壞其他更多人的生活，你也不會像絞殺我的心那樣再去絞殺更多人的心了——我要從世界上除掉你這個惡魔，你這條惡狗，吃這一槍、一槍、一槍、一槍、再一槍！」

她掏出一把發亮的小左輪手槍，子彈一顆又一顆地射進米爾沃頓的胸膛，槍口距離他的前胸還不到兩英尺。他蜷縮了一下，向前倒在書桌上，猛烈地咳嗽了一陣，雙手在文件中擺動著。最後他搖搖晃晃的站了起來，又吃了一槍，便滾倒在地。「你居然開槍殺我！」他大聲地喊道，然後就躺倒在那裡，一動不動了。這位女士目不轉睛地看著他，用腳跟朝他的臉上踢了一下，又看了他一眼，仍然不見他有什麼動靜。我又聽見一陣沙沙的，像是衣服摩擦聲音，然後夜風吹進這個房間屋子——復仇者走了。

即使我們兩人出面干涉，也不能救得他的性命。這位女士一槍又一槍地打在米爾沃頓蜷縮的身上時，我正想跳出去，福爾摩斯冰冷的手卻握住我的手腕——我明白這一握的意思：這不關我們的事情，這是正義與邪惡之間的較量，我們有自己的責任和目的，不應該忘記這一點。這位女士剛剛衝出房間，福爾摩斯便敏捷地向前輕邁了幾步，閃到另外一扇門的前邊，他轉動了一下門鎖的鑰匙。這時，我們聽到房子內有說話的聲音和急促的腳步聲——槍聲驚動了所有人。福爾摩斯沉著地快步走向對面的保險櫃，兩手抱起一捆捆的信件，統統地倒在壁爐裡。直到保險櫃空了他才停下來。這時，有人轉動門上的把手並且敲門。福爾摩斯迅速地回頭看了一下，那封預報米爾沃頓末日來臨的信，仍然擺在桌上，而且信上濺滿了他的血跡。福爾摩斯把它也扔到熊熊的火焰中。他拔出通往外面門上的鑰匙，我們一前一後出了門，從外面把門鎖上。「這邊走，華生。」他說道，「我們可以越過花園的牆出去。」

我簡直不能相信警報會傳得這麼快——我回頭一看，房子裡的燈全部都亮了。前門開著，一個一個的人影正跑出來，往小道上跑去，整個花園裡吵吵嚷嚷全是人。我們從陽臺上現身的時候，有個人喊了一聲，然後就緊追不捨。福爾摩斯對這裡的地形似乎瞭若指掌，他迅速地穿過小樹叢，我緊跟著他的後面，追我們的那個人累得氣喘吁吁。可是一座六英尺高的牆擋住了我們的去路，但是福爾摩斯一下子就翻了過去。當我跳的時候，我感到有個人用手抓住我的踝骨，不過我踢開他的手，爬過了長滿草的牆頭，臉向下跌倒在了矮樹叢中，福爾摩斯立刻把我扶起來。我們一起飛速向前跑去，穿過漢普斯塔德荒地。我們跑了兩英里才停下來，並且仔細地聽了好一會兒——背後一片寂靜，我們已經擺脫了追兵，終於平安無事。

辦完這樁不尋常案件的第二天上午，我們吃過早飯，正在吸菸，僕人把蘇格蘭警場的雷思垂德先生引進了我們的簡陋的客廳。

「早安，福爾摩斯先生。」他說道，「早上好嗎？請問，你現在忙嗎？」

「沒忙到不能聽你說話的地步。」

「我想，你要是手頭沒有特別的事情，或許願意幫助我們解決一個非常奇怪的案件——這件事是昨天夜裡在漢普斯塔德發生的。」

「啊！」福爾摩斯說道，「是怎麼回事？」

「是一樁謀殺案——一樁十分驚人的謀殺案。我知道你對於這一類案件一般都很感興趣，要是你能夠去一趟阿波爾大樓，給我們一些建議，我會非常感激你的。我們監視這位米爾沃頓先生已經有一些時日，老實說，他就是個惡棍——有人說他持有一些書面的材料，專門用來勒索人。殺人犯們把這些材料全部都燒了，但是沒有拿走任何貴重物品，所以可能是有地位的人，而他們的目的只是為了防止這些材料傳到社會上。」

「犯人們？」福爾摩斯說道，「難道不止一個嗎？」

「是的，他們有兩個人，我們差點就當場捉住他們了。我們掌握了他們的腳印，知道他們的外貌，十之八九會查出他們來的——前一個人行動相當敏捷，第二個人差點被一個花匠的學徒捉住，經過掙扎才逃脫。那個人中等身材，身體壯實，方下巴，粗脖子，有絡腮鬍子，戴著面具。」

「可是這說明不了什麼問題。」福爾摩斯說道，「這也有可能是在描述華生嘛。」

「真的。」雷思垂德打趣地說道，「確實像是對華生的描述。」

「雷思垂德，我恐怕無法幫你。」福爾摩斯說道，「我認識米爾沃頓那傢伙，他是倫敦最危險的人物之一，而且有些犯罪行爲是法律無法干涉的，所以就某種程度而言，私人報復是正當的，我們不用爭了，我已經決定——我同情犯人，而不是被害者，所以我不會去辦理這樁案子的。」

我們親眼目睹的這樁慘案，福爾摩斯對我什麼也沒提過，我看得出他一直在沉思。從他迷茫的眼神和心不在焉，在我看來，他好像是在努力回憶什麼事情。我們正在吃午飯的時候，他突然站起身來。「天哪！華生，我想起來了！」他大聲地說道，「戴上帽子！跟我走！」他快速地走出貝克街，順著牛津街，繼續往前走，差不多到攝政街廣場。就在左手邊，有個商店櫥窗裡面全部是當時的名流、美人的照片。福爾摩斯盯著其中的一張看，我順著他的目光望去，看到一位身著朝服的皇族女士，頭上戴著高高鑲著鑽石的冕狀頭飾。我細細地看著那緩緩彎曲的鼻子，那濃厚的眉毛，那端正的嘴巴，那剛強的小小下巴。當我看到她的丈夫——一位偉大的政治家和貴族——古老而高貴的頭銜時，我屏住了呼吸。我們彼此對望一眼，轉身離開，他把手指放到唇前，示意要我千萬對此事保持沉默。

第八篇　六尊拿破崙半身像

蘇格蘭警場的雷思垂德先生經常晚上來我們這裡坐坐，他的到來總會受到福爾摩斯的歡迎，因爲這樣福爾摩斯就可以瞭解到警察總局在做些什麼。作爲對雷思垂德帶來的消息回報，福爾摩斯總是專心致志地聽他講述辦案的細節，而且還會在不干涉辦案的前提下，根據自己淵博的知識以及豐富的經驗，不時地給他一些提示或建議。

一天晚上，雷思垂德在談過天氣和報紙後，便沉默不語，不停吸著雪茄，一副若有所思的樣子。福爾摩斯則在一旁急切地望著他。

「手頭有什麼不尋常的案子嗎？」福爾摩斯問道。

「哦，不，福爾摩斯先生，沒有什麼很特別的事情。」

「說來聽聽吧。」

雷思垂德笑了笑。

「好吧，福爾摩斯先生，沒有必要否認我心裡確實有事。但是這件事非常荒誕，所以我不好意思打擾你；可是從另一方面講，這件事情雖然不起眼，卻非常離奇。我知道你對於不同尋常的事物很感興趣，但是，在我看來，這件事情與華生醫生的關係要比和我們的關係更大一些。」

「是疾病嗎？」我問道。

「至少可以說是瘋病，而且是種很離奇的瘋病——你可能不會想到，生活在今天的人卻對拿破崙一世恨之入骨，以至於看到他的像就要打碎。」

福爾摩斯仰身將身體陷入椅子裡。

「這不關我的事。」他說道。

「沒錯，我已經說過這不關我們的事，但是，當這個人爲了打碎不屬於自己的拿破崙像而闖入別人家的時候，這就不再是醫生的事情，而應該交給警察去辦。」

福爾摩斯又坐直了身子。

「非法闖入？這倒是有意思多了。讓我聽聽具體是怎麼回事。」

雷思垂德掏出他的工作日誌，並根據日誌上的記錄，重新回憶了案件的詳情。

「四天前，第一次有人報案。」他說道，「案件發生在摩爾斯·哈得遜的商店裡。他的商店坐落在肯寧頓街，店裡出售圖片和塑像。店員剛剛離開店鋪前面的櫃檯一會兒，他就聽到嘩啦一聲，於是匆忙地跑進來，發現一尊原本與其他藝術品一起擺放在櫃檯上的拿破崙半身石膏像已經被打得粉碎。他衝到街上，儘管有幾個過路人說他們看到了一個人從商店裡跑出來，但是他既沒有看到人影，也沒有辦法認出這個無賴。這件事情看上去好像是時有發生且毫無意義的流氓行爲——巡邏的警官得到的報告就是這樣。那尊石膏像最多也就值幾個先令，而且整個事件似乎簡單得不值得做專門的調查。

「但是，第二個案子就嚴重多了，而且也更加不同尋常——就是在昨天晚上發生的。

「在肯寧頓街距離摩爾斯·哈得遜商店幾百碼遠的地方，住著一位著名的巴爾尼考特醫生，泰晤士河南岸一帶有很多人經常去他那裡看病。儘管他的住宅和主要診療室在肯寧頓街，他在兩英里外的下布里克斯頓街還有一間分診室和藥劑室。這位巴爾尼考特醫生是拿破崙狂熱的崇拜者，他的家裡擺滿了關於這位法國皇帝的書籍、繪畫以及遺物。不久以前，他在摩爾斯·哈得遜的商店裡購買兩尊法國雕塑家迪萬創作的著名拿破崙半身石膏像的複製品。他將其中一尊擺放在肯寧頓街住宅的大廳裡，另外一尊則放在下布里克斯頓街的診療室壁爐架上。今天早上，當巴爾尼考特醫生下樓的時候，他吃驚地發現有人在夜裡闖入了他的住宅，不過除了大廳裡的那尊石膏頭像之外，小偷並沒有拿走任何東西。小偷把那尊石膏頭像拿到外面，並狠狠地砸在花園的圍牆上，因為那尊石膏頭像的碎片就是在花園圍牆下發現的。」

福爾摩斯搓了搓他的雙手。

「這確實不太尋常。」他說道。

「我想這個案子會使你感興趣的，但是，我還沒有說完。巴爾尼考特醫生像往常一樣在十二點鐘來到他的診所，他一到診所就發現有人在夜裡打開了診所的窗戶，而且屋內的地板上撒滿了另外那尊拿破崙半身像的石膏碎片——你可以想像他當時是多麼驚訝——連半身像的底座也被摔得粉碎！至於是誰製造這個惡作劇，我們從兩個案件中得不到任何線索。福爾摩斯先生，事情的經過就是這樣。」

「這兩樁案子確實很不尋常，也很荒誕離奇。」福爾摩斯說道，「我想問一下，在巴爾尼考特醫生的家裡和診室裡被打碎的兩尊半身像和在摩爾斯·哈得遜的商店裡被打碎的那尊，是不是完全一樣？」

「它們全部是用同一個模型做的。」

「如果說這個人將這些半身像打碎是出於對拿破崙的痛恨，那麼這個事實則推翻剛才的那種說法——試想一下，整個倫敦市裡肯定有成百上千尊這位皇帝的雕像，而這位漫無目的的破壞者卻非常巧合地從三尊完全相同的複製品下手，這樣的假設未免太牽強。」

「是啊，我也曾像你這樣想過。」雷思垂德說道，「可是，倫敦的那一個區裡，只有摩爾斯・哈得遜的商店出售這種半身像，這三尊像是他僅有的存貨，而且已在他的店裡放了好幾年。所以，儘管像你所說的在倫敦市裡有成百上千尊拿破崙的雕像，但這三尊很有可能就是那個區裡僅有的。所以，一個住在當地的狂熱分子當然會從這三尊雕像下手。你怎麼看呢，華生醫生？」

「偏執狂的表現是花樣百出而難以預料的。」我答道，「有種被當代法國心理學家稱為『固著觀念』的病情，這種病情在性格上表現得並不明顯，而且病人在其他方面都十分健全清醒。一個人如果關於拿破崙的事蹟讀得太多，或是遺傳了由於大革命而造成的某種家族缺陷，他便有可能形成這樣一種『執念』，在這種『執念』的影響下，他就會莫名其妙地發怒。」

「我親愛的華生，這種解釋行不通。」福爾摩斯搖搖頭說道，「因為再多的『執念』也不會使你所感興趣的偏執狂患者去找出這些半身像在什麼地方。」

「那麼，你怎麼解釋呢？」

「我並不想解釋，我只是觀察到這位紳士的古怪行動中存在一定的規律。例如，在巴爾尼考特醫生家的大廳裡，任何一點動靜都有可能驚醒全家人，於是半身像先被拿到外面然後才被打碎；而在診室裡，由於沒有驚動別人的危險，那尊半身像在原地就被打碎。這件事情看上去似乎無關緊要，但是經驗告訴我不可以輕易地把任何事情斷定為無關緊要——我一些最經典的案子在開始的時候也是顯得平庸瑣碎。華生，你還記得吧，最初是由於觀察到熱天芹菜浸入黃油的深度，才引起我對阿伯內蒂家那樁可怕案子的注意。因此，我不能對你這三尊被打破的半身像一笑置之，雷思垂德，如果你能夠讓我瞭解這一連串離奇事件的新進展，我會十分感激的。」

我的朋友想要瞭解的新進展比他所想像的來得要快，而且更加悲慘。隔天早上，當我還在臥室穿衣服的時候，門外響起了敲門聲，然後福爾摩斯拿著電報走了進來。他大聲讀給我聽：

速來康星頓皮特大街一三一號。

雷思垂德

「怎麼回事？」我問道。

「不知道。什麼事情都有可能發生，不過我懷疑是半身像故事的延續發展。如果是那樣的話，我們這位專門摔雕像的朋友已經開始在倫敦的其他地區進行活動了。華生，桌子上有咖啡，我叫的馬車已經在門口等。」

半小時後，我們到了皮特大街，這是條寂靜的小巷，旁邊就是倫敦一個最熱鬧繁華的街區。一三一號是在一排整齊、體面、不大花俏房屋的其中一幢。當我們的馬車趕到時候，發現房子前的柵欄外圍滿了好奇的人們。福爾摩斯輕輕地吹了一聲口哨。

「天啊！這至少是謀殺未遂。這下子倫敦的報童可要被團團圍住了。那個傢伙蜷縮著肩膀，伸長了脖子，這顯然是暴力的跡象。華生，這是什麼？最上面的臺階被沖洗過了，而其他的臺階卻是乾的。哦，腳印倒是不少！喏，雷思垂德就在前面的窗子那兒——我們很快就會知道究竟發生了什麼。」

雷思垂德神色凝重地迎接我們，並把我們帶進一間起居室。房間裡，一位衣冠不整、焦慮不安的老人，身穿法蘭絨晨衣正在來回踱步。雷思垂德向我們介紹說，他就是這幢房子的主人——中央報業辛迪加的霍拉斯·哈克先生。

「又是拿破崙半身像。」雷思垂德說道，「昨天晚上你似乎對這個案子很感興趣，福爾摩斯先生，所以我想你或許願意來這裡，因爲事態發展得嚴重多了。」

「那麼，嚴重到什麼程度呢？」

「謀殺！哈克先生，請你將發生的事情一五一十地告訴這兩位先生。」

那位穿晨衣的老人轉向我們，滿臉憂鬱。

「這是件非常離奇的事情。」他說道，

「我一生都在搜集別人的新聞，而現在一條眞正的新聞卻發生在我的身上，我簡直被搞糊塗了。如果我是以記者身分來到這裡，我就應該自己採訪自己，然後在每一份晚報上報導這則新聞；現在我卻一遍又一遍地向不同的人講述這個故事——我在向別人提供寶貴的新聞素材，可是自己卻什麼也寫不出來。我聽說過你的大名，夏洛克・福爾摩斯先生，如果你能夠解釋這件怪事，我講給你聽也就不枉費口舌了。」

福爾摩斯坐下來靜靜地聽著。

「整件事情好像都是圍繞著那尊拿破崙半身像，那是我在四個月前爲了裝飾這間起居室特意買來的。雕像是在和高街車站相隔兩個門的哈定兄弟商店買的，價錢很便宜。我的新聞稿大部分都是在夜裡寫的，而且經常會寫到第二天凌晨，今天也是這樣。我的書房在這幢房子頂層的後端，今天凌晨大約三點鐘，我正坐在書房裡，我確信就在那個時候聽到樓下傳來什麼聲音——我仔細地聽著，可是聲音沒了，於是我認爲聲音是從外面傳來的。然後，大約五分鐘之後，突然傳來了一聲非常恐怖的叫喊聲——福爾摩斯先生，那是我所聽到最可怕的聲音，只要我活著，它就會一直在我的耳邊縈繞——由於恐懼，我僵坐在那裡有一兩分鐘，然後抓起撥火棍走下樓去。當我走進這間房間的時候，發現窗戶大開，而且一眼就看到壁爐架上的半身像不見了。我無法理解小偷爲什麼要拿這樣的東西，那只不過是一尊石膏雕像，根本就不值錢。

「你可以看到，任何人從開著的窗子出來後，只要跨一大步就可以踏上前面的門階，很顯然，小偷也是這樣做的。於是我繞過去，打開大門。我摸黑走了出去，險些被一個死人絆倒，他的屍體就橫在那裡。我跑回來取一盞燈，然後才看到那個可憐的傢伙倒在那裡，喉嚨上有一道很深的傷口，周圍流了一大灘血。他臉朝上倒在地，膝蓋彎曲，嘴巴可怕地大口張著。我想我是在吹了一聲警哨後就暈倒，因爲我只記得這些——等我醒過來的時候，發現自己已經在大廳裡，這位員警就站在身邊看著我。」

「那麼，被害者是誰呢？」福爾摩斯問道。

「沒有什麼東西可以表明他的身分。」雷思垂德說道，「你可以在驗屍所看到他的屍體，可是到目前爲止我們還沒有從屍體上查出任何線索。他個頭頗高，皮膚曬得黝黑，身體強壯，年齡不超過三十歲。衣裝雖然襤褸，卻不像是工人。在他身旁的血泊中有把牛角柄的折刀，我不知道這究竟是殺人兇器，還是死者的遺物。死者的衣服上沒有名字，他的口袋裡只有一個蘋果，一些細繩，一張一先令的倫敦地圖，還有一張照片，就是這個。」

很顯然，這是一張用小型照相機拍的快照——照片上是一個神情機智，面部特徵突出，好似猿猴的人。他的眉毛很濃，口鼻尤其突出，好像是狒狒的面孔。

「那尊半身像怎麼樣了？」福爾摩斯仔細研究過照片後，問道。

「就在你來之前我們得到消息，有人在坎普頓街的一所空房子的宅前花園中找到那尊雕像，它已經被摔得粉碎。我現在準備過去看看，你來嗎？」

「當然，我一定要去看看。」福爾摩斯檢查了地毯和窗戶。「這個人的腿不是很長，但動作相當靈敏。」他說道，「窗下地勢很低，要想跳上窗臺並且打開窗戶，動作需要相當靈巧；相較之下，跳回去就簡單多了。哈克先生，你要不要和我們一同去看看你那尊半身像的殘跡呢？」

這位鬱悶的新聞界人士坐到寫字臺旁。

「我必須盡力寫些關於這件事情的東西。」他說，「儘管我相信今天的第一批晚報已經印出來了，而且上面會詳細報導這個案子的情況——我總是這麼倒楣！你們還記得敦卡斯特的看臺坍塌事件嗎？當時，我是看臺上唯一的記者，而我的報紙也是唯一一家沒有報導此事的報紙，因爲我受到的震憾太大了，根本無法寫。現在再報導這樁發生在我家門前的謀殺案，又是爲時已晚了。」

我們離開房間的時候，聽到他的筆在稿紙上刷刷地寫著。

發現半身像碎片的地方距離哈克先生家的房子僅有幾百碼遠。我們第一次看到這位偉大的皇帝落得如此下場——他似乎在那個砸像人的心中激起了瘋狂的仇恨和破壞的欲望——那尊半身像被砸得粉碎，細小的碎片散落在草地上。福爾摩斯撿起幾片碎片，仔細檢查了一下。從他那專注的表情以及自信的舉止來看，我確信他終於找到線索了。

「怎麼樣？」雷思垂德問道。

福爾摩斯聳了聳肩。

「我們還有很多事情要做。」福爾摩斯說道，「不過——不過，我們已經掌握一些可以提供線索的事實，並可以根據這些事實採取行動。在這個奇怪的罪犯眼中，這尊半身像比人命更加值錢，這是一點；另外一件奇怪的事情就是，如果他的目的僅僅是砸半身像，那麼他爲什麼沒有在房裡把半身像摔碎，也沒有在出了房子後就馬上把它砸碎呢？」

「當他遇到這個人的時候，慌了手腳，幾乎不知道自己在做些什麼。」

「嗯，可能是。但是請你們特別注意這房子的位置——雕像就是在這房子的花園裡被打碎的。」

雷思垂德向四周看了看。

「這是一幢空房子，所以他知道在花園裡沒有人會打擾他。」

「可是在這條街的前面還有另外一幢空房子，他在來到這幢房子前肯定經過另外那一幢房子，他爲什麼不在那裡把半身像打碎呢？要知道，他帶著半身像每多走一步，都會增加他被別人看到的危險。」

「我搞不懂。」雷思垂德說道。

福爾摩斯指了指我們頭上的街燈。

「在這裡他可以看得見，而在那裡卻看不見，這就是他要在這裡將半身像打碎的原因。」

「啊！的確如此。」雷思垂德說道，「現在我想起來了，巴爾尼考特醫生家的半身像是在離檯燈不遠的地方被打碎。那麼，福爾摩斯先生，現在我們要做些什麼呢？」

「把它記住，要把它寫在備忘錄裡，我們以後可能會發現與此事有關的情況。雷思垂德，你認爲下一步應該怎樣做呢？」

「我認爲，查明眞相最切實可行的方法就是先弄清死者的身分，這應該沒什麼困難。當我們查明死者的身分以及他的同夥後，我們便有了好的開始，並可以進一步查清昨晚他在皮特大街做什麼，以及他遇見的、那個將他殺死在哈克先生家門前臺階上的人是誰。你同意我的看法嗎？」

「當然；不過這和我處理這個案子的方法並不完全一樣。」

「那麼，你要怎樣做呢？」

「噢，你千萬不要受我的影響。我建議我們分頭調查這個案子，你按照你的思路來做，我按照我的思路來做，以後我們可以交換意見，互相取長補短。」

「那好吧。」雷思垂德說道。

「如果你回皮特大街，或許可以見到哈克先生，請代我轉告他，我已經相當確信，昨天晚上在他家的那個人肯定是一個患有拿破崙妄想症的危險殺人狂——這對於他的報導會有用的。」

雷思垂德盯著他看了看。

「你並不是眞的相信這種說法吧？」

福爾摩斯笑了笑。

「我不相信嗎？嗯，或許我不相信。但是，我確信霍拉斯．哈克先生會對這種說法感興趣，而且中央報業辛迪加的訂戶們也會對此感興趣。華生，我想我們今天還有很多十分複雜的工作要做。雷思垂德，如果你能在今天晚上六點鐘到貝克街來和我們見面，我將非常高興。我想用一下在死者口袋裡發現的這張照片，到晚上再還給你。如果我的一連串推理是正確的，我們可能需要請你今天晚上協助我們做一番調查。晚上見，祝你好運！」

福爾摩斯和我一起步行到高街，我們去了哈定兄弟的商店，哈克先生家的拿破崙半身像就是在這裡買的。一位年輕的店員告訴我們哈定先生要到下午才會來；他自己是個新手，不能爲我們提供任何情況。福爾摩斯的臉上流露出失望和煩惱的表情。

「是啊，好吧，華生，我們只好改變計畫。」他最後說道，「如果哈定先生下午才來，我們只好下午再來一趟。你肯定已經猜到，我努力追尋這些半身像的來處，就是要看看是否有什麼特別之處可以解釋這些雕像被打碎的原因。現在我們去肯寧頓街的摩爾斯．哈得遜先生那裡吧，看看他是不是能夠給我們一些啟發。」

我們乘馬車走了一個小時，來到這位畫商的店。哈得遜先生是個矮小墩實的人，面色紅潤、脾氣暴躁。

「是的，先生，就在我的這個櫃檯。」他說道，「要是無賴可以隨便闖進來，砸爛我的貨物，那我們納稅還有什麼用呢？不錯，先生，巴爾尼考特醫生那裡的兩尊雕像是我賣給他的。先生，這個無賴眞是太無恥了！這是一個無政府主義的陰謀——我就是這樣看的——除了無政府主義者，還有誰會到處去砸雕像呢？我把他們叫做紅色共和黨人。我從誰那裡弄到這些雕像？我看不出這和案子有什麼關係——好吧，如果你實在想要知道，我就告訴你，我是從蓋爾得公司進的貨，公司的地址是斯代普尼區教堂大街，在近二十年來，他們一直在這一行中享有盛名。我買了幾個？三個——兩個加一個一共是三個——兩個賣給了巴爾尼考特醫生，另外一個在光天化日之下就在櫃檯上被人砸碎了。我認識那張照片嗎？不，我不認識。哦，也可以說我認識，那不是貝珀嗎？他是個義大利人，在我商店裡打過零工。他會一點雕刻、鍍金、裝框，還做一些零活——這個傢伙是上星期走的，而且我再也沒有聽到他的消息。不，我不知道他是從哪裡來的，也不知道他到哪裡去了。他在這兒的時候，做得不錯。在半身像被打碎的前兩天他就走了。」

「我們從摩爾斯．哈得遜這裡只能瞭解這麼多了。」從商店出來後，福爾摩斯說道，「我們弄清楚在肯寧頓街和康星頓的這兩個案子都有貝珀，所以我們趕了十英里的路也是值得。華生，現在我們要去斯代普尼的蓋爾得公司，這些半身像都是在那裡製作的，我想我們肯定能夠從那裡得到一些線索。」

於是，我們迅速地穿過倫敦的一些繁華地區：倫敦的上流區、倫敦的旅館區、倫敦的戲院區、倫敦的文化區、倫敦的商業區，最後是倫敦的海運區。然後我們到了一個有十來萬居民的泰晤士河沿岸的市鎮，市鎮的廉價公寓裡住滿了歐洲來的流浪者。在一條原是倫敦富商居住的寬闊街道上，我們找到要找的雕塑公司。

廠房是個相當大的院子，堆滿了石碑。裡面有一個很大的房間，房間裡有五十個工人正在幹活，有的在雕刻、有的在鑄模具。公司的經理是一位身材高大、皮膚白皙、金髮碧眼的德國人，他很有禮貌地接待我們，並清清楚楚地回答福爾摩斯提出的所有問題。經過查賬我們瞭解到，用迪萬的大理石拿破崙頭像已經複製數百尊石膏像。大約在一年前左右賣給摩爾斯・哈得遜的三尊和另外的三尊是同一批貨，另外的三尊已經賣給康星頓的哈定兄弟商店——這六尊半身像應該和其他任何一尊都是完全相同的。他無法解釋爲什麼有人偏偏想要砸爛這幾尊雕像——事實上，他甚至覺得這種想法十分可笑。這些雕像的批發價是六先令，但是零售商可以賣到十二個先令或者更高的價錢。石膏像是用兩個模具製成的，分別是臉的兩邊，然後再將兩個半面連在一起，製成一個完整的頭像。這項工作通常是由義大利人來做的，他們就在這個房間裡工作。完成後，雕像就被放到過道的桌上風乾，然後儲藏。這就是他告訴我們的全部情況。

但是，這位經理看到照片後反應卻是十分強烈。因爲憤怒，他的臉漲得通紅，日爾曼式的碧眼上方，雙眉緊鎖。

「啊，這個渾蛋！」他大聲說道，「是的，我非常瞭解他。我們公司的聲譽一直很好，只有一次員警來到這裡，就是因爲這傢伙。那是在一年多前，他在街上用刀子捅了一個義大利人，然後他來到這裡，員警也緊跟著來了，他就是在這裡被抓走的。他叫貝珀，我從來不知道他的姓。雇了這樣一個品行不端的人，我是自認倒楣，但不可否認，他的確是個好工匠，最好的一個。」

「他被定了什麼罪？」

「被捅的人沒有死，他被關了一年，然後就放出來了。毫無疑問，他現在肯定出來了，但是他沒敢在這裡露面。他的一個堂兄弟在我們這裡幹活，我想他會告訴你貝珀在哪兒。」

「不，不。」福爾摩斯大聲說道，「什麼也不要對他的表弟說，一個字都不要說，我請求你

什麼都不要說。這件事非常嚴重，而且我調查得愈深入就愈發覺它的嚴重。在你查看這些雕像的銷售賬時，我看到銷售的日期是去年的六月三日。你能告訴我貝珀是在什麼時候被捕的嗎？」

「我查一下工資名冊就可以告訴你大概的日期。」這位經理答道，「是的。」他翻過幾頁後繼續說道，「他最後一次領薪水是在五月二十日。」

「謝謝你。」福爾摩斯說道，「我想我不能再佔用你的時間，打擾你了。」他最後再次囑咐經理不要把我們的調查說出去，然後我們就向西返回。

一直到下午很晚的時候我們才在一家餐廳匆忙地吃了午飯。餐廳門口的新聞欄上寫著「康星頓暴力事件，瘋子殺人案。」而報紙中的內容則表明，霍拉斯·哈克先生的報導終於被刊登了。他的報導占了兩欄，其中對整個事件進行大量的渲染，而且辭藻相當華麗。福爾摩斯把報紙靠在調味瓶架上，一邊吃飯一邊閱讀。有一兩次他還格格地出聲起來。

「寫得還不錯，華生。」他說道，「聽聽這個：

我們很高興地瞭解到，在這樁案件上沒有出現分歧意見——官方警探中經驗豐富的雷思垂德先生和著名的諮詢專家夏洛克·福爾摩斯先生均得出同一結論，即以兇殺案告終的這一系列荒誕事件，完全是出於精神失常而不是蓄意謀殺——只有心理失常這個原因才能解釋全部事件。

只要你懂得怎樣使用新聞，華生，它就會變成一種非常有價值的工具。你要是吃完了，我們就趕回康星頓，聽聽哈定兄弟公司的經理對這些事情有什麼看法。

這家大商店的創始人是個精幹的小個子，動作敏捷迅速，頭腦清楚，而且能說擅道。

「是的，先生，我已經看過晚報的報導。霍拉斯．哈克先生是我們的顧客，我們在幾個月前賣給他那尊雕像。我們從斯代普尼的蓋爾得公司訂購了三尊那樣的雕像，現在全部賣出去了。賣給誰了？哦，我想查一查我們的銷售記錄，就可以告訴你們答案了。是的，這幾筆賬在這裡：一尊賣給你們已經見過的哈克先生，一尊賣給約西亞．布朗先生，他的地址是齊斯維克區拉布魯姆街，最後一個賣給瑞丁區下叢林街的桑德福德先生。不，你給我看的這張照片，上面的人我從來沒有見過——這樣的面孔是不容易讓人忘記的，不是嗎？先生，我幾乎沒見過比這更醜陋的面孔。我們的店員中是不是有義大利人？有的，先生，在我們的工人和清潔工中有幾個義大利人。我想他們如果要偷看銷售記錄是很容易的，我並不認為這本記錄需要特別地保護。是啊！這是個很奇怪的案子，如果你需要瞭解什麼情況，請儘管告訴我。」

在哈定先生作證的時候，福爾摩斯做了一些記錄，而且我可以看出他對案情的進展非常滿意。但他什麼都沒說。我們匆匆地趕路，害怕耽誤與雷思垂德見面。果然，當我們到貝克街的時候，他已經在那裡，而且我們看到他正在屋裡不耐煩地踱來踱去。那一臉嚴肅的表情說明他這一天的工作收穫不小。

「怎麼樣？」他問道，「運氣好嗎？福爾摩斯先生？」

「我們忙碌了一整天，而且沒有完全白費。」我的朋友解釋道，「我們見過了零售商和批發製造商，弄清每一尊半身像的來處。」

「半身像！」雷思垂德大聲叫道，「好的，好的，你有你自己的方法，福爾摩斯先生。我不應該反對你的方法，但是我認為我這一天比你的收穫更大——我已經查清死者的身分。」

「是嗎？」

「並且查出犯罪的原因。」

「太好了。」

「我們有一位警探，叫做沙弗朗・希爾，他專門負責義大利區的事務。死者的脖子上掛著天主像，再加上他皮膚的顏色，使我認為他是從歐洲南部來的。希爾警官一看見屍體，就立刻認出他——這個人叫做皮耶特羅・維努奇，是從那不勒斯來的，而且是倫敦最兇狠殘暴的罪犯之一。他與黑手黨有關，正如你們所瞭解的，黑手黨是一個秘密政治團體，並通過謀殺實現他們的信條。現在，你們可以看到，案情逐漸明朗了：另外的那個傢伙很可能也是個義大利人，並且也是黑手黨的成員，他大概是違反了規矩，皮耶特羅正在跟蹤他。我們在皮耶特羅的口袋中發現的照片很有可能就是另外那個人的，這樣皮耶特羅就不會殺錯人。他尾隨著那個傢伙，看見他進了一幢房子，便在外面等著，後來在扭打中反而受了致命傷。福爾摩斯先生，這個解釋怎麼樣？」

福爾摩斯贊許地拍了拍手。

「太好了，雷思垂德，眞是好極了！」他大聲說道，「可是，我不大明白你對於砸碎半身像的解釋。」

「半身像！你總是忘不了那些半身像，那畢竟算不了什麼，只是一般小偷的案件，最多判六個月的監禁。我們眞正要調查的是謀殺案，而且我認爲我已經查到全部的線索。」

「那麼下一步呢？」

「很簡單。我將和希爾警官一起去義大利區，根據照片找到那個人，然後再以兇殺的罪名把他逮捕。你和我們一塊兒來嗎？」

「我不想去，我想我們有更加簡單的方法可以達到這個目的。但我不能完全確定，因爲這取決於——嗯，取決於一個我們完全無法控制的因素，但是我認爲希望很大——事實上，可以說有三分之二的把握。如果你今天晚上和我們一同來，我就能夠幫你把他抓住。」

「在義大利區嗎？」

「不，我想在齊斯維克找到他的可能性會更大一些。雷思垂德，如果你今天晚上和我一同去齊斯維克，我就保證明天和你一起去義大利區，耽誤一個晚上不會礙事的。我想我們現在應該睡上幾個小時，這對我們大有好處。我們要在晚上十一點鐘以後才出發，而且可能要到明天凌晨才能趕回來。雷思垂德，你和我們一起吃飯，然後在沙發上休息直到我們出發。同時，華生，我希望你能打電話叫一名信差，因爲我有封非常重要的信必須馬上送出去。」

福爾摩斯整個晚上都在翻尋舊報紙的合訂本，這些報紙堆滿了我們的一間儲藏室。當他最後走下樓的時候，眼睛裡流露出勝利的目光，但是對他查尋的結果，卻對我們兩個隻字未提。對於我來說，這樁錯綜複雜的案件幾經周折，過程中，我一步一步地遵循著他的方法——儘管我還不大清楚我們要達到的目的，但是我十分清楚福爾摩斯在等待這個古怪的罪犯去對另外兩尊半身像下手，而且我記得其中一尊就是在齊斯維克區。毫無疑問，我們此行的目的就是要當場抓住這個罪犯，而且我不由得讚嘆我朋友的機智，他巧妙地在晚報中爲罪犯提供一條錯誤的線索，使得那個傢伙以爲他可以繼續他的計畫而不受到懲罰。因此，當福爾摩斯讓我帶上左輪手槍的時候，我並沒有感到驚訝；他自己則帶上裝好子彈的獵槍，那是他最鍾愛的武器。

十一點鐘的時候，一輛四輪馬車來到門前，我們乘著馬車來到漢莫史密斯橋對岸的一個地方。下車後，我們告訴馬車夫在那兒等候。我們繼續向前走了不長的一段路，來到一條平靜的大路，路旁排列著漂亮齊整的房子，每幢房屋前都有自己的花園。借著路燈的光亮，我們在其中一家的門牌上找到了「拉布魯姆別墅」的字樣。房子的主人顯然已經休息，門廊的楣窗透出一絲微弱的亮光，照在花園的小徑。除此之外，四周一片漆黑。隔開大路和花園的木柵欄，在園內投下一片深深的黑影，我們就蹲伏著躲在那裡。

「恐怕我們要等很長時間。」福爾摩斯低聲說道，「謝天謝地，今晚沒有下雨，天上還有星星。我想我們不能在這兒抽菸消磨時間，那樣太冒險了，但是我們有三分之二的可能性查到一些情況，所以吃點苦還是划得來的。」

但我們的守候並沒有福爾摩斯說得那樣漫長，甚至可以說，它結束得既突然又奇怪——忽然間，花園的大門被悄無聲息地推開，一個靈活的黑色人影像猴子般迅速敏捷地衝上花園小徑，他快速閃過門廊楣窗透出的亮光，然後消失在房子的黑影中。四周寂靜無聲，我們屏住呼吸。然後，我們聽到輕輕的嘎吱一聲——窗戶被打開了。接著聲音沒了，又是一段很長的寂靜——那個傢伙正在設法潛入室內。我們看到一個深色燈籠的亮光在房裡閃了一下，顯然，他要找的東西並不在那裡，因爲我們隔著另外一扇百葉窗又看到了那燈籠的亮光，接著，他又進了第三個房間。

「我們到那扇開著的窗戶那裡，他一爬出來，我們就立即把他抓住。」雷思垂德低聲說道。

但是我們還沒有來得及移動，那個人就出來了。當他走到花園小徑那點微弱的燈光下，我們看到他的腋下夾著一件白色的東西。他鬼鬼祟祟地向四周看了看，冷清的街道上寂靜無聲，這給他壯了幾分膽。他轉過身去，背向我們，放下腋下夾著的

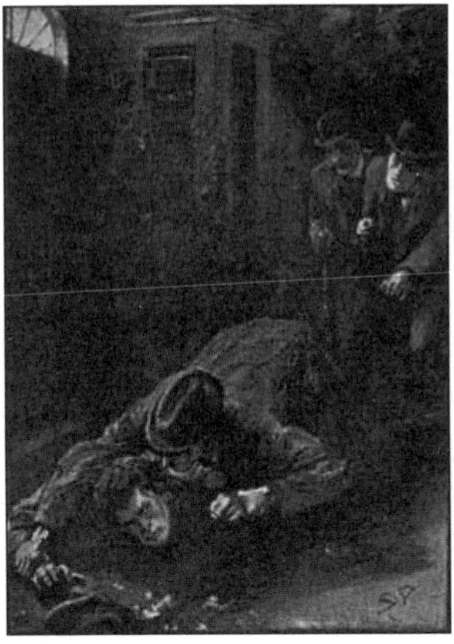

東西，然後就是很響的敲擊聲以及嘩啦嘩啦的聲音。他做得很專心，當我們悄悄地穿過一塊草地的時候，他都沒有聽到我們的腳步聲。福爾摩斯猛虎撲食一般衝向他的後背，雷思垂德和我立即抓住他的手腕，並且給他戴上了手銬。當我們把他翻過來的時候，我看到的是一張可怕的面孔。他面色灰黃，雙眼怒視著我們，臉上充滿了痛苦與憤怒——我知道這就是我們得到的那張照片上的人。

可是，福爾摩斯的注意力卻不在我們抓到的罪犯身上。他蹲在臺階上，仔細檢查那個人從房間裡拿出來的東西。那是一尊拿破崙的半身像，和我們那天早上看到的一樣，並且也是同樣被砸得粉碎。福爾摩斯小心地把每塊碎片拿到亮光下認眞地檢查，但是這些石膏碎片沒有什麼特殊的地方。他剛剛檢查完碎片，門廳裡的燈就亮了，而且門也打開。房屋的主人走了出來，他看起來很和藹，胖乎乎的，穿著襯衫和長褲。

「我想你就是約西亞·布朗先生吧？」福爾摩斯說道。

「是的，先生。毫無疑問，你就是

夏洛克·福爾摩斯先生吧？我收到了你讓專差送來的信，然後完全按照你所說的做了。我們把每一扇門都從裡面鎖上，然後等待事情的發展。啊，看到你抓到這個無賴，我眞是高興極了。先生們，請進來歇息一下吧。」

然而雷思垂德急於把犯人押到安全的地方，所以沒過幾分鐘就叫來馬車，然後我們四個人就動身返回倫敦了。我們的犯人一句話也不說，他的眼睛從亂蓬蓬的頭髮下惡狠狠地盯著我們。有一次我的手放在了他可以搆得到的地方，他就餓狼般猛地撲了過來。我們在警察局待了很長時間，警官搜查他的衣服，發現只有幾個先令和一把長鞘刀，刀柄上還有很多新近濺上的血跡。

「事情就這樣吧。」分手的時候，雷思垂德說道，「希爾警探很瞭解這些無賴，他會給這個傢伙定罪的。看來，我的黑手黨理論是行得通的。不過，我確實非常感謝你，福爾摩斯先生，感謝你如此巧妙地抓住他，可是我還沒有完全弄懂這究竟是怎麼一回事。」

「恐怕太晚了，沒有時間解釋了。」福爾摩斯說道，「另外，還有一兩個細節沒有處理完——這個案件值得搞得徹徹底底。如果你明天晚上六點鐘再來我家一趟，我就能夠給你說明，直到現在你還沒有完全理解這個案件的意義。這個案件確實有一些獨特的地方，這在犯罪史上非常罕見。華生，如果我同意你繼續記錄我辦的一些案子，我想這樁拿破崙半身像的案件一定會爲你的記錄增色不少。」

第二天晚上我們再次見面的時候，雷思垂德給我們帶來很多關於那個犯人的情況：他的名字叫貝珀，但是姓氏不詳；在義大利僑民區，是個出了名的無賴；曾經是位嫻熟的雕塑工人，而且誠實守信，但是後來走上犯罪的道路，並且兩次被捕。一次是因爲小偷偷東西犯案，另外的那一次我們已經聽說過了，就是因爲刺傷他的一個同鄉；他的英語很流利。至於他爲什麼要砸爛這些雕像，現在還不清楚，而且他拒絕回答與此有關的任何問題。不過警方已經發現這些相同的雕像很有可能都是他親手製作的，因爲他在蓋爾得公司就是做這種工作的。對於這些情況，其中的大部分我們都已經瞭解了，不過福爾摩斯還是有禮貌地聽著；但是我可以清楚地看出他的心思不在這裡，而且我察覺到，在他那慣有的面部表情下交織著不安與期待。最後，他眼睛一亮，從椅子上站了起來。門鈴響了，然後樓梯上傳來腳步聲，僕人領進來一位面色紅潤、蓄著斑白連鬢鬍鬚的老人。他的右手提了一個老式的毯製旅行袋，進門後他便把那個袋子放在桌上。

「夏洛克·福爾摩斯先生在這兒嗎？」

我的朋友點點頭並且微笑了。「我想你就是瑞丁的桑德福德先生吧？」他說道。

「是的，先生。恐怕我遲了一會兒，火車不太方便。你寫信給我，並提到我買的一尊半身像。」

「沒錯。」

「你的信在這裡。你說：『我想要一尊迪萬拿破崙像的複製品，並且願意出十英鎊購買你的那一尊。』是這樣嗎？」

「當然，就是這樣。」

「看到你的來信，我感到非常驚訝，因爲我很奇怪你怎麼會知道我有這樣一尊雕像。」

「當然了，你肯定會感到很意外，但是解釋卻很簡單——哈定兄弟商店的哈定先生說，他們把最後一尊複製品賣給你，並且了給我你的地址。」

「噢，原來是這樣啊——他告訴你我買這尊雕像的價錢了嗎？」

「沒有，他沒有說。」

「好吧，我是個誠實的人，儘管我並不富有。我買這尊雕像的時候，只花了十五個先令，我想在我從你這裡拿走十英鎊前，你應該瞭解這一點。」

「我相信你的顧慮已經證明你的誠實，桑德福德先生，但是我已經定了這個價錢，就不想再有什麼變動。」

「你很慷慨，福爾摩斯先生。我按照你的要求，把那尊半身像帶來了，就在這裡！」他打開

都是碎片。

旅行袋。我們終於見到了一尊完整的拿破崙半身像擺在我們的桌子上——我們在以前幾次見到的

福爾摩斯從口袋中取出一張紙，並將一張十英鎊的鈔票放到桌上。

「桑德福德先生，請你當著這幾位證人的面，在這張紙上簽名。我沒有別的意思，只是想證明你將這尊雕像的一切權利全部轉讓給我。因爲我是個循規蹈矩的人，而且一個人永遠無法預見事情會如何發展。謝謝你，桑德福德先生；這是你的錢，祝你晚安。」

客人走了以後，福爾摩斯的動作引起我們的注意。他先從抽屜裡取出一塊白布鋪在桌上，然後又把剛剛買來的拿破崙半身像擺放在白布中央。最後他端起獵槍，猛地往拿破崙像射了一槍，雕像頓時變成碎片。福爾摩斯彎下腰，急切地察看這些散落的碎片。不一會兒，他舉起一塊碎片，得意地叫了起來——那碎片上嵌著一顆圓圓的、深色的東西，就像布丁上的葡萄乾。

「先生們。」他大聲說道，「請允許我爲你們介紹著名的博吉亞斯黑珍珠！」

雷思垂德和我呆坐了片刻，然後突然同時鼓起掌來，彷彿看到了戲劇構思巧妙的高潮部分。福爾摩斯蒼白的雙頰泛起紅暈，他向我們鞠了一躬，就像劇作大師答謝觀眾的盛情。只有在這樣的時刻，他才會流露出喜歡得到讚賞與掌聲的人之常情，而不再是一部推理機器；這樣一個蔑視世俗榮譽、孤傲矜持的人卻被朋友發自內心的驚嘆與讚揚所深深打動。

「是的，先生們。」他說道，「這就是當今世界上最著名的珠寶。我非常幸運，能夠根據一

連串的歸納推理，從這顆珍珠遺失的地方——柯羅那王子在達柯里酒店的臥室，一直追查到斯代普尼的蓋爾得公司所製造六尊拿破崙半身像的最後一尊。你還記得吧，雷思垂德，這件無價之寶的遺失造成了多麼大的震動，而且倫敦警方的調查也是一無所獲。關於這件案子，他們當時曾經詢問過我的意見，但是我也無法給他們任何啓發。王妃的女僕曾經被懷疑過，她是個義大利人，而且調查結果顯示她有一個兄弟在倫敦，但是我們沒有查到他們之間是否有聯繫。女僕的名字叫做盧克里什婭．維努奇，我相信兩天之前被殺害的皮耶特羅就是她的那個兄弟。我已經查看過了舊報紙上的日期，而且發現那顆珍珠恰巧是在貝珀被捕前的兩天遺失的。貝珀被捕是因為他打傷了人，在蓋爾得公司被抓，那時他正在做這些雕像。現在你們已經清楚地看出了事情發生的先後順序，當然，你們看到的這種順序與我思考時的思路是剛好相反的。貝珀得到了那顆珍珠，他可能是從皮耶特羅那裡偷來的，也可能是皮耶特羅的同夥，或者還有可能是皮耶特羅和他妹妹的中間人，究竟哪一種解釋符合實際的情況對我們來說已經無關緊要了。

「重要的是珍珠在他手上，而且正當他把珍珠帶在身上的時候，員警來追捕他。他跑到工作的工廠，並且知道他只有幾分鐘的時間來藏匿這件價值連城的寶貝，否則員警就會在搜身的時候找到它。當時六尊石膏製的拿破崙半身像正被放在過道裡風乾，其中一尊還是軟的。貝珀是一個閑熟的工人，他快速地在那尊尚未乾透的石膏像上開了一個小洞，把珍珠放進去，然後又抹了幾下，將小洞填平。石膏像是一個絕妙的藏匿之處，沒有人會找到那顆珍珠，但是貝珀被判了一年的監禁，同時那六尊石膏像被賣到倫敦各處。他不知道珍珠到底是在哪一尊石膏像裡，只有打碎它們，才能找到那顆珍珠——搖晃石膏像是沒有用的，因爲當時石膏是濕的，珍珠很有可能已經粘在石膏上了，而且事實確實如此。貝珀沒有灰心，他相當耐心地繼續著他的查尋。透過一個在蓋爾得公司工作的堂兄弟，他查到購買這些雕像的零售公司。他設法得到摩爾斯・哈得遜的雇用，並由此找到了其中三尊雕像的去處。但是，珍珠並不在那三尊雕像裡。然後在其他義大利雇工的幫助下，他又成功地查到另外三尊雕像的去處：第一尊是在哈克先生家，在那裡他被他的同夥跟蹤，那個人指責貝珀應該爲珍珠的遺失負責，而在隨後的扭打中貝珀將那個人刺死了。」

「如果那個人是他的同夥，那麼他爲什麼還要帶貝珀的照片呢？」我問道。

「那是爲了跟蹤他用的，如果他想向其他人詢問貝珀的情況，就可以用那張照片。我想貝珀在殺人以後，一定會加快他的行動而不是推遲——他害怕員警發現他的秘密，所以他要在員警之前加速行動。當然啦，我並不能肯定他在哈克家的雕像裡沒有找到那顆珍珠，甚至不能肯定他要找的是那顆珍珠，但是我很清楚他是在尋找什麼東西，因爲他拿著半身像走過好幾幢房子，一直到有街燈的那個花園裡才把它打碎。既然哈克買的半身像是三尊中的一尊，那麼珍珠在這尊雕像裡的可能性正如我所告訴你們的是三分之一。剩下的還有兩尊半身像，很顯然他要先找在倫敦的那一尊。我警告了房子的主人，以免再發生第二起慘劇，然後我們就行動了，並且收到最好的效果。當然，只是在那個時候，我才確信我們要找的是博吉亞斯珍珠，被害者的姓名使我將兩個事件聯繫起來。現在只剩下一尊半身像了，就是在瑞丁那一尊，而且珍珠肯定就是那尊雕像裡面。所以，我當著你們的面把它從主人那裡買了下來，珍珠就在這裡。」

我們默默地坐了片刻。

「啊！」雷思垂德說道，「我看過你處理許多案件，福爾摩斯先生，但是都沒有這樁案件處理得巧妙。我們蘇格蘭警場的人不是嫉妒你，不是的，先生，我們爲你感到驕傲。而且如果你明天能來，所有的人，從最年長的警探到最年輕的警官都會高興得向你握手祝賀。」

「謝謝你！」福爾摩斯說道，「謝謝你！」然後他就轉過身去。我還從來沒見過他因爲人類的溫情而如此感動過。「華生，把珍珠放到保險櫃裡。」他說道，「然後把康克——星格爾頓僞造案的文件拿出來。再見，雷思垂德，如果你遇到什麼問題，只要我能幫得上忙，我會非常樂意助你一臂之力的。」

第九篇　三名大學生

在一八九五年發生了一系列事件，使得福爾摩斯和我，在我們著名的大學城裡住了幾週，而且就是在這個期間，我們遇到一件雖不是十分重大卻富有教育意義的事情，下面我要講述的就是這個事件。顯然，說出任何有助於讀者認出這所大學或罪犯的細節都會是不明智而且無禮的——這樣一個讓人心痛的流言還是讓它慢慢平息比較好——但是這個事件本身卻可以謹慎地追述一下，因爲它有助於說明我的朋友所具有的使他聞名於世的特質。在敘述中，我將盡力避免使用那些可能會透露這個事件發生的地點或者與人物有關的用語。

那個時候，我們住在一幢離圖書館很近、有傢俱的出租公寓，福爾摩斯正在這座圖書館研究一些關於英國早期憲章問題的艱苦研究——這些研究促成驚人的成果，它們可能成爲我將來要敘述的話題之一。有一天晚上，我們的老朋友希爾敦·索瑪斯先生來訪，他是聖路加學院的講師。索瑪斯先生是個瘦高個兒，神經緊張而且容易激動——雖然我知道他一向較激動，但是這次他表現得格外明顯，簡直無法控制自己，顯然是發生了什麼特別的事情。

「我希望，福爾摩斯先生，你能夠抽出幾個小時的寶貴時間。聖路加學院發生一件非常不幸的事情，如果不是你恰巧在城內，我簡直不知道該怎麼辦才好。」

「我現在很忙，不希望有什麼事情使我分心。」我的朋友回答道，「我更希望你去尋求警察的幫助。」

「不，不，親愛的先生，這條路完全行不通。一旦驚動警方，事情就沒法中止。爲了本學院的名譽，最爲關鍵的就是避免流言蜚語。你的謹愼和你的辦事能力一樣聞名，你是這個世界上唯一能夠幫助我的人。我請求你，福爾摩斯先生，盡你的全力來幫我吧！」

自從離開貝克街的宜人環境，我朋友的脾氣就一直沒有好轉。沒了他的剪貼簿、化學藥品以及隨意的邋遢，他感到極不自在。他聳了聳肩，很不情願地默許，而我們的客人則急忙把事情傾吐出來，並不時做出激動的手勢。

「我必須向你解釋，福爾摩斯先生，明天就是福特斯丘獎學金考試的第一天。我是主考人之一，主考的科目是希臘文。試卷的第一部分是一大段希臘文翻譯，這段文章是考生沒有讀過的。這篇文章已經被印在試卷上，如果考生提前做了準備，這自然會是個極大的優勢。基於這個原因，我們非常注意試卷的保密問題。

「今天，大約下午三點鐘的時候，印刷所送來試卷的校樣。這道試題包括修昔底德著作的半個章節。我必須仔細地閱讀一遍，因爲原文必須保證絕對正確。直到四點三十分，我的任務還沒有完成。可是我已經答應一個朋友去他的寓所喝茶，所以我把校樣放在桌上，離開大約一個多小時。

「你知道，福爾摩斯先生，我們學院的屋門都是兩層的——裡面的門覆蓋著綠色的臺面，外面厚重的門是橡木質地。當我回來走近外面的屋門時，吃驚地發現門上有把鑰匙。一時間，我以爲是自己把鑰匙忘在門上，但是再一摸口袋，才發現我的鑰匙在口袋裡面。另外唯一的一把鑰匙，據我所知，是在我的僕人班尼斯特那裡——他給我收拾房間已經有十年，而且他的誠實可靠是絕對毋庸置疑的。我發現門上的那把鑰匙確實是他的，大概是他進過我的房間來看我是否要喝茶，出去時很粗心地把鑰匙忘在門上，他一定是在我走後的幾分鐘內進來的。其他任何時候，他忘記鑰匙都不會有什麼關係，但是在這一天卻發生了最爲糟糕的後果。

「我一看桌子，就立即知道有人翻看了試卷。校樣是印在三張紙上的，我本來是把它們放在一起

的，現在，我發現一張在地板，一張在窗戶附近的茶几上，第三張仍在原來的地方。」

福爾摩斯這才開始有所反應。

「肯定是第一張在地板上，第二張在窗子附近，第三張仍在原處。」他說道。

「完全正確，福爾摩斯先生。你使我吃驚，你怎麼可能知道是這樣呢？」

「請繼續你那非常有趣的敘述。」

「一開始我認爲是班尼斯特擅自看了我的試卷。然而他十分誠懇地否認了，而且我相信他講的是實話。除此之外，還有個解釋就是有人路過的時候看到鑰匙在門上，知道我不在屋裡，便進來看考卷。這張試卷內容牽扯到一大筆錢，因爲這個獎學金的金額很高，而一個厚顏無恥的人很可能會冒險偷看試卷以得到他同伴沒有的優勢。

「這件事情使得班尼斯特非常不安。當我們發現試卷確實被人翻過時，他幾乎昏了過去。我給他喝了點白蘭地，然後讓他躺在椅子上，我則非常仔細地檢查整個房間。很快我就發現除了弄皺的試卷外，闖入者還留下其他的痕跡。靠近窗戶的桌上有削鉛筆掉下的碎木屑，那裡還有一塊斷了的鉛筆芯兒。顯然，這個無賴匆匆忙忙抄了試題，把鉛筆尖弄斷了，而不得不重新削尖。」

「太好了！」福爾摩斯說道，隨著他的注意力越來越被這個案件所吸引，福爾摩斯的心情也好了起來。「你眞是太幸運了。」

「還不止於此呢！我有個新的寫字臺，桌面鋪著上好的紅色皮革。我和班尼斯特可以發誓，以前桌面非常光滑，沒有一點汙跡，現在我卻在桌面上發現一道大約三英寸長的明顯割痕，不是一個輕微的刮痕，而是確實的割痕。不僅如此，我還在桌上發現一個小小的黑色泥團或是麵團一樣的東西，上面還有一些像是鋸末一般的斑點，我確信這些痕跡是那個弄皺試題人留下來的，可是沒有足跡或是其他的證據可以幫助辨認這個人。我正著急沒有辦法的時候，忽然想起你在城裡，然後我就來到這裡並請你來處理這件事情。你一定要幫助我，福爾摩斯先生。現在你明白了我所處的兩難困境：要嘛我必須找出這個人來，要嘛就要延後考試直到新的試卷準備好。由於延後考試必須做出解釋，這樣一來便會引起可怕的謠言。這不僅會損害本學院的名聲，而且也會影響到整所大學的名聲。最要緊的是，我希望能夠悄悄地、謹慎地解決這件事情。」

「我很高興調查這件事情，而且願意盡力為你提供一些建議，」福爾摩斯說道，並站起來穿上他的大衣。「這個案子還是很有趣的。你收到試卷以後有人去你的房間找過你嗎？」

「有，是一位年輕的印度學生道拉特·瑞斯。他和我住在同一幢樓，他來問我關於考試的一些細節問題。」

「他就是為這件事情進到你的房間裡嗎？」

「是的。」

「那時試卷在你的桌子上？」

「我可以肯定，它們是捲起來的。」

「但是可以看出來那是校樣嗎？」

「有可能。」

「你的房間裡沒有別人？」

「沒有。」

「有人知道這些校樣要送到你那裡嗎？」

「除了那個印刷工之外沒有別人知道。」

「這個班尼斯特知道嗎？」

「不，當然不。沒有人知道。」

「班尼斯特現在在哪裡呢？」

「他的身體很不舒服，可憐的傢伙，我讓他躺在椅子上——我當時正急著要來找你。」

「你沒有關門嗎？」

「我先把試卷鎖起來了。」

「那麼事情可能就是這樣，索瑪斯先生：除非是那個印度學生認出那一卷東西是考卷，不然的話，闖進來翻弄試卷的人只是偶然看到它們，他事先並不知道試卷在你那裡。」

「我看也是這樣的。」

福爾摩斯神秘地笑了一下。

「好的。」他說道，「讓我們開始行動吧！這次可不是你的病人，華生——這是心理問題，不是生理問題。好吧，要是你願意就來吧。現在，索瑪斯先生，聽憑你的指揮！」

我們當事人的起居室有扇又長又低的格子窗，朝向這座古老學院長滿青苔的庭院，一扇哥特式的拱門後面有段老舊的石梯。第一層是這位講師的房間。上面是三名大學生的房間，他們各住一層樓。當我們到達現場的時候，已是傍晚。福爾摩斯停住腳步，仔細注視著起居室的窗戶。然後，他走近這扇窗戶，踮起腳伸著脖子往房間裡探望。

「他一定是從大門進去的。除了這扇玻璃窗以外，再也沒有別的出口了。」我們博學的嚮導說道。

福爾摩斯看了看我們的同伴，奇怪地笑了一下。「好吧，如果在這裡弄不清什麼線索，我們最好還是到房間裡去吧！」

這位講師打開外層的屋門，並把我們領進他的房間。我們站在門口的時候，福爾摩斯檢查了房間的地毯。

「恐怕這裡不會有什麼痕跡。」他說道，「天氣很乾燥，很難找到蛛絲馬跡。你的僕人

看來已經大致上恢復了。你說你讓他躺在椅子上，是哪一把呢？」

「靠近窗子的那一把。」

「我明白了，是靠近這張小桌子的那把椅子。你們現在可以進來了。我已經檢查完地毯了，我們先來看看這張小桌子。當然啦，到底發生什麼事情是非常清楚。這個人走進房間後，從中間的桌子上一頁一頁地拿起試卷。他把它們拿到靠窗的桌子上，因爲從這裡他可以看到你從庭院走過，這樣就便於逃跑。」

「事實上，他是看不到的。」索瑪斯說道，「因爲我是從旁門進來的。」

「啊，那很好！不管怎樣說，他是那樣想的。讓我看看那三張校樣。沒有指紋——不！哦，他先是拿過這一頁去抄寫的。如果使用任何可能的縮寫形式，他要用多長的時間呢？至少一刻鐘，絕對不會比這少。然後他丟掉這一張又抓起另外一張。他正在抄寫的時候，你回來了，於是他非常慌亂地跑掉——非常慌亂，因爲他沒有時間把考卷放回原處，而這樣你就知道他來過。當你走進屋門的時候，你沒有聽見樓梯上有急促的腳步聲嗎？」

「沒有，我沒有聽見。」

「嗯，他抄寫得非常用力，把鉛筆尖都弄斷了，而且，正如你所觀察到的，他不得不又一次把鉛筆削尖。這很有意思，華生。那支鉛筆不是一支普通鉛筆，它比普通鉛筆長，筆芯是軟鉛，筆桿是深藍色的，製造商的名字是銀白色，剩下的部分只有大約一英寸半長了。找一找同樣的一支鉛筆，索瑪斯先生，這樣你就可以找到那個人。我還要告訴你，他有一把又大又鈍的小刀，這樣你又有了一個線索來幫助你找到那個人。」

索瑪斯先生被這麼多的資訊弄得有些糊塗了。「我能明白你說的其他線索，」他說道，「但是這鉛筆剩下的長度——」

福爾摩斯拿出來一小片鉛筆木屑，上面有字母NN，後面帶著一截木頭。

「你明白了嗎？」

「不，我恐怕即使現在——」

「華生，過去我經常低估你的能力，這次你看出來了嗎？好吧，還是讓我解釋一下，這個NN會代表什麼呢？它們是一個單詞的末尾。你一定知道Johann Faber是最常見的鉛筆商名字，這不是很清楚了嗎？鉛筆用得只剩下了Johann字後面的一小段。」他把小桌子向側面拉到電燈下。「如果他抄寫用的紙很薄的話，一些痕跡就會透過紙張留在光滑的桌面上。沒有，我什麼都沒看到。我想我們在這裡再也發現不了什麼其他的線索。現在看看中間的那張桌子。我猜想這個小球就是你說的那個黑色麵團。我看形狀略像金字塔，中間還是空的。正像你說的那樣，小球上還有鋸末屑。啊，真是很有趣。還有割痕——我看明顯是一道裂縫，開始的地方是很細的刮痕，痕跡結束的地方是鋸齒狀的小洞。我非常感謝你讓我將注意力轉到這個案子上，索瑪斯先生。那扇門通到哪裡呢？」

「通到我的臥室。」
「出事以後，你進去過嗎？」
「沒有，我直接來找你了。」
「我希望能進去看看。多麼漂亮古色古香的房間啊！也許你們要稍等一下，等我檢查完地板你們再進來。不，我什麼都沒看到。這塊布幔是作什麼用的？你把衣服掛在後面？如果有人不得已藏在這房間裡，他必定會躲藏在這裡，因爲床太低，而衣櫃又太淺。我想沒人在這裡吧？」
當福爾摩斯去拉那塊布幔的時候，我從他那嚴肅而又機警的態度中看出他已經做好遇到緊急情況的準備。但事實上，拉開的布幔後什麼都沒有，除了掛在排成一排的衣架上的三、四套衣服以外。福爾摩斯轉過身，突然又蹲到地板上。
「啊呀，這是什麼？」他說道。
那是一小塊金字塔形狀的黑色東西，有些像黏土，和書房裡桌子上的那塊完全一樣。福爾摩斯把它放在手心上拿到外面起居室的電燈下。
「你的這位訪客似乎在你的起居室和臥室裡都留下痕跡，索瑪斯先生。」
「他到臥室裡去做什麼？」
「我想這很清楚。你突然從旁門回來，所以他沒有發覺，這時你已經到了門口，他能怎麼辦呢？他抓起所有可能暴露自己的東西，然後衝進你的臥室躲藏起來。」

「哎呀，我的天啊，福爾摩斯先生，你的意思是說我和班尼斯特在起居室談話的時候，我們其實已經把那個人給關起來，只是我們並不知道？」

「我覺得是這樣的。」

「肯定還有另外一種可能，福爾摩斯先生，我不知道你是否注意到我臥室的窗戶了？」

「格子窗，鉛製框架，三扇分開的窗戶，其中一扇有折葉，而且寬度足夠一個人鑽進來。」

「正是這樣。而且它朝著庭院的一角，所以從外面不會被完全看到。這個人也許是從窗戶進來的，在走過臥室的時候留下了痕跡，最後，發現門是開著的，便從門那裡跑掉了。」

福爾摩斯不耐煩地搖了搖頭。

「讓我們從實際情況來下手。」他說道，「我記得你說過，有三名學生使用這個石梯，並且總是習慣從你的門前走過，是這樣嗎？」

「是的，是有三名學生。」

「他們都要參加這次考試嗎？」

「是的。」

「三個人裡有沒有誰的嫌疑比較大呢？」

索瑪斯猶豫不決。

「這是一個很難回答的問題。」他說道，「誰也不喜歡在沒有證據的情況下去懷疑別人。」

「讓我們聽聽你的懷疑，我來幫助你尋找證據。」

「那麼，我就簡單地告訴你住在這裡三個人的性格。三個人中住在最下面的是吉爾克萊斯特，他是一位優秀的學生和運動員，參加學院的橄欖球隊和板球隊，而且曾經被選拔爲校隊的跨欄和跳遠選手。他是一個漂亮的、有男子氣概的小夥子。他的父親是聲名狼藉的傑貝茲・吉爾克萊斯特爵士，因爲賽馬而破產。這個學生很窮，但是很努力、很勤奮——他肯定大有前途。

「住在第二層的是印度人道拉特・瑞斯。他是一個性情安靜而且令人難以捉摸的人，就像多數印度人一樣。他的學習能力很好，儘管希臘文是他的弱項。他很穩重，辦事很有條理。

「最上面住的是麥爾斯・麥克拉倫。如果他想學習，可以學得很出色——他是這所大學裡最有才華的學生之一；但是他任性，生活放蕩，而且沒有原則。第一學年因爲打牌的事險些被開除，這一學期他一直都很懶散，對於這次考試他一定很害怕。」

「那麼，你懷疑的就是他了？」

「我還不敢這樣說。但是在這三個人裡面，他或許是最有可能做這種事情。」

「很好。索瑪斯先生，現在，讓我們見見你的僕人班尼斯特。」

班尼斯特個子不高，面色白淨，鬍鬚刮得很乾淨，銀白頭髮，大約五十歲的樣子。他仍然驚受著這個突如其來的擾亂對他那平靜常規生活的打擊，圓圓的胖臉由於緊張而抽搐，手指也不能靜下來。

「我們正在調查這件不幸的事情，班尼斯特。」他的主人說道。

「是的，先生。」

「我聽說。」福爾摩斯說道，「你把鑰匙忘在門上了？」

「是的，先生。」

「你竟然就在這些試卷放在房間裡的這一天發這種事，難道不是很奇怪嗎？」

「這事的確很遺憾，先生。但是，在別的時候，我也忘記過。」

「你什麼時候進的房間？」

「大約四點半。那是索瑪斯先生的下午茶時間。」

「你在房裡待了多久？」

「當我看見他不在，就馬上出來了。」

「你看過桌子上的這些試卷嗎？」

「沒有，先生——當然沒有。」

「你怎麼會把鑰匙忘在門上呢？」

「我的手裡托著茶盤，我想等回來再拿鑰匙，然後就忘了。」

「外層的屋門是不是裝有彈簧鎖？」

「沒有，先生。」

「那麼它一直是開著的？」

「是的，先生。」

「任何人從房間裡都可以出來嗎？」

「是的，先生。」

「當索瑪斯先生回來後並找你的時候，你很不安，是嗎？」

「是的，先生。我來這裡這麼多年，從沒發生過這樣的事情——我幾乎昏了過去，先生。」

「我知道你昏了過去。當你開始感覺不舒服的時候，你在哪裡？」

「我在哪裡？先生，怎麼了？就在這兒，靠近屋門。」

「那就有些奇怪了，你坐的是那邊靠近屋角的椅子，爲什麼不坐另外這幾張椅子呢？」

「我不知道，先生。我沒有在意我坐在哪裡。」

「我眞的認爲他不知道什麼，福爾摩斯先生。那時他的臉色很不好——非常蒼白。」

「你的主人離開以後，你還在這裡？」

「只有一、兩分鐘。然後我就鎖上門回到自己的房間。」

「你懷疑誰呢？」

「噢，我不敢隨便說，先生。我不相信這所大學裡會有人做出這種不擇手段、損人利己的事情。不，先生，我不相信會有這樣的人。」

「謝謝你，這就夠了。」福爾摩斯說道。「噢，再問一句，你沒有向你服侍的三位學生提到出了事吧？」

「沒有，先生——一個字都沒有說。」

「你沒有見過他們中的任何一個嗎？」

「沒有，先生。」

「很好。現在，索瑪斯先生，如果你願意的話，我們在這個方庭走一走吧。」

天色逐漸變暗，樓上三層房間的燈都亮了起來。

「你的三隻小鳥都在他們各自的窩裡呢。」福爾摩斯抬頭看了看，說道。「啊呀！那是什麼？他們當中有個人好像是坐立不安。」

原來是那個印度人，他黑色側影突然出現在百葉窗——他正在房間裡快速地踱來踱去。

「我想暗訪一下他們每個人。」福爾摩斯說道，「這可以做到嗎？」

「絕對沒有問題，」索瑪斯回答道，「這些房間是學院裡最古老的，客人來參觀是很尋常。

來，我親自領你們去。」

「不要說出我的名字，拜託！」當我們敲吉爾克萊斯特的屋門時候，福爾摩斯說道。一個瘦高個子、淡黃色頭髮的青年開了門，當他知道我們此行的目的後，表示歡迎。他的房間裡有一些非常罕見的中世紀室內建築物。福爾摩斯對其中的一個十分著迷，堅持要把它畫在筆記本上，他弄斷了鉛筆尖，不得不向主人借一支，最後又借了一把小刀削他自己的鉛筆。

這件奇怪的事情也同樣發生在那個印度人房裡——他是一個沉默寡言、身材矮小、長著鷹勾鼻的傢伙，他斜著眼睛看我們。當福爾摩斯做完關於這房子的建築研究後，印度人顯得十分高興。在這兩件事中，我看不出福爾摩斯找到他所查尋的線索跡象。只是到了第三次，我們沒有辦法進行訪問。我們敲不開他的外門，而且從門內傳過來一陣責罵聲。「我不管你是誰。去死吧！」那個憤怒的聲音吼道，「明天就要考試了，我不想任何人來打擾我！」

「眞是個粗魯的傢伙。」我們的嚮導說道。我

們下臺階的時候，他的臉都被氣得通紅。「當然了，他不知道是我在敲門，可是不管怎樣他的舉止也太沒有禮貌，而且，確實，從目前的情況來看，他顯得很可疑。」

福爾摩斯的反應卻很奇怪。「你能告訴我他確切的身高嗎？」他問道。

「實際上，福爾摩斯先生，這個我說不準。他比那個印度人高，但是又沒有吉爾克萊斯特那樣高。我想大約是五英尺六英寸吧！」

「這一點很重要。」福爾摩斯說道，「現在，索瑪斯先生，我祝你晚安。」

我們的嚮導又驚訝又失望。他大聲地喊道！「天啊！福爾摩斯先生，你肯定不會這樣突然地離開我吧！你似乎沒有理解我的處境——明天就要考試！今天晚上我必須採取一些果斷的措施。如果試卷已經被人動過，我就不能讓考試進行。我們必須正視這種情況。」

「你必須讓事情順其自然，別去管它。我明天清早再來和你談這件事情，也許到時我就能夠告訴你要做些什麼。同時，你不要改變任何東西。」

「好吧，福爾摩斯先生。」

「你完全可以放心，我們一定會找到讓你擺脫困境的辦法。我要帶走那個黑泥團，還有鉛筆屑，再見。」

當我們走出來，到了漆黑的方庭後，我們又抬頭看了看那幾扇窗戶。那個印度人仍然在房間裡走來走去，另外兩個則都看不見了。

「嗯，華生，你如何看這件事呢？」當我們來到大街上，福爾摩斯問道，「很像室內遊戲——有點像是三張牌的把戲，不是嗎？現在你有三個人，一定是其中的一個，要你做出選擇，你選哪一個？」

「住在最上面那個嘴巴不乾淨的傢伙，他的品行最壞。可是那個印度人也是個很狡猾的傢伙，爲什麼他總是在房間裡走來走去呢？」

「這沒有什麼奇怪的，很多人在努力記憶東西的時候，常常這樣。」

「他看著我們的樣子很可疑。」

「假如你正準備第二天的考試，每一分鐘都很寶貴，這時突然有群陌生人跑到你這裡來，你也會這樣的。不，我看這沒有什麼可以懷疑的。還有鉛筆和小刀——這些全都沒有問題，可是那個傢伙確實讓我很迷惑。」

「誰？」

「哦，班尼斯特，那個僕人。他在這件事情中的是什麼角色呢？」

「他給我的印象十分誠實。」

「他給我的印象也是這樣，這就是迷惑人的地方。爲什麼一個十分誠實的人——哦，好的，這裡有一家大文具店，我們就從這家商店開始我們的調查。」

城內只有四家較大的文具店，在每一家文具店福爾摩斯都拿出了那幾片鉛筆屑，並且要付高價買同樣的鉛筆。四家文具店全都同意給他訂購一支，因爲這不是一支普通尺寸的鉛筆，很少有存貨。我的朋友看上去並沒有因此而失望，只是半幽默半無可奈何地聳了聳肩。

「眞不順，我親愛的華生，這是最好也是最後的線索，可是它也沒有給我們帶來什麼結果。但是，眞的，我深信沒有它我們仍然能夠弄清事情的眞相。天哪！我親愛的夥計，已經快九點鐘了，女房東說過七點半給我們做好豌豆湯呢。你總是不停地抽菸，華生，而且吃飯沒有規律，我想房東會通知你退房的，而我也要隨著你倒楣了——不，我們還是先解決好這位焦慮不安的講師、馬虎大意的僕人和三名有上進心大學生的問題吧！」

福爾摩斯當天再沒有提及那個案子，但是在我們本來已經很晚的晚飯後，他坐著沉思很久。第二天早晨八點鐘，我剛剛盥洗完畢，他就來到我的房間。

「好了，華生。」他說道，「我們應該去聖路加學院了。你不吃早飯行嗎？」

「當然可以。」

「在我們給索瑪斯一個肯定的回答之前，他肯定會一直坐立不安的。」

「你有肯定的結果告訴他嗎？」

「我想是的。」

「你已經得出結論了？」

「是的，親愛的華生，我已經解開了這個謎。」

「可是你怎麼會有什麼新的證據呢？」

「啊哈！今天早上六點鐘我就起床，絕不會一無所獲的。我已經辛苦地工作了兩小時，走了至少五英里路，終於得到一點可以說明問題的證據。請看這個！」

他伸出手，掌心上有三個金字塔形狀的小黑泥團。

「怎麼回事，福爾摩斯，你昨天只有兩個。」

「今天清早又得到一個。不論第三個小泥團來自何方，它肯定就是和前面二個泥團的來源相同，這論斷很合理，對吧，華生？好了，我們走吧，讓我們的朋友索瑪斯脫離苦海。」

當我們在索瑪斯房裡看到他的時候，那位不幸的講師顯然是心急如焚。再過幾個小時，考試就要開始了，可是他還處於進退兩難之地——不知是該公開事實，還是要允許罪犯參與這個高額獎學金的競爭。他幾乎站不穩，內心焦慮無比，一見到福爾摩斯，便急切地張開雙手奔了過來。

「謝天謝地，你來了！我眞怕你因爲絕望而不管這件事了。我該怎麼辦？考試還要舉行嗎？」

「是的，不管怎樣，讓它進行。」

「可是這個無賴呢？」

「他不會參與競爭的。」

「你知道他是誰了？」

「我想是的。如果不想讓這件事情公開，我們必須給自己一些威嚴，組成一個小型的私人法庭。如果你願意的話，請坐在那裡，索瑪斯！華生，你坐在這裡！我坐在中間的扶手椅上。我想我們現在這樣莊嚴，足以使罪犯產生畏懼的心情。請按鈴吧！」

班尼斯特進來了，看到我們一副審判的樣子，他吃驚而害怕地後退一步。

「請你關上門。」福爾摩斯說道，「現在，班尼斯特，你能告訴我們昨天那件事的實情嗎？」

他的整個臉都被嚇白了。

「我已經告訴你們所有的事情了，先生。」

「沒有什麼要補充的嗎？」

「一點都沒有了，先生。」

「好吧，那麼，我給你一些提示。當你昨天坐在那把椅子上的時候，是不是為了要遮掩一件東西，而這件東西可能會說明誰到這個屋子裡來過？」

班尼斯特臉色慘白。

「不，先生，當然不是。」

「這不過是一個提示。」福爾摩斯又緩和地說道。「我坦白地承認我無法證實這件事情，但事情看上去很可能就是這樣的，因為索瑪斯先生一轉過身，你就放走藏在臥室裡的那個人。」

班尼斯特舔了舔他發乾的嘴唇。

「那裡沒有人，先生。」

「啊，眞遺憾，班尼斯特，在這之前你說的也許是事實，可是我知道你現在說了謊。」

他陰沉著臉表示反抗。

「那裡沒有人，先生。」

「好了，好了，班尼斯特！」

「不，先生，那裡眞的沒有人。」

「既然這樣的話，你不能夠給我們提供更進一步的資訊。請你留在這個房間裡好嗎？請站到那邊，臥室門的旁邊。現在，索瑪斯先生，請你費心親自上樓到吉爾克萊斯特的房間裡，並讓他下樓到你這裡來。」

過了一會兒，這位講師帶著那個學生回來。他的體形很好，高高的身材，行動輕巧而且靈活，步伐矯健，面容開朗。他那不安的藍眼睛看了看我們每一個人，最後茫然又沮喪地看了看遠處角落裡的

班尼斯特。

「請關上門。」福爾摩斯說道，「現在，吉爾克萊斯特先生，我們這裡沒有外人，而且也沒有人知道我們之間談了什麼，我們彼此之間完全能以誠相待。我們想知道，吉爾克萊斯特先生，你這樣一位誠實的人怎麼會做出昨天那樣的事情？」

這位不幸的青年搖晃著後退一步，並且用充滿恐懼和責備的目光看了班尼斯特一眼。

「不，不，吉爾克萊斯特先生，我沒有說過——一個字也沒說過。」那位僕人大聲說道。

「是的，你以前是沒有說過，但是你現在說了。」福爾摩斯說道。「現在，吉爾克萊斯特先生，你必須明白，在班尼斯特說了這些話之後，你已經無路可走，你唯一的機會就是坦白承認。」

有一會兒工夫，吉爾克萊斯特舉起雙手，想要控制住抽動的身體。緊接著他跪倒桌旁，把臉埋在雙手中，突然哽咽起來。

「好了，好了。」福爾摩斯溫和地說道，「人總是要犯錯誤的，至少沒有人責備你是個

冷酷無情的罪犯。也許由我來把發生的事情告訴索瑪斯先生，不對的地方由你來改正，這樣你會感覺好一點。我可以這樣做嗎？好了，好了，你不用回答。仔細聽好，以免我說錯。

「索瑪斯先生，自從你告訴我沒有一個人，甚至包括班尼斯特在內，會知道試卷在你的房間裡，在我的腦子裡就開始有了一個明確的看法。那個印刷工，我們當然不用考慮，因爲他可以在自己的辦公室裡看試卷。還有那個印度人，我想他也不會做什麼壞事。如果校樣被捲成一捲，他不大可能知道那是什麼東西。另一方面，一個人竟敢擅自闖進房間，並且恰巧是在試卷放在桌子上的這一天，這似乎是個不可思議的巧合，所以我排除這種可能性。進到房間裡的人知道試卷就在那裡，他是怎麼知道的呢？

「當我走近你房間的時候，我檢查了那扇窗戶。你那時的想法非常有趣，你以爲我是在猜想或許有人會在光天化日之下，在對面屋裡眾目睽睽之中破窗而入嗎？這樣的想法很荒謬——其實我是在衡量一個人要有多高才能在經過的時候看到中間的桌子上有一些試卷。我六英尺高，要費點勁才可以看到，低於六英尺的人是不可能看到的。現在你已經明白了，根據這一點我敢肯定，如果你的三名學生裡有一個出奇得高，那麼他便是最有可能做這件事情的人。

「我進入房間後，告訴你關於靠窗茶几的線索。至於中間的桌子我沒有得出什麼結論，直到後來你描述吉爾克萊斯特，說他是個跳遠運動員的時候，我才明白事情的全部經過。我只是還需要一些確切的證據，而且也很快就弄到了。

「事情是這樣的：這位年輕人下午在運動場練習跳遠，他回來的時候，帶著他的跳鞋。你們都知道，跳鞋底上有幾個尖釘。當他路過你窗戶的時候，由於他個子很高，便看見你桌子上的校樣，並且猜出那是什麼東西。如果他經過你屋門的時候，沒有看見你的僕人粗心地忘在門上的鑰匙，就什麼都不會發生了。可是事實上，是突然的衝動使他進到房裡，想看一看那是否確實是校樣。這並不是什麼危險的冒險行動，因爲他完全可以裝作只是進來問個問題。

「當看到那確實是校樣的時候，他抵制不住誘惑了。他把鞋子放到桌上。你在靠近窗口的椅子上，放的是什麼呢？」

「手套。」年輕人回答道。

福爾摩斯得意地看著班尼斯特。「他把手套放在椅子上，然後一張一張地拿起校樣抄寫。他以爲講師一定會從院子的大門回來，這樣他就可以看得見。可是我們知道，索瑪斯先生是從旁門回來的。他突然聽到講師的腳步聲已經到了房門口，沒有辦法跑掉。他忘記了手套，但是他抓起跳鞋立即竄到臥室裡。你們看到了，桌面上的刮痕一頭很輕，可是對著臥室的一頭漸漸加深。就足以證明鞋子是朝著那個方向被提走的，而偷看者就躲在那裡。鞋子尖釘旁邊的泥團被留在桌上，而另一塊則掉在了臥室裡。我還要說明的是，今天清早我去過了運動場，看到跳坑內用的是黑色粘土，並帶了一個樣本回來，上面灑著細細的黃色鋸末，這是用來防止運動員滑倒的。我說的是事實嗎，吉爾克萊斯特先生？」

這個學生已經站了起來。

「是的，先生，是事實。」他說道。

「我的天哪！你沒有什麼要補充的嗎？」索瑪斯大聲說道。

「不，先生，我有，但是這件不光彩事件被發現帶給我的打擊使我不知所措。我這裡有封信，索瑪斯先生，是我一夜未睡且於今天清早寫的，也就是說是在我知道我的罪行已經被查出來之前寫的。我現在給你，先生。你會看到我在信中寫道：我決定不參加考試——我已經收到羅得西亞員警總部的任命，準備立即動身去南非。」

「聽到你不打算用這個不公平的手段取得獎學金，我眞的很高興，」索瑪斯說道，「但是你爲什麼改變主意呢？」

吉爾克萊斯特指了指班尼斯特。

「是他使我走上正路的。」他說道。

「過來吧，班尼斯特。」福爾摩斯說道，「我已經清楚地說過，只有你才能放走這個年輕

人，因爲當時你被留在屋裡，並且你出去的時候一定會把門鎖上。至於他從窗口跑掉，那是難以置信的。你能不能把這個案件的最後一個疑問講清楚，並且告訴我們你爲什麼這樣做呢？」

「你已經什麼都知道了，理由就很簡單。不過，儘管你很聰明，有些東西你也不可能瞭解。事情要追溯到當我還是老傑貝茲・吉爾克萊斯特爵士的管家時候，他就是這位年輕人的父親。他破產以後，我來到這所學院做僕人，但是我從未因爲老主人的沒落而忘記他。看在過去的份上，我盡可能地照顧他的兒子。先生，昨天你按鈴叫我來時，我進入房間後，首先看到的是吉爾克萊斯特先生的棕黃色手套放在椅子上。我太熟悉這副手套了，而且也明白這副手套在這裡意味著什麼。如果索瑪斯先生看見手套，秘密就要暴露了。所以我猛地坐到椅子上，直到索瑪斯先生去找你，我才敢移動。這時我一手抱大的可憐小主人出來了，他對我承認了一切。我要救他，這不是很正常的嗎？我要像他已經死去的父親一樣開導他，使他明白不應當這樣投機取巧，這不是也很正常嗎？你能責怪我嗎，先生？」

「不能，確實不能。」福爾摩斯站起來，衷心地說道，「好了，索瑪斯，我想我們已經把你的小問題弄了水落石出，我們的早飯還在家裡等著我們呢。來吧，華生！至於你，年輕人，我相信你在羅得西亞會有個光明的前途。雖然你曾經跌倒過，可是我們希望你將來能夠前程似錦。」

第十篇　金邊夾鼻眼鏡

當我看著那三本記錄著我們在一八九四年工作時的厚厚手稿，我感到要從如此豐富的資料中選出一些本身非常有趣、而且又最能展現我朋友聞名於世才能的案例，確實十分困難。我翻閱了這些手稿，其中包括令人厭惡的紅水蛭事件以及銀行家克羅斯比的慘死；其中還記錄了阿得爾頓慘案以及英國古墓中的奇異葬品。同時發生在這一年的還有著名的史密斯·莫蒂默繼承權案件，以及對布勒瓦刺殺案件中兇手哈瑞特的追捕——爲此，福爾摩斯還得到法國總統的親筆感謝信以及榮譽勳章。雖然這些案件中的每一個都可以寫成很好的故事，但是總括說來，我認爲沒有一個可以比得上發生在約克斯利老宅的案件，這個案件彙集了眾多扣人心弦的情節，不僅有年輕的維洛比·史密斯的慘死，而且案情的發展也巧妙地揭示了犯罪的起因。

那是十一月底，一個風雨交加的夜晚。福爾摩斯和我整晚都靜靜地坐在一起，他用高倍的放大鏡辨認一張羊皮紙上的殘餘字跡，我則在專心閱讀一篇新近發表的外科論文。外面狂風呼嘯穿過貝克街，雨勢猛烈地敲擊窗戶。奇怪的是，即使身處城市的中心，而且我們四周方圓十英里都是人造的建築物，我還是感受到大自然對人類無情的控制，並且還意識到在巨大的自然力面前，整個倫敦並不比散落在田野間的小土丘更加堅固。我走到窗前，向窗外寂寥無人的街道望去，時亮時暗的燈光照在泥濘的街道以及水光熒熒的路面，一輛出租馬車正濺著泥水從牛津大街的盡頭駛過來。

「噢，華生，幸好今天晚上我們不必出去。」福爾摩斯一邊說，一邊放下放大鏡並捲起那張羊皮紙，「我剛才一口氣做了不少事情，這可是累眼的工作。依我看來，這不過是十五世紀後半期的一所修道院記事簿。哎呀！哎呀！哎呀！這是什麼聲音？」

在呼呼的風聲中傳來馬蹄的嗒嗒聲以及車輪擦刮路緣的嘎吱嘎吱聲。我剛剛看到的那輛出租馬車停在我們的門前。

「他要做什麼呢？」看見一個男人從馬車裡走出來，我脫口說道。

「要做什麼？他要找我們！而我們，我可憐的華生，則需要外套大衣、圍巾和橡膠套鞋，以及所有人類發明出來用以對付惡劣天氣的工具。不過等一下！那輛出租馬車又走了！看來我們不必出去了！如果他想請我們和他一起走，他就會讓馬車等著。我親愛的夥計，你快下樓去開門，別人都睡很久了。」

當門廳的燈光照在我們這位午夜造訪者的身上時，我一眼就認出來，他是史丹利・霍普金斯——一位很有前途的警探，福爾摩斯曾經多次對他的工作表現出濃厚的興趣。

「他在家嗎？」他急切地問道。

「上來吧，我親愛的先生。」福爾摩斯的聲音從樓上傳來，「我希望在這樣的夜晚你不會對我們有什麼企圖！」

這位偵探爬上樓梯，我們的燈光照在他水光熒熒的雨衣上。我幫助他脫下雨衣，福爾摩斯則把壁爐的火撥得更旺。

「我親愛的霍普金斯，靠近壁爐一些，暖暖你的腳。」他說道，「先抽根雪茄，我們的醫生還會爲你開一個熱水加檸檬的處方，在這樣的夜晚，這可是一劑上等良藥。在這樣狂風大作的惡劣天氣你還會出門，一定有什麼重要的事情。」

「確實，福爾摩斯先生，你知道嗎，我今天下午忙得不可開交。你在最新的報紙上有沒有看到關於約克斯利案件的任何消息呢？」

「我今天沒有看過任何十五世紀以後的事情。」

「噢，報紙上只是一小段，而且和事實有些出入，所以你並沒有漏掉什麼情況。我去了一趟現場，那個地方在肯特郡，距離查瑟姆七英里，距離鐵路線三英里。我三點十五分接到電報，五點鐘到達約克斯利舊居，進行了現場調查，然後乘最後一班火車回到查林十字街，接著乘出租馬車直接到你這裡。」

「我想這就意味著，你還沒有完全弄清楚這樁案子吧？」

「是的。在我看來，這個案子就像我以前處理過的案子一樣錯綜複雜。可是最初的時候，它看上去似乎再簡單不過了。但是沒有動機，福爾摩斯先生，這就是困擾我的問題——我找不到任何行兇的動機。有個人死了，這是事實，但是我看不出到底爲何有人想要加害於他。」

福爾摩斯點上他的雪茄，然後靠在他的椅子裡。

「讓我們聽一聽詳細的情況。」他說道。

「我已經把情況調查得相當清楚。」史丹利・霍普金斯說道，「現在我想要做的就是弄明白這些事情意味著什麼。根據我的調查，事情是這樣的。幾年前，這幢鄉村宅邸——約克斯利老宅被一位上了年紀的老人買下，他的名字叫做柯瑞姆教授。教授身體不好，每天有一半的時間臥床；在另外一半的時間裡，他會拄著手杖，在房子周圍蹣跚散步，或是坐在輪椅上，由花匠推著在庭院裡轉一轉。附近幾家鄰居經常去拜訪他，且非常喜歡他，他在那裡也因爲知識淵博而遠近馳名。他家裡有位上了年紀的管家馬柯太太，還有一位女僕蘇珊・塔爾頓。自從他來到這裡，這兩個人就一直跟著他，而且她們的名聲好像挺好的。這位教授正在寫一部學術著作，大約一年前，他感到有必要雇傭一位秘書。對於先前雇傭的兩位，他都不十分滿意，但是第三位秘書似乎正合教授的心意，他就是剛剛從大學畢業的維洛比·史密斯先生。他的工作包括：整個上午記錄教授的口述，利用晚上的時間查閱資料以及與第二天工作有關的文章。這位維洛比·史密斯無論是年幼時在阿坪漢姆，還是讀書時在劍橋，行爲記錄一直都很好。我已經看過了他的推薦信，他一直是個品行端正、沉默寡言、並且工作十分努力的人，但是就是這樣一位青年今天上午在教授的書房裡死去。從現場的情況看來，唯一的解釋就是謀殺。」

狂風在窗外怒吼咆哮。福爾摩斯和我向壁爐靠了靠，同時我們這位年輕的偵探繼續慢條斯理地講述著這樁離奇的案件。

「即使你搜遍整個英格蘭。」他說道，「我想你也找不到一家人像教授家這樣的自我封閉、不受外界影響。他們可以一連幾週不走出花園大門，教授只埋首於他自己的工作，並且對於其他的一切事情都不聞不問；對於附近的鄰居，年輕的史密斯一個也不認識，他過著和他的雇主十分相似的生活；也沒有什麼事情需要那兩位女士走出那幢房子；推輪椅的花匠默提莫爾曾經參加過克里木戰爭，從軍隊領取撫恤金，脾氣很好。他並不住在那幢房子裡，而是住在花園另外一端的三間農舍裡。這些就是你在約克斯利老宅所能夠找到的所有人。同時，花園大門距離從倫敦到查瑟姆的大路只有一百碼遠。雖然門上有一個門栓，但是任何人都可以走進花園。

「現在我來為你們講一講蘇珊・塔爾頓的證詞，她是唯一一個能夠提供一些與本案有關情況的人。事情發生在上午，大約十一點和十二點之間，當時她正在樓上前面的臥室裡忙著掛窗簾；柯瑞姆教授還躺在床上，天氣不好時，他很少在中午之前起床；管家正在房子後面忙碌；維洛比・史密斯在他的臥室裡，那個房間也是他的起居室。但是就在這個時候，女僕聽到維洛比走過走廊，下樓進到書房，書房正好在她所在的房間樓下。她沒有看見他，但是她說那肯定是維洛比快捷、有力的腳步聲，她是不會搞錯的。她沒有聽到書房門關上的聲音，幾分鐘後從下面的房間裡傳來了可怕的叫聲。那是一聲驚恐、嘶啞的尖叫，聲音十分奇怪而且不自然，分辨不出是男人發出的聲音還是女人發出的聲音。同時，又傳來了沉重的腳步聲，震得整幢房子都搖動，接著一切又都恢復寂靜。女僕呆了片刻，最後重新鼓起勇氣跑下樓。書房門是關著的，她推開了門，房間裡，年輕的維洛比・史密斯先生已經倒在地板上。最初她沒看見傷口，但是當她試著將他扶起來的時候，她看到血正順著他的脖子往下流。傷口很小但是很深，已經割斷了他頸部的動脈。造成傷口的兇器就在他身旁的地毯上，那是一把放在老式寫字臺上的封蠟小刀，刀柄是象牙質地而且刀背很硬，那是教授自己書桌的一件工具。

「起初女僕以為年輕的史密斯已經死了，但是當她用玻璃水瓶往他前額上倒水的時候，他的眼睛睜開了片刻。『教授，』他喃喃地說道——『是她。』——女僕堅信維洛比就是那樣說的，他努力地還想說些什麼，可是他只是把右手高高地舉在空中，接著就向後倒下，死去。

「這時管家已經趕到現場，但是她晚了一步，沒有發覺到年輕人死前說的話，她讓蘇珊留下看著屍體，自己急忙跑到教授的臥室。教授正非常惶恐不安地坐在床上，因爲他聽見動靜很大，便覺得可能發生了十分可怕的事情。馬柯太太很肯定地說，教授當時還穿著睡衣，事實上如果沒有默提莫爾的幫助，他自己是沒有辦法穿好衣服的，默提莫爾通常是在十二點鐘來幫助他穿衣服。教授說他聽到遠處的叫聲，但是其他的事情就不知道了。他也無法解釋年輕的維洛比臨死前說的話，『教授——是她，』不過他認爲那只是神志不清時的囈語。教授相信維洛比沒有任何仇人，但他無法解釋這樁犯罪的原因。當時他的第一個反應就是吩咐花匠默提莫爾去叫當地的員警。又過了一會兒，當地的警長把我找去。在我到那裡之前，所有的物品都沒有被移動過，並且警長還嚴格地規定任何人都不得在通向房子的小徑上走動。這件案子是將你的理論應用於實際的絕佳機會，福爾摩斯先生，各種條件都已經具備了。」

「當然，除了還缺夏洛克・福爾摩斯先

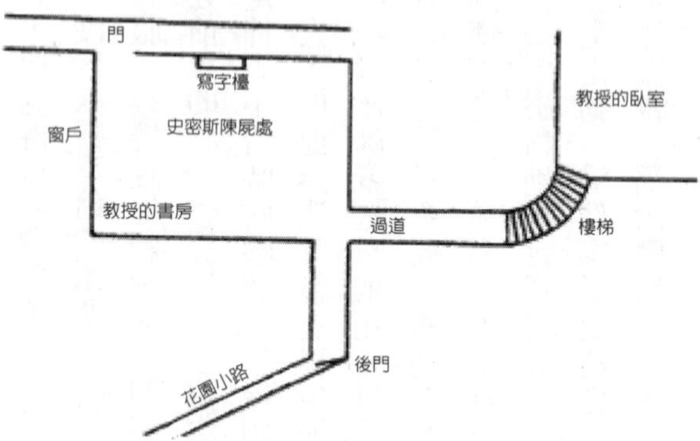

生。」我的夥伴帶著一絲苦笑說道。「好吧，讓我們來研究一下這個案件。你認爲這是怎麼一回事呢？」

「我必須請你先說說看，福爾摩斯先生，看一看這張草圖，它可以使你大致瞭解教授書房的位置以及案件涉及的幾個地點，幫助你瞭解我的偵查工作。」

他打開那張草圖，並把它放在福爾摩斯的膝蓋上。我站起身來，站在福爾摩斯的身後，從他的肩膀上方仔細研究那份草圖。下面這幅圖就是我複製的一份。

「當然啦，這張草圖很粗略，僅僅標出我認爲重要的幾處，其他地方你自己會親眼看到的。現在，首先，我們假設兇手進入房子，他或者她是怎樣進來的呢？毫無疑問，是通過花園的小徑以及房子的後門，那裡有一條路直接通到書房，而任何其他的路線都較複雜得多。逃跑時走的肯定也還是那一條路線，因爲房間的另外兩個出口都走不通：其中的一個已經被堵住，因爲蘇珊當時正從樓上跑下來；另外的那一個則直接通向教授的臥室。因此我立即將注意力轉向花園小徑。由於最近多雨，小徑十分潮濕，所以肯定能夠留下足跡。

「我的偵查結果表明，我要對付的是個謹愼而且老練的罪犯，因爲小徑上沒有留下任何腳印。不過這不是什麼難題，因爲小徑兩旁的草地邊緣可以看到有人踩過的痕跡，這樣做的目的很明顯就是要避免留下腳印。我無法找到十分明顯的足跡，但是草被踩倒了，毫無疑問有人從那裡走過。這個人只能是殺人兇手，因爲雨是在夜裡才開始下的，而且花匠以及其他人在那天早上都沒有到那裡去過。」

「請停一下。」福爾摩斯說道，「這條小徑通到什麼地方？」

「通到大路。」

「小徑有多長呢？」

「大約一百碼左右。」

「在小徑穿過大門的地方，你一定找到痕跡了吧？」

「不幸的是，那裡的小徑都鋪了石磚。」

「嗯，大路上有痕跡嗎？」

「沒有，大路全被踩成爛泥了。」

「嘖嘖！好吧，那麼草地上的那些足跡是進來的還是出去的呢？」

「那不太好說，因爲足跡沒有明顯的輪廓。」

「是一雙大腳還是小腳呢？」

「很難分辨。」

福爾摩斯露出了不耐煩的神色。

「一直下著傾盆大雨，而且還伴著暴風。」他說道，「現在要辨認那些腳印會比讀這張羊皮紙上的字還難。好吧，好吧，這是沒有辦法的事情。你做了些什麼呢，霍普金斯，當你確認你無法找到任何線索之後？」

「我想我還是弄清楚了不少情況，福爾摩斯先生。我知道有人從外面小心地進入這幢房子，於是我就檢查了走廊。走廊上都鋪著椰棕墊子，而且上面沒有留下什麼痕跡。沿著走廊，我來到書房。書房裡的傢俱不多，主要的有張很大的寫字檯，下邊還有一個固定著的櫃子。櫃子有兩排抽屜，中間是一個小櫥。抽屜全部是開著的，小櫥是鎖著的。抽屜似乎總是開著的，裡面沒有保存任何有價值的東西。小櫥裡有一些重要的文件，但是這些文件沒有任何被翻弄過的痕跡，而且教授也對我說沒有丟失什麼東西，看來確實沒有發生搶劫事件。

「然後我走到那個年輕人的屍體旁邊。屍體被發現的時候是在櫃子附近，就在它的左邊，圖上已經標明。傷口是刺在脖子的右邊，由後向前刺的，所以不大可能是自傷。」

「除非他摔倒在刀子上。」福爾摩斯說道。

「的確，我也有過這樣的想法。但是我們是在距離屍體幾英尺外的地方發現小刀的，因此，自傷是不可能的。當然，還有死者臨死前的話也可以證明。另外，還有這件至關重要的證據，它握在死者的右手中。」

史丹利・霍普金斯從他的口袋取出一個小紙包。他打開紙包，並取出一副金邊夾鼻眼鏡，已經斷爲兩段的黑色絲帶還懸掛在眼鏡末端。「維洛比・史密斯的視力非常好。」他繼續說道，「毫無疑問，這副眼鏡一定是從兇手的臉上或者身上奪過來的。」

福爾摩斯接過那副眼鏡放在手上，饒有興味地查看起來。他把眼鏡架在自己的鼻樑上，試著透過這副眼鏡看東西，又戴著眼鏡走到窗前注視外面的街道，然後湊在檯燈下，異常仔細地觀察這副眼鏡。最後，他輕輕地笑了起來，坐在桌旁，在一張紙上寫了幾行字，然後把紙扔給對面的史丹利・霍普金斯。

「我只能幫你這麼多了。」他說道，「它或許會有用。」

驚訝的霍普金斯大聲地把那張紙條讀了一遍。它是這樣寫的：

尋找一位穿著考究、打扮類似貴婦的女士。她的鼻子很寬，眼睛距離鼻子兩側很近。她的前額上有皺紋，眯著眼睛，或許還有一點削肩。一些跡象表明，在最近的幾個月裡她至少到同一家眼鏡店兩次。由於她眼鏡的度數很深，而且這座城市裡的眼鏡店也不多，所以找到她應該不會很難。

福爾摩斯向詫異的霍普金斯微微笑了一下，其實，當時我臉上的表情肯定也是如此。

「得出以上的結論，我的推理很簡單。」他說道，「很難說出一件比眼鏡更能夠提供進行細緻推理的物品，尤其是這樣一副非比尋常的眼鏡。我推斷這副眼鏡屬於一位女士，根據的是眼鏡的精緻以及死者的遺言。至於她是一個舉止文雅、穿著考究的人，那也是因爲這副眼鏡，或許你們已經注意到，它的表面非常精緻地鍍了金邊，而且很難想像一個配帶這樣眼鏡的人會在其他的方面邋遢。另外你會發現這副眼鏡的夾子很寬，不適合你的鼻子，這說明這位女士的鼻子底部很寬。這樣的鼻子通常都是短而粗的，不過也有不少例外，因此在這一點我不敢過於武斷或者固執己見。我自己的臉型是狹長，可是我的眼睛還是對不上鏡片的中心，因此這位女士的眼睛長得十分靠近鼻子的兩側。另外你會注意到，華生，這副眼鏡的鏡片是凹陷的，度數很深。一位長久以來視力一直極度糟糕的女士，一定會形成一些與之相配的身體特徵，而這些特徵會顯現在前額、眼瞼以及肩膀上。」

「是的。」我說道，「我能夠理解你的推論。但是，我必須承認，我無法理解你如何得出她去過兩次眼鏡店的結論。」

福爾摩斯把眼鏡拿在手中。

「你們可以看到。」他說道，「眼鏡的夾子襯著小塊的軟木以減輕對鼻子的壓力。其中的一塊軟木已經褪色，而且還有輕微的磨損，可是另外一塊卻是新的。很顯然，有一塊軟木曾經掉過，並且被更換過。而這塊較舊的軟木，我認爲裝上去也不過幾個月而已。這兩塊軟木完全相同，所以我推測這位女士在換第二塊軟木的時候去了同一家眼鏡店。」

「天啊！簡直妙極了！」霍普金斯敬慕地大聲說道。「原來我的手中已經掌握全部的證據，可是我卻全然不知！不過，我倒是想過要去倫敦的每家眼鏡店詢問。」

「當然，你應該去看一看。關於這個案子，你還有什麼要告訴我的嗎？」

「沒有了，福爾摩斯先生。我想你知道的並不比我少，而且很有可能比我知道的還要多。我們已經盤查過所有在鄉村大路上見到的陌生人以及在火車站出現的陌生人，沒有得到什麼線索。令人傷腦筋的是這件謀殺案的目的，誰也說不清動機到底是什麼。」

「啊！關於這點，我可沒辦法幫助你了。但我想你是希望我們明天去看一看的，是嗎？」

「如果這樣的要求不是十分過分的話，福爾摩斯先生，那我就非常感謝了。早晨六點鐘有一班火車從查林十字街開到查瑟姆，我們大約八、九點鐘就能到達約克斯利老宅。」

「那麼我們就搭這趟火車好了。這個案件有一些使人非常感興趣的地方，我很高興能夠對此進行一些調查。哦，快一點鐘了，我們最好睡上幾個小時，我想你能夠在壁爐前面的沙發上湊合一夜吧。在我們出發前，我會點上我的酒精燈為你煮一杯咖啡的。」

第二天清晨，風已經停了，但是我們動身上路的時候，依然寒冷刺骨。嚴冬的太陽無精打采地照在泰晤士河以及兩岸的沼澤地上，這使我想起我們合作初期時，一起追捕安達曼人的案件。經過一段漫長而又令人疲倦的旅程後，我們在距離查瑟姆幾英里遠的一個小站下了火車。在一家當地的小旅館，車夫正在準備馬車，我們也趁機匆匆忙忙地吃了早飯，所以當最終到達約克斯利老宅的時候，我們已經準備好立即投入偵查。一位警官在花園的大門口迎接我們。

「哎，威爾遜，有什麼消息嗎？」

「沒有，先生，沒有任何消息。」

「沒有關於看到陌生人的報告嗎？」

「沒有，先生。在火車站那邊，他們非常確信昨天既沒有陌生人前來，也沒有陌生人從那裡離開。」

「你問過旅館和其他可以住宿的地方了嗎？」

「是的，先生，我們已經查過所有的人。」

「從這裡走到查瑟姆不是很遠，任何人都有可能待在那裡，或者搭火車離開而不被人注意。

這就是我提過的那條花園小徑，福爾摩斯先生，我可以發誓昨天這條小徑上沒有任何足跡。」

「草地上的足跡是在小徑的哪一邊呢？」

「這一邊，先生，在小徑和花床之間的草地邊上。現在看不到那些痕跡了，但是我昨天看得清清楚楚。」

「是的，是這樣的，有人曾經從這裡走過。」福爾摩斯彎腰查看草地，並說道，「這位女士一定非常仔細小心，因爲如果她走在草地邊緣一邊的小徑上，就會在小徑上留下痕跡，而如果她走在草地邊緣另外一邊的柔軟花床上，就會留下更加清晰的痕跡。」

「是的，先生，她肯定很沉著冷靜。」

我看到福爾摩斯專心地思索著。

「你說她一定是從這條路走出來的？」

「是的，先生，沒有別的路了。」

「從這一段草地上走過的嗎？」

「沒錯，福爾摩斯先生。」

「幹得很好——非常好，啊，我想我們已經走到小徑的盡頭了，讓我們再往前多走一些。我想花園的門通常是開著的，是這樣吧？那麼這位客人只要走進來就可以。她並沒有殺人的想法，不然她會隨身帶著武器，而不必去拿寫字臺上的刀子。她走過這條走廊，並且沒有在椰棕墊子上留下任何痕跡，然後她來到了這間書房。她在書房裡待了多久？我們無法判斷。」

「不過幾分鐘，先生。我忘記告訴你了，馬柯太太，就是那位女管家，曾經在出事前不久在書房裡進行打掃，她說大約是在出事前一刻鐘。」

「好的，這給了我們一個時限。這位女士進了房間，她做些什麼呢？她走到寫字臺前，她這樣做是爲了什麼呢？不是爲了拿抽屜裡的東西，因爲如果有什麼值得她拿的東西，肯定也已經鎖起來了。不，她要拿的是那個木頭櫃子裡的什麼東西。啊呀！櫃子表面上的這道刮痕是怎麼回事？點根火柴，華生。你爲什麼沒有告訴我這個情況呢，霍普金斯？」

福爾摩斯正在檢查的那道刮痕是從鑰匙孔右邊的銅片開始的，大約有四英寸長，把櫃子表面的漆皮都刮掉了。

「我注意到這一點了，福爾摩斯先生，不過一般來說我們總是會在鑰匙孔周圍發現刮痕的。」

「這個刮痕是新的，非常新。看看銅片上被刮過的地方有多亮啊，舊刮痕的顏色和銅片表面的顏色是一樣。用我的放大鏡看一看。這裡也有被刮開的漆皮，就像犁溝兩旁被翻起的土。馬柯太太在嗎？」

一位上了年紀、面帶愁容的婦女走進房間。

「你昨天上午打掃過這個櫃子嗎？」

在嘴巴周圍的黃色短鬚。一根香菸在他那蓬亂的白色鬍鬚中冒出一點亮光，房間中充滿了難聞的陳舊菸草味道。當他向福爾摩斯伸出手的時候，我看見他的手上滿是煙薰的黃漬。

「你抽菸嗎，福爾摩斯先生？」他說道。他說話時十分注意用詞，但是有點奇怪的矯揉造作腔調。「請你抽根菸吧。你也來一根嗎？先生。這些菸是亞歷山大港的艾奧尼蒂斯專門爲我特製的，所以我向你推薦。他每次寄給我一千根，說起來眞是慚愧，我每兩週就要讓他寄來一次。這樣不好，先生，非常不好，但是一個老人又有什麼娛樂呢。菸和工作——這是我所能擁有的、唯一的東西。」

福爾摩斯點燃了一根香菸，眼睛來回掃視著，仔細查看房間的每一個角落。

「原本有菸和我的工作，可是現在只有剩下菸了。」老人感嘆道，「唉！我的工作完全被打斷了。誰能料到會發生這樣可怕的災難呢？多麼難得的一個年輕人！經過幾個月的訓練，他已經成爲一名得力的助手。你怎樣看這件事情呢，福爾摩斯先生？」

「我還沒有想好。」

「如果你能幫助我們弄清楚這件毫無頭緒的案子，我會非常感激你的。對於像我自己這樣的書呆子和殘廢來說，這樣的打擊簡直是當頭一棒，我似乎連思考的能力都喪失了。但是你是一個精力充沛的人——你精明能幹，這是你每天日常生活的一部分。在任何緊急情況下，你都能泰然處之。有你來幫忙，我們實在是太幸運了。」

當老教授在說話的時候，福爾摩斯在房間的一側走來走去。我發現他正在快速地抽菸，顯然，他和這幢房子的主人一樣，也喜歡這種亞歷山大港來的香菸。

「是的，先生，這是一次具有毀滅性的打擊。」老人說道，「那是我的作品——就是那邊的茶几上的那一疊稿紙。其中，我對於在敘利亞和埃及的科普特修道院中所發現的文獻進行了分析。這本書對於天啓教派的基礎將產生深遠的影響，可是現在我失去了我的助手，而且身體日益衰弱，眞不知道還能不能繼續完成這部作品。啊！福爾摩斯先生，你抽菸的速度比我還快！」

福爾摩斯笑了笑。

「我是一名鑒賞家。」他說道，並從菸盒中又取出一根香菸——這已經是他抽的第四根香菸，然後他用剛剛抽過的那根香菸的菸頭將它點燃。「我不會再用冗長的盤問來麻煩你了，柯瑞姆教授，因爲我知道出事的時候，你在床上，而且什麼也不知道。我只想問一個問題，可憐的維洛比臨死的時候說道，『教授，是她』，你認爲他說的是什麼意思呢？」

教授搖了搖頭。

「蘇珊是一個農村的女孩子。」他說道，「而且你知道這種人愚蠢得令人難以置信，我想那個年輕人神志不清，只是咕噥著一些不連貫的話語，蘇珊卻把它們錯誤地理解成這樣一句毫無意義的話。」

「我明白了。你對於這樁悲劇如何解釋呢？」

「可能是個意外事故，也可能是自殺，當然，我只是在我們自己人間這樣說。年輕人有他們自己隱藏在內心的煩惱，或許是愛情這一類的事情，不過我們永遠無法知道罷了。這比謀殺的可能性更大一些。」

「可是那副眼鏡呢？」

「啊，我只不過是個學者，一個好空想的人，無法解釋現實生活中的實際事物。但是，我的朋友，我們都清楚愛情的表現形式可以是千奇百怪的。請你再抽根菸，看到有人如此喜歡它們，我很高興。當一個人要結束自己生命的時候，他可能會拿一把扇子、一雙手套、一副眼鏡——沒有人知道他究竟會把什麼東西當作珍品拿在手中。這位先生談到了草地上的腳印，但是畢竟這種推測是很容易弄錯的。至於那把小刀，很可能是這個不幸的青年摔倒的時候丟出去的。或許我說得十分幼稚，但是，在我看來，維洛比·史密斯是自殺身亡的。」

福爾摩斯似乎對這種解釋感到驚訝，並繼續在房間裡來回走了一會兒。他陷入了沉思，並一根接著一根地繼續抽著菸。

「告訴我，柯瑞姆教授。」他最後說道，「寫字臺的小櫥裡放的是什麼東西？」

「沒有什麼會使小偷感興趣的東西，只是家庭文件、我不幸妻子的來信以及我在一些大學裡的學位證書。這是鑰匙，你可以自己看一看。」

福爾摩斯接過鑰匙，看了片刻，又把它遞還給教授。

「不，我想鑰匙對我沒有什麼幫助。」他說道，「我倒是更希望能夠靜靜地走到你的花園，把整件事情在腦子裡好好地思考一下。你提出的自殺說法，還是有一定的道理。很抱歉我們來打擾你，柯瑞姆教授，我保證在午飯之前不會再來打攪你。兩點鐘的時候，我們再來，並向你報告在這期間可能發生的任何情況。」

福爾摩斯看起來好像有些心不在焉。我們在花園的小徑上默默地來回走了許久。

「你有線索了？」我最後問道。

「這取決於我所抽的那些香菸。」他說道，「或許我完全弄錯了，不過，香菸會告訴我的。」

「我親愛的福爾摩斯，」我大聲驚叫道，「究竟是怎麼——」

「哦，哦，你自己會親眼看到的。即使不是這樣，也不會有什麼害處。當然啦，我們還有眼鏡商的那條線索，總可以再回去尋找那條線索，並開始調查。可是，我想走一條獲得線索的捷徑。啊！馬柯太太來了！讓我們和她好好談上五分鐘，這對於破案會有幫助的。」

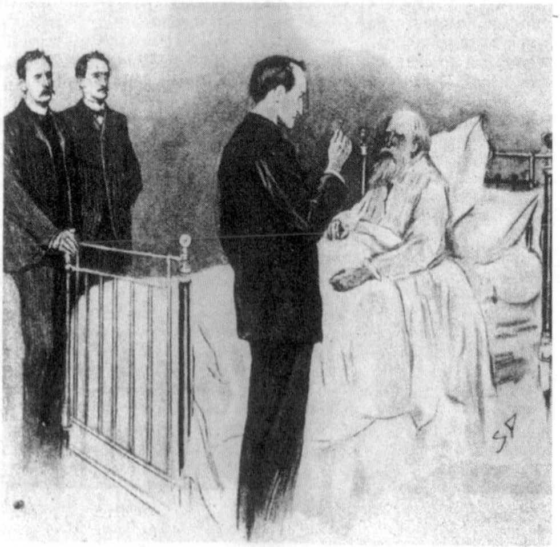

我大概以前就提到過，如果福爾摩斯願意的話，他有種很奇特的討好女士的方法，並且還能

很容易地獲得她們的信任。他只用所說時間的一半，就贏得了那位管家的好感，並且和她談得很投機，就像是相識多年的朋友一樣。

「是的，福爾摩斯先生，事情就像你所說的那樣，先生。他抽菸確實很厲害，整天抽菸，有時還會整晚地抽，先生。我曾經見到那個房間在早上的情景──啊，先生，你會把那兒當成倫敦的濃霧。可憐的年輕的史密斯先生，他也抽菸，只是沒有像教授那樣厲害。他的健康──哎，我覺得抽菸既沒有使他更好也沒有讓他變得更壞。」

「啊！」福爾摩斯說道，「可是抽菸會降低食慾。」

「哦，我不知道這一點，先生。」

「我猜，教授一定吃得很少。」

「啊，我應該說，他吃得時多時少。」

「我敢打賭，他今天早上一定沒有吃早飯，而且我看見他抽了很多香菸，所以他肯定午飯也吃不下了。」

「啊！那你就輸了，先生。事實是，他今天早上吃了一頓豐盛的早餐，我從來沒有見過他吃得這麼多，而且他又點了一大份肉排做午飯。我自己也感到很驚訝，因爲自從昨天我進入那個房間並看到年輕的史密斯先生倒在地板，我對食物就連看都不想看了。哎，世界上什麼樣的人都有，教授並沒有讓這件事情攪亂他的食慾。」

我們在花園裡消磨掉整個上午的時間。史丹利・霍普金斯已經到村子裡去調查一些傳言，據說前一天清早有幾個孩子在查瑟姆大路上看見了一名陌生的女士。至於我的朋友，他通常的能量似乎已經消失得無影無蹤，我從來沒有看過他如此缺乏熱情地處理案子，甚至連霍普金斯帶回來的消息也無法引起他強烈的興趣。霍普金斯已經找到了那些孩子，而且他們確實看到一位完全符合福爾摩斯描述的女士，還戴著一副眼鏡。吃飯的時候，蘇珊一邊服侍我們，一邊也積極地講了一些情況，這時福爾摩斯變得較專注起來。蘇珊肯定地說昨天早上史密斯先生出去散步，而且他回來後只有半小時就發生了這件慘案。我自己看不出這個事件與整個案子有什麼聯繫，但是我清楚地看出福爾摩斯正在把這件事情納入他頭腦中形成對整個案件的理解之中。突然他從椅子上跳了起來，看了看手錶。「兩點鐘了，先生們。」他說道，「我們上樓去了，和我們的這位教授朋友把事情談個明白。」

老人剛剛用過午飯，而且桌上的空盤子顯然表明他的食慾很好，正如他的管家所說的那樣。當他轉過頭來，閃爍的目光投向我們時，他看起來確實像個怪異的人，總是抽得沒完沒了的香菸在他嘴裡冒著濃煙。他已經穿好衣服，正坐在爐火旁邊的一張扶手椅上。

「啊，福爾摩斯先生，你解開這個謎團了嗎？」他將靠近自己桌上的一大盒香菸推向我的搭檔。就在同時，福爾摩斯伸出了他的手，不料兩人卻將菸盒打翻在地。一時間，我們全都跪在地上，四處尋找散落的菸捲。當我們站起身的時候，我發現福爾摩斯的眼睛裡閃爍著亮光，而且他的雙頰泛著淡紅色——只有在具有決定性的時刻，他的臉上才會出現這種臨戰的表情。

「是的。」他說道，「我已經解開了這個謎團。」

霍普金斯和我驚訝得睜大了眼睛。老教授那憔悴的身體裡顫抖著發出一聲類似譏諷的冷笑。

「眞的嗎？在花園裡？」

「不，在這裡。」

「這裡？什麼時候？」

「就是現在。」

「你一定是在開玩笑，福爾摩斯先生，你使我不得不提醒你，這是一件極爲嚴肅的事情，不可以這樣隨隨便便地對待。」

「我已經得出並驗證了我的結論中的每一環，柯瑞姆教授，而且我可以肯定它們都是合理可靠的。至於你的動機是什麼，或者說你在這樁離奇的案件中扮演了什麼角色，我還無法說清楚。幾分鐘後，你或許會親口講給我聽，同時我再爲你敍述一下發生的事情，這樣你就會明白我還需要哪些資訊。

「昨天，一位女士進入你的書房，她來此的目的是要拿走你櫃子裡的某些文件，她自己有一把鑰匙。我已經檢查過你的鑰匙，而且沒有發現那個漆皮上的刮痕可能在鑰匙上造成的輕微褪色。因此，你不是同謀，而且就我得知的證據來看，你並不知道她來搶劫你。」

教授從嘴裡吐出一團煙霧。「這很有趣而且很具啓發性。」他說道，「你沒有什麼要補充的嗎？當然啦，已經對這位女士進行這麼久的調查，你也一定能夠說出她後來的情況。」

「我會盡力這樣做的。起初，你的秘書抓住她，爲了脫身，她刺傷這位秘書。對於這場災難，我傾向於把它看成是個不幸的意外事件，因爲我相信這位女士無意造成如此嚴重的傷害。刺客是不會不帶武器，空手而來的。她被自己所做的事情嚇壞了，不顧一切地逃離悲劇的現場。不幸的是，她在廝打的時候丟掉了眼鏡，而因爲她近視得很厲害，沒有眼鏡就什麼也看不清。她沿著一條走廊跑下去，以爲那就是來時走的那條走廊，因爲兩條走廊上都鋪著椰棕墊子，當她明白自己走錯路的時候，已經太晚了，身後的退路已經被切斷。她該怎麼辦呢？她不能退回去，也不能站在原地不動，必須繼續走。於是她繼續走了下去，上了一段樓梯，推開一扇門，並發現自己來到了你的房間。」

老人坐在那裡，嘴巴大張著，睜大眼鏡盯著福爾摩斯看。他的臉上分明流露出詫異與恐懼，然後，竭力控制住情緒，聳了聳肩膀並發出一陣假笑。

「一切都非常精彩，福爾摩斯先生。」他說道，「但是在你那絕妙的故事中有個小小的漏洞，因爲我就待在我自己的房間裡，而且一整天都沒有離開過。」

「我知道這一點，柯瑞姆教授。」

「那你的意思是我躺在床上，卻沒有注意到一位女士進到我的房間裡？」

「我從來沒有這樣說過，事實上，你知道她來到你的房間，並且和她講話，認出了她，還幫助她逃脫了。」

教授又高聲地笑了起來。他站了起來，眼睛裡閃著最後一線希望。

「你瘋了！」他大聲喊道，「你在胡說八道！我幫助她逃跑？她現在在哪裡呢？」

「她就在那裡。」福爾摩斯說道，並指了指放在房間角落裡的一個高書櫃。

我看到老人舉起了雙手，他那冷酷的臉劇烈地顫動扭曲，然後整個身體又向後仰去，靠在椅子上。就在這個時候，福爾摩斯所指的那個書櫃門旋轉打開了，一位女士急匆匆地從裡面走出來，並來到房間裡。「你說得沒錯！」她大聲說道，並帶著一股奇怪的異國腔調，「你說得很正確！我是在這裡。」

她的身上沾滿了褐色的灰塵，衣服上還掛著從牆上蹭下來的蜘蛛網，臉上也沾滿了一條一條的塵垢。她長得並不漂亮，具有福爾摩斯所推測的那些身體特徵，此外，她還長著長長的下巴，看起來十分倔強。她的視力本來就很差，同時又是剛剛從暗處來到明處，因此站在那裡眨著兩眼，努力想要看出我們的位置和身分。儘管她有

這些美中不足，但是舉止中有一種高貴的氣質，倔強的下頜以及高昂的頭都表現出一種勇敢，使得在場的人無不爲之敬慕。

霍普金斯抓住了她的手臂，並把她作爲犯人的爲她戴上手銬，但是她輕輕地將他推開，神色莊嚴，使人不得不服從。柯瑞姆教授仰靠在扶手椅上，面部扭曲，目光陰鬱地盯著她看。

「是的，先生，我是你的犯人。」她說道，「我站在那裡，聽到一切，而且也知道你們已經弄清了事情的眞相。我承認，是我殺死了那個年輕人。但是，你是正確的，那是一件意外事故。我甚至不知道我手中拿的是一把小刀，因爲我在絕望之中，從桌子上抓起一件東西，便向那個年輕人刺去，好讓他放開我。我說的全是事實。」

「夫人。」福爾摩斯說道，「我相信你說的就是事情眞相。你的身體好像很不舒服吧。」

她的臉色非常難看，塵土使她看起來顯得很可怕。她坐到床邊上，然後繼續她的敘述。

「我在這裡剩下的時間不多了。」她說道，「但是我要把全部的事實告訴你們。我是這個人的妻子，他不是英國人，而是一個俄國人，我不想說出他的名字。」

老人第一次稍稍挪動了一下。「上帝保佑你，安娜！」他大聲說道，「上帝保佑你！」

她向老人的方向投射了充滿蔑視的一瞥。「你爲何一定要過這種痛苦的生活呢，塞爾吉亞斯？」她說道，「這種生活已經傷害了很多人，而且對任何人都沒有好處，甚至對於你自己也沒有什麼好處。但是，是否在上帝召喚你之前，就結束你的生命，這並不是由我來決定的。自從我跨過這幢受詛咒的房子門檻，我的靈魂就罪孽深重。但是，我一定要說出來，不然的話，就太晚了。

「我已經說過了，先生們，我是這個人的妻子。我們結婚的時候，他已經五十歲，而我還只是一個二十歲的傻姑娘。那是在俄國一個城市中的一所大學，我不想說出那個地方的名字。」

「上帝保佑你，安娜！」老人又低語道。

「你們知道，我們是改革者、革命者、無政府主義者，他和我以及許多其他的人都是如此。後來我們遇到困難，一名警官被殺害，我們之中有許多人都被捕了。警方需要證據，為了活命並獲得一大筆獎賞，我的丈夫背叛了他自己的妻子以及夥伴們，是的，由於他的告密，我們全部被捕了。有的被送上絞刑架，有的則被流放到西伯利亞。我被送到了西伯利亞，但不是終生流放。我的丈夫帶著那筆不義之財來到英國，並且過著安寧的生活。他很清楚地知道，如果我們的兄弟會知道他的下落，不出一個星期，正義就會得到伸張。」

老人伸出一隻顫抖的手，為自己拿了一根香菸。「我的生命掌握在你的手裡，安娜。」他說

道，「你一直對我很好。」

「我還沒有告訴你們他最可惡的罪行呢。」她說道，「在我們的團體裡，有一位同志是我的知心朋友，他高尚、無私、充滿愛心，這些氣質都是我的丈夫所不俱備的。他仇視暴力，雖然我們都是有罪的——如果說使用暴力是一種犯罪——但是他是清白的，他不停地寫信給我們，勸我們不要使用暴力。這些信件是可以使他免受刑罰的。我的日記也可以證明，因爲我每天在日記中都記述了我對他的感情以及我們每個人所持的觀點。我的丈夫發現這些信件和我的日記，而且還把它們拿走。他把信件和日記藏起來，然後竭盡全力要證明這位年輕人應該被判處死刑。雖然他沒有達到目的，但是阿列克謝被當作罪犯送到西伯利亞，此刻他正在一個鹽礦裡做工。想想看，你這個惡棍，你這個惡棍！現在，就是現在，此時此刻，阿列克謝，本來你連他的名字都不配說，可是他卻像奴隸一般地工作、生活，你的生命就在我手中，可是我還是放過你。」

「你一直是一個高尚的女人，安娜。」老人噴吐著煙霧，說道。

她站起身來，但是隨即又坐下，並發出一聲痛苦的呻吟。

「我必須說完。」她說道，「在我服刑期滿以後，就開始著手尋找這些信件和日記，因爲如果將它們寄給俄國政府，我的朋友就可以得到釋放。我知道我的丈夫已經來到英國，經過幾個月的查訪，我終於弄清他的下落。我知道他仍然保存著我的日記，因爲當我還在西伯利亞的時候，他曾經寫過一次信給我，信中責備我的時候引用了我日記中的話。但是我很清楚，他生性報復心強，一定不會自願把日記交還給我，我必須自己想辦法親自將日記拿回來。為此，我從一家私家偵探所請了一位私家偵探，他以秘書的身分來到我丈夫的家裡——他就是你的第二個秘書，塞爾吉亞斯，就是那個匆匆離開這裡的那個秘書。他發現文件全部保存在這個小櫥裡，並且取了鑰匙模。他不願意再做更多的事情，便給了我這幢房子的平面圖，並且告訴我在上午這間書房總是空著的，因爲秘書是住在樓上的。所以我最終鼓起了勇氣，決定親自來拿這些東西。我確實拿到想要的東西，可是卻付出了什麼樣的代價啊！

「我剛拿到日記和信件，正要鎖上小櫥的時候，那個年輕人抓住了我。那天清早我曾在路上遇見他，而且我還請他告訴我柯瑞姆教授的住處，可是我不知道他是柯瑞姆雇傭的人。」

「沒錯！的確如此！」福爾摩斯說道，「秘書回來後，告訴了教授他在路上遇到的那位女士。然後，在他臨死前，他想表達的意思是兇手就是她——就是他與教授談起的那位女士。」

「你必須讓我講完。」這位女士以命令的口吻說道，她的面部抽搐，似乎十分痛苦。「當那個年輕人倒下去的時候，我從那個房間衝了出來，走錯了門並且來到我丈夫的房間。他說要告發我，我告訴他如果他那樣做，那麼他的性命就掌握在我的手裡了。如果他將我交給員警，我就把他的事告訴我們的團體。我不是爲了自己想要活命，而是想要達到我的目的。他知道我說到做到，他自己的命運和我的命運是相互牽連的。僅僅是這個原因，而且再也沒有其他原因，他掩護了我。他把我塞進那個黑暗的藏身角落——這是老式的構造，而且只有他自己才知道。他在自己的房間裡吃飯，以便分給我一些他的食物。我們商量好，只要員警一離開這幢房子，我就要趁著黑夜偷偷走掉，永遠不能再回來。但是你最終還是識破了我們的計劃。」她從裙子的胸前取出一個小包裹。「這是我生前最後的話。」她說道，「這個小包裹可以救阿列克謝。由於你的榮譽以及對正義的熱愛，我把這個包裹委託給你。拿著它！你要把它送到俄國大使館。我已經盡了我的責任，而且——」

「攔住她！」福爾摩斯喊道。他一下子從房間的一頭跳到了房間的另外一頭，並從她的手中奪下一小藥瓶。

「太晚了！」她說道，然後就倒在床上。「太晚了！我在離開那個地方前，就吃了毒藥。我的頭好暈！我要死了！我請求你，先生，一定要記得那個小包裹。」

「這是一個簡單的案件，但是在某些方面也很引人深思。」在我們搭車回城的路上，福爾摩斯說道。「從一開始問題就圍繞著那副夾鼻眼鏡。雖然那個年輕人很幸運地在臨死前抓到了這副眼鏡，但是我卻不能肯定，我們是否能夠找到解決問題的方法。在我看來很清楚的一點是，從眼鏡的深度可以斷定，眼鏡主人近視的程度很深，而且離開了眼鏡就什麼事也做不了。當你讓我相信她確實走過那一小塊草地，而且絕對不會錯的時候，我曾經說過，或許你還記得，這種做法非常值得注意。在我的腦子裡，我認爲這是完全不可能的，除非她還有另外一副眼鏡。因此，我只能認眞地考慮她還在那幢房子裡的這種假設。當我看到兩條走廊十分相似的時候，我就明白她很有可能走錯路，而且如果眞的是那樣的話，那麼她顯然去過教授的房間，因此我十分密切地注意一切能夠證實這個假設的線索。我仔細地檢查了這個房間，想看一看有沒有可以藏身的地方。地毯看上去是整塊的，並且釘得很牢固，因此我打消房間裡有地板門的假設。在書櫃的後面可能有躲藏的地方，你們知道，在老式的書房裡經常有這樣的結構。我注意到地板上到處都堆滿了書，但是那個書櫃卻是空的，所以這個書櫃可能就是一扇門。我找不到其他的證據來證實這一點，但是地毯是暗褐色，這樣就非常便於檢查。所以我抽了很多根那種上好的香菸，並且把菸灰都彈在那個可疑的書櫃前面。這是一個很簡單的方法，但是非常有效。然後我就下樓去了，並且弄清楚柯瑞姆教授的飯量增加了。華生，當時你也在場，但是你卻沒有理解我談話的目的。柯瑞姆教授飯量的增加很容易使人想到他在爲另外一個人提供食物。然後，我們又上樓回到那個房間。我弄翻了香菸盒，在撿香菸的時候，我仔細地察看地板，並且透過菸灰上的痕跡可以清楚地看到在我們離開那裡以後，她從藏身的地方出來過。霍普金斯，我們已經到了查林十字街車站，我祝賀你成功地解決這樁案件。毫無疑問，你一定是要去警察總部！我想，華生，你和我一起坐車去俄國使館吧。」

第十一篇　失蹤的中後衛

在貝克街，我們已經相當習慣收到一些內容離奇的電報，可是，我卻非常清楚地記得在七、八年前的二月中、在一個陰沉沉早晨所收到的一封電報，它使得夏洛克·福爾摩斯先生著實迷惑了長達一刻鐘之久。電報是發給他的，電文如下：

請等我，萬分不幸。右中後衛失蹤，明日非他不可。

歐沃爾頓

「斯特蘭德的郵戳，十點卅六分發出的。」福爾摩斯把這份電報讀了好幾遍，說道，「顯然歐沃爾頓先生在發這份電報的時候，心情十分激動，所以語序不夠連貫。啊，好的，我可以肯定等我讀完這份《時事報》的時候，他一定會趕到這裡，到那時我們就能夠知道一切情況了。近來的日子十分清閒無聊，所以即使是最無關緊要的問題我都歡迎。」

那段日子對於我們來說確實是太沉悶乏味了，而且我已經開始害怕那種無所事事的日子，因為經驗告訴我，我朋友的大腦異常活躍，如果沒有什麼事情讓他思考、工作，那就十分危險。這些年來我逐漸地使他戒掉大量服用藥物的癖好，這些藥物曾經一度妨礙他從事那非凡的事業。現在我知道，在一般情況下，福爾摩斯已經不再需要服用這種人造的刺激劑了。但是，我很清楚地明白，他可怕的病症並沒有被完全消除，而只是潛伏下來，並且很容易被再次誘發。在事情不是十分繁忙時，我曾看到福爾摩斯那苦行僧般的憔悴、病態的神色，以及深陷、高深莫測的雙眼鬱悶樣子。所以，不管這位歐沃爾頓先生是什麼人，我都要感謝他，因為他帶來的不解之謎可以打破危險的風平浪靜狀況，而這種風平浪靜帶給我朋友的傷害要遠比他那動盪生活中所有風暴帶來的傷害還要大。

正如我們所料，收到電報後不久，發電報的人就親自登門了。他的名片上印著：劍橋，三一學院，希瑞爾・歐沃爾頓。走進來的是一位身材魁梧、結實的年輕人，足足有二百二十多磅重，他那寬闊的肩膀幾乎把門口堵住了。他來回打量我們兩人，英俊的臉上滿是憔悴與憂慮。

「你是夏洛克・福爾摩斯先生嗎？」

我的朋友點了點頭。

「我已經去過蘇格蘭警場了，福爾摩斯先生。我見到史丹利・霍普金斯警官，他建議我來找你。他說，在他看來，這個案件交由你解決比交給官方警探更合適。」

「請坐，把你的問題先爲我們講一講吧！」

「事情眞是糟糕，福爾摩斯先生——簡直是糟糕透了！我猜我的頭髮都快急白了。高德弗萊・斯道頓——你一定聽過這個名字吧？他是全隊的靈魂。我寧願從隊裡撤下兩名隊員，只要能保證把高德弗萊留在中後衛線上。不論是傳球、帶球、還是搶球，都沒有人能夠趕得上他。除此之外他還是隊裡的核心，能夠讓我們大家團結起來。我該怎麼辦呢？我就是來向你請教這個問題的，福爾摩斯先生。我們有第一後補莫爾豪斯，他在訓練的時候踢的是中衛位置，而且他總是不好好守在邊線上，卻要擠到場內搶或爭球。他的定位球踢得很好，的確很好，但是他不善於判斷場上的形勢，而且不善於拼搶。哎，莫爾頓或詹森都是牛津隊的宿將，他們可能會死死地纏住他的。斯蒂文遜的速度還可以，但是他不會在二十五碼線踢落地球。如果一個中後衛既不會踢落地球，又不能踢凌空球，那麼他就根本不配參加比賽。不，福爾摩斯

先生，除非你幫助我找到高德弗萊・斯道頓，不然我們就輸定了。」

這位客人急切、有力地訴說著這個長長的故事，他那強壯的手臂不時地拍打著自己的膝蓋，以便將每一點都講得清楚明白、容易理解。我的朋友則耐心地聽著，臉上露出感興趣的詫異神色。當我們的客人講完停下來的時候，福爾摩斯伸手從他的摘錄簿中取出有「S」字母的那卷資料。他埋頭於這卷內容豐富的資料中好一會兒，然而最終一無所獲。

「這裡有亞瑟・H・斯道頓，一個年輕的僞造紙幣者。」他說道，「還有亨利・斯道頓，我協助員警把這個人絞死。可是高德弗萊・斯道頓這個名字我以前卻沒有聽過。」

這回輪到我們的客人露出驚訝的神色了。

「啊，福爾摩斯先生，我還以爲你什麼都知道呢。」他說道，「如果你沒有聽過高德弗萊・斯道頓，那麼你也不知道希瑞爾・歐沃爾頓了？」

福爾摩斯非常幽默地搖了搖頭。

「天哪！」這位運動員大聲說道，「在英格蘭與威爾士的比賽中，我是球隊的第一替補，而且今年全年我都是大學生隊的領隊，不過，那些不算是什麼！我認爲在英格蘭沒有一個人不知道高德弗萊・斯道頓，他是最好的中後衛，劍橋隊、布萊克希斯隊和國家隊都請他打中後衛，而且他已經參加五次國際性的比賽。天哪！福爾摩斯先生，你原來是住在英國嗎？」

面對這位年輕巨人天眞的詫異，福爾摩斯笑了笑。

「你生活的圈子和我的是不一樣，歐沃爾頓先生，你的生活更加愉快而且更加健康。我和社會上的各界人士基本上全有接觸，可就是和業餘體育界的人士從未有過來往，對於這一點我倍感欣慰，因爲由此可見業餘體育界是英國最有意義、最有益於健康的事業。然而今天早上你的意外光臨卻說明了，即使在這個充滿新鮮空氣和公平競賽的世界裡，也會有用得著我的地方。那麼，現在，我的好先生，請你坐下來，慢慢地、平靜地告訴我們到底出了什麼事，還有你希望我怎樣來幫助你。」

年輕的歐沃爾頓臉上露出不耐煩的神色，那種樣子正如同慣於使用體力而不是腦力的人所常有的那樣。儘管如此，他還是一點兒一點兒地爲我們講述了這個奇怪的故事，當然在他的敘述中出現的諸多重複和模糊之處，我已刪去。

「事情是這樣的，福爾摩斯先生，就如同我已經和你說過的那樣，我是劍橋大學橄欖球隊的領隊，而高德弗萊·斯道頓是我麾下最好的隊員，明天我們要和牛津大學隊進行比賽。昨天我們全隊來到這，住在本特雷私營旅館。晚上十點鐘的時候，我去看了看，所有的隊員都休息，因爲我一直相信嚴格的訓練和充足的睡眠可以保持一個隊伍良好的競技狀態。在高德弗萊上床休息前，我和他聊了兩句。當時他看上去臉色發白，而且心緒不寧。我問他是怎麼一回事，他說他很好，只是有一點頭痛。我和他說了晚安，然後就離開了。半個小時後，旅館的門房對我說有個臉上長著鬍鬚、相貌粗魯的人拿著一封信來找高德弗萊。那個時候，他還沒有上床，所以信被送到他的房間。他讀過信後，就一下子癱倒在椅子上，好像是被人用斧子砍了似的。門房十分驚訝，便要去找我，高德弗萊叫住門房，喝了一點水，然後又振作起來。接著他走下樓，和在大廳裡等候的那個人說了幾句話，之後兩個人就一起離開了。門房看到的最後情景就是他們二人在大街上朝著斯特蘭德的方向跑去。今天早上，高德弗萊的房間是空的，床上沒有睡過的痕跡，而且他的物品也絲毫未動，全部還是像我在昨天晚上看到的那樣。那個陌生人一來找他，他就立刻跟著那人走了，之後就再也沒有消息，我想他是不會回來了。他是一名真正的運動員，高德弗萊的確如此，他深深地熱愛體育運動，要不是有什麼十分重要的原因，他是絕對不會無端停止訓練，並讓自己的領隊失望。不，我覺得他是永遠地離開了，而且我們再也不會見到他。」

福爾摩斯聚精會神地聽著關於這件怪事的敘述。

「你採取什麼措施了嗎？」他問道。

「我發過電報到劍橋，詢問那裡是否有他的消息。且收到了回復，沒有人看過他。」

「他有可能回劍橋了嗎？」

「是的，有一趟晚車，十一點一刻開。」

「可是，按照你的判斷，他並沒有乘坐這趟火車？」

「是的，沒有人看過他。」

「然後你又做了什麼呢？」

「我又給蒙特．詹姆士爵士發了電報。」

「爲什麼要給蒙特．詹姆士爵士發電報呢？」

「高德弗萊是一個孤兒，蒙特．詹姆士爵士是他最近的親屬了——我想是他的叔父。」

「原來如此，這個情況爲這件事情帶來新的線索。要知道，蒙特．詹姆士爵士是英國最富有的人之一。」

「我聽高德弗萊這樣說過。」

「而且你的朋友和蒙特．詹姆士爵士是近親？」

「是的，高德弗萊是他的繼承人，而且老爵士已經將近八十歲，還患有十分嚴重的風濕病，人們說他都能用他的那些關節給撞球桿上粉。他在一生中從來沒有給過高德弗萊一個先令，因爲他是一個地道的守財奴，不過那些財產遲早都要歸高德弗萊所有。」

「蒙特．詹姆士爵士那裡有什麼消息嗎？」

「沒有。」

「如果高德弗萊去了蒙特．詹姆士爵士那裡，那麼他又可能是出於什麼原因呢？」

「嗯，前一天晚上有件事情使高德弗萊心神不寧，而且如果那件事情和錢有關的話，他很有可能會去求助於他關係最近的親屬。畢竟蒙特．詹姆士爵士有很多錢，儘管就我所知，高德弗萊得到這筆錢的可能性非常小。高德弗萊並不喜歡這位老人，如果有其他的辦法，他是不會去爵士那裡求助的。」

「好的，關於這個問題我們很快就可以知道答案。如果你的朋友高德弗萊去了他的親戚蒙特・詹姆士爵士那裡，那麼你就需要解釋那個相貌粗魯的人這麼晚來拜訪的原因，以及由於他的到來而引起的焦慮不安。」

希瑞爾・歐沃爾頓雙手抱頭。「我無法解釋。」他說道。

「好吧！好吧！今天的天氣很好，而且我也願意調查這件事情。」福爾摩斯說道，「我強烈建議你好好準備你的比賽，並且不要提及這個年輕人的事情。正如你所說的，他這樣突然地不辭而別，一定是有極爲要緊的事情，而且很有可能也正是這件要緊的事情，使得他至今不能回來。現在讓我們一起去旅館，看看門房是否能夠提供一些新的情況。」

福爾摩斯非常擅於循循善誘，能夠使當事人的心情很快地平靜下來。沒有過多久，我們就來到旅館裡高德弗萊住過的單人房，而且福爾摩斯打聽到門房所知道的一切情況。前一天晚上來的客人既不是一位紳士，也不是一個幹活兒的下人。門房形容他是一個「相貌不怎麼樣的傢伙」，年紀大約在五十歲左右，鬍子斑白，臉色蒼白，穿著很樸素。他看上去似乎很激動，門房注意到當他將信拿出來的時候，他的手不停地顫抖。高德弗萊・斯道頓看過信後，將它塞到口袋。高德弗萊在大廳裡沒有和那個人握手，他們交談了幾句，門房只聽到「時間」這一個詞。然後他們就像前面描述的那樣急忙地離開，當時大廳裡的掛鐘正好是十點半鐘。

「讓我想一想。」福爾摩斯坐到高德弗萊的床上，並且說道，「我想你是白天值班的門房，對嗎？」

「是的，先生，我十一點鐘下班。」

「夜裡值班的門房什麼都沒有看到，是這樣嗎？」

「沒有，先生。只有看戲的人回來得有一些晚，再也沒有別人了。」

「你昨天一整天都在值班嗎？」

「是的，先生。」

「那你有沒有交給斯道頓先生一些信件呢？」

「有的，先生，有一封電報。」

「啊！這很重要。那是在什麼時候？」

「大約六點鐘的時候。」

「斯道頓先生是在哪裡收到那份電報的呢？」

「這裡，就在他的房間裡。」

「當他拆開電報的時候，你在場嗎？」
「是的，先生，我等著看他是不是要回電。」
「那麼，他寫回電了嗎？」
「是的，先生，他寫了一份回電。」
「是你拿去發的嗎？」
「不，是他自己去發的。」
「但是，他是在你在場的時候寫的回電，對嗎？」
「是的，先生。當時我正站在門邊，他把背部轉向桌子。當他寫完後，他說道，『好了，門房，我自己去發這份電報。』」
「他是用什麼筆寫的？」
「鋼筆，先生。」
「他是不是用了這張桌子上的電報紙？」
「是的，就是原來放在最上面的那一張。」
福爾摩斯站起身來，他把那一疊電報紙拿到窗前，並且專心而仔細地檢查最上面那一張的痕跡。
「很遺憾，他沒有用鉛筆寫。」他說，然後丟下電報紙，失望地聳了聳肩。「毫無疑問，就如同你通常注意到的那樣，華生，字跡經常會透到下一張紙上，這曾經毀掉多少美滿的婚姻啊。但是，我在這張紙上沒有發現任何痕跡，可令我高興的是，我看出他在寫字的時候，用的是一支粗尖的鵝毛筆，而且我相信我們肯定會在吸墨紙上找到一些痕跡。啊，是的，就是這個！」

他從吸墨紙上撕下一條，並把上面的字跡給我們看。

希瑞爾·歐沃頓非常地激動。「用放大鏡看一看！」他大聲地說道。

「不必了。」福爾摩斯說道，「紙很薄，從反面便可以看出寫的內容是什麼。就是這裡。」他把吸墨紙翻轉過來，我們讀到：看在上帝的份上，請支持我們！

「那麼，這就是高德弗萊·斯道頓在失蹤前幾小時所發出的電報上的最後一句話。電報上至少有六個詞我們找不到，可是剩下的這些詞：看在上帝的份上，請支持我們！足以證明這位青年看到可怕的危險將要降臨到他身上，並且有另外一個人能夠保護他。請注意『我們』這個詞，這說明還有另外一個人也涉及其中。除了那個面色蒼白、臉上長著鬍鬚、自己也顯得十分緊張的人外，這還可能是誰呢？那麼，高德弗萊·斯道頓和那個大鬍子又是什麼關係呢？爲了躲避迫在眉睫的危險，他們兩人去尋求援助的第三個人又是誰呢？我們的調查目前已經集中到這些問題上面。」

「那麼，我們只要弄清楚電報是發給誰的就可以了。」我建議道。

「完全正確，我親愛的華生。你的想法很好，我也這樣想過。但是我敢說你會發現，如果你走進一家郵局並要求看別人的電報底稿，郵局的工作人員很有可能不會滿足你的要求，而且辦這種事情需要很多繁瑣的手續。但是，我深信只要透過一些巧妙的方法就可以辦得到。同時，歐沃爾頓先生，我希望有你在場的時候，看一看留在桌上的這些文件。」

桌上有一些信件、帳單還有筆記本。福爾摩斯用他那迅速、強健的手指翻閱著，並且用那雙犀利、敏銳的眼睛察看。「沒有什麼線索，」他最後說道，「順便問一句，我想你的朋友是一位身體強壯的年輕小夥子，他沒有什麼疾病，對嗎？」

「他的身體十分健壯。」

「你聽說過他生病嗎？」

「一天也沒有病過。他曾經因爲脛骨被踢傷而休養過，還有一次因爲滑倒摔傷了膝蓋，可是這些都不算是疾病。」

「也許他並不像你想像得那樣健壯，我想他可能有一些難言之隱。如果你同意的話，我想拿走這張桌上的一兩份材料，以備將來調查時用。」

「等一下，等一下！」一個氣急敗壞的聲音喊道。我們抬起頭來，看到一位古怪的小老頭，顫巍巍地站在門口。他穿著已經發白的黑色衣服，戴著寬邊的禮帽，鬆垮垮地繫著一條白色領帶——整個人看上去就像是一個土裡土氣的鄉村牧師，或者就是一個殯儀館的工人。然而，儘管他衣衫襤褸，樣子滑稽，他說話的聲音卻十分清脆，舉止也果敢有力，引人注意。

「你是誰，先生？你有什麼權利動這位先生的文件呢？」他問道。

「我是一位私家偵探，而且正在努力弄清他失蹤的原因。」

「哦，你是私家偵探，是嗎？那麼，是誰讓你來的呢？」

「這位先生，他是高德弗萊的朋友。他是由蘇格蘭警場介紹給我的。」

「你又是誰呢，先生？」

「我是希瑞爾·歐沃爾頓。」

「那麼，這份電報就是你發給我的？我是蒙特·詹姆士爵士，乘貝斯瓦特公共汽車迅速趕來的。你已經把事情委託給一位偵探來辦了嗎？」

「是的，先生。」

「而且你準備付錢了，是嗎？」

「我相信，先生，如果我們能夠找到我的朋友高德弗萊，無疑地，他會付錢的。」

「可是如果永遠也找不到他呢？請回答我這個問題！」

「如果是那樣，他的家人會……」

「不會有這樣的事情的，先生。」那個小老頭尖聲地喊道，「不要向我要一個便士——我一個便士也不給！你明白了嗎，偵探先生！我就是這個年輕人唯一的家人，而且我可以告訴你，我不會負任何責任的。如果他有什麼美好前程，那就是因爲我從來不浪費錢，而且現在也不準備開這個胡亂花錢的先例。至於這些你如此隨意地翻動文件，我可以告訴你，如果這裡面有任何値錢的東西，你都要爲你的所作所爲負全部責任。」

「很好，先生。」夏洛克·福爾摩斯說道，「那麼我是否可以問一下，你自己是否有什麼想法，可以解釋這位年輕人的失蹤呢？」

「不，先生，我沒有。他已經長大了，年紀也不小，可以自己照顧自己。如果他笨得把自己都丟了，那麼我完全拒絕接受尋找他的責任。」

「我十分理解你的處境。」福爾摩斯說道，眼睛中流露出惡作劇般的神情。「但是，你可能並不完全瞭解我的處境。高德弗萊·斯道頓看上去似乎是一個窮小子，如果他被劫持了，那不大可能是因爲他自己擁有的財產。蒙特·詹姆士爵士，你的聲名和財富蜚聲海外，所以這一次完全有可能是一夥強盜爲了瞭解你的住宅、習慣、財寶等等情況而把你的侄子綁架了。」

聽到這裡，我們這位討厭的客人臉色變得慘白，就如同他那白色的領帶。

「天啊，先生，這種想法太可怕了！我從來沒有想到過會有人做這種道德敗壞的事情！世界上竟然會有這種沒有人性的惡棍！但是高德弗萊是個好孩子，一個頑強的小夥子，沒有什麼事情可以誘使他出賣自己的叔叔。我今天晚上就把我的財物送到銀行去，同時，你要不遺餘力，偵探先生，我請求你盡一切可能將他安全地找回來。至於錢嘛，嗯，五鎊、甚至十鎊，你都可以儘管找我要。」

即使他心平氣和地講話，這位吝嗇鬼也無法爲我們提供半點兒有幫助的線索，因爲他對他侄子的私人生活知之甚少。如今我們唯一的線索就在於那份殘存的電報上，於是，福爾摩斯拿著一份抄錄的殘文，著手去尋找相關的線索。我們支開了蒙特·詹姆士爵士，歐沃爾頓也去找他的隊員們商量怎麼應付這個降臨在他們身上的不幸意外。

在離旅館不遠的地方有個電報局，我們在電報局的門外停了下來。

「這値得一試，華生。」福爾摩斯說道，「當然啦，如果有搜查令，我們就可以索取存根進行查對，可是現在我們還沒有進展到那個階段。我想郵局裡這麼忙，他們不大會記住人們的相貌。讓我們來試試看。」

「對不起，麻煩你一下。」福爾摩斯以他最溫和的態度，對著柵格後面的一位年輕女士說道。「我在昨天發的那份電報裡有個小小的錯誤，因爲還沒有收到回電，而且我想我恐怕是忘記在後面寫上自己的名字了。請你幫忙查一下看看是不是這麼回事，好嗎？」

「電報是什麼時候發的？」她問道。

「六點鐘過一點。」

「是發給誰的呢?」

福爾摩斯把手指放到嘴唇上,並且看了我一眼。「電報上最後幾個字是『看在上帝的份上,請支持我們』。」他神色機密地小聲說道。「我很急於收到回電。」

這位年輕的女士抽出一張電報紙。

「就是這張。上面沒有名字。」她說道,並把它平鋪放在櫃檯上。

「怪不得我沒有收到回電。」福爾摩斯說道,「天哪,我眞是太蠢了!再見,女士,謝謝你幫我弄清楚這件事情。」當我們再一次走到大街上的時候,福爾摩斯一面搓著手一面咯咯地笑了起來。

「怎麼了?」我問道。

「我們有進展了,親愛的華生,我們大有進展啦!我想了七種可以看到那份電報存根的辦法,可是我沒有想到第一次就成功。」

「那麼你得到了什麼線索呢?」

「我知道了我們該從哪開始調查。」他叫住了一輛馬車。「去查林十字街火車站。」他說道。

「看來,我們要乘車去很遠的地方了?」

「是的，我想我們必須一起去一趟劍橋，在我看來，似乎所有的線索都指向那個方向。」

「告訴我。」當我們經過格雷飯店大路的時候，我問道，「你認爲是什麼原因造成高德弗萊的失蹤呢？我認爲在我們所辦理過的案件裡，還沒有一樁比這個案子的動機更加不明瞭的。你不會是眞的認爲劫持斯道頓的目的就是爲了獲得有關他闊叔叔的資訊吧？」

「我承認，親愛的華生，那在我看來並不是一個十分可能的解釋，但是，我認爲那是最有可能引起那個極其令人討厭老頭興趣的一個方法。」

「那種說法確實引起那個老頭的興趣；不過你的其他解釋是什麼呢？」

「我可以提出好幾種可能的解釋。你必須承認，事情發生在這場重要的比賽前夕，並且牽涉到唯一一個對全隊的勝負至關重要的隊員，這很奇怪，卻也很有啓發性。當然啦，可能是一個巧合，不過倒是很有意思。業餘比賽是不許下賭注的，但是在公眾中還是有許多人在場外下注，就像賽馬場的流氓在收買賽馬一樣，賄賂運動員對於有些人來說是値得的。這是一種解釋。第二個解釋十分明顯，這個青年確實是一大筆錢財的繼承人，但是不管他現在是多麼踏踏實實地工作，和別人串通起來演出一場綁架勒索的戲也不是完全沒有可能。」

「這兩種說法都不能夠解釋電報的問題。」

「非常正確，華生，電報仍然是我們必須解決的難題，而且我們必須注意不要讓我們的注意力離開這個問題，我們現在去劍橋正是爲了弄清楚發這份電報的目的是什麼。我們的調查會進展得怎麼樣，現在還不清楚，但是我們一定能夠在天黑之前把它弄清楚，或者至少獲得相當大的進展。」

當我們到達這座古老大學城的時候，天色已經黑了。福爾摩斯在火車站叫了一輛馬車，並讓他駛到萊斯利·阿姆斯壯醫生的家中。幾分鐘後，我們的馬車在最繁忙大道上的一棟豪華房子前停了下來。我們被領進房子，在等了很久之後，才被引到診療室，看到這位醫生就坐在桌子的後面。

我不知道萊斯利·阿姆斯壯的名字，這說明我和醫學界的人士聯繫得太少。現在我才知道，他不僅是劍橋大學醫學院的負責人之一，而且在不少學科上都有很深的造詣，是蜚聲歐洲的學者。不過即使不知道他的光輝成就，當你看到他的時候，也一定會留下很深刻的印象：方方正正的大臉龐，濃密的眉毛下長著一雙陰鬱的眼睛，倔強的下巴就像是用大理石雕刻出來似的。這是一個城府很深、頭腦敏捷、冷酷無情、能夠吃苦、善

於自制、而且還是個很難對付的人——這就是我對萊斯利·阿姆斯壯醫生的解讀。他手中拿著朋友的名片，抬起頭來看了看，陰沉的臉上不帶一點喜悅。

「我聽說過你的名字，夏洛克·福爾摩斯先生，而且也瞭解你的職業——一種我無論如何都不會贊同的職業。」

「如果是這樣，醫生，你會發現你在支持這個國家中的每一個罪犯。」我的朋友安詳地說道。

「就你致力於制止犯罪的努力來說，這應該得到社會上每個通情達理者的支持，但是我毫不懷疑官方機構就完全能辦好這種事情。而你所做的事，卻常常受到非議，你刺探私人的秘密、曝光家庭中不宜公開的隱私，而且有時還會連帶地打攪到比你忙的人。就像現在，我本來應當在寫一篇專題論文而不是和你談話。」

「沒錯，醫生，可是事實將會證明我們的談話比你的專題論文更加重要。我可以順便告訴你，我們所做的事情和你所指責的剛好完全相反，我們在盡力地防止私人事件被公諸於眾，而這些事情一旦落到警方的手中，勢必會被宣揚出去。你可以把我看作是一支非正規的先遣隊，走在國家正規軍的前面。我來是爲了向你瞭解高德弗萊·斯道頓先生的情況。」

「他怎麼了？」

「你認識他，不是嗎？」

「他是我的好友。」
「你知道他失蹤了嗎？」
「啊，眞的嗎？」醫生肥胖的面孔上的表情沒有任何變化。
「昨天夜裡，他離開了旅館，然後就再也沒有消息。」
「他肯定會回來的。」
「可是明天就要舉行『大學橄欖球比賽』了。」
「我不喜歡這種孩子們的遊戲，我深切關心的是這個年輕人的命運，因爲我瞭解他而且十分喜歡他。對於橄欖球比賽我根本不關心。」
「那麼，我請你支持我對高德弗萊先生命運的調查。你知道他在哪裡嗎？」
「當然不知道。」
「從昨天以來，你就沒有見過他嗎？」
「是的，我沒有見過他。」
「高德弗萊先生的身體很健康嗎？」
「十分健康。」
「你知道他是否生過病嗎？」
「從來沒有過。」

福爾摩斯突然拿出一張單據擺在醫生的眼前。「那麼，或許你可以解釋一下這張已收訖的十三個幾尼的帳單，這是高德弗萊・斯道頓在上個月付給劍橋的萊斯利・阿姆斯壯醫生的。我從他桌上的文件中找到了這張單據。」

醫生被氣得滿臉通紅。

「我覺得沒有必要解釋給你聽，福爾摩斯先生。」

福爾摩斯把單據又夾在他的筆記本裡。「如果你願意當眾解釋，那麼你等著，遲早會有那麼一天的。」，他說道，「我已經告訴過你了，別的偵探必定會傳揚出去的事情我可以遮掩下來。如果你明智一些，就應該完全相信我，把一切都告訴我。」

「對於這件事情，我什麼也不知道。」

「斯道頓先生在倫敦給你寫過信嗎？」

「當然沒有。」

「天哪，天哪，又是郵局的問題！」福爾摩斯不耐煩地嘆了一口氣說道，「昨天傍晚六點十五分，高德弗萊・斯道頓從倫敦給你發了一份加急電報，毫無疑問，這份電報和他的失蹤有關，可是，你卻沒有收到。這太疏忽了！我一定要去一趟郵局責問他們。」

萊斯利・阿姆斯壯醫生突然從桌子後面跳了起來，黝黑的臉龐由於生氣而變成紫紅色。

「勞駕請你離開我家，先生。」他說道，「你可以告訴你的當事人蒙特・詹姆士爵士，我不希望和他本人或是他的代理人有任何的瓜葛。不，先生，什麼也不要再說。」他憤怒地搖了搖鈴。「約翰，把這兩位先生送出去。」一個肥胖的管家一臉嚴肅地把我們領出大門，並送到大街上。福爾摩斯突然大笑了起來。

「萊斯利・阿姆斯壯醫生這個人顯然是精力充沛、性格倔強。」，他說道，「如果他將他的才能運用到犯罪方面，我看由他來塡補傑出的莫里亞蒂教授所留下來的空缺是再合適不過。現在，我可憐的華生，我們被困在了這個舉目無親、並不好客的城鎮裡，可是不調查完這個案子，我們是不能離開的。對著阿姆斯壯家房子的那間小旅館很符合我們的需要，如果你能夠去訂一間臨街的房間，並且買一些晚上要用的必備品，我或許可以利用這段時間去做一些調查。」

然而，這些調查所花費的時間比福爾摩斯原先所設想的要長得多，因爲他一直到將近晚上九點鐘的時候才回到旅館。他的面色蒼白、神情沮喪，滿身都是灰塵，並且又餓又累、精疲力竭。擺在桌上的晚餐已經涼了。他吃過飯，點上菸斗，然後準備開始談論他那半開玩笑而又極富哲理的意見——每當他的事情進行得不順利的時候，他總會這樣。馬車車輪的聲音使他站了起來，並向窗外望去。只見在煤氣燈的光亮下，一輛四輪馬車，由兩匹灰馬拉著，停在醫生家的門前。

「馬車出去三個小時。」福爾摩斯說道，「它是六點半鐘出去的，到現在才回來。那麼，它可以走十到十二英里，而且它每天這樣出去一次，有的時候還是兩次。」

「對於行醫的大夫來說，出診並不是什麼特別的事情。」

「可是阿姆斯壯並不是一般的行醫大夫。他是一位講師，還是一位會診醫生，且他不看一般的病症，因爲這會分散他的精力，影響他的研究工作。那麼，他爲什麼還會每天去這麼遠的地方呢，這對他來說肯定是十分麻煩的，而且他去看的人又是誰呢？」

「他的馬車夫——」

「我親愛的華生，你肯定想到我最初就是從這個馬車夫入手尋找線索的，是嗎？我不知道是因爲他生性惡劣，還是由於他主人的唆使，但是他竟然無禮地朝我放出狗來。當然，不管是人還是狗，我的手杖還是都能夠制得住的，但是事情畢竟是泡湯了。關係一旦弄僵，就無法繼續調查下去。我所得知的全部情況都是從一位和藹的當地人那裡打聽到的，他就在我們住的這家旅館的院子裡。就是他告訴我阿姆斯壯醫生的習慣以及他每天出訪的情況。就在這個時候，那輛馬車來到門前，剛好證明他說的話是正確的。」

「你沒有跟著馬車去看看嗎？」

「說得對，華生！你今天晚上格外機靈嘛！我也確實想過那個方法。你或許已經注意到，在我們住的旅館隔壁有家腳踏車鋪。我衝進腳踏車鋪，租了一輛腳踏車，幸好在馬車還沒有走出視線前開始追趕。而且很快就趕上它，然後就一直小心翼翼地始終和它保持著大約一百碼的距離。我跟著馬車的燈光，直到出了城。我們在鄉村的大路上又走了很遠一段路，這時發生一件讓我非常窘迫的事情。馬車停住了，然後那位醫生下了車，他很快地走到我也停住的地方，並且用充滿譏諷的口吻對我說，他恐怕道路太窄，他的馬車會妨礙我的腳踏車通過。他的話說得眞是巧妙得不能再巧妙了，我只好立刻騎著腳踏車超過馬車，並在大路上又騎了幾英里，然後在一個方便的地方停下來，看看馬車是否已經走過去。但是，馬車已經毫無蹤影了，顯然它已經拐到我剛才看見的那幾條岔路中的某一條上去。我往回騎去，但還是沒有看見馬車。現在你看，馬車是在我回來之後才回來的。當然了，本來我並不是非得把阿姆斯壯醫生的外出和高德弗萊的失蹤聯繫起來，而且我偵查他的外出，也只是認爲，和他有關的事情現在都值得我們注意。可是現在我發現他是如此小心地提防著是否有人跟蹤他，那麼他的外出一定很重要。弄不清楚這件事情，我是不會甘心的。」

「我們可以明天繼續跟蹤他。」

「你說我們嗎？事情並不像你想得那樣容易。你不熟悉劍橋郡的地理情況，對嗎？這裡不容易隱蔽起來。我今天晚上走過的鄉村全都是十分整潔平坦，就好像你的手掌一樣，而且我們所跟蹤的，絕不是一個傻子，這一點他在今天晚上就已經表現得淋漓盡致。我給歐沃爾頓發了一份電報，要他告訴我們倫敦的任何新進展，並向這個位址回電。同時，我們要專心地注意阿姆斯壯，要知道，這個人的名字就出現在電報局那位好心的女士給我看的那份高德弗萊發的電報存根上。他知道那個年輕人在哪裡，這一點我敢發誓，而且如果他知道，我們卻不能設法弄明白，那就是我們自己的過錯。眼下，我們必須承認決定勝負關鍵的牌還在他手中。而且你知道，華生，我是不習慣做事情半途而廢的。」

但是第二天事情毫無進展，我們仍然無法解開這個謎。早飯後有人送來了一封信，福爾摩斯微笑著把它遞給了我。

先生：

我可以肯定地告訴你，你這樣跟蹤我是白白浪費時間。你昨天晚上一定已經發現了，我的四輪馬車後面有扇窗户，所以如果你願意來回白走二十英里，然後再回到起點的話，那就請便吧。同時我可以告訴你，無論你以何種方法窺伺我，這對於高德弗萊・斯道頓先生都不會有什麼幫助，而且我相信你能夠幫助這位先生的最好方法就是馬上回到倫敦，並向你的當事人報告你無法找到他。你在劍橋的時間肯定是要被浪費掉的。

萊斯利・阿姆斯壯

「這位醫生眞是一個坦率的、直言不諱的對手。」福爾摩斯說道，「啊，好的，他倒是引起了我的好奇心，而且我一定要弄清楚了後再離開。」

「他的馬車現在就在他家的門前。」我說道，「他這會兒正要上車呢。我看見他上車的時候又往上看了看我們的窗戶。讓我騎車去試試運氣，你看怎麼樣？」

「不，不，我親愛的華生！儘管你很聰明，恐怕還不是這位醫生的對手。我想我單獨去試探或許能夠成功，現在恐怕只能留下你一個人隨便做些什麼了。要知道，如果在寂靜的鄉村一下子出現兩個探頭探腦的陌生人，一定會引起對我們不利的謠言。毫無疑問，你一定能夠在這座著名的城市裡發現一些你喜歡的名勝古蹟。我希望在夜幕降臨前能夠給你帶回來好消息。」

但是，我的朋友又一次地失敗了。他在深夜疲勞、失望地回到了旅館。

「我又白跑了一天，華生。我已經知道醫生去的大致方向，我花了一整天把劍橋附近的村子都轉了一圈，並和當地的客棧老闆以及賣報紙的人們交談很久。我已經去了不少地方，查斯特頓、希斯頓、瓦特比契和歐金頓我都去過，可是都沒有收穫。在這樣平靜的地方天天出現兩匹馬拉的四輪馬車，是不會被人忽視的，這一次阿姆斯壯醫生又勝利了。有我的電報嗎？」

「是的，我已經拆開了。電文是這樣寫的：『向三一學院的傑瑞米·迪克遜要龐培。』我不明白這份電報是什麼意思。」

「哦，電報已經寫得很清楚了，這是我們朋友歐沃爾頓發來的，他回答我提出的一個問題。現在我只需要給迪克遜先生寫封信，然後我相信我們就會時來運轉。順便問一下，有關於比賽的消息嗎？」

「是的，當地的晚報上有詳細的報導。牛津隊以一次進球兩次觸地得分獲得勝利。報導的最後一段是這樣寫的：『身著淡藍色運動衣的劍橋隊之所以失利，完全是因爲他們世界一流的運動員高德弗萊·斯道頓未能出場，這個缺憾幾乎在比賽的每時每刻都能夠讓人感受到。中後衛線上協作不利，進攻和防守也很薄弱，這些都大大抵消全隊成員爲了贏得比賽所付出的艱苦的努力。』」

「這麼說，我們的朋友歐沃爾頓的預言被證實了。」福爾摩斯說道，「就我個人來說，我和阿姆斯壯大夫的想法是一致的，橄欖球與我毫不相干。我們今天晚上要早睡，華生，因爲我估計明天的事情一定會很多。」

第二天早晨，我一看到福爾摩斯就被嚇住了，他正坐在火爐邊，手裡拿著一支小小的皮下注射針管。一看到那個東西我就想到他那虛弱的體質，看著那支針管在他手裡閃出銀光的樣子，我甚至作了最壞的打算。他看到我驚愕的樣子，笑了起來並把針管放到桌上。

「不，不，我親愛的朋友，沒有什麼可擔心的。在別的時候這確實是個壞東西，不過在這種緊急的時刻它反倒會成爲破解這個謎團的關鍵，我的希望全部都寄託在這一針了。我剛剛去偵查了一番，一切都很順利。好好吃一頓早飯，華生，因爲我想我們今天要去追尋阿姆斯壯醫生的行蹤。而且不追到他的老窩，我是不會吃飯或者休息的。」

「如果是這樣，」我說道，「我們最好帶上早飯現在就出發，因爲他動身很早。他的馬車現在已經等在門口了。」

「沒關係的，由他走好了，他要是能走到我跟不到的地方，那還眞是算他聰明呢。等你吃完早餐後，就跟我下樓去，我要向你介紹一位十分了不起的偵探，他在我們手頭上正需要處理的這個任務可是一位行家呢！」

當我們走下樓後，我跟隨福爾摩斯來到馬廄的院子。他打開馬房門，放出一條獵狗。這條狗又矮又肥，耳朵下垂，黃白相間，有一些像小獵兔犬又有一些像獵狐犬。

「讓我來替你介紹一下龐培。」他說道，「龐培是當地追蹤獵犬的驕傲——它跑得倒不是很快，這一點你從它的體形上就能夠看出來，但是它在尋找氣味方面可是個執著的追蹤者。好了，龐培，你也許跑得不算快，但是對於我們這兩個已到中年的倫敦紳士來說可能還是太快，所以我只好給你的脖子上套一條皮帶。好了，龐培，去吧，讓我們見識一下你的本事。」福爾摩斯把狗領到對面阿姆斯壯醫生家的門前。龐培到處嗅了一會兒，然後興奮地尖叫了一聲便向大街跑去，一邊跑還一邊使勁地拖著皮帶以便跑得更快些。半個小時後，我們已經出了城，飛跑在鄉村的大路上。

「你都做了什麼呀，福爾摩斯？」我問道。

「一個老套的辦法，不過有時倒很管用。今天清早，我走到醫生家的庭院，並用我的注射器在馬車的後輪上灑了一針管的茴香子油。獵犬聞到茴香子氣味後，就會從那裡一直追到天涯海角，而我們的那位阿姆斯壯朋友要想甩掉龐培，不知要在劍橋城裡繞上幾圈呢。這個狡猾的無賴！那天晚上他就是這樣甩掉我的。」

狗突然從大路上轉到了一條長滿野草的小徑，我們走了半英里後，又來到另外一條寬闊的大路。從這裡向右轉彎便通往城裡，就是我們剛剛離開的那條路。大路向城南轉去，並一直向同我們出發時相反的方向延伸。

「這個迂迴對於我們是有好處的，你不覺得嗎？」福爾摩斯說道，「難怪我向村子裡的人打聽不出來什麼呢。醫生的這個把戲要得很好，可是這讓我更加想要知道他爲什麼要費盡心機設下這樣一個騙局。在我們的右面一定是川姆平頓村了。噢，我的老天！他的馬車就要拐過來了！快，華生——快，不然我們就要被發現了！」

福爾摩斯拉著不情願的龐培跳過一道籬笆門進了牧場。我們剛剛躲到籬笆下，馬車就咕隆隆地駛過去。我瞥見阿姆斯壯醫生坐在馬車裡面，兩肩向前拱著，兩手托著頭，一副很沮喪的樣子。從我搭

檔那嚴肅的神情上，我看出他也看見了。

「我恐怕我們的調查會以某些不幸的發現而告終。」他說道，「我們很快就會弄明白了，跟上，龐培！瞧啊，這個牧場裡有座小木屋！」

毫無疑問，我們的旅程已經到了終點。龐培在木屋的門外，跑來跑去並且使勁地叫著，在這裡馬車車輪的痕跡仍然清晰可見。有條小道通向這座孤零零的農舍，福爾摩斯把狗拴在籬笆上，接著我們快步走上前。我的朋友敲了敲簡陋的屋門，沒有動靜，然後又敲了一次，但是還沒有人來開門。可是這並不是一間廢棄的木屋，因爲一陣低沉的聲音傳入我們耳朵，那好像是一種夾雜著痛苦和絕望的悲泣聲，聽來哀傷之至。福爾摩斯遲疑了一下，然後回頭看了看他剛才穿過的那條大路。一輛四輪馬車正在大路上行駛，而拉著車的正是那對灰馬，沒錯，那正是阿姆斯壯醫生的馬車。

「天哪！醫生又回來了。」福爾摩斯大聲說道，「我們一定要在他到來之前，看看到底是怎麼一回事。」

他推開了門，我們走進了門廳。低沉的哀泣聲顯得更大，到最後變成幽長哀婉、如泣如訴的嗚咽，聲音是從樓上傳來的。福爾摩斯急忙飛奔上樓，我在他的身後跟著。他推開一扇虛掩的門，眼前出現的景象令我們兩人驚駭異常。

一位年輕、美麗的婦女躺在床上，死去了，她的面容寧靜而又蒼白，一雙無神的藍眼睛透過一團亂蓬蓬的金色頭髮向上瞪著。一位青年男子半坐半跪在床腳，他的臉埋在床單裡，哭得渾身顫抖。他完全沉浸在苦痛中，直到福爾摩斯的手搭在他肩膀上，他才抬起頭來。

「你是高德弗萊．斯道頓先生嗎？」

「是的，是的，我是。可是你來得太晚了，她已經死了。」

這位年輕人悲痛得心神迷亂，以至於沒有弄明白我們根本不是來看病的醫生。福爾摩斯正要說上幾句安慰的話，並且要告訴他因爲他的突然失蹤讓朋友們有多麼擔心的時候，樓梯上傳來了一陣腳步聲，然後阿姆斯壯大夫那張交織著沉痛、嚴峻以及質問神情的面孔出現在門口。

「這下，先生們。」他說道，「你們終於達到目的了，而且還選擇了這樣一個特別不幸的時刻來打攪我們。我不能在死者面前大吵大嚷，但是我可以告訴你們，如果我再年輕一點，絕對不會饒過你們這種卑劣的行爲。」

「對不起，阿姆斯壯大夫。我想我們彼此之間有一點誤會。」我的朋友十分莊重地說道，「如果你同意和我們一起下樓去，我想我們可以就這件不幸的事情彼此交換一下意見。」

不一會兒，這位嚴厲的醫生便隨著我們來到樓下的起居室。

「好了，有什麼要說的，先生？」他說道。

「首先，我希望你理解，我並不是受蒙特．詹姆士爵士的委託，而且在這件事情上我是站在反對這位富翁的立場上。如果一個人失蹤了，弄清楚他的下落是我的責任，現在我已經完成我的責任，但是既然不存在犯罪的問題，那麼我更加急切地希望將流言平息下去而不是將之公諸於眾。如果，如我所想像的那樣，這件事情沒有違法的地方，那麼你就可以完全相信，我一定會守口如瓶，不讓新聞界知道這件事情。」

阿姆斯壯醫生迅速向前走了一步，緊緊地握住福爾摩斯的手。

「你是一個好人。」他說道，「是我錯怪了你。我因爲後悔留下高德弗萊一個人在這裡而又把馬車掉頭回來，看來眞是慶幸，不然我就沒有機會結交你這個朋友了。既然你已經知道了這些情況，整個事情就很好解釋了。一年以前高德弗萊·斯道頓在倫敦住了一段時間，他深深地愛上了房東的女兒，並且娶了她。她聰明、善良、美麗，誰有這樣的妻子都會感到幸福的。可是高德弗萊是那個脾氣乖戾老富翁的繼承人，如果結婚的消息傳到他那裡，高德弗萊就一定會失掉他的繼承權。我十分瞭解這個小夥子，他有許多優點，所以我很喜歡他，於是，我盡我所能幫助他打點一切。我們儘量不讓其他人知道這件事情，因爲只要有一個人知

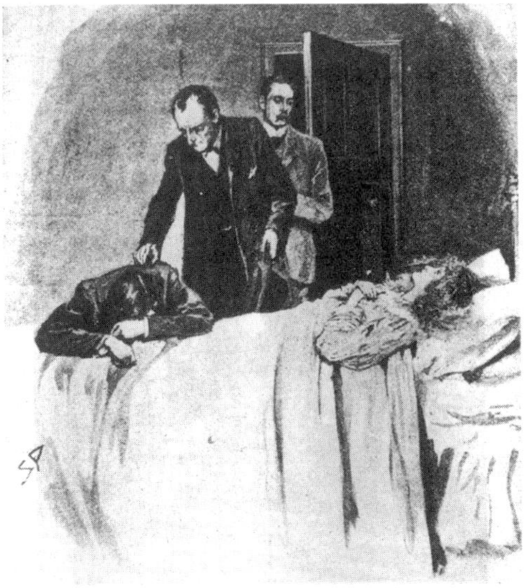

道，大家很快就都會知道了。由於這所農舍很偏僻，而且高德弗萊自己也很謹慎，所以到現在爲止，他還是十分成功的。除了我和一個忠實的僕人之外，沒有人知道他們的秘密。這個僕人現在到川姆平頓那裡辦事去了。但是不幸的事情還是發生，他的妻子得了重病，那是一種致命的肺病。這個可憐的孩子愁得都要發瘋，可是他還得去倫敦參加這場比賽，因爲不去就需要說明理由，而這樣就會暴露他的秘密。我發電報去安慰他，他回電請求我盡力幫忙，這就是那封不知怎麼被你看到的電報。我沒有告訴他，她的病情有多麼危急，因爲我知道他就是待在這裡也幫不上忙。但是我把眞實的病情告訴了病人的父親，而她的父親居然不明智地跑去告訴了高德弗萊。結果他像發瘋般徑直地離開了那裡，回來跪在他妻子的床腳下，一動也不動，就這樣一直到今天上午死亡結束他妻子的痛苦。事情就是這樣，福爾摩斯先生，而且我也完全相信你和你的朋友都是說話謹愼、値得信賴的。」

福爾摩斯緊緊握了一下醫生的手。

「走吧，華生！」他說道，於是我們離開那所充滿憂傷的房子，來到冬季慘白的陽光下。

第十二篇　格蘭奇莊園

一八九七年冬末的一個寒冷且下霜的清晨，有人推我的肩膀把我從睡夢中驚醒，原來是福爾摩斯。他手中蠟燭的微光照著他那焦急的臉龐，只看了一眼，我就明白出事了。

「快，華生，快！」他喊道，「事情非常緊急，什麼也不要問，穿上衣服趕快走！」

十分鐘後我們兩人已經乘上馬車。馬車隆隆地行駛在寂靜的街道上，直奔查林十字街火車站。天色已經有些微亮，在倫敦灰白色的晨霧中，我們時而可以看到一兩個早班工人朦朧的身影從我們的車旁走過。福爾摩斯裹在厚厚

的大衣裡一言不發，我也是一樣，因爲寒氣逼人，且我們還沒有吃早飯。

直到我們在火車站喝過熱茶，並且坐上開往肯特郡的火車，我們才感到身體暖和過來。一路上他不停地講，我只是聽著。福爾摩斯從口袋裡拿出一張便條，大聲地讀道：

寄自肯特郡，瑪爾沙姆，格蘭奇莊園

下午三點三十分

親愛的福爾摩斯先生：

我希望你能夠立刻協助我解決這樁極不尋常的案件，因爲處理這類案件正是你的特長。除了已經放開那位夫人之外，我儘量使現場的一切東西保持原狀。我請求你火速趕來，因爲把猶斯塔斯爵士留在那裡是不合適的。

你忠實的史丹利·霍普金斯

「霍普金斯曾經向我求助過七次，而且每次確實都很需要我的幫助。」福爾摩斯說道，「我想你一定已經把他的案子都收進你的故事集了。我承認你很會選材，這彌補了你在敘述中的缺陷，但是你看待一切事情總是從故事的角度出發而不是從科學破案的角度出發，這致命的習慣破壞了這些本該是具有啓發性甚至是經典的案例。你將偵破的技巧和細節一筆帶過，卻盡情地描寫動人心弦的情節，這些情節只能使讀者感到一時的激動，卻無法使他們受到教育。」

「你爲什麼不自己寫呢？」我有些不高興地說道。

「親愛的華生，我是要寫的。可是你知道，我現在很忙，所以我想在晚年寫本教科書，把全部偵查藝術集於其中。我們現在要調查的案件看上去是一件謀殺案。」

「那麼，你認爲猶斯塔斯爵士已經死了？」

「我想是的。儘管霍普金斯並不是一個容易衝動的人，但從他的信上可以看出他的心情相當激動。是的，我想一定是發生了暴力事件，而且屍體就在那裡等著我們驗屍；如果僅僅是自殺，他是不會找我的。至於已經把夫人放開，好像是指在發生慘案的時候，她被鎖在自己的房間。華生，這個案件與上流社會有關——質地精良的信紙、E、B字母組合的家徽、別致風雅的地址。我想我們的朋友霍普金斯是不會隨便寫信，所以我們將度過一個非常有趣的上午。兇殺是在昨天夜裡十二點鐘以前發生的。」

「你是怎麼知道的呢？」

「計算一下火車往來以及辦事的時間就可以知道了。出事之後要找當地的員警，員警還要報告蘇格蘭警場，霍普金斯要去現場，還要發信找我，所有這些需要一整夜的工作。好了，奇斐赫斯特車站到了，我們的這些疑問馬上就可以得到答案。」

乘車在狹窄的鄉村小道上走了幾英里後，我們來到一座庭園的門前。一位看門的老人爲我們打開大門，他那憔悴的面容證實這裡確實發生極爲不幸的事件。一條兩側栽著古老榆樹的林蔭道穿過富麗堂皇的庭園，通向一幢低矮、寬敞、正面有帕拉蒂奧式柱子的房子。這幢房子的中央部分顯然很古老，而且被常春藤所覆蓋。但是從高大的窗子可以看出，這幢房子進行過改建，而且有一側完全是新建的。我們在門廊處見到年輕的霍普金斯，他顯得十分焦急。

「眞高興你能來這裡，福爾摩斯先生，還有你，華生醫生。但是，確實，如果不是情況緊急，我是不會如此冒昧地麻煩你們。不過現在那位夫人已經甦醒了，她把事情講得很清楚，我們已經沒有什麼要做的。你還記得路易士漢姆那夥強盜嗎？」

「就是那三個姓阮德爾的傢伙們嗎？」

「沒錯，父親和兩個兒子，就是他們犯的案，對此我沒有絲毫的懷疑。兩週以前他們在西頓漢姆作案，被人發現並向我們報告。這麼快就又在附近作案，眞是太殘忍了，但是毫無疑問，就是他們做的。這次他們一定會上絞架。」

「那麼猶斯塔斯爵士死了？」

「是的，他的頭被自己的撥火棍打破了。」

「車夫在路上告訴我，爵士的全名是猶斯塔斯．布萊肯斯朵爾。」

「沒錯，他是肯特郡最富有的人之一。布萊肯斯朵爾夫人現在在晨間起居室。可憐的夫人，她遇到這麼可怕的事情。我剛才見到她的時候，她簡直是半死不活。我想你最好見見她，並聽她講述一下事情的經過。然後我們再一起去餐廳看看。」

布萊肯斯朵爾夫人非同一般，像她這樣儀態優雅、舉止端莊、容貌美麗的女人我很少看到。她有白皙的皮膚、金色的頭髮、藍色的眼睛，如果不是這樁不幸的事件使她神情陰鬱、臉色憔悴，她的氣色一定非常紅潤。她所經受的痛苦不僅是精神上，也是身體上，她的一隻眼睛紅腫得可怕。她的女僕——一位神色嚴厲的高個子婦女，正在用稀釋的醋不停地爲她那隻眼睛消腫。夫人疲憊地躺在沙發椅上，但是，在我們進入房間的時候，她那靈敏的、富有觀察力的目光以及臉上機警的神情表明她的智慧和勇氣並沒有被這樁慘案所影響。她穿著藍白相間的寬大晨衣，但是沙發上有一件裝飾著閃光金屬片的黑色禮服放在她身旁。

「我已經把發生的事情全部告訴你了，霍普金斯先生，」她疲倦地說道，「你不能替我重複一遍嗎？嗯，如果你認爲有必要的話，我就再對這些先生們講一次吧。他們去過餐廳了嗎？」

「我想他們最好先聽一聽你的敘述。」

「既然如此，我就再重複一遍，我一想到他還躺在那裡，

就感到恐懼。」她顫抖著，把臉埋在雙手間，這時寬大的晨服袖口滑下她的小臂。福爾摩斯驚訝地喊道：「夫人，你受傷不只一處！這是怎麼一回事？」那潔白的、圓圓的前臂上露出兩塊紅腫的傷痕。她急忙用衣服遮住。「沒什麼，這和夜裡的慘案沒有關係。請坐，我把一切都告訴你們。」

「我是猶斯塔斯・布萊肯斯朵爾的妻子，結婚已經一年了。我們的婚姻是不幸的，我想沒有必要遮掩這個，即使我想否認，鄰居們也會告訴你們的。也許我也應負一部分責任——我是在澳大利亞南部比較自由、不太守舊的環境中長大，英國拘謹、講究禮節的生活不大適合我。不過主要的原因是另外一件人所共知的事情，那就是布萊肯斯朵爾爵士已經嗜酒成癖，和這樣的人待上一小時都是難熬的。對一個敏感、活潑的女人來說，和他整天拴在一起意味著什麼？誰要是認爲這樣的婚姻不能解除，那就是犯罪、褻瀆神靈、敗壞道德，你們荒謬的法律會爲英國帶來災難，上帝不會讓這種邪惡的行爲存在下去的。」她一下子從沙發椅上坐了起來，兩頰漲紅，青腫眼眶裡的眼睛發出憤怒的光芒。女僕有力而又溫和地把夫人的頭放回到靠墊上。夫人的憤怒漸漸變成了激動的嗚咽，終於她繼續說道：「我告訴你們昨夜的事情。你們可能已經注意到了，所有的僕人都睡在這幢房子新建的那一邊，這幢房子正中的部分包括起居室、後面的廚房和樓上的我們的臥室。我的女僕特麗薩就住在我臥室上面的閣樓裡，這邊沒有其他人住，而且沒有什麼聲響能夠驚動住在那一側的人。這些情況，強盜們一定都知道，否則他們絕不會這樣肆無忌憚的。」

「猶斯塔斯爵士大約十點半休息。那時僕人們都已經回到他們自己的房間，只有我的女僕還沒有睡，她在閣樓上自己的房間裡，聽候吩咐。我待在這間房間裡一直到十一點，當時正在聚精會神地看書。然後，在我上樓前，去各處看看是不是一切都收拾妥當了。這是我的習慣，因爲就像我說過的那樣，猶斯塔斯是靠不住的。我先到廚房、儲藏室、獵槍室、撞球間、客廳，最後到餐廳。當我走到餐廳掛著厚窗簾的窗戶前時，忽然感到一陣風吹到臉上，這才發覺窗戶還開著。我把窗簾向旁邊一掀，啊，竟發現迎面站著一個寬肩膀的壯年人，他剛剛跨進屋裡。餐廳的窗戶是高大法國式的窗戶，也可以當做通到草坪的門。我手中拿著臥室裡的蠟燭，借著蠟燭的微光，我看見這個人的背後，還有兩個人正要進來。我向後退，但這個人立即向我撲來。他先抓住我的手腕，然後又卡住我的脖子。我正要開口喊，他的拳頭便狠狠地打在我的眼睛上，把我打倒在地。我一定昏過去了好幾分鐘，等我醒來時，看見他們已經把叫傭人的鈴繩弄斷，把我緊緊地綁在餐桌一頭的一把橡木椅上。我全身被綁得很牢，一點也動不了，嘴上圍著手絹，喊不出聲，正在這時我倒楣的丈夫來到餐廳。顯然他是聽到一些可疑的聲音，所以他已有準備。他穿著睡衣和睡褲，手裡拿著他喜歡用的黑刺李木棍。他衝向強盜，可是那個年紀較大的早已蹲下身子從爐柵上拿起了撥火棍，當爵士衝過來的時候，他狠狠地打了爵士一下。爵士呻吟一聲倒下了，一動不動。我又一次昏了過去，這一次可能又暈過去幾分鐘。當我睜開眼睛的時候，看見他們從食具櫃裡拿出銀食具和一瓶酒，每人手中有個酒杯。我已經說過了，一個強盜年紀較大有鬍子，其他兩個是禿頭的少年，可能是父親帶著兩個兒子。他們在一起耳語了一陣，然後走過來看看是否已把我捆緊。後來，他們出去了，並關上了窗戶。足足一刻鐘我才掙脫嘴巴的束縛，我的尖叫使女僕趕來，其他的僕人們很快地也被叫來。我們去找員警，員警又立即和倫敦聯繫。先生們，我知道的就是這些，相信我不用再重複著這個令人痛苦的故事了。」

「福爾摩斯先生，有什麼問題嗎？」霍普金斯問道。

「我不想使布萊肯斯朵爾夫人感到不耐煩，也不想再耽誤她的時間。」福爾摩斯說道，然後他看著女僕說道：「在我去餐廳以前，希望你講講你的經歷。」

「這三個人還沒有走進屋子，我就已經看見他們了。」她說道，「當時我正坐在我臥室的窗戶旁，月光下我看到大門那裡有三個人，但那時我沒有把這當回事。一個多小時以後，我聽見女主人的喊聲，就跑下樓去找她。正如她說的那樣，那可憐的人倒在地板上，血和腦漿濺得滿屋都是，我想這些事足以把一個女人嚇昏過去。她被綁在那裡，衣服上濺了許多血點，但她並未喪失勇氣——阿得雷德的瑪麗·弗萊澤小姐，也就是格蘭奇莊園的布萊肯斯朵爾夫人一向如此。先生們，你們盤問她的時間已經夠長，現在她應該回到自己的房間，好好地休息一會兒了。」

這個瘦削的女僕像母親一樣溫柔地扶著女主人，離開了房間。

「她一直和夫人在一起。」霍普金斯說道，「這位夫人是她從小照料大的，十八個月前她也隨同夫人離開澳大利亞來到英國。她的名字叫特麗薩·懷特，這樣的女僕現在已經找不到了。福爾摩斯先生，請從這邊走。」

福爾摩斯表情豐富的臉上，那種濃厚的興致消失了，我知道那是案子的神秘感和吸引力消失，看來事情只剩下逮捕罪犯，而逮捕一般罪犯又何必麻煩他呢？我朋友眼中流露出的煩惱，正像一個學識淵博的專家被請去治療風疹時的那種煩惱。不過格蘭奇莊園的餐廳，也就是現場十分奇怪，這足以吸引他的注意力和減弱的興趣。

這間高大的房間裡有刻著花紋的橡木天花板和鑲板，四周的牆壁掛著一排鹿頭和古代武器，門的對面是剛才談到的法式窗戶。房間右側三扇較小的窗戶透進冬季的微弱陽光，左側有個很大很深的壁爐和又大又重的壁爐架，壁爐旁有把沉重的橡木椅子，兩邊有扶手，下面有橫木。一根深紅色的繩子繫在椅子的花棱上，從椅子的兩邊穿過直到下面的橫木上。把夫人放開的時候，繩子被解開了，但是打的繩結仍然留在繩子上。當然這些細節我們是後來才注意到的，因爲當時我們的注意力完全被躺在壁爐前的虎皮地毯上的可怕屍體吸引住了。

死者大約四十歲，體格魁梧，身材高大。他仰臥在地，臉朝上，又短又黑的鬍鬚中露出白牙。他兩手握拳舉過頭頂，一根短粗的黑刺李木棍橫放在兩手。

他英俊黝黑，鷹鉤鼻，面孔因憤恨而扭曲，露出兇暴的神情。顯然他是在床上聽到聲音，因為他穿著華麗的繡花睡衣，赤著腳。頭部的傷口很大，屋裡到處都濺有鮮血，可見他所受到的那致命一擊是非常兇狠。他身旁放著那根沉重的撥火棍，由於撞擊已經折彎。福爾摩斯檢查了撥火棍和它傷害的人。

「這個年長的阮德爾，力氣一定很大。」他說道。

「正是這樣。」霍普金斯說道，「我有一些關於他的記錄，他是個很粗暴的傢伙。」

「要抓住他應該不難。」

「是的，我們一直在追查他的去向。以前有人說他去了美國，既然我們現在知道這幫歹徒還在英國，我相信他們肯定逃不掉。我們已經通知每個港口，傍晚以前就懸賞緝拿他們。不過使我感到奇怪的是，既然他們知道夫人能夠說出他們的外貌，並且我們也能認出他們，為什麼他們還會做出這種蠢事呢？」

「是的，按理說這夥強盜應該會把她滅口才對。」

我提醒他說：「他們也許沒有意識到夫人甦醒了。」

「那倒是很有可能。如果她完全失去知覺，那他們不會要她的命。霍普金斯，這個可憐的人怎麼樣？我好像聽過有關他的一些怪事。」

「他清醒的時候心地善良，但是等他醉了或是半醉的時候——他爛醉如泥的時候倒不多——

就成了一個道地的惡魔。他一喝醉就像是著了魔，什麼事都幹得出來。不過據我所知，儘管他有錢有勢，有一、兩次員警差點找上他。傳聞說他把狗扔進煤油裡，然後放火燒，更糟糕的是，那狗是夫人的，這件事費了很大勁兒才平息下來。還有一次他把水瓶扔向女僕特麗薩・懷特，這也惹出了一場風波——當然，這只是我們兩人暗地裡說——總而言之，沒有他，這個家會更好。你在看什麼？」

福爾摩斯跪在地上，仔細地觀察捆過夫人的那條紅繩子上的繩結，然後又檢查了被強盜拉斷的斷裂處。

「繩子往下一拉，廚房的鈴聲應該是很響的。」他說道。

「沒有人聽得到。廚房在這幢房子的後面。」

「強盜怎麼會知道呢？他怎麼敢不顧一切地拉鈴繩呢？」

「福爾摩斯先生，你說得很對，我也不止一次地問過自己這個問題。強盜一定很熟悉這幢房子和這裡的生活習慣，他肯定知道僕人們睡得比較早，沒人能聽到廚房的鈴聲。所以他肯定和某個僕人有勾結，這是顯而易見的。可是僕人共有八個，也都很守本分。」

「如果情況都基本相同。」福爾摩斯說道，「那麼就要懷疑主人向她頭上扔過水瓶的那位女僕，可是這樣就會懷疑到那個女僕忠心服侍的女主人身上。不過這一點是次要的，你抓到阮德爾以後就會弄清同謀了。如果夫人所講的情況需要證實，我們可以通過現場的每個細節來證實。」

他走到法式窗前，打開窗子。「這裡不會有什麼痕跡。窗戶下的地面很硬，也不可能留下痕跡。看來壁爐架上的蠟燭是點過的。」

「對，他們是借著這些蠟燭和夫人臥室的蠟燭光亮走出去的。」

「他們拿走了什麼東西？」

「拿走的東西不多，只從餐具櫃裡拿走了六個盤子。布萊肯斯朵爾夫人認爲猶斯塔斯爵士的死，使強盜們驚慌失措，所以來不及搶劫；不然的話，他們一定會把這幢房子搶劫一空的。」

「據說他們喝了點兒酒。」

「爲了壓驚。」

「餐具櫃上的三個酒杯你們沒動過吧？」

「沒有，還像原來那樣放著。」

「我們看看。嗯，這是什麼？」

三個杯子並排放著，每個杯子都裝過酒，其中一個杯子裡還有殘渣。酒瓶放在旁邊，三分之二是滿的，旁邊有個骯髒的長軟木塞。從瓶塞的式樣和瓶上的灰塵可以看出殺人犯喝的不是一般的酒。

福爾摩斯的態度突然有了變化。他的表情不再淡漠，我看見他炯炯有神的雙眼裡迸射出興奮的光芒。他拿起軟木塞，看了幾分鐘。

「他們怎麼拔出瓶塞的？」他問道。

霍普金斯指了指半開的抽屜，抽屜裡放著幾條餐巾和一把拔塞鑽。

「布萊肯斯朵爾夫人有沒有說用拔塞鑽的事情？」

「沒說，你知道，這瓶酒打開的時候，她已經失去知覺。」

「實際上他們沒有用拔塞鑽，用的可能是小刀上帶的螺絲刀，它不會超過一英寸半長。如果你仔細觀察軟木塞的上部就可以看出，他們弄了三次才拔出軟木塞，而且木塞沒有穿透，而拔塞鑽一次就能穿透並拔出木塞。你抓到這個人的時候，你會發現他身上有一把多用小刀。」

「分析得太妙了！」霍普金斯說道。

「可是這些玻璃杯讓我迷惑。布萊肯斯朵爾夫人確實看見這三個人喝酒了，是不是？」

「是的，這一點她記得很清楚。」

「那麼，到此爲止，還有什麼可說的呢？可是，霍普金斯，你要承認這三個玻璃杯很特別。怎麼？你看不出有什麼特別的地方？那好，不管它了。或許只有像我這樣一個有些專門知識和能力的人，才會當手頭有簡單的解釋時，還要去尋求複雜的答案。當然，玻璃杯的事也可能是偶然

的。好了，霍普金斯，再見吧！我看我幫不了你的，好像案子已經很清楚了。如果抓到了阮德爾或是有什麼新的情況，請你告訴我，我相信你很快就會順利的結束這個案件。華生，走吧，我想我們到家可以更好地做點事情。」

回家的路上，可以從福爾摩斯臉上我看出他對觀察到的某些東西疑惑不解。時而他擺脫疑問，就像一切都已明瞭一樣大談特談；時而疑慮又使他冷靜下來，雙眉緊皺，目光茫然。可以看出，他的思想又回到了格蘭奇莊園堂皇的餐廳——午夜慘案上演的地方。正當我們的火車從一個郊區小站緩緩開動的時候，他突然跳到站臺上，而且把我也拉下火車。

我們看著火車轉過彎消失了。「好朋友，請原諒我。」他說道，「我的心血來潮讓你也受累了。我不能在這種情況下撒手不管這案子，我的本能迫使我這樣做。事情顛倒了，全顛倒了，我發誓是顛倒了。可是夫人說的話無懈可擊，女僕的證明又很充分，就連細節也相當準確。哪些是我不同意的呢？三個酒杯，就是那三個酒杯。如果我沒把事情看成理所當然，如果我詳細察看一切，如果沒有被編造的事實攪亂頭腦，是不是會得到更多的證據呢？一定會的！華生，我們坐在這兒等候去奇叟赫斯特的火車吧。讓我把證據擺

在你的面前，不過你先要從心裡排除這種想法——女僕和女主人所說的一切都肯定是確信無疑的——不能讓這位迷人的夫人影響我們的判斷。

「如果我們冷靜地思考一下，夫人講的話裡有些細節是會引起我們的懷疑。那些強盜們兩週前在西頓漢姆大有收穫，他們的活動和外貌已經登在報紙，如果有人想要編造一個強盜的故事，那麼他自然就會想到他們。事實上，已經弄到一大筆錢財的強盜往往都是想要安安靜靜地享受一下而不會再去冒險。另外，強盜們一般不會那麼早打劫，一般不會毆打一個女人阻止她喊叫，因爲那樣，她只會叫得更加起勁。如果強盜人數很多，足以對付一個人，那麼他們一般不會殺人。他們一般不會留下任何能夠拿走的東西。最後一點，這種人喝酒是不會剩下的。華生，有這麼多不尋常的事情，你的看法呢？」

「這些事加在一起，當然很值得推敲，而且每件事就其本身來說又是極有可能的。我看最不尋常的是竟然把夫人綁在椅子上。」

「這一點我還沒有完全弄清。華生，顯然應該是他們要嘛殺了她，要嘛把她弄到看不見他們逃跑的地方。但是，不管怎麼說，這位夫人所講的話並不全是事實。此外，最重要的，還有酒杯的問題。」

「酒杯又怎麼了呢？」

「你頭腦中有它們的印象嗎？」

「有。」

「說是有三個人用杯子喝酒，你覺得這可能嗎？」

「怎麼不可能呢？三個杯子全沾了酒。」

「是的，可是只有一個杯子裡有殘渣。你一定注意到這一點，你是怎麼看的呢？」

「倒酒時最後一杯很可能是有殘渣的。」

「不對。酒瓶是盛滿酒的，所以不能想像前兩杯很清，第三杯很濁。有兩種解釋，而且也只有兩種，一種是：倒滿了第二個杯子以後，用力地搖動了酒瓶，所以第三杯有殘渣。但是這好像不太可能，對，肯定是不可能的。」

「那麼你覺得怎麼解釋合理呢？」

「只用了兩個杯子，兩個杯子的殘渣都倒在第三個杯子裡，所以產生了假象，好像有三個人在那裡喝酒。這樣，所有的殘渣不是都在第三個杯子裡了嗎？對，我想一定是這樣的。如果對於這個小小的細節我碰巧做出符合事實的解釋，這個案件就立刻變得很不尋常，也就是說夫人和她的女僕故意對我們撒謊，她們說的話一個字也不能相信，她們肯定有重大的理由掩護眞正的罪犯，因此我們就得全憑自己設法弄清楚當時的情況，這就是我們現在的任務。華生，去西頓漢姆的火車來了。」

格蘭奇莊園的人們對於我們的返回感到非常驚訝。我們發現史丹利．霍普金斯已經去總部報告了，於是福爾摩斯走進餐廳，從裡面鎖上門，認眞仔細地檢查了兩個小時，爲他由邏輯推理所得出的結論尋找可靠的依據。他坐在一個角落裡仔細地觀察著，好像一個學生注視著教授的示範動作。我跟隨著他進行細緻入微的檢查，窗戶、窗簾、地毯、椅子、繩子，逐一仔細查看，認眞思考。爵士的屍體已經被移走，其餘的一切仍是我們早上見到的那樣。最使我感到意外的是，福爾摩斯竟然爬到堅固的壁爐架上，那根僅剩四英寸的繩子仍然連在一根鐵絲上，高高的懸在他頭上。他仰著頭朝繩頭看了好一會兒，爲了能離繩頭更近一些，他一條腿跪在牆上的一個木托座上。這使他的手和那根斷了的繩子只有幾英寸遠，可是吸引他注意的好像是托盤。後來，他滿意地叫了一聲，跳了下來。

「華生，行了。」他說道，「我們的案子解決了，這是我們的故事集裡最特殊的案件之一。天啊，我眞遲鈍啊，幾乎犯了一生中最嚴重的錯誤！現在除了缺少幾個關鍵點外，事情的全部過程已經清晰完整了。」

「你弄清罪犯是誰了？」

「華生，只有一個罪犯，但是他是個非常難對付的人：他健壯得像一頭獅子，只要看看打彎的撥火棍就知道了。他身高六英尺三英寸，靈活得像一隻松鼠，手很靈巧，而且頭腦也非常機靈——因爲這個巧妙的故事全部是他編造的。我們遇到的是這個特殊人物的精心傑作，可是他在鈴繩上卻露出不該讓我們起疑的破綻。」

「哪裡有破綻？」

「華生，如果你想把鈴繩拉下來，你認為繩子應當從哪裡斷呢？當然是在和鐵絲相接的地方。為什麼這根繩子在離鐵絲三英寸的地方斷了呢？」

「因為那裡磨損了？」

「對，我們剛才檢查的這一頭是磨損的。這個人很狡猾，用刀子故意磨損繩子的一頭，可是另外一頭卻沒有磨損。從這裡你看不清，但是爬到壁爐架上就可以看到，那一頭切得很平，沒有任何磨損的痕跡。你可以想出原來是怎麼一回事——這個人需要一根繩子，他不敢拉鈴繩，怕鈴一響就會發出警報。怎麼辦呢？他跳上壁爐架，還是夠不到，於是又把一條腿跪在托座上——灰塵上有痕跡——拿出他的小刀切斷繩子。我搆不著那個地方，至少還差三英寸，因此我推測出他比我高三英寸。你看橡木椅子上的痕跡！那是什麼？」

「血。」

「確實是血。光這一點就表明夫人的謊言不堪一駁——強盜行兇的時候，她若是坐在椅子上，血跡是怎麼來的呢？她一定是丈夫死後才坐到椅子上。我敢

保證，那件黑色衣服上也有相同的血跡。華生，我們並沒有失敗，而是勝利了，是以失敗開始，以勝利告終。現在我要和保母特麗薩談一談，爲了得到我們所需要的情況，我們談話時一定要小心。」

嚴厲的澳大利亞保母特麗薩很値得注意。她沉默寡言，生性多疑而失禮。過了一陣子，福爾摩斯對她友好的態度和溫和的傾聽終於贏得她的好感，她並不打算掩飾對於已死主人的痛恨。

「是的，先生，他對我扔過水瓶。有一次我聽見他在罵女主人，我跟他說要是女主人的兄弟在這裡，他就不敢罵了，所以他就向我扔水瓶。要不是女主人攔阻他，說不定他還要接連扔上十幾個。他總是虐待女主人，女主人卻爲了顧全面子不願吵鬧。她從不告訴我他對她做了什麼。她不告訴我你上午看到手臂上的傷，可是我知道那是別針扎的。可惡的魔鬼！雖然這個人已經死了，我還是要這樣說他，上帝寬恕我吧！但是，如果世界上眞的有魔鬼存在，他就是魔鬼。我們第一次見到他的時候，他十分和藹可親。可是只過了十八個月，我們卻感到像是過了十八年。那時女主人剛到倫敦，以前她從來沒有離開過家，那是她第一次出外旅行。爵士用他的封號、金錢和虛僞的倫敦手段贏得女主人的歡心。如果是她犯了錯，那她也已經受到了懲罰。我們是幾月份遇見他的？我告訴過你是剛到倫敦的時候。我們六月到的，那就是七月遇見的，他們去年一月結了婚。啊，她又下樓到起居室來了，她會見你的，但是你千萬不要提過多的問題，因爲這一切已經夠她難受的了。」

布萊肯斯朵爾夫人仍然靠在那張沙發椅上，精神顯得好了些。女僕和我們一起走進起居室，又開始爲女主人熱敷青腫的眼睛。

「我希望。」夫人說道，「你不是來再次盤問我的。」

「不是的。」福爾摩斯極爲溫和地回答道，「布萊肯斯朵爾夫人，我不會爲你造成一些不必要的麻煩。我的願望是想讓事情變得對你更寬容一些，因爲我知道你已經遭受很多的痛苦。如果你願意把我當作朋友，信任我，我是不會辜負你的誠意的。」

「你要我做什麼呢？」

「告訴我眞實的情況。」

「福爾摩斯先生！」

「不，布萊肯斯朵爾夫人，沒有用的。你也許聽過我小小的名聲，我用我的名譽擔保，你所講的全是捏造出來。」

布萊肯斯朵爾夫人和女僕一起目不轉睛地望著福爾摩斯，臉色蒼白，目光驚懼。

「你這個放肆的傢伙！」特麗薩喊道，「你是說我的女主人撒謊了？」

福爾摩斯從椅子上站了起來。

「你沒有什麼要和我說的了嗎？」

「我全說了。」

「布萊肯斯朵爾夫人，請你再想一想。坦率一些不是更好嗎？」

瞬間，夫人美麗的臉上露出猶豫不決的神色。接著，更加堅定的想法又讓她變得面無表情。

「我知道的都已經說了。」

福爾摩斯拿起他的帽子，聳了聳肩說道：「對不起。」我們再也沒有說什麼，就走出了房間，離開了這幢房子。庭院中有個水池，我的朋友向水池走去。水池已經完全凍住，但是爲了一隻天鵝，冰面上留了一個洞。

福爾摩斯看了看水池，繼續走向大門。他在門房裡匆忙地爲霍普金斯寫了一封短箋，交給了看門人。

「事情可能成功，也有可能失敗，但是爲了對得起這第二次造訪，我們一定要幫霍普金斯做點什麼。」他說道，「現在我還不能告訴他我們要做什麼。我看我們下一站應該去阿得雷德—南安普敦海運公司的辦公室，如果我沒有記錯，這個公司是在波爾莫爾的盡頭。英國通往南澳大利亞還有另外一條航線，不過，我們還是先去這家比較大的公司。」

見到福爾摩斯的名片，公司經理立即接待我們，福爾摩斯很快地得到他所需要的情況。一八九五年六月只有一艘船到英國，這艘船叫做「直布羅陀巨石號」，是這家公司最大最好的船隻。我們查閱了旅客名單，發現了阿得雷德的弗萊澤女士和她的女僕一同旅行。現在這艘船正在蘇伊士運河以南的某個地方，並要開往南澳大利亞。和一八九五年相比較，基本船員沒有變化，只是大副傑克・克羅克已經被任命爲新造的「巴斯巨石」號的船長，這艘船兩天後要從南安普敦啓航。船長住在西頓漢姆，如果我們願意等，啓航那天早上他可能會來公司接受指示。

福爾摩斯並不想見他，但是想瞭解他過去的記錄和品行。

他的工作表現的確完美無缺，船上沒有一個船員能夠比得上他。至於爲人方面，航行中他是可靠的；但是下船以後，卻是一個粗野、冒失的傢伙，性情急躁，容易激動，然而他忠實、誠懇，心腸很好。福爾摩斯瞭解到主要的情況後，我們就離開阿得雷德－南安普敦海運公司，乘馬車來到蘇格蘭警場。可是他沒有進去，只是坐在馬車裡，皺著眉頭沉思。最後，他叫馬車夫駕車到查林十字街的電報局，拍了一份電報，然後我們就回到了貝克街。

「華生，不，我不能這樣做。」我們走進房間後，福爾摩斯說道，「傳票一發出就無法救他了。在我的職業生涯中，曾經有一兩次，我意識到，由於我查出罪犯而造成的傷害要比犯罪事件本身所造成的傷害更大。我現在已經懂得要謹愼——我寧願哄騙英國的法律，而不是哄騙我的良心。行動之前，我們需要瞭解更多的情況。」

快到傍晚的時候，霍普金斯來了。他的事情進行得不太順利。

「我覺得你簡直是一個巫師，福爾摩斯先生。有的時候，我真的認爲你具有非凡人的能力，你怎麼會知道丟失的銀器在水池底下呢？」

「我並不知道。」

「但是你讓我去檢查水池。」

「你找到那些銀器了？」

「找到了。」

「我很高興對你有所幫助。」

「可是，這並沒有幫到我，反而使得事情更加複雜了。偷了銀器又丟到最近的水池裡，這是什麼強盜呢？」

「這種行爲當然非常古怪。我想，如果銀器是被不需要它們的人拿走——他們只是非常盲目地拿走銀器，以製造強盜的假象——那麼他們很自然地急於丟掉那些銀器。」

「爲什麼你會產生這樣的想法呢？」

「我只是認爲有這種可能。不過也可能是，強盜們從窗戶那裡出來以後，看到眼前水池的冰面有個洞，藏在這裡不是最好嗎？」

「啊，藏東西最好的地方！」史丹利·霍普金斯叫道，「是的，是的，我全都明白了！那時天色還早，街上有人，他們拿著銀器怕被別人看見，所以就把銀器沉到水池裡，打算風平浪靜時再回來取。太好了，福爾摩斯先生，這比你製造強盜假象的說法要好。」

「是的，你的解釋很好。無疑，我的想法是不著邊際的，但是，你必須承認他們再也拿不到這些銀器了。」

「是的，先生，是的，不過這都歸功於你。可是，我卻受到很大的挫折。」

「挫折？」

「是的，福爾摩斯先生，阮德爾一夥強盜今天上午在紐約被捕了。」

「哎呀，霍普金斯！這當然和你的說法——他們昨天夜裡在肯特郡殺人，不一致。」

「完全不符合。不過，除去阮德爾父子三人，可能還有其他三人一夥的強盜，或者也許是警方還沒有聽過的新強盜。」

「是的，這完全有可能。你要走了嗎？」

「是的，福爾摩斯先生，我要是不把案子弄個水落石出，我是不會安心的。你有什麼啓發給我嗎？」

「我已經告訴你了。」

「是什麼呢？」

「我提出那是個假象。」

「怎麼回事，福爾摩斯先生，怎麼回事？」

「當然，這確實是個問題，但是我只是提出這個看法，你也許會發現這種看法有一些道理。你不留下來吃飯了嗎？那好吧，再見了，請及時告訴我們你的進展情況。」

吃過晚飯，收拾了桌子，福爾摩斯又談到這個案子。他點上了菸斗，換上拖鞋，把腳伸到燃得很旺的爐火前。突然，他看了看錶。

「華生，我想事情會有新的發展。」

「什麼時候？」

「就是現在，幾分鐘之內。我敢說你一定認爲我剛才對待霍普金斯的態度不友好。」

「我相信你的判斷。」

「華生，你的回答很明智。你應該這樣看，我所瞭解到的情況是非官方的，他所瞭解到的則是官方的。我有權做出個人判斷，可是他卻沒有，他要把他知道的一切全說出去，不然的話，他就不忠於職守。在一個還沒有定論的案子裡，我不想使他處於不利的地位，所以我保留了我所瞭解的情況，直到我決定了再說。」

「什麼時候決定呢？」

「已經到時候了。現在你將會看到這場奇特戲劇的最後一幕。」

樓梯上有聲音，然後我們的房門就被一個青年打開了。他的個子很高，長著金黃色的鬍鬚，深藍色的眼睛，皮膚是受過熱帶太陽照射的那種顏色。他的步伐敏捷，這足以說明他不但身體強壯而且非常靈活。他關上門，就站在那裡，兩手握拳，胸膛一起一伏，壓制著心中的感情。

「請坐，克羅克船長。你已經收到我的電報了吧？」

我們的客人坐到一把扶手椅上，用詢問的眼光來回地望著我們。

「我收到你的電報，並且準時來了。我聽說你去過辦公室，看來我是無法逃脫了。說最壞的事情吧！你打算把我怎麼樣？逮捕我？你說吧！你不能坐在那裡就像貓捉老鼠一樣和我玩啊！」

「給他一根雪茄。」福爾摩斯說道，「抽根雪茄吧，克羅克船長，你要控制自己的情緒。如果我把你當成普通的罪犯，我就不會坐在這裡和你一起抽菸了，你要相信這一點。坦率地把一切都告訴我，我們或許可以幫助你；如果你和我要花招，我就不客氣了。」

「你想要我做什麼呢？」

「對我老實的講一講昨天晚上在格蘭奇莊園發生的一切。我警告你，老老實實、不多不少地講出來。我已經清楚了很多情況，如果你有半點偏差，我就會到窗前吹警哨，那時我也管不了你了。」

這位水手想了一會兒，然後用巨大的黑手拍了一下腿。

「我賭一把！」他大聲說道，「我相信你是一個守信用的人，我告訴你全部的經過。但是有一點我要先說清楚：涉及到我自己，我什麼也不後悔，也不害怕，我可以再做一遍，並引以為傲。那個該死的傢伙，他有幾條命，我就弄死他幾次！但是涉及到夫人，瑪麗——瑪麗·弗萊澤，我不願意用那個該詛咒的稱謂來稱呼她。我一想到使這個我願意付出生命來博她一笑的人而陷入了困境，我就心神不安。可是，我能有什麼別的辦法呢？先生們，我告訴你們我的事情，然後同為男人，我要問你們我有什麼別的辦法呢？

「我要從頭說起。你似乎已經全都知道了，所以我估計你知道我們是在『直布羅陀巨石』號上相遇的，她是旅客，我是大副。從我遇見她的第一天起，她就成了我的唯一。航行中，我一天一天地愈來愈愛她。我曾經多次在黑暗中跪在甲板上，俯吻甲板，只是因為我知道她從那裡走過。她從未留意過我，就像一般女人對男人那樣對待我，但是我沒有怨言。我一廂情願地愛著她，而她對我只有友愛。我們分別的時候她仍是無牽無掛，我卻不再是一個自由的人了。

「我第二次航海回來後，聽說她結了婚。當然她可以和她喜愛的人結婚，還有誰比她更應該擁有爵位和金錢呢，她生來就是應該享受一切美好和高貴的東西。對於她的結婚我並不悲傷，我不是一個自私的傢伙；相反地，我很高興，她擁有好運，沒有嫁給一個窮水手。我就是這樣愛瑪麗．弗萊澤的。

「我沒想到我還會再次遇到她。上次航行以後我被提升，而新船還沒有下海，所以我要和我的水手們在西頓漢姆等待幾個月。有一天，我在鄉村的一條小道上走著，遇見她的老女僕特麗薩．懷特。特麗薩把她的一切以及她丈夫的一切，全都詳細地告訴我。先生們，我告訴你們，我簡直氣瘋了。那個醉鬼，連舔她的鞋跟都不配，竟然敢動手打她。我又一次遇見了特麗薩，後來又見到了瑪麗本人，以後又見到她一次，之後她不再見我了。但是有一天我得到通知要在一週內出海，於是決定出發前去看她一次。特麗薩一直是我的朋友，因爲她愛瑪麗，也幾乎像我一樣痛恨那個惡棍。從她那裡我瞭解到了他們的生活習慣，瑪麗經常在樓下自己的小屋裡看書到很晚。昨天晚上我悄悄地去到那裡敲她的窗戶，起初她不肯開窗，但是我知道她內心是愛我的，不會在寒冷的夜晚讓我待在外面。她低聲對我說，要我轉過去到正面的大窗戶，我看見窗戶開著就走進餐廳。我又一次聽她親口說出令我憤怒的事情，我也再一次咒罵那個虐待我心上人的野獸。先生們，我和她只是站在窗戶後面，上帝作證，我們完全是清白的。這時，那個人卻如瘋子一般地衝了進來，用一個男人罵女人時所能用的，最難聽的話罵她，並且用手中的棍子朝她的臉上丟去。我跳過去抓起了撥火棍。這是一場公平的搏鬥，看看這裡，我的手臂，他第一下就打中了我。然後該我打了，我像打爛南瓜似的一下將他打死。你以爲我後悔嗎？不，不是他死，便是我亡。更重要的是，不是他死，便是瑪麗死，我怎麼能夠將她置於一個瘋子的控制下呢？我就是這樣殺死他的。我錯了嗎？先生們，要是你們二位中任何一人處在我的位置上，又會怎樣做呢？

「他打瑪麗的時候，瑪麗尖叫了一聲，這聲音把特麗薩從樓上引了下來。餐具櫃上有瓶酒，我打開往瑪麗的口裡倒了一點，因爲她被嚇得半死，然後我自己也喝了一口。特麗薩非常地鎮靜，我們兩個人共同商量好，要弄得像強盜幹的。特麗薩一再對她的女主人重複講我們編造的故事，而我則爬上去切斷鈴繩，然後把瑪麗綁在椅子上，並把繩子的末端弄成磨損的樣子，讓它看起來自然一些，不然的話，人們會懷疑強盜怎麼會上去割繩子。後來我拿了一些銀的盤子、罐子，僞裝成搶劫的樣子，並商量好我走後一刻鐘報警，接著我就走了。我把銀器丟進水池裡，就回西頓漢姆去了。我感到那一晚是我一生中第一次過得眞實、有意義。這就是事實，全部的事實，福爾摩斯先生，哪怕它會要了我的命。」

福爾摩斯抽著香菸沉默了一會兒，然後穿過房間，搖著我們客人的手。

「你所說的正是我想到的。」他說到，「我知道的每一個字都是眞實的。只有雜技演員或者水手才能夠從牆上的托座搆到鈴繩，只有水手才會打捆在那把椅子上的那種繩結。這位夫人只有一次和水手有過接觸，就是在她旅行的時候。水手和她的社會地位相同。她既然盡力掩護他，就說明她愛這個人。所以你知道，我一旦抓住正確的線索，抓到你是很容易的。」

「我原本以爲員警永遠不會識破我們的計謀。」

「員警不會，永遠不會，這我完全相信。現在，克羅克船長，雖然我承認你是在受到一個人所能承受的，最嚴重的挑釁之後才行動的，可是事態非常嚴重，我不能肯定這是否可以解釋成合法的自衛，因爲這需要由大英帝國陪審團來決定。可是我非常同情你，如果你選擇在二十四小時內逃走，我保證沒有人會阻攔你的。」

「這樣就可以沒事了？」

「肯定不會有什麼事。」

水手的臉氣紅了。

「你怎麼能對一個男子漢提出這樣的建議呢？我還是懂得一點法律，如果我這樣走了，瑪麗就會被當成同謀遭到拘禁。你以爲我會讓她承擔後果而自己溜掉嗎？不，先生，讓他們用最嚴酷的方式來處置我吧！可是看在上帝面上，福爾摩斯先生，請你想個辦法使瑪麗不受審判。」

福爾摩斯第二次向這位水手伸過手去。

「我只是試探你一下，這次你又經受住考驗了。不過，我如果幫你，就要承擔很大的責任。我已經給霍普金斯極好的提示，如果他不好好利用，我也沒辦法。這樣吧，克羅克船長，我們將按照法律應有的形式將這件事情予以解決。你是犯人；華生，你是英國陪審團，我從未見過比你更加適合做陪審員的；我是法官。陪審員先生，你已經聽取了證詞，你認爲這個犯人是有罪還是無罪？」

「無罪，法官大人。」我說道。

「人民的呼聲便是上帝的呼聲。無罪釋放，克羅克船長。只要法律不找出其他受害者，在我這裡你是安全的。一年後你再回到這位女士身邊，但願她的未來和你的未來能夠證明我們今夜做出的判決是明智的。」

第十三篇　第二塊血跡

我原本打算將〈格蘭奇莊園〉作爲夏洛克・福爾摩斯先生豐功偉績的最後一篇，並從此不再發表他的故事。之所以做出這個決定，並不是缺少素材，因爲我還有關於幾百個案例的記錄從來沒有寫過；也不是因爲讀者對於這位卓越人物的非凡品格和獨特辦案方法逐漸失去了興趣。眞正的原因是福爾摩斯表示不願意再繼續發表他的經歷。如果他還進行著實際的偵緝工作，這些關於他的成功案例記錄對他來說是有好處的，但是他已經徹底離開倫敦，並且隱居到蘇塞克斯的丘陵地帶進行研究和養蜂，越來越討厭聲名遠揚，並且強烈要求我尊重他在這個問題上的意願。我對他說，我已經向讀者承諾〈第二塊血跡〉會在時機成熟的時候發表，而且用這樣一個他所處理過最重要的國際性案件作爲全書的結尾和高潮，是最恰當不過了。最後我終於得到他的同意，得以小心謹愼地將這個案件向大眾公布。在講述這個故事的時候，有一些細節可能顯得不是十分清楚，請讀者體諒我的保留是有充分理由的。

有一年——甚至連具體年代我都不能講明，還請讀者見諒——秋天的一個星期二上午，有兩位在歐洲享有盛譽的客人來到我們在貝克街的簡陋住所。其中一位外表嚴峻，有著高高的鼻樑以及鷹一般的眼睛，看起來極其威嚴，他就是著名的貝陵格勳爵，曾經兩度擔任英國首相。另外一位則是膚色黝黑、五官端正、舉止文雅，雖然還不到中年，可是外形和氣質看起來都相當有魅力。他就是特雷洛尼·侯普，負責歐洲事務的大臣，也是英國最有前途的政治家。他們二人並肩坐在我們那張堆滿文件的長沙發椅上，從他們疲憊而且焦急的神色可以看出，他們到這裡來是爲了極爲重要的事情。首相那雙瘦削、青筋凸起的手緊緊地握著他那把雨傘的象牙柄，那張憔悴、苦澀的臉看看福爾摩斯又看看我，流露出無限的憂愁。那位歐洲事務大臣也是心神不寧地捻著鬍鬚，並不時地擺弄著懷錶鏈。

「今天上午八點鐘，我發現遺失了重要文件，福爾摩斯先生，於是我連忙告訴首相。也是聽從他的建議，我們才決定一起來找你。」

「你報警了嗎？」

「沒有，先生。」首相迅速、果斷地說道——眾所周知，他說話一向這樣。「我們沒有報警，而且我們也不可能這樣做，通知警察就意味著把文件遺失的消息公諸於眾，這是我們儘量避免出現的情況。」

「為什麼呢，先生？」

「因為這份文件很重要，一旦它被公諸於眾就會很容易——我幾乎可以說就很有可能引起歐洲形勢的複雜化，甚至說戰爭與和平的問題完全取決於此也不過分。除非這份文件能夠在絕對秘密的情況下被追回，要不然就毫無必要了，因為盜竊文件的人就是為了要將文件內容公諸於眾。」

「我明白了。現在，特雷洛尼．侯普先生，如果你能夠準確地告訴我文件到底是在什麼情況下丟失的，我會非常感謝。」

「這很簡單，幾句話就可以說清楚，福爾摩斯先生。那封信是一位外國君主寄來的，我們在六天前收到。因為這封信事關重大，所以我不敢把它放在我辦公室的保險櫃裡，而是每天晚上都把它帶回白廳住宅街——我的家中，並把它鎖在臥室的公文箱裡。我敢肯定昨天晚上它還在那裡，因為當我正換衣服要去吃晚飯的時候，我曾經打開那個公文箱，並且看見文件還在裡面。可是今天上午文件就不見了。整個晚上，公文箱一直放在我臥室梳妝檯的鏡子旁邊。我睡得很輕，我的妻子也是如此，我們兩個都可以肯定夜裡沒有人進過我們的房間。可是文件卻不見了。」

「你在什麼時候吃晚飯？」
「七點半。」
「晚飯到睡覺前有多長的時間呢？」
「我的妻子去看戲，我一直等她回來。我們到了十一點半鐘才進臥室睡覺的。」
「那麼也就是說，在那四個小時裡沒有人看守公文箱。」
「女傭可以在早上進入那個房間，在其他的時間裡，只有我的貼身男僕和妻子的女僕可以進入房間，除此之外，其他人都不可以進入那個房間。這兩個僕人都很可靠，跟著我們已經有一段時間。另外，他們倆也不可能知道在我的公文箱裡放著比普通部門公文還要重要的東西。」
「誰知道有那封信呢？」
「家裡的人都不知道。」
「你的妻子一定知道吧？」
「不，先生，直到今天上午丟了那份文件我才和她提起這件事情。」
首相滿意地點了點頭。
「先生，我一直久仰你強烈的社會責任感。」首相說道，「我深信這麼重要事情的保密程度會高於最親密的家庭情感。」
這位歐洲事務大臣點了點頭。「你過獎了，先生。今天早晨之前，我一直沒有對我妻子提起這件事情。」

「她會猜出來嗎？」

「不，福爾摩斯先生，她不會猜出來的，任何人都不會猜出來。」

「你以前丟過文件嗎？」

「沒有，先生。」

「在英國還有誰知道這封信的存在呢？」

「昨天通知了內閣中的每一位成員有這樣一封信，但是每天的內閣會議都要進行保密宣誓，而且在昨天的會議上首相還鄭重地提醒大家。天啊，想不到在幾個小時之內我自己竟然丟失了這封信！」他那英俊的面孔由於絕望而痙攣，他用手抓著自己的頭髮。一時間，我們看到他眞實的一面：衝動、激烈、非常敏感。隨後他的臉上又籠罩那種貴族般的神情，溫和的聲音也恢復了。「除了內閣的成員外，還有兩名、也可能是三名官員知道這封信。福爾摩斯先生，我可以向你保證，除此之外，在英國再也沒有任何人知道這件事情。」

「可是國外呢？」

「我相信除了寫信的人以外，國外不會有人看過這封信。我深信寫信者沒有透過他的大臣們——也就是說他沒有使用通常的官方管道。」

福爾摩斯考慮了片刻。

「現在，先生，我不得不特意問一下，這是一份什麼文件？爲什麼它的丢失會造成這樣重大的後果？」

兩位政治家迅速地交換一下眼色，首相的濃眉緊緊地皺了起來。

「福爾摩斯先生，那個信封又薄又長，是淡藍色的。信是用紅色蠟封好的，上面還蓋有蹲伏著獅子的印記。收信人的姓名是用大大的、粗體字寫的——」

「先生。」福爾摩斯說道，「你說的情況十分有趣，也極爲重要，但是恐怕我的調查必須更加深入地追究事情的根源。那封信的內容到底是什麼？」

「那是最最重要的國家機密，我恐怕不能告訴你，而且我以爲這也沒有必要。大家都說你很有本事，如果你能夠發揮你的那些本事，就能夠找到我描述的那個信封以及裡面的信件。那樣，你將有功於國家，我們也將給予你我們能夠給予的最豐厚的獎賞。」

福爾摩斯面帶微笑，站起身來。

「你們兩位是這個國家最忙的人。」他說道，「而我也忙著自己的事情。我十分遺憾無法在這件事情上幫助你們，繼續談下去只是浪費時間。」

首相猛地站了起來，兩隻深陷的眼睛裡射出令人生畏的目光，足以使全體內閣成員心生畏懼。「我不習慣這樣，先生。」他開始這樣說道，但是他還是強壓住自己的怒火，並重新坐下來。我們靜靜地坐了幾分鐘，然後，這位年邁的政治家聳了聳肩。

「我們必須接受你的條件，福爾摩斯先生。毫無疑問你是正確的，如果我們不完全信任你，就沒有理由指望你採取行動。」

「我同意你的意見。」那位年輕的政治家說道。

「那麼，我就完全信任你和華生醫生的信譽，並將事情都告訴你們。我也相信你們有強烈的愛國心，對於這個國家來說，我簡直無法想像，還有哪件事情會比此事暴露出來更加嚴重的。」

「你可以放心地信任我。」

「這封信是某位外國君主寫來的，他對於我們國家最近在殖民地的發展感到惱怒。信是匆匆忙忙寫的，並且完全是他個人的意見，經調查，他的大臣們並不知道這件事情。同時，這封信的措辭非常嚴厲，而且其中有些語句還帶著挑釁的色彩，毫無疑問，如果它被公諸於眾，將激怒整個國家的人民，引起極其危險的民族情緒。如果出現這種騷亂，我敢說不出一個星期，英國就會被捲入一場大規模的戰爭。」

福爾摩斯在一張紙條上寫下一個名字，並把它遞給首相。

「沒錯，正是他。而且就是這封可能意味著幾億英鎊的損耗以及數十萬人生命的信件，莫名其妙地丟了。」

「你是否已經通知寫這封信的人呢？」

「是的，先生，已經發了一份密碼電報。」

「或許他希望發表這封信。」

「不，先生，我們完全有理由相信他已經感到這樣做十分不愼重，或者說簡直就是頭腦發熱。如果這封信被公諸於眾，對他自己以及他的國家的打擊要比對英國的打擊更加嚴重。」

「如果是這樣的話，公布這封信對哪些人有好處呢？爲何有人想要盜竊並且公布這封信呢？」

「福爾摩斯先生，你的問題把我帶到國際政治的領域，但是如果你考慮一下歐洲局勢，就不難發現盜取這封信的動機。整個歐洲是一個全副武裝的營壘，有兩個勢均力敵的軍事聯盟，而大不列顚保持中立，維持它們之間的平衡。如果英國被迫和其中一個聯盟交戰，另外一個聯盟無論參戰與否都會處於上風。你明白了嗎？」

「你講得非常清楚。這樣看來，得到並且公開這封信對這位君主的敵人有利，因爲這樣可以破壞發信人的國家和我們國家之間的關係。」

「是的，先生。」

「如果這封信落到某個敵人的手中，他會把這封信交給誰呢？」

「交給歐洲任何一位大臣。此刻，它可能正乘著最快的列車趕往目的地。」

特雷洛尼·侯普先生把頭低垂胸前，並且大聲地嘆息。首相和善地把手放在他肩上安慰他。

「這是你的不幸，我親愛的夥計。沒有人能夠責怪你，因爲你沒有忽略任何防範措施。現在，福爾摩斯先生，你已經瞭解全部的事實，那麼你認爲我們應該採取什麼樣的行動呢？」

福爾摩斯無可奈何地搖搖頭。

「先生，除非找回那封信，否則就會爆發戰爭，你是這樣認爲嗎？」

「我認爲很有可能這樣。」

「那麼，先生，請準備打仗吧。」

「這樣說太殘忍了吧，福爾摩斯先生。」

「請考慮一下這些情況，先生。可以想像，信不可能是在夜裡十一點半之後被偷走的，因爲侯普先生和他的妻子從那個時候到發現信件丟失的這段時間內一直在房裡。那麼信件肯定就是在昨天晚上七點半到十一點半之間被偷走的，而且很有可能是在更早的時間，因爲把信偷走的人顯然知道信在公文箱裡，因此很自然地會儘早把它拿到手。先生，既然這麼重要的一封信在那個時候就被偷走，那麼它現在會在什麼地方呢？如果沒人扣壓住這封信，它很快便會被傳到需要它的人手中。現在我們還有機會弄清它的下落嗎？更不要說把它找回了！我們已經無能爲力。」

首相從長沙發椅上站了起來。

「你說的完全合乎邏輯，福爾摩斯先生，我感到我們確實無能爲力。」

「但是我們可以討論一下，假設信是被女僕或是貼身男僕拿走的——」

「他們都是老傭人，並且都很可靠。」

「我記得你說過，你的臥室在三樓，從外面無法直接進入房間，如果從屋裡進入你的房間，則肯定會被看到，那麼肯定是屋子裡的人拿走了那封信。小偷會把信件交給誰呢？交給一個國際間諜，或者是秘密特務，這些人的名字我都相當熟悉，有三個人可以說是他們的頭兒。我首先要調查的就是他們是否還在他們原來的地方，如果有一個人失蹤了——尤其是從昨天晚上開始就失蹤——那麼，我們就可以得到一些關於文件去向的線索。」

「他爲何要消失呢？」歐洲事務大臣問道，「他完全有可能把信送到各國駐倫敦的大使館。」

「我想不會的。這些特務是獨立進行工作，而且他們和大使館的關係通常都很緊張。」

首相點點頭表示贊同。

「我相信你說得很正確，福爾摩斯先生，他一定會親自將如此寶貴的東西送到總部。我想你建議的行動方案是非常正確，在這同時，侯普，我們不可以因爲這件不幸的事情而忽略了其他的職責。再見了，福爾摩斯先生，如果今天有任何新的進展，我們會通知你，並且你也一定要告訴我們你的調查結果。」

兩位政治家向我們告別後，心情沉重地離開。

當我們的尊貴的客人離開後，福爾摩斯默默地點上菸斗，坐了一會兒並陷入沉思。我打開晨報，全神貫注地讀著一篇關於前天夜裡發生的駭人聽聞的兇殺案報導。正在這時，我的朋友驚呼一聲，站起身來，並把他的菸斗放了壁爐架上。

「是的。」他說道，「只能這樣著手解決，沒有更好的辦法了。情況十分危急，但是並非毫無希望。即使是現在，如果我們可以確定是誰拿走了這封信，可能信還在他的手中沒有交出去。畢竟對於這些人說來，無非是錢的問題，而且我們有英國財政部做後盾。如果它在市面上出現，我就把它買下來——即使那意味著要花我們向國家繳納的個人所得稅。很有可能，那個傢伙會拿著這封信，看看這一方能出多少錢，然後再試一試另外一方出的價。只有那三個人敢玩這麼大膽的遊戲——就是奧伯斯坦、拉若澤和埃杜爾多・盧卡斯。我要去找他們每一個人。」

我掃了一眼手中的晨報。

「是格多爾芬大街的那個埃杜爾多・盧卡斯嗎？」

「是的。」

「你見不到他了。」

「為什麼？」

「昨天晚上他在家裡被謀殺了。」

在我們冒險破案的過程中，我朋友常常使我吃驚，而這一次當我意識到我完全使他大吃一驚的時候，心中不免有幾分得意。他驚訝地目瞪口呆，然後把報紙從我的手中奪過去。下面就是他從椅子上站起來的時候，我正在讀的那一段。

西敏寺區謀殺案

昨晚在格多爾芬大街十六號發生了一起神秘謀殺案。格多爾芬大街位於泰晤士河以及維斯敏斯特大教堂間，毗鄰國會大樓，老式的街道兩旁都是十八世紀的舊式住宅，埃杜爾多・盧卡斯先生在這幢小巧精緻的樓房已經居住多年。他在社交界十分有名，因爲他具有迷人的個性魅力，而且還享有英國最佳業餘男高音的盛名。盧卡斯先生，未婚，現年三十四歲，家中有一名上了年紀的女管家普林格爾太太和一名叫做密爾頓的貼身男僕。女管家晚上睡得很早，就住在房子的頂層。案發當天的晚上，他的貼身男僕外出到漢莫爾斯密斯去探望一位朋友。晚上十點鐘以後，家中就只有盧卡斯先生一人。在這段時間裡發生了什麼事仍不清楚，但是在十一點三刻，巴瑞特警員巡邏經過格多爾

芬大街的時候，發現十六號的大門半開。他敲了敲門，沒有人答應。他看到前面的房間有燈光，就又敲了敲門，可是仍然沒有動靜，於是他推開門走進去。房裡亂七八糟，傢俱幾乎全部被掀到房間的一側，一把椅子倒在房間的中央。死於非命的房主倒在這把椅子的旁邊，一隻手仍然抓著一隻椅腳。他被刺中心臟，當場斃命。殺人的刀子是一把印度彎匕首，是原本掛在一面牆上作爲裝飾用的東方武器戰利品中的一件，被扯下來當作殺人兇器。犯罪的動機似乎不是搶劫，因爲房裡的貴重物品並沒有丟失。埃杜爾多・盧卡斯先生很有名，也很受歡迎，他的悲慘而離奇的死亡一定會引起眾多朋友的深切關心和同情。

「華生，你認爲這是怎麼一回事？」福爾摩斯停了很長時間，然後問道。

「這是一個驚人的巧合。」

「一個巧合！這是我們提到可能在這部戲劇中出現的三個人物之一，而就在戲劇上演的時刻，他卻暴斃了。這不大可能會是巧合，但是現在沒有證據說明這一點。不，我親愛的華生，這兩件事是有聯繫的——肯定是有聯繫的。我們要做的就是找出它們之間的關係。」

「但現在警察一定全知道了！」

「不會是全部。他們只知道在格多爾芬大街看到的情況，至於在白廳住宅街發生的事情，他們現在肯定不知道，而且將來也不會知道，只有我們兩件事情都知道，並且能夠弄清楚這兩件事之間的關係。不管怎樣，有一點很明顯的地方使我懷疑盧卡斯。西敏寺教堂區的格多爾芬大街到白廳住宅街步行只需幾分鐘，而我所提到的另外兩個秘密間諜都住在倫敦西區盡頭。因此，盧卡斯比其他二人更容易與歐洲事務大臣的家人建立聯繫，或者從那裡得到消息。這只是一個很小的細節，但在作案時間只有幾小時的情況下，這一點也許就是至關重要了。啊呀！是誰來了？」

哈德森太太端著託盤走進來，託盤裡有一張女士的名片。福爾摩斯看看名片，眉毛一揚，然後把名片遞給我。

「請希爾達・特雷洛尼・侯普夫人上樓來。」他說道。

片刻之後，我們這間陋室，在那天早上已經接待兩位大名鼎鼎的客人後，又幸運地迎來倫敦最可愛的女士。我早就久仰貝爾敏斯特公爵小女的美貌，可是沒有相關的描述，也沒有黑白照片，所以使我面對她的嬌柔、美豔時沒有絲毫的心理準備。然而，我們在那個秋天的早晨見到時，她讓我們最先注意到的並不是她的美麗。她的雙頰雖然十分可愛，但是由於激動而顯得蒼白；雙眼雖然明亮，卻流露出緊張與不安；薄薄的嘴唇爲了控制自己的情緒，也緊緊地閉攏著。當她站在門邊的時候，最先映入我們眼簾不是她的美麗而是她的恐懼。

「我的丈夫來過這裡嗎，福爾摩斯先生？」

「是的，夫人，他來過這裡。」

「福爾摩斯先生，我請求你不要告訴他我來過這裡。」福爾摩斯冷冷地點了點頭，並且示意請她坐下。

「夫人，你使我的處境很爲難。請坐下並告訴我你有什麼要求，不過我恐怕不能無條件地答應一切。」

她走到房間另一邊，背對窗戶坐下。那是女王般的風度，高挑、優雅而極富女性魅力。

「福爾摩斯先生。」她說道——說話時，她兩隻戴著白手套的手時而握在一起，時而鬆開——「我願意對你開誠布公，同時希望你對我也能夠坦率相對。我和我的丈夫在任何事上都是完全互相信任，只有一件事情例外，那就是政治問題。在這方面，他總是守口如瓶，什麼也不告訴我。現在，我知道我們家中昨晚發生極爲不幸的事情——丟失了一份文件。但是因爲這是一個政治問題，我的丈夫拒絕對我說出全部的事情。現在，這件事情很重要，我是說非常重要，我應該徹底地瞭解這件事情。除了這幾位政治家之外，你是唯一瞭解眞實情況的人。所以我請求你，福爾摩斯先生，請告訴我，到底發生了什麼事情以及它可能導致什麼樣的結果。請告訴我全部的情況，福爾摩斯先生，請你不要出於對我丈夫的考慮而保持沉默，我可以向你保證，只有充分相信我，他的利益才能夠得到最好的保證，這一點他會明白的。被偷走的那份文件是什麼文件呢？」

「夫人，你問的事我不可能說。」

她嘆了一口氣並用雙手遮住臉。

「你必須明白我只能這樣做，夫人。如果你的丈夫認為你對這件事情最好毫不知情，那麼我又怎麼可以告訴你他所保留的情況呢？我是在宣誓保守職業秘密的條件下，才得知這件事的眞實情況，所以你不能來問我，他本人才是你應該問的人。」

「我已經問過他了，我到這裡是因為已經無計可施。既然你不肯告訴我確切情況，福爾摩斯先生，那麼你是否能夠給我一點啓示呢，這樣對我也會很有幫助的。」

「什麼啓示呢，夫人？」

「我丈夫的政治生涯是否會因為這件事情而受到嚴重的影響呢？」

「嗯，夫人，除非這件事情得到適當的解決，否則確實會帶來不幸的影響。」

「啊！」她深深地吸了一口氣，好像疑惑全部得到解決似的。

「還有一個問題，福爾摩斯先生。這件事情發生後，我從我丈夫的話中感到這份文件的丟失可能會在社會上引起可怕的後果。」

「如果他是這樣說的，我當然不會否認。」

「丟失文件造成的後果是什麼性質的呢？」

「不，夫人，你的問題又超過我能夠回答的範圍。」

「那麼我不再耽誤你的時間了。我不會責怪你沒有坦誠地對我說更多的情況，福爾摩斯先生，而且我相信你也不會說我不好，因為我想要分擔他的憂慮，儘管他不希望如此。我再一次請求你不要對他說我來過這裡。」

她在門口回頭看了我們一眼，她那美麗又焦慮的面容、驚恐的目光以及緊閉的嘴再一次讓我留下了深刻的印象，然後她走出了房門。

「啊，華生，女性屬於你的研究範疇。」福爾摩斯微笑著說道，隨著前門砰的一聲，裙子摩擦的沙沙聲愈來愈小，然後完全消失。「這位漂亮的夫人在玩兒什麼把戲呢？她眞正意圖的是什麼呢？」

「她已經講得很清楚了，而且她焦慮也是人之常情。」

「嗯！想一想她的表情，華生——她的舉止、她壓抑著的激動、她的焦慮不安以及她問問題時的固執。要記住，她是出身於一個不輕易表露感情的社會階層。」

「她的樣子的確是很激動。」

「還要記住，她向我們保證說只有她瞭解全部的情況，才能夠完全地保護她丈夫的利益，她說話時的那種懇切十分奇怪。她說這話是什麼意思呢？而且你一定已經注意到，華生，她設法使陽光只照到她的背部，因爲她不想讓我們看到她面部表情的細微變化。」

「是的，她特別挑了房裡那把背光的椅子坐下。」

「女士的心理活動是難以理解的。你還記得馬爾蓋特的那位女士吧，當時我懷疑她也是出於同樣的原因。她的鼻子上沒有擦粉——這一點最終成了解決問題的關鍵。所以你不能輕信她們——她們一個十分微小的舉動可能含義很深，一支髮夾或者一個髮捲就可能意味著最不同尋常的舉動。好了，再見吧，華生。」

「你要出去？」

「是的，我要到格多爾芬大街和我們蘇格蘭警場的朋友們一起消磨今天上午的時間。埃杜爾多·盧卡斯是解決我們問題的關鍵，儘管我必須承認我還不清楚應該以什麼樣的方法來解決這個問題。沒有事實依據就下結論是極其錯誤。請你守在這裡，我的好華生，並接待任何新來的客人。如果可能，我會回來和你一起吃午飯。」

那一整天以及第二天和第三天，福爾摩斯一直默默不語，瞭解他的人知道他在沉思默想，而其他人則會認為他很鬱悶。他跑出跑進，不停抽菸，拿起小提琴拉兩下又丟開，不時地陷入冥想，不按時吃飯，只是隨便嚼幾口三明治，而且幾乎不回答我提出的問題。顯然，他的調查進行得並不順利。他對於這個案件隻字不提，我只是從報紙上才得知一些案件審訊的細節，以及死者的貼身男僕約翰·密爾頓被逮捕但是隨後又被釋放的消息。驗屍陪審團提出申訴，說這是一件蓄意謀殺案，但是弄不清楚案情以及當事人。看不出任何的殺人動機：房間裡擺滿了貴重物品，但是都絲毫未動。死者的文件也沒有被翻動的跡象。警方詳細地檢查了這些文件，發現他熱中於研究國際政治問題，喜歡不知疲倦地閒談，同時也是一個出色的語言學家，並且往來的信件很多。他和幾個國家的主要領導人都交往甚密，但是從他抽屜裡的文件中沒有發現任何値得懷疑的地方。至於他和女人的關係，看上去似乎很混雜但是都交往不深。他認識許多女人，但是朋友很少，也沒有一個爲他所愛。他沒有特殊的生活習慣，行爲也很循規蹈矩。他的死亡很有可能成爲一樁難以偵破的懸案。

至於逮捕他的貼身男僕約翰·密爾頓，那跟沒逮捕一樣，因爲對他的懷疑無法成立。在案發那天的晚上他去漢莫爾斯密斯看望朋友，案發時不在現場的證據十分充分。的確，從他動身回家的時間推算，他應該在這樁謀殺案被發現前到達西敏寺區。但是他解釋由於當晚夜色很好，他在回家的途中步行了一段。這種情況也是很有可能的，所以事實上，他十二點鐘到家，並且被這件意外的慘案嚇得驚惶失措。他和他主人的關係一直很好。在這個貼身男僕的箱子裡發現了死者的幾件物品——特別引人注目的是一盒刮鬍刀，但是他解釋那是死者送給他的禮物，而且管家也證實了這件事。密爾頓爲盧卡斯工作已經有三年，値得注意的是盧卡斯沒有帶密爾頓去過歐洲。有時候他自己會在巴黎一連住上三個月，但是密爾頓卻被留下照看格多爾芬大街的房子。至於那位管家，在案發那天的夜裡她什麼也沒有聽到。如果有客人來拜訪，也是主人自己去請進來的。

我關注著報上關於這樁案件進展的報導，一連三天這樁謀殺案一直懸而未決。可能福爾摩斯知道更多的情況，可是他沒有說。但是他告訴我，雷思垂德警官已經把這樁案件的全部情況都告訴他了，所以我相信他能夠迅速地掌握案件的任何進展。第四天，報上登載了一份從巴黎發來的很長電報，這份電報似乎解決了全部的問題。

巴黎警方獲得的最新發現（據《每日電訊報》報導）可以揭開埃杜爾多·盧卡斯先生的慘死之謎。盧卡斯先生於本週一夜間在維斯敏斯特的格多爾芬大街家中慘遭殺害。讀者們或許還記得，死者被發現死於自己的房間，而且他的貼身男僕受到懷疑，但是經查證他有不在犯罪現場的證據因而又被釋放。昨日有幾名僕人向員警當局報告他們的主人，也就是居住在奧地利街一幢小別墅中的亨利·弗爾那依太太精神失常了。檢查顯示她的確患了危險、永久性的躁鬱症。據調查，弗爾那依太太本週二剛剛從倫敦回來，而且有證據表明她與西敏寺區的兇殺案有關。經過對照片進行的比較最後證實亨利·弗爾那依與埃杜爾多艾秋阿多·盧卡斯事實上是一個人。死者由於某種原因，在巴黎和倫敦過著雙重生活。弗爾那依太太是克里奧爾人，容易激動。她過去曾經因為忌妒而攻擊他人，並進而轉為顛狂。據估計病人可能是在顛狂發作的時候，製造了這起轟動整個倫敦的兇殺案。目前尚未查清她在週一晚間做了什麼，但是毫無疑問的，在星期二的清晨，查林十字街火車站有一名容貌酷似她的婦女，由於外貌奇異、舉止狂暴而引起了眾人的注意。因此，她很有可能是在精神錯亂情況下殺了人，或者是由於行兇殺人而造成精神失常。目前，她尚不能連貫地敘述過去發生的事情，並且醫生們認為要她恢復理智是沒有希望了。有證據表明，在本週一的晚上有人看到一位女士在格多爾芬大街上曾經一連幾個小時凝視那棟房子，她可能就是弗爾那依太太。

「對於這段報導，你怎樣看呢？」當他吃完早飯的時候，我把這段報導讀給他聽。

「我親愛的華生。」他站起身來，在房裡來回踱步並說道，「你還眞能忍耐，但是我在過去的三天裡沒有告訴你任何情況，那是因爲我沒有什麼情況可告訴你。現在，即使這份從巴黎來的電報對我們也沒有多大用處。」

「至少對盧卡斯的死有一個交待吧？」

「我們眞正的任務是找回文件並避免歐洲陷入一場浩大的災難。與此相比，盧卡斯的死只是一個意外——一件微不足道的小事。在過去三天裡所發生的唯一重要事情就是什麼事情也沒有發生。我幾乎每小時就會收到一份政府方面的報告，而且可以肯定的是整個歐洲目前沒有出現任何麻煩的跡象。現在，如果這封信丟失了——不，它不可能是丟失了——但是如果沒有丟失，它會在哪裡呢？誰拿著這封信呢？爲什麼要扣壓這封信呢？這個問題眞像是一把錘子，日夜敲擊我的腦子。盧卡斯在信件丟失那天夜裡被害，這眞的是一個巧合嗎？他有沒有收到過那封信呢？如果他收到了，爲什麼信不在他的文件裡呢？是不是他那瘋狂的妻子把信拿走了呢？如果是這樣的話，那封信是不是在她巴黎的家中呢？我怎樣才能夠在不引起巴黎警方懷疑的情況下查找那封信呢？在這個案子上，我親愛的華生，不僅罪犯對我們來說是危險的，法律也是如此。所有人都在妨礙我們，然而這件事情又事關重大。如果我能夠成功地解決這個案件，那肯定會成爲我事業上最光輝的成就。啊，這是從前線傳來的最新情況！」他匆忙地看了一眼剛剛交到他手中的來信。「嘿！雷思垂德好像已經查到重要的情況。帶上你的帽子，華生，我們要一同走趟西敏寺區。」

這是我第一次到犯罪現場——這是一幢高高的、有些陰暗的房子，整幢屋子的中部比較狹窄，但是整體看起來整潔、勻稱、堅固，透著一股十八世紀的風格。高大的雷思垂德正從前面窗戶往外張望，然後當一個高個子員警打開門，請我們進去的時候，雷思垂德走上前來熱情地和我們打招呼，把我們帶進發生謀殺的那個房間。但是除了地毯上有一塊難看的、形狀不規則的血跡以外，什麼痕跡都沒有。這是一小塊方形的粗毛地毯，擺在房間的正中央，四周是由小塊的方形木塊拼成的美麗舊式地板，而且地板擦得十分光亮。壁爐的上方擺滿了精美絕倫的武器戰利品，其中的一件在案發那天的晚上被用作殺人兇器。靠近窗戶放著一張豪華的寫字臺，房子裡每件擺設，油畫、小地毯、以及牆上的裝飾品，無不顯示出主人的奢華且接近女性化。

「看到巴黎的消息了嗎？」雷思垂德問道。

福爾摩斯點點頭。

「這一次，我們的法國朋友似乎抓住問題的要害。毫無疑問，事情的眞相正如他們所說的那樣。她在敲門——我猜這是意外的來訪，因爲他以兩個身分過著兩種截然不同的生活——他不能讓她待在街上，所以開門讓她進去。弗爾那依太太告訴盧卡斯她是如何找到他，並且責備了他。事情就這麼發展著。最後，牆上那把匕首被派上用場，並很快地結束了這一切。但是被害人並不是一下子就被刺死的，因爲這些椅子全部都倒在那邊，而且他的手裡還抓著一把椅子，好像是想用椅子擋開她的匕首。看來事情已經很清楚了，就像我們親眼見證整個過程一樣。」

福爾摩斯揚了揚眉毛。

「那麼，你爲什麼還要找我呢？」

「啊，是的，那是另外一件事——只是一件小事，卻是你感興趣的那種事——它非常奇怪，你可能會用怪異來形容，但這和主要的事實沒有任何關係——至少從表面上看起來不可能有關係。」

「那麼，是什麼事情呢？」

「嗯，你知道，這一類案件發生之後，我們總是小心翼翼地保持犯罪現場的物品原封不動。這裡沒有任何物品被移動過，白天和夜裡都有警員在這裡看守。今天上午，我們把這個人埋葬而且調查也結束了——至少就這個房間而言——我們認爲可以把它打掃一下。這塊地毯，你可以看到，並沒有被固定在地板上，只是擺在那裡。我們碰巧掀了一下地毯，並且發現——」

「什麼？你們發現——」

福爾摩斯的面部表情由於焦急而變得十分緊張。

「嗯，我敢說你猜一百年也猜不出我們發現了什麼。你看到地毯的那塊血跡吧？好的，大部分血跡已經把地毯浸透，應該是這樣吧？」

「毫無疑問，肯定是那樣的。」

「嗯，可是白色的木地板上卻沒有相應的血跡，聽到這一點你一定感到很奇怪吧？」

「沒有血跡！可是，肯定——」

「儘管你說肯定應該有，可是事實是那裡沒有血跡。」

他用手握住地毯的一角，並把它翻了過來，以便證實事實確實像他所說的那樣。

「但是地毯的下面和上面都沾上了血跡，地板肯定會留有痕跡的。」

雷思垂德看到他居然把這位出名的專家弄得迷惑不解，因而高興得笑了起來。

「現在，我來給你看謎底。確實有第二塊血跡，但是和第一塊血漬的位置不一致。你自己看一看吧。」他一面說著一面把地毯的另一側掀開，的

確，在老式地板的白色方形表面上露出一片紫紅色的血跡。「你怎樣看這件事情呢，福爾摩斯先生？」

「嗯，這很簡單，這兩塊血跡本來確實是對應的，但是有人轉動了地毯。由於地毯是方形的而且沒有釘住，所以很容易轉動。」

「福爾摩斯先生，我們正式警探不需要你來告訴我們地毯肯定是被人轉動過，這是很明顯的，因爲地毯的血跡是應該正好蓋住地板的血跡——如果你是這樣擺放的話。但是我想要知道的是，誰移動了地毯，以及爲什麼？」

我從福爾摩斯那有一些僵硬的神情上看出他的內心十分激動。

「嗨，雷思垂德。」他說道，「走廊中的那位警員是不是一直看守著這個現場呢？」

「是的。」

「好的，請按照我的建議去做，仔細地盤問一下他。不過，不要當著我們的面盤問。我們就在這裡等著，你把他帶到後面的房間裡。單獨和他談一談，或許他更有可能承認。問問他怎麼居然敢讓別人進來，而且還把他單獨地留在這個房間。不要問他是不是讓人進來，你就理所當然地說你知道有人進來過了。給他一些壓力，告訴他只有完全坦白才有可能得到原諒。一定要按照我說的去做！」

「天哪，只要他知道，我就一定會問出來的！」雷思垂德大聲說道。他衝進大廳，然後不久後面的房間就傳來他大聲拷問的聲音。

「現在，華生，就是現在！」福爾摩斯興衝衝地說道。他那冷漠的表情掩飾下的驚人力量突然爆發出來。他把粗毛地毯從地板掀起來，並且立即趴在地板上，用手指去摳地毯下面的每一塊方木板。當他的指甲挖進其中一塊木板邊緣時，那塊木板活動了。它像箱子蓋一樣，從有折頁的地方向上翻起，下面出現了一個小黑洞。福爾摩斯急切地把手伸了進去，但是，抽回手的時候，他既生氣又失望地咆哮一聲。洞裡面是空的。

「快，華生，快！把地毯放回原處！」我們剛剛扣上那塊木板，並把那塊粗毛地毯放好，就聽到走廊裡傳來雷思垂德說話的聲音。他看見福爾摩斯無力地靠著壁爐架站著，看上去聽天由命、很有耐心，並且用手盡力遮住想打哈欠的嘴巴。

「對不起，讓你久等，福爾摩斯先生，我看得出整件事情把你煩得不得了。啊，他已經承認，很順利。到這裡來，麥克弗爾遜，讓這兩位先生聽聽你做的最不可原諒的事情。」

那個高個子員警，滿臉通紅，一臉後悔的樣子，輕輕地走進房間。

「我沒有想做什麼壞事，先生。昨天晚上，一位年輕的女士走到大門前——她弄錯了門牌號碼，然後我們就談了起來。一個人整天在這裡值班，實在很寂寞。」

「那麼，後來怎樣呢？」

「她想看一看兇殺的現場在哪裡——她說她在報紙上看到報導。她是一位很體面、說話很文雅的年輕女士，我想讓她看一下不會有什麼問題。當她看到地毯上的血跡時候，就立刻暈倒在地板，躺在那裡像死了一樣。我跑到後面弄了一些水，但是沒能讓她醒來。於是我就到拐角的『常春藤商店』買了一些白蘭地，可是等我拿著白蘭地回來的時候，那位年輕的女士已經醒來，並且走掉了——我想她可能是感到不好意思，而且不願意再見到我。」

「那塊地毯怎麼會被移動了呢？」

「啊，先生，我回來的時候，地毯的確是被弄皺了。你看，她倒在地毯上，而地毯貼著光滑的地板又沒有被固定住。後來我又把地毯伸直了。」

「這對你是一個教訓，你欺騙不了我，麥克弗爾遜警員。」雷思垂德威嚴地說道。「毫無疑問，你認爲你怠忽職守是不會被發現的，但是我一看到地毯馬上就知道有人到房間裡來過。沒有丟失什麼東西，這是你的運氣，不然的話，你一定會發現自己深陷困境。對不起，爲了這樣一件小事把你請來，福爾摩斯先生。不過，我覺得地毯上的第一塊血跡和地板上的第二塊血跡不重合或許會引起你的興趣。」

「當然，這個情況非常有趣。這位女士只來過一次嗎，警官？」

「是的，先生，只有一次。」

「她是誰？」

「我不知道她的名字，先生。她看了廣告要應徵打字員，然後走錯門。她是一位舉止很文雅、看起來像上流社會的年輕女士。」

「個子高嗎？漂亮嗎？」

「是的，先生，她是一位長得很好看的年輕女士，我想你可以說她漂亮，也許有人會說她長得十分漂亮。『哦，警官，請讓我看一眼吧！』她是這樣說的。你大概會說，她很機靈，很會哄人，可我以爲只讓她從門口探頭看一看不會有什麼問題。」

「她的穿著怎樣？」

「很素雅，先生——她穿了一件拖到腳面的披風。」

「那是在什麼時間？」

「當時天剛剛黑。當我買白蘭地回來的時候，人們正在點燈。」

「很好。」福爾摩斯說道，「來吧，華生，我想我們在別的地方還有更加重要的事情要做。」

我們離開那幢房子的時候，雷思垂德仍然在前面的那個房間裡，那位悔過的員警爲我們開了門。福爾摩斯站在臺階上，轉過身來，手裡還拿著一件東西。這位警員目不轉睛地望著。

「天啊，先生！」他大聲地說道，臉上露出詫異的神色。福爾摩斯把手指貼在嘴唇，示意他不要說話，然後又伸手把這件東西放進胸前的口袋。當我們走到街上的時候，他放聲大笑。

「妙極了！」他說道，「來吧，我的朋友，最後一場的序幕已經拉開。你放心吧，不會爆發戰爭，特雷洛尼·侯普閣下的光輝前程不會遭受挫折，那位不愼重的君主不會因爲這封信而受到懲罰，首相不必擔心歐洲情況會複雜化。只要我們用一點策略和方法，沒有人會因爲這件有可能釀成大禍的事情而遭受半點損失。」

聽到這些，我的心中充滿了對眼前這個非凡人物的敬仰之情。

「你把問題解決了？」我大聲說道。

「還不能那樣說，華生，還有幾點疑問仍然沒弄清楚。但是我們瞭解的情況已經夠多了，如果我們還是弄不清楚其他問題，那只能怪我們自己。現在我們要直接去白廳住宅街，把事情了結一下。」

當我們來到歐洲事務大臣的官邸時候，福爾摩斯要見的卻是希爾達·特雷洛尼·侯普夫人。我們被領進了晨間起居室。

「福爾摩斯先生。」這位夫人憤慨地紅著臉說道。「你這樣做，實在是太不公平，太沒有度量了。我已經解釋過，我希望把我對你的拜訪保密，免得我的丈夫認爲我在干涉他的事情。可是你卻到這裡來，這不是出賣我嗎？這下子，人人都知道我們有事務聯繫了。」

「可不幸的是，夫人，我沒有別的辦法。我接受委託要找回這封極其重要的信件，因此我只能請求你，夫人，把信交到我手中。」

這位夫人突然站起來，她那美麗的臉龐驟然失去紅潤的顏色。她的眼睛凝視著前方——她的身體搖晃起來——我以爲她就要暈倒了。然而她竭力使自己保持鎮定，一時間強烈的憤慨和驚訝趕走了她臉上的其他表情。

「你——你在侮辱我，福爾摩斯先生。」

「請冷靜一些，夫人，你這樣是沒有用的。你還是把那封信交出來吧。」

她向呼喚僕人的手鈴奔去。

「管家會帶你出去的。」

「不要搖鈴，希爾達夫人。如果你搖鈴的話，那麼我所有爲了避免流言蜚語而做的努力都將會付諸東流。你交出那封信，然後一切都會解決了。如果你和我協力，我可以把一切都安排好；如果你不合作的話，那麼我只能揭發你了。」

她無所畏懼地站在那裡，顯得非常威嚴。她的雙眼盯著福爾摩斯的眼睛，好像能夠讀懂福爾摩斯的心思。她的手放在手鈴上，但是她還是克制自己沒有搖。

「你想要嚇唬我。你到這裡來威脅一個婦女，這可不是紳士應該做的事情，福爾摩斯先生。你說你知道一些情況，你知道的是什麼呢？」

「請先坐下，夫人，你如果摔倒會傷了自己。除非你坐下，否則我就不說。謝謝。」

「我給你五分鐘，福爾摩斯先生。」

「一分鐘就足夠了，希爾達夫人。我知道你去過埃杜爾多．盧卡斯那裡，我知道你把那封信給了他，我也知道你昨晚又巧妙地去過那個房間，而且我還知道你是怎樣從地毯下面的隱蔽處取出這封信。」

她盯著福爾摩斯，臉色灰白，喘了兩口大氣才說出話來。

「你瘋了，福爾摩斯先生——你瘋了！」她最後終於大聲說道。

他從口袋中取出一小塊硬紙片。這是從肖像上剪下來的一位女士臉部。

「我一直帶著這個，因爲我想它或許會有用。」他說道，「那位警員已經認出了它。」

她嘆了一口氣，回身靠在椅子上。

「好了，希爾達夫人。信在你的手中，一切都還爲時不晚。我不想替你找麻煩，我把這封丟失的信還給你的丈夫，我的責任就算完成了。接受我的建議，並且對我說實話。這是你最後的機會。」

她眞是勇氣可嘉，事已至此，還不想承認失敗。

「我再和你說一遍，福爾摩斯先生，你簡直是荒謬極了。」

福爾摩斯從椅子上站起身來。

「我爲你感到遺憾，希爾達夫人。我已經爲你盡了最大的努力。我看這一切都是徒勞的。」

福爾摩斯搖了一下鈴，管家走了進來。

「特雷洛尼・侯普先生在家嗎？」

「先生，他十二點三刻回來。」

福爾摩斯看了看他的錶。

「還有一刻鐘。」他說道，「很好，我要等候他回來。」

管家一走出去，希爾達夫人便跪倒在福爾摩斯的腳下。她伸出兩手，仰視著福爾摩斯，熱淚盈眶。

「哦，饒恕我吧，福爾摩斯先生！饒恕我吧！」她苦苦哀求說道，「看在上帝的份上，不要告訴他！我太愛他啦！不想給讓他的生活蒙上陰影，我知道這件事情會傷透他的心。」

福爾摩斯扶起這位夫人。「謝謝你，夫人，你終於在最後一刻醒悟了！再也不能浪費時間了。信在哪裡？」

她急忙走到一張書桌旁，拿出鑰匙打開抽屜，取出一個長長的、藍色的信封。

「信在這裡，福爾摩斯先生。我可以對天發誓我沒有拆開看過裡面的內容。」

「我們要怎樣把信放回去呢？」福爾摩斯嘀咕著。「快，我們一定要想個辦法！公文箱在哪兒？」

「還在他的臥室裡。」

「運氣不錯！快，夫人，把它拿到這裡來！」

過了一會兒，她的手裡拿著一個紅色扁扁的箱子走來。

「你以前是怎樣打開它的呢？你應該有一把完全一樣的鑰匙吧？是的，你當然會有。打開箱子吧！」

希爾達從懷裡取出一把小鑰匙。箱子開了，裡面塞滿文件。福爾摩斯把這個藍色的信封塞到文件中間的深處，並且把它夾在其他文件的活頁當中。箱子被關上、鎖好後，夫人又把它送回到臥室裡。

「現在一切都準備就緒了，我們只需要等候你的丈夫回來。」福爾摩斯說道，「我們還有十分鐘。我費了很多氣力來保護你，希爾達夫人，若作爲回報，你應該用這十分鐘坦率地告訴我，你做這件不同尋常事情的眞正目的是什麼？」

「福爾摩斯先生，我會把一切都告訴你的。」這位女士哭著說道，「哦，福爾摩斯先生，我寧願把我的右手切斷，也不希望讓我的丈夫有片刻的悲痛！整個倫敦城沒有誰像我這樣深愛著我的丈夫。可是如果他知道我所做的一切——儘管我是被迫這樣做的——他也絕不會原諒我的。因爲他的名望很高，所以不會忘記或者原諒別人的過失。你一定要幫助我，福爾摩斯先生！我的幸福，他的幸福，以及我們的生命全部處在危險中！」

「快講，夫人，時間不多了！」

「問題出在我的一封信，福爾摩斯先生，是我結婚前寫的一封輕率信——那是一封愚蠢的信，是我在感情衝動的時候寫下的。我的信沒有惡意，可是他會認爲那是罪惡的。他如果讀了這封信，他對我的信任就會完全被摧毀了。事隔多年，我以爲整個事情都已經被遺忘。可是後來那個傢伙，就是盧卡斯告訴我說信在他的手中，並且說他要將信交給我的丈夫。我懇求他寬大爲懷，他說只要我從我丈夫的公文箱裡取出他描述的那封信並交給他，就可以把我的信還給我。他在我丈夫的辦公室安插了間諜，是那個間諜告訴他有這樣的一封信，他向我保證我的丈夫不會因此而受到損害。請你設身處地的爲我想一想，福爾摩斯先生！我應該怎麼辦呢？」

「向你的丈夫坦白一切。」

「我不能，福爾摩斯先生，我不能！我有兩條路可走：一條路是必定無疑的毀滅，另外一條路是去拿我丈夫的文件，這同樣是一件十分可怕的事情。可是對於一個政治事件，我絲毫不清楚它的後果，而對於愛情和信任的重要性，我卻十分清楚。我拿了文件，福爾摩斯先生！我取了他鑰匙的模型。那個傢伙，盧卡斯，給了我一把複製的鑰匙。我打開他的公文箱，取出了那份文件並且把它送到格多爾芬大街。」

「在那裡發生了什麼事情呢，夫人？」

「我按照約定敲門，盧卡斯打開了門。我隨著他走進他的房間，並將身後大廳的門留一個縫，因為我害怕和這個人單獨在一起。我記得我進去的時候，外面有位女士。我們的交易很快就結束了，他把我的那封信放在他的桌上，我把文件交給他，然後他把那封信還給我。正在這個時候，門口有了動靜——走廊裡傳來腳步聲。盧卡斯迅速地將地毯掀起來，把文件塞到下面一個藏東西的地方，然後又蓋上了地毯。

「這之後發生的事情簡直就像是一場惡夢。我看到一張黝黑、瘋狂的面孔，還聽到一位女士的聲音，她正在用法語大喊大叫。『我沒有白等，我終於發現你和她在一起！』然後他們二人兇猛地扭打在一起。我看到他手裡拿著一把椅子，那位女士的手中則有一把閃亮的刀子。我從可怕的現場衝了出來，離開那幢房子。我在第二天早上的報紙看到了那場搏鬥的可怕結局。那天晚上我很高興，因為我拿回我的信，可是我沒有想到這會帶來什麼樣的後果。

「直到隔天早上我才明白，我只不過是用新的麻煩替代舊的麻煩。我的丈夫在失去文件後的痛苦使我心神不安，我當時幾乎要跪倒在他腳下，向他坦承一切，可是那又將意味著我要說出我的過去。我在那天早上到你那裡去是想弄清楚我犯的錯誤的嚴重性。從我拿走文件的那時起，我就一直在想該如何把我丈夫的文件拿回來。它肯定還在盧卡斯放的那個地方，因爲他是在那個瘋女人進入房間前把它藏起來的。如果不是她的到來，我也不會知道信被藏在什麼地方。我怎樣才能進去那個房間呢？我接連兩天去查看那個地方，可是門總是關著，昨晚我做了最後一次嘗試。我是如何做的以及如何成功的拿到這封信的，相信你已經知道了。我把文件帶回來，並且想要銷毀它，因爲我找不到任何方法可以把它還給我的丈夫，同時又不必向他坦承錯誤。天啊，我聽到他上樓的腳步聲了！」

這位歐洲事務大臣激動地衝進房間。

「有什麼消息，福爾摩斯先生，有什麼消息嗎？」他大聲說道。

「有一些希望。」

「啊，謝天謝地！」他的臉上露出了驚喜的神情。「首相就要來和我一起吃午飯。他可以分享你的這份希望嗎？雖然他的神經像鋼鐵一般堅強，但是我知道自從這件可怕的事情發生之後，他幾乎沒有睡過覺。雅可布斯，請把首相請到樓上。至於你嘛，親愛的，我恐怕這是一件政治的事情，再過幾分鐘我們就會請你到餐廳和我們一起吃午飯。」

首相的舉止相當鎮靜，但是從他那激動的目光以及不停顫動著的瘦削雙手，我可以看出他也和他的年輕同事一樣激動。

「我聽說你有一些情況要報告，福爾摩斯先生？」

「到目前爲止，還是沒有弄清。」我的朋友回答道，「我把文件可能存在的地方都查過，沒有找到，但是我敢肯定你們不必擔心有什麼危險。」

「這樣還是不夠的，福爾摩斯先生，我們不能永遠生活在火山口。我們一定要把事情弄個水落石出才行。」

「我也希望找到這封信呀，所以我才來到這裡。我對這件事情考慮得愈多，就愈覺得文件根本沒有離開過你的家。」

「福爾摩斯先生！」

「如果文件被拿出去了，現在一定已經被公布了。」

「但是難道不會有人拿走文件只是爲了要藏在他的家裡嗎？」

「我不相信有人把信拿走了。」

「那麼，信怎麼會離開公文箱呢？」

「我確信那封信從來沒有離開過你的公文箱。」

「福爾摩斯先生，你這個玩笑開的太不是時候了，我可以向你保證，它的確不在公文箱裡。」

「星期二早上之後，你就再也沒有檢查過嗎？」

「是的，因爲這根本沒有必要。」

「你很有可能漏看了那封信。」

「不可能。」

「但是我不相信，因爲我知道以前曾經發生過類似的事情。我想箱子裡還有其他的文件吧，那封信可能和其他的文件混在一起了。」

「那封信是被放在最上面的。」

「但是可能有人晃動箱子，於是信就可能不在原來的位置了。」

「不，不，我把所有的文件都拿出來翻遍。」

「這件事情很容易解決，侯普。」首相說道，「讓我們把公文箱拿來再看一看就行了。」

「雅可布斯，把我的公文箱拿過來。這簡直就是浪費時間，太可笑了，不過你一定要這樣，那我們就看一看吧。謝謝你，雅可布斯，把它放在這裡吧。我一直把鑰匙掛在我的錶鏈上。就是這些文件，你看，這是梅羅勳爵的來信、這是查理斯·哈迪爵士的報告、這是貝爾格萊德的備忘錄、這是關於俄羅斯——德國糧食稅的記錄、這是馬德里的來

信、這是福羅爾斯勳爵的記錄——天哪！這是什麼？貝陵格勳爵！貝陵格勳爵！」

首相一下子把那個藍色的信封從他的手中搶了過來。

「是的，就是這封信——沒有人動過。侯普，我祝賀你。」

「謝謝你！謝謝你！我心頭的重擔終於卸下來了。但是這簡直難以置信——怎麼可能呢？福爾摩斯先生，你簡直是奇才，是魔法師！你怎麼知道它在那裡呢？」

「因爲我知道它不在其他任何地方。」

「我簡直不敢相信我的眼睛！」他急速地走到門旁。「我的妻子在哪裡？我要告訴她事情都順利解決了，希爾達！希爾達！」我們聽到他在樓梯上呼喊的聲音。

首相望著福爾摩斯，眼球骨碌碌地轉著。

「先生，這肯定不只是我們看到的那麼簡單。文件是怎樣回到箱子裡的呢？」

福爾摩斯微笑著避開了那一雙充滿好奇目彷彿要刨根問底的眼睛。

「我們也有我們的外交秘密。」他一面說著，一面拿起帽子，轉身向大門走去。

福爾摩斯延伸探索

蕭仕涵

年代	作者柯南·道爾大事	年代	年代大事記
一八五九	出生於英國蘇格蘭愛丁堡附近的皮卡地普拉斯。	一八五九	
一八七六	進入愛丁堡大學攻讀醫學系。	一八七六	英國維多利亞女王兼任印度女皇。愛迪生在美國建立了美國第一個工業研究實驗室，即「愛迪生發明工廠」。
一八八二	畢業於愛丁堡大學醫學院。	一八八二	達爾文（Charles Darwin，一八〇九～一八八二）逝世，遺體被安葬於西敏斯特大聖堂。
一八八五	開始醫生的工作，取得愛丁堡大學醫學院醫學博士學位。並與露薏絲·霍金斯小姐結婚。	一八八五	中法戰爭，並簽訂《中法新約》，法軍被迫撤出台灣。法國著名的紅磨坊夜總會落成。著名的英國作家D·H·勞倫斯（David Herbert Lawrence一八八五～一九三〇）出生於英國諾丁漢市。
一八八六	完成〈血字的研究〉。	一八八六	法國為慶祝美國建國一百週年，送給美國自由女神像。
一八八七	沃德·洛克公司出版〈血字的研究〉。	一八八七	法國為了世界博覽會，建造艾菲爾鐵塔。
一八九〇	〈四簽名〉問世。	一八九〇	印象派畫家梵谷（Gogh,Vincent van 一八五三～一八九〇）自殺身亡。
一八九一	短篇〈波希米亞醜聞〉在《岸邊雜誌》上發表。	一八九一	英國著名《岸邊雜誌》於一八九一年創刊。

一八九二	〈波希米亞醜聞〉、〈紅髮會〉、〈失蹤的新郎〉、〈波思克姆比溪谷祕案〉、〈致命的橘核〉等短篇集結成《冒險史》出版。另外以〈銀色馬〉開始的十二個故事陸續在《海濱雜誌》發表。	一八九二	膾炙人口的《魔戒前傳—歷險歸來》（The Hobbit or There and Back Again）、和《魔戒》（The Lord of the Rings）的作者，英國文學家托爾金（J.R.R.Tolkien，一八九二～一九七三）誕生。
一八九四	以〈銀色馬〉開始的十二個故事匯集成《回憶錄》出版。柯南·道爾決心停止寫作這類故事，因此讓福爾摩斯在一次戲劇性的時刻，墜入深淵中淹死，而讓華生來結束〈最後一案〉這個故事。	一八九四	日本向朝鮮發動侵略，並對中國海陸軍進行挑釁，爆發中日甲午戰爭。
一九〇〇	柯南·道爾以軍醫身份到南非參與布爾戰爭（The Bore War）。	一九〇〇	英國與南非爆發布爾戰爭（The Bore War）。因中國義和團事件，慈禧太后向八國宣戰，八國聯軍入侵中國。
一九〇一	以福爾摩斯早期生活為題材的偵探小說《巴斯克維爾的獵犬》出版。	一九〇一	八國聯軍戰爭中，中國大敗，慈禧太后與各國議定條約，為「辛丑和約」。
一九〇二	為英國在南非戰爭的政策辯護而被冊封為爵士。	一九〇二	一九〇二年埃及博物館開幕。
一九〇三	柯南道爾在〈空屋〉這一故事裡讓福爾摩斯死裡逃生，從而開始了另一組故事，《歸來記》出版。	一九〇三	莫里斯·盧布朗（Maurice Leblanc）開始偵探小說的創作，第一篇作品甫刊出，立即造成轟動，引起讀者廣大迴響，而「怪盜亞森·羅蘋」這個小說人物更使作者一夕成名。

一九一五	完成第四部長篇《恐怖谷》	一九一五	愛因斯坦創立廣義相對論。
一九一七	《最後致意》出版。	一九一七	俄國爆發十月革命，成立以列寧為首的蘇維埃政府。
一九二七	《新探案》出版。	一九二七	美國奧斯卡前身，「美國影藝學院」The Academy of Motion Picture Arts and Sciences，正式成立。
一九二八	所有關於福爾摩斯的故事在英國出版為《福爾摩斯探案全集》。	一九二八	希臘發生大地震。
一九三〇	七十一歲的柯南道爾與世長辭	一九三〇	國際足協決議每四年會舉行一次世界盃（World Cup）比賽。。
一九九五	紐約公共圖書館為慶祝其成立一百周年，挑選並展出對本世紀具有影響力的一百五十九本經典書籍「世紀之書」（Books of the Century）的展覽，亞瑟·柯南道爾（Arthur Conan Doyle, 一八五七～一九三〇）的《巴斯克維爾的獵犬》（The Hound of the Baskervilles）榮獲一九〇二年通俗文化和大眾娛樂類圖書。	一九九五	

抽絲剝繭亞瑟・柯南・道爾（Arthur Conan Doyle，一八五九～一九三〇）

提到偵探小說，相信首屈一指的代表性作家非柯南・道爾莫屬，雖然在柯南・道爾之前有一位更具權威的美國作者——愛倫・坡，但是柯南・道爾將夏洛克・福爾摩斯帶入讀者的日常生活當中，讓這位活在現實與虛幻中的主角，成爲偵探界家喻戶曉的大人物，因而柯南・道爾被譽爲英國的「偵探小說之父」。亞瑟・柯南・道爾，一八五九年五月廿二日出生於英國蘇格蘭愛丁堡附近的皮卡地普拉斯。父親是政府建築工部的公務員，他還有兩位姐姐，在家排行老三。從小柯南・道爾即展現出相當豐富的文采，十四歲時已能閱讀英國、法國等文學作品，創作上的表現也相當傑出，中學時曾擔任學校校刊主編。一八八二年畢業於愛丁堡大學醫學院，並開始醫生的工作，一八八五年取得同校醫學博士學位。十九世紀的英國，醫生的待遇很差，柯南・道爾的診所收入並不多。於是他開始找尋兼職的副業，文采豐富的他以醫學與文學的雙重背景，踏入創作的領域，寫作開始成爲他業餘的收入。柯南・道爾在廿八歲時出版第一部偵探小說《血字的研究》，首度把夏洛克・福爾摩斯與華生醫生介紹給讀者。柯南・道爾將演繹學、偵探學、犯罪學、心理學、地質學、解剖學等學問應用於推理辨案中，更藉由書中配角——華生醫生，以第一人稱回憶的方式道出主角福爾摩斯對於案件的解讀與推論，以一位曾經歷案發現場的人，敘說給讀者的故事手法，不僅增加故事的眞實性，更讓讀者有身歷其境之感。這部中篇小說當初投稿時並不被看好，曾被許多出版社退稿，最後由沃德・洛克出版公司錄用，於柯南・道爾二十八歲那年出版。《血字的研究》初試啼聲之後，英國著名的《利平科特雜誌》的編輯開始向柯南・道爾邀稿。三年之後，柯南・道爾再次出版了《四簽名》這部長篇小說，「夏洛克・福爾摩斯」開始聲名大噪，在英國讀者中成了眾所皆知的英雄人物。因此各家雜誌競相向柯南・道爾約稿，到了一八九一年，柯南・道爾正式成爲專業作家，全力投入寫作。一九三〇年七月七日，七十一歲的柯南・道爾與世長辭，但他筆下的福爾摩斯卻仍然活在讀者的心中。數以萬計的讀者來到英國倫敦貝克街，尋訪故事中的福爾摩斯；各國爭相出版《福爾摩斯探案全集》，該書已經被翻譯成數十種語言的版本，總印數多達五百萬冊以上。許多喜愛文學或者推理的讀者，談起福爾摩斯，就像談論自己的老朋友。福爾摩斯還從書中走上影視舞臺，有關福爾摩斯的神奇故事影響了一代又一代，至今依舊膾炙人口。

活在現實與虛幻中的主角——夏洛克・福爾摩斯

夏洛克・福爾摩斯於一八八六年在小說家亞瑟・柯南・道爾〈血字的研究〉一案中首次粉墨登場。他和他的醫生伙伴約翰・華生一起活躍在維多利亞時代的迷霧之都——倫敦。一八七七年

「福爾摩斯偵探社」正式開業。最初偵探社位於大英博物館附近的蒙塔格街，後來福爾摩斯手頭稍爲寬裕時才與華生合租貝克街２２１號Ｂ座的公寓。福爾摩斯辦案，華生行醫，從一八八一到一九三〇年，在倫敦貝克街２２１號Ｂ座那幢小樓裡解決了許多疑難案件。夏洛克．福爾摩斯會乘坐大家熟悉的馬車或火車，出現在倫敦的大霧當中，他在眾所周知的博物館出沒，閱讀《每日電訊報》和其他當代流行的書報，與社會上各個階層的人們往來接觸。他所偵辨的各種探案，也都涉及到當時現實中的英國社會，使讀者很容易相信他是現實社會中的一員。福爾摩斯擁有詳細的家庭生活與求學經歷，他利用一切有關偵探的經驗和科學去推理案件，也因此他所進行的各種推理都合乎邏輯；他對各種案件的解釋和判斷，有條不紊，使讀者容易接受並相信。福爾摩斯就活生生的生存在現實生活裡面，難怪所有的讀者，都以爲他是一位有血有肉的人物啊！

親臨事件現場——倫敦貝克街２２１號Ｂ座

解決無數奇案的英國名偵探，總是戴著一頂獵帽的福爾摩斯，在柯南．道爾塑造下成爲聞名全球的名偵探，與他的助手華生醫生在維多利亞時代的英國，屢屢偵破連警方也束手無策的案件。在這一系列的小說中福爾摩斯所居住的地方爲貝克街２２１號Ｂ座，就成爲相當著名的觀光景點。

來到英國倫敦，走出地鐵貝克街站的牆上即是由瓷磚拼貼而成的福爾摩斯側面像，一走出地鐵站更可看到一位身著福爾摩斯裝束的偵探散發名片，博物館對面也有福爾摩斯紀念品店。買票之後博物館給的收據就是一張由韓德森太太出具的住宿證明，是相當特別的紀念品。

一九九〇年時在貝克街221號B座這個地點成立了福爾摩斯博物館（Sherlock Holmes Museum），館內的佈置擺設都以小說中描述的情節爲主，更增添福爾摩斯舊居的眞實性。

小說中福爾摩斯和華生住在貝克街221號B座的二樓，前方是他們共用的書房，後端則是福爾摩斯的臥室，書房中陳列著許多福爾摩斯的日常用品，如獵鹿帽、放大鏡、煙斗、煤氣燈等。博物館三樓是華生醫生的臥室，擺設也充滿維多利亞時代的風格。四樓則是呈現不同小說中知名場景的展示區，重現許多故事中的經典場景，讓福爾摩斯迷對此驚喜不已。

之後是小說中福爾摩斯的房東——哈德遜夫人（Mrs. Hudson）的住處，這裡是熱門的紀念品販售區，總是擠滿了欲罷不能的福爾摩斯迷。在這裡提供了所有關於福爾摩斯的產品，如各種不同版本的書籍、還有他身上的所有物品，特別是他手上的招牌菸斗，更是許多讀者不可或缺的珍藏。

年代	夏洛克·福爾摩斯大事記
一八五四	出生於英國，祖母是法國人。有一個哥哥比他年長七歲。
一八六七	福爾摩斯進入貴族學校就讀。
一八七二	進入英國牛津大學主攻化學。
一八七七	「福爾摩斯偵探社」開業，設於大英博物館附近的蒙塔格街。福爾摩斯一邊研究科學，一邊接辦同學介紹的案件。
一八七九	偵辦「馬斯格雷夫禮典」案，此案使福爾摩斯邁出成功的第一步。
一八八一	與華生醫生共同承租貝克街221號B座的公寓。
一八八二	接辦「血字的研究」案。福爾摩斯獨特的辦案法，在這一案之後，廣為人知。
一八八三	接辦「帶斑點的帶子」案。
一八八七	福爾摩斯因操勞過度而病倒，前往薩里郡的賴蓋特休養。因而接辦「賴蓋特的鄉紳」一案。
一八八八	於一月接辦「恐怖谷」案。福爾摩斯的宿敵莫里亞蒂教授首次露面。 七月時接辦「四簽名」案。透過華生的記述，福爾摩斯首次公開他辦案所採用的「演繹邏輯法」的精髓。 接辦「希臘譯員」一案。福爾摩斯首次透露他的身世背景，以及成為私家偵探的緣由。 十月，接辦「貴族單身漢」案。 福爾摩斯為刺激頭腦思考，開始染上服用古柯鹼的惡習。
一八八九	接辦「波希米亞醜聞」案。案中的艾琳·艾德勒，使一向看不起女人的福爾摩斯改變了想法。 接辦「聖科賴爾失蹤」案。 六月接辦「駝背人」案。 六月接辦「證券經紀人的書記員」案。

一八八九	六月接辦「波思克姆比溪谷」案。 七月接辦「海軍協定」案。 七月接辦「工程師大拇指」案。 九月接辦「致命的橘核」案。 華生的妻子回娘家，華生再度成為貝克街的常客。 十月接辦「巴斯克維爾的獵犬」案——發生在英國某個小區域沼澤地帶的傳奇故事，是福爾摩斯探案中少見、帶有靈異色彩的案件。
一八九〇	接辦「失蹤的新郎」案。 接辦「紅髮會」案。 十二月，接辦「鵝肚裡的寶石」案。
一八九一	福爾摩斯受法國政府之託，於一八九一年冬天開始追捕倫敦犯罪集團首腦莫里亞蒂教授。接辦「最後一案」時，與宿敵莫里亞蒂教授一同墜入瑞士萊辛巴赫瀑布中，從此生死不明。
一八九四	福爾摩斯失蹤三年後，以老藏書家的偽裝面貌出現。他向華生交代了自己在墜入萊辛巴赫瀑布之後獲救的始末，以及其後在世界各地浪遊的經過。同時接辦「空屋」案。八月接辦「諾伍德的建築師」案。期間因華生的妻子過世，福爾摩斯請求華生搬回貝克街合住。並在華生協助下戒除服用古柯鹼的惡習。 十一月接辦「金邊夾鼻眼鏡」案。
一八九五	四月時福爾摩斯與華生在某大學城住了幾週，研究英國早期憲章並在當地接辦「三名大學生」一案。 四月同時亦接辦「孤單的騎車人」一案。 六月接辦「黑彼得」案 十一月接辦「布魯斯－帕汀敦圖紙」案。 同年福爾摩斯獲維多利亞女王接見，並獲授綠寶石領帶別針一枚。
一八九六	接辦「戴面紗的房客」案、「失蹤的中後尉」案。

一八九七	接辦「格蘭奇莊園」一案。 接辦「魔鬼之踵」一案。 由於日夜操勞，福爾摩斯健康轉壞。在辦案過程中，福爾摩斯坦承從未戀愛過。
一八九八	接辦「跳舞的小人」案、「退休的顏料商」案。
一九〇二	五月接辦「修道院公學」一案 此案結束後，福爾摩斯獲賞六千英鎊。 六月接辦「三個同姓人」一案。 九月接辦「不尋常的委託人」一案，但是在辦案的過程中，福爾摩斯因遇襲而受傷。 接辦「紅圈會」案，本案的空間幅度與所涉入人物的身分之複雜，空間橫跨歐洲、美洲，時間從第一次世界大戰中直到戰後。不單純只是謀殺案，同時還牽扯到國際犯罪，諜報活動，幫會、特務、政變。可說是福爾摩斯最具難度的一次演出。 同年，福爾摩斯獲爵士勛位封號，但他卻拒絕受封。
一九〇三	一月接辦「皮膚變白的士兵」案。 華生再婚離開貝克街，此案由福爾摩斯親自撰寫。 接辦「皇冠被盜」一案。 九月接辦「爬行人」一案，案子結束後，福爾摩斯即宣告退休。
一九〇七	福爾摩斯離開倫敦，到塞克斯研究養蜂、享受退休後的田園生活。但仍是有許多案件，等待福爾摩斯解決。 接辦「退休案」。 七月接辦一起發生在福爾摩斯隱居地附近的命案「獅鬃毛」一案，由福爾摩斯親自撰述。
一九一二	在首相力邀下，重出江湖接辦「最後致意」案，花了兩年之久，在美國、愛爾蘭各地展開調查，最後一舉殲滅德國間諜集團。此時福爾摩斯已五十三歲，這也成為他真正的「最後一案」。結案後，福爾摩斯到英國南部鄉間隱居，專心研究養蜂事業。
一九一四	福爾摩斯出版《養蜂實用手冊，兼論隔離蜂王的研究》。此後音訊全無，也未傳出死訊。

本書《歸來記》13 篇故事連載時間

英文原名	中文篇名	英國《岸邊雜誌》連載時間
The Adventure of the Empty House	空屋	1903 年 10 月
The Adventure of the Norwood Builder	諾伍德的建築商	1903 年 11 月
The Adventure of the Dancing Men	跳舞的小人	1903 年 12 月
The Adventure of the Solitary Cyclist	孤單的騎車人	1904 年 1 月
The Adventure of the Priory School	修道院公學	1904 年 2 月
The Adventure of Black Peter	黑彼得	1904 年 3 月
The Adventure of Charles Augustus Milverton	米爾沃頓	1904 年 4 月
The Adventure of the Six Napoleons	六尊拿破崙半身像	1904 年 5 月
The Adventure of the Three Students	三名大學生	1904 年 6 月
The Adventure of the Golden Pince-Nez	金邊夾鼻眼鏡	1904 年 7 月
The Adventure of the Missing Three-Quarter	失蹤的中後衛	1904 年 8 月
The Adventure of the Abbey Grange	格蘭奇莊園	1904 年 9 月
The Adventure of the Second Stain	第二塊血跡	1904 年 12 月

福爾摩斯探案系列全集（柯南．道爾著）一覽表

連載時間	英文書名．中文書名．好讀出版冊次
1887	A Study in Scarlet **血字的研究（中篇故事）** 好讀出版／收錄於福爾摩斯探案全集 01《血字的研究&四簽名》
1890	The Sign of the Fou **四簽名（中篇故事）** 好讀出版／收錄於福爾摩斯探案全集 01《血字的研究&四簽名》
1891-1892	The Adventures of Sherlock Holmes **冒險史（十二篇短篇故事）** 好讀出版／收錄於福爾摩斯探案全集 02《冒險史》
1892-1893	The Memoirs of Sherlock Holmes **回憶錄（十一篇短篇故事）** 好讀出版／收錄於福爾摩斯探案全集 03《回憶錄》
1901-1902	The Hound of the Baskervilles **巴斯克維爾的獵犬（長篇故事）** 好讀出版／收錄於福爾摩斯探案全集 05《巴斯克維爾的獵犬》
1903-0904	The Return of Sherlock Holmes **歸來記（十三篇短篇故事）** 好讀出版／收錄於福爾摩斯探案全集 04《歸來記》
1908-1917	His Last Bow **最後致意（八篇短篇故事）** 好讀出版／收錄於福爾摩斯探案全集 07《最後致意》
1914-1915	The Valley of Fear **恐怖谷（長篇故事）** 好讀出版／收錄於福爾摩斯探案全集 06《恐怖谷》
1921-1927	The Case-Book of Sherlock Holmes **新探案（十二篇短篇故事）** 好讀出版／收錄於福爾摩斯探案全集 08《新探案》

國家圖書館出版品預行編目資料

福爾摩斯探案全集 . 4: 歸來記 / 柯南 . 道爾著 ; 徐玲譯 .
—— 三版 . ——臺中市：好讀 , 2020.05
面：　公分，——（典藏經典；6）

譯自：The Return of Sherlock Holmes

ISBN 978-986-178-518-9（平裝）

873.57　　109004584

好讀出版

典藏經典 6
福爾摩斯探案全集 4
歸來記【收錄原著插畫】

原　著／柯南 · 道爾
翻　譯／徐玲
總 編 輯／鄧茵茵
文字編輯／莊銘桓
行銷企劃／劉恩綺
發 行 所／好讀出版有限公司
台中市407西屯區工業30路1號
台中市407西屯區大有街13號（編輯部）
TEL:04-23157795 FAX:04-23144188 http://howdo.morningstar.com.tw
（如對本書編輯或內容有意見，請來電或上網告訴我們）
法律顧問　陳思成律師

填寫線上讀者回函
獲得更多好讀資訊

讀者服務專線／TEL：02-23672044 / 04-23595819#212
讀者傳眞專線／FAX：02-23635741 / 04-23595493
讀者專用信箱／E-mail：service@morningstar.com.tw
網路書店／http：//www.morningstar.com.tw
郵政劃撥／15060393（知己圖書股份有限公司）
印刷／上好印刷股份有限公司
如有破損或裝訂錯誤，請寄回知己圖書更換

三版／西元 2020 年 5 月 1 日
三版二刷／西元 2023 年 1 月 15 日
定價／ 169 元

Published by How-Do Publishing Co., Ltd.
2023 Printed in Taiwan

ISBN 978-986-178-518-9